SANDRA BROWN

Ein Kuss für die Ewigkeit

Verliebt in einen Fremden

BÜCHER

Ein Kuss für die Ewigkeit

Es war nur ein einziger Kuss – unvergleichlich und nie wiederholt. Doch seitdem träumt Shelley Browning von der großen Liebe. Doch ihre Ehe mit einem ehrgeizigen jungen Arzt scheitert. Als eines Tages ausgerechnet Grant Chapman, der Mann ihrer Träume, wieder in ihr Leben tritt, wagt ihr Herz erneut zu hoffen. Bis Grant Opfer böser Anschuldigungen wird. Plötzlich erkennt Shelley die Wahrheit, doch da ist es beinahe schon zu spät. Kann Grant ihr je verzeihen?

Verliebt in einen Fremden

Eine wunderbare Nacht lang hat sich die Architektin Camille Jameson einem leidenschaftlichen Fremden hingegeben. Aber genauso schnell, wie er in ihr Leben getreten war, verschwand er auch wieder und ließ sie verzweifelt zurück.

Jahre später fährt Camille nach Mississippi, um ein altes Herrenhaus zu restaurieren und trifft dort ausgerechnet auf Zack Prescott, den Fremden von einst. Er ist noch genau so wie in ihrer Erinnerung, und auch er scheint nicht vergessen zu haben, was sie damals verband, denn er schwört ihr ewige Liebe. Doch kann Camille seinen schönen Worten noch einmal vertrauen?

AUTORIN

Sandra Brown ist eine der erfolgreichsten Autorinnen der Welt. Jeder ihrer Romane erreichte Spitzenplätze in den englischen und amerikanischen Bestsellerlisten. Sandra Brown wurde mehrfach preisgekrönt, u.a. mit dem New-York-Times-Award, und ihre Bücher werden weltweit in neunundzwanzig Sprachen übersetzt. Die Autorin lebt mit ihrer Familie in Arlington, Texas.

SANDRA BROWN

Ein Kuss für die Ewigkeit

Verliebt in einen Fremden

Zwei Romane in einem Band

Aus dem Amerikanischen
von Beate Darius

blanvalet

Die amerikanischen Originalausgaben erschienen
1983 bzw. 1981 unter den Titeln
»A Kiss Remembered« und »Love's Encore«
bei Warner Books Inc., New York.

FSC
Mix
Produktgruppe aus vorbildlich
bewirtschafteten Wäldern und
anderen kontrollierten Herkünften

Zert.-Nr. SGS-COC-001940
www.fsc.org

Verlagsgruppe Random House FSC-DEU-0100
Das FSC-zertifizierte Papier *Holmen Book Cream*
für dieses Buch liefert Holmen Paper, Hallstavik, Schweden

1. Auflage
Taschenbuchausgabe Juni 2010 bei Blanvalet Verlag,
einem Unternehmen der
Verlagsgruppe Random House GmbH, München

Umschlaggestaltung: © HildenDesign, München,
unter Verwendung eines Motivs von Bliznetsov / Shutterstock
lh · Herstellung: sam
Druck und Einband: GGP Media GmbH, Pößneck
Printed in Germany
ISBN: 978-3-442-37602-5

www.blanvalet.de

SANRA BROWN

Ein Kuss für die Ewigkeit

Roman

Liebe Leserinnen und Leser,

bevor ich mich der allgemeinen Unterhaltungsliteratur zuwandte, habe ich Liebesromane geschrieben. »Ein Kuss für die Ewigkeit« erschien ursprünglich vor über zwanzig Jahren.

Die Handlung reflektiert Trends und Lebensart, wie sie seinerzeit aktuell waren – doch bleibt das Thema immer populär und allgemein gültig. Wie in jedem Liebesroman stehen die unglücklich Liebenden im Mittelpunkt. Wir erleben Augenblicke der Leidenschaft und Zärtlichkeit, zwischenmenschliche Spannungen – kurzum: sämtliche Facetten der Liebe.

Es macht mir riesigen Spaß, romantische Liebesgeschichten zu schreiben. Sie bestechen durch ihre optimistische Grundhaltung und den unvergleichlichen Charme, der ihnen innewohnt. Und daher freue ich mich sehr, dass diese Geschichten jetzt auch auf Deutsch zu lesen sind. Probieren Sie es einfach aus. Ich wünsche Ihnen jedenfalls viel Vergnügen bei der Lektüre.

Ihre Sandra Brown

1

Sie hatte sich ganz bewusst für einen Platz im hinteren Teil des Seminarraums entschieden, denn sie wollte ihn möglichst unauffällig beobachten. Zu ihrer Verblüffung musste sie sich eingestehen, dass er sich in den vergangenen zehn Jahren kaum verändert hatte. Stattdessen schien sich seine maskuline Ausstrahlung seit ihrer letzten Begegnung noch verstärkt zu haben. Wie alt mochte er jetzt sein? Sie schätzte ihn auf Mitte dreißig, und dummerweise war die magnetisierende Anziehungskraft, die er seinerzeit auf sie ausgeübt hatte, ungebrochen.

Während seiner Vorlesung schrieb Shelley eifrig mit. Obwohl das Wintersemester erst vor zwei Wochen begonnen hatte, ging er seinen Stoff zügig durch, um sie auf die Abschlussprüfungen im Dezember vorzubereiten. Und er hatte die ungeteilte Aufmerksamkeit seiner Studenten.

Die Seminare für politische Wissenschaften fanden in einem der ältesten Bauten auf dem Campus statt. Allerdings hätten die efeuberankten Mauern eher zu einer der Eliteuniversitäten an der Ostküste gepasst als zu einem College im tiefsten Oklahoma. Indes wirkte das ehrwürdige Gebäude mit seinen knarrenden Holzdielen und den hellen, stuckverzierten Fluren beschaulich-anheimelnd auf die Studenten.

Dozent Grant Chapman stand vor seinen Studenten, die Arme locker auf ein Pult gestützt. Aus massiver Eiche gefertigt, waren die Zeichen der Zeit scheinbar spurlos an dem Möbel vorübergegangen.

Genau wie an diesem Mann, sinnierte Shelley. Mr. Chapman wirkte sportlich trainiert wie vor zehn Jahren. So manches Mädchenherz hatte damals höher geschlagen, wenn er mit dem Schulteam der Poshman Valley Highschool gegen gegnerische Basketball-Mannschaften angetreten war. Nur mit Sportshorts und T-Shirt bekleidet, hatte Grant Chapman den Schülerinnen glatt den Atem genommen. Auch Shelley Browning. Zehn Jahre später, und der athletische, junge Lehrer hatte sich in einen dynamischen, distinguierten Dozenten verwandelt.

Silberne Fäden durchzogen das dunkle Haar, das er noch genauso leger frisiert trug wie damals. Lange Haare waren an der Poshman Valley High zwar verpönt gewesen, aber als junger, fortschrittlicher Pädagoge hatte er sich über diese eherne Regel locker hinweggesetzt.

Shelley konnte sich noch lebhaft daran erinnern, als sie das erste Mal von Grant Chapman gehört hatte.

»Shelley, Shelley, der neue Geschichtslehrer sieht einfach umwerfend aus!«, hatte ihre Freundin sie aufgeregt begrüßt. Das war einen Tag nach den Sommerferien gewesen. »Wir bekommen ihn im zweiten Halbjahr. Er sieht wirklich spitzenmäßig aus! Und er hat Ahnung! Endlich mal ein junger Typ, da geht der Geschichtsunterricht bestimmt voll ab!«, hatte das Mädchen geschwärmt. Dann war sie zu den anderen gelaufen, um ihnen von diesem Glückstreffer zu berichten.

»Oh, und er heißt Chapman, Grant Chapman«, hatte sie Shelley noch über die Schulter hinweg zugerufen.

Soeben ging er auf den Einwurf einer Studentin ein. Shelley registrierte weder die Frage noch seine tief schürfende Antwort. Sie konzentrierte sich ganz auf seine sonore, wohlklingende Stimme. Dicht über ihr Schreibpult gebeugt, schloss sie unwillkürlich die Augen und erinnerte sich spontan wieder daran, wann sie den sanft akzentuierten Tonfall das erste Mal gehört hatte.

»Browning, Shelley? Sind Sie anwesend?«

Ihr Herzschlag hatte für Sekundenbruchteile ausgesetzt. Keiner mochte es, wenn er gleich am ersten Schultag nach den Ferien aufgerufen wurde. Schlagartig waren zwanzig neugierige Augenpaare auf sie geheftet. Mit leicht fahriger Hand hatte sie aufgezeigt. »Ja, Sir.«

»Miss Browning, Sie haben wohl versehentlich Ihre Gymnastikhose liegen lassen. Sie wurde im Umkleideraum gefunden. Miss Virgil hat sie an sich genommen.«

Die Klasse war in hämisches Johlen und Pfeifen ausgebrochen. Mit flammend roten Wangen hatte sie sich stammelnd bei dem neuen Lehrer bedankt. Daraufhin hielt er sie bestimmt für eine dämliche Kuh. Komisch, aber seine Meinung war ihr wichtiger gewesen als die ihrer Mitschülerinnen.

Als sie an jenem Tag aus der Klasse gespurtet war, hatte er sie an der Tür beiseitegenommen. »Das mit vorhin tut mir leid. Es war bestimmt nicht meine Absicht, Sie vor der Klasse bloßzustellen«, hatte er sich entschuldigt. Ihre Freundinnen standen neidisch dabei und bekamen große Augen.

»Das macht doch nichts«, hatte Shelley nur matt geantwortet.

»Oh doch. Als Wiedergutmachung bekommen Sie von mir fünf Bonuspunkte in der ersten Klassenarbeit, versprochen.«

Sie hatte die fünf Extrapunkte nie bekommen, weil sie bei Klausuren ohnehin fast immer die volle Punktzahl erreichte. Und Geschichte war in jenem Halbjahr ihr absolutes Lieblingsfach.

»Meinen Sie die Zeit vor dem Vietnamkrieg oder danach?«, hakte Mr. Chapman eben bei der Studentin nach, die sich nach der öffentlichen Einflussnahme auf die Entscheidungen der Regierung erkundigt hatte.

Kurz entschlossen lenkte Shelley ihre Gedanken wieder auf die Gegenwart. Wetten, er erinnerte sich nicht mehr an »Browning, Shelley« und ihre verschlampte Gymnastikhose? Inzwischen hatte er vermutlich längst verdrängt, dass er knapp vier Monate lang Lehrer an der Poshman Valley Highschool gewesen war. Nach allem, was er durchgemacht hatte! Sentimentalität konnte man sich nämlich nicht leisten, wenn man die Karriereleiter zum Kongressmitglied und Senatsberater hinaufkletterte. Und einen öffentlichen Skandal locker wegsteckte. Immerhin hatte man Grant Chapman ein paar unangenehme Dinge vorgeworfen, die vor Jahren in einer ländlichen Kleinstadt passiert sein sollen und die sein facettenreiches Leben überschatteten.

Dass er sich für sie kaum verändert hatte, hing vielleicht auch damit zusammen, dass sie ihn zigmal im Fernsehen erlebt hatte. Von Journalisten und Reportern belagert, hatte er Stellung zu dem Skandal nehmen müssen, der ganz Washington tief erschütterte. Sein Foto war ihr von den Titelseiten der Zeitungen förmlich ins Auge gesprungen. Die Schnappschüsse waren wenig schmeichelhaft gewesen – trotzdem hatte sich sein Gesicht unauslöschlich in ihr Gedächtnis eingebrannt.

Shelley war sich fast sicher, dass er *sie* nicht wiedererkannte. Mit sechzehn war sie nämlich eine dürre Bohnenstange gewesen. Inzwischen wirkte ihre schlanke Silhouette femininer, weicher und weiblich proportioniert. Ihre Gesichtszüge hatten sich verändert. Statt kindlicher Pausbacken betonten hohe Wangenknochen ihre rauchblauen Augen.

Die langen Ponyfransen, die ihr als Schulmädchen kess in die Stirn wippten, waren längst passé. Mittlerweile kämmte sie die Haare streng zurück, so dass sie ihre schön geschwungenen Brauen und den herzförmigen Haaransatz betonten. Von Natur aus brünett, umschmeichelte die dichte, dunkel schimmernde Mähne ihre Schultern wie flüssiges Kupfer.

Das fröhliche Cheerleader-Girl war Schnee von gestern. Vorbei war die Zeit der Unschuld, des Idealismus. Die Frau, die dort in dem Seminarraum saß, war sich des Unrechts in der Welt und deren Unzulänglichkeiten vollkommen bewusst. Genau wie Grant Chapman. Sie hatten sich beide verändert, waren andere als vor zehn Jahren. Und Shelley fragte sich zum vielleicht hundertsten Mal, warum sie sich ausgerechnet für sein Seminar eingeschrieben hatte.

»Berücksichtigen Sie bitte die damalige Position Präsident Johnsons«, gab er gerade zu bedenken.

Shelley warf einen verstohlenen Blick auf ihre Armbanduhr. Das Seminar dauerte nur noch eine Viertelstunde, und sie hatte sich gerade einmal zwei Zeilen notiert. Wenn sie nicht aufpasste, würde sie mit Bausch und Bogen durch die Prüfung rasseln und das Grundstudium nicht schaffen. Dabei hatte sie im ersten Semester in Staatsbürgerkunde mit Auszeichnung bestanden.

Sie erinnerte sich an einen kalten, windigen Tag in jenem längst vergangenen Herbst.

»Hätten Sie nicht Lust, mir an ein paar Nachmittagen pro Woche bei den Unterrichtsvorbereitungen zu assistieren?«, hatte er sie gefragt.

Sie trug den Windblouson ihres damals aktuellen Boyfriends und hatte die Fäuste in den tiefen Jackentaschen vergraben. Mr. Chapman hatte sie auf dem Schulhof zwischen Sporthalle und Unterrichtsgebäude angesprochen. Seine für die Schulordnung zu langen Haare umwehten wild seinen Kopf. Nur mit einem Trainingsanzug bekleidet, stemmte er sich gegen den beißenden Nordwind.

»Natürlich, wenn Sie nicht wollen, sagen Sie es mir ruhig …«

»Nein, nein«, stammelte sie hastig und befeuchtete sich die spröden Lippen. »Das heißt, ja. Also, ich würde das gern machen. Wenn Sie meinen, dass ich das packe.«

»Sie sind meine beste Schülerin. Ihre Klausur über das Rechtssystem war herausragend.«

»Danke.« Sie errötete. Mist, und wieso hatte sie aus heiterem Himmel rasendes Herzklopfen? Er war doch nur ein Lehrer. Sicher, aber nicht *irgendein* Lehrer.

»Wenn Sie die allgemeinen Fragenkomplexe in den Tests durchgehen, lese ich die Ausarbeitungen. Das spart mir abends eine Menge Zeit.«

Schlagartig hatte sich ihr die Frage aufgedrängt, was er abends denn wohl machte. Traf er sich mit einer Frau, hatte er eine feste Freundin? Darüber hatten die Mädchen schon auf etlichen Schlafpartys spekuliert. Allerdings hatte Shelley ihn in der Stadt noch nie mit jemandem zusammen gesehen.

Einmal abends, als sie mit ihrer Familie im Wagonwheel Steakhouse zum Essen gewesen war, hatte er dort gesessen. Allein. Er hatte ihr höflich zugenickt, und sie wäre am liebsten gestorben. Was blieb ihr anderes übrig, als ihm mit hochrotem Kopf ihre Eltern vorzustellen? Daraufhin war er aufgestanden, um ihrem Vater freundlich die Hand zu schütteln. Nachdem sie einen Tisch zugewiesen bekommen hatten, musste ihr kleiner Bruder zu allem Überfluss auch noch sein Glas Milch umschütten. Dafür hätte sie ihn umbringen können! Als sie einen verstohlenen Blick zu Mr. Chapman riskierte, war sein Platz leer.

»Okay. An welchen Tagen?«

Er blinzelte in das trotz der Kälte helle Sonnenlicht. Sie wusste nicht so recht, ob seine Augen nun grau oder grün oder eine Mischung von beidem waren. Auf jeden Fall gefielen ihr die auffallend dichten, langen Wimpern, wenn er die Augen zusammenkniff. »Das entscheiden Sie.« Er lachte.

»Also, am Donnerstag muss ich zu den Cheerleadern, weil wir am Freitag eine Veranstaltung haben.« *So ein Schwachsinn! Er weiß doch genau, wann die Aufwärmspiele sind.* »Und dienstags habe ich Klavierunterricht.« *Das interessiert ihn nicht die Bohne, Shelley!* »Schätze, Montag und Mittwoch wären am besten.«

»Prima«, lachte er. »Puh, ist das kalt hier draußen. Kommen Sie, gehen wir rein.«

Um ein Haar wäre sie über ihre eigenen Füße gestolpert, da er sie unvermittelt am Ellbogen fasste und zur Eingangstür bugsierte. Sobald die schwere Eisenkonstruktion scheppernd hinter ihnen ins Schloss fiel, war sie einer Ohnmacht nahe. Ihr Arm brannte von seiner Berührung. Allerdings hatte sie ihren Freundinnen nie davon erzählt, sondern den Zwischenfall wie ein kostbares Geheimnis gehütet.

Ab da bestimmten die Nachmittage, die sie mit ihm im Klassenzimmer verbrachte, ihr Leben. Sie quälte sich durch den Unterricht und fieberte regelrecht den Stunden entgegen, in denen sie für ihn tätig war. Sie versuchte sich nichts anmerken zu lassen und ertappte sich dennoch dabei, wie sie durch die leeren Flure zu seinem Klassenraum rannte, wo sie völlig außer Puste ankam. Bisweilen war er gar nicht da, sondern hatte ihr einen Stapel Unterlagen mit seinen Anweisungen bereitgelegt. Dann ging sie die Arbeiten ihrer Klassenkameradinnen mit einer Sorgfalt durch, die sie selbst sich nie zugetraut hätte. Wenn er kam, brachte er ihr häufig eine Limonade mit.

Einmal, als sie Fragebögen mit dem roten Filzschreiber korrigierte, den er ihr gegeben hatte, stand er von seinem Schreibtisch auf, wo er sich durch eine kaum leserliche Klausur quälte. Er hob die Arme und zog sich den Pullover mit dem V-Ausschnitt über den Kopf. »Wenn Sie mich fragen, ist es hier drin viel zu heiß.

Diese Schule sollte ruhig auch einen kleinen Beitrag zum Energiesparen leisten.«

Seinerzeit konnte sie ihn in seinem Umweltbewusstsein nicht einmal bestärken – sie war schlichtweg sprachlos gewesen. Er verschränkte die Finger, drehte die Handflächen nach außen und dehnte sich mit hochgereckten Armen. Fasziniert beobachtete sie das Muskelspiel unter seinem weichen Baumwoll-Shirt. Er atmete tief durch, ließ die Arme wieder sinken und rollte lockernd die Schulterblätter.

Shelley fiel vor Schreck der Stift aus der Hand. Sie hatte das Gefühl, dahinzuschmelzen wie Eiskristalle in der Sonne. Ihr war plötzlich glutheiß, und das lag bestimmt nicht an dem überhitzten Raum.

An diesem Tag hatte sie das Klassenzimmer ziemlich überstürzt verlassen. Einerseits war sie gern mit ihm zusammen, andererseits signalisierten ihre sämtlichen Instinkte *Flucht*. Trotzdem konnte sie dem Tumult ihrer Gefühle, der in ihr tobte, nicht entfliehen. Es war alles so neu und verwirrend und völlig anders als sämtliche Flirterfahrungen, die sie bis dahin gesammelt hatte. Sie konnte es sich selber nicht erklären. Erst Jahre später, älter und reifer geworden, begriff sie, was sie an jenem Nachmittag empfunden haben musste: Begehren.

Während jener Zeit im Spätherbst hatte er sich ihr gegenüber immer freundlich und zuvorkommend verhalten. Wenn ihr Freund sie nach dem Fussballtraining abholte, um sie mit seinem schrottreifen Cougar nach Hause zu fahren, rief Mr. Chapman ihnen aufgeräumt nach: »Viel Spaß noch, ihr beiden!«

»Vor der nächsten Veranstaltung möchte ich Sie bitten, die ersten drei Kapitel im Lehrbuch durchzulesen. Es ist zwar todlangweilig, ich weiß, aber es liefert Ihnen gute Hintergrundinformationen.«

Chapmans Anmerkung riss Shelley aus ihrer Träumerei. Eine Hüfte lässig an die Pultkante gelehnt, wirkte er verdammt sexy. Shelley war sich darüber im Klaren, dass die anderen Studentinnen seine erotische Ausstrahlung genauso wahrnahmen wie sie. Eine Frau musste schon blind sein oder Tomaten auf den Augen haben, wenn sie so etwas nicht mitbekam. Und richtig, als sie heimlich den Blick schweifen ließ, sah sie keine, für die das auch nur annähernd zugetroffen hätte.

Stattdessen bemerkte sie, dass ihre Kommilitoninnen höchstens Anfang zwanzig waren. Registrierte hohe, spitze Brüste, die aufreizend ungebändigt unter T-Shirts wippten, und schlanke, wohl geformte Schenkel in knallengen Designer-Jeans. Betont nachlässig frisierte Mähnen in allen erdenklichen Braun-, Rot- und Blondtönen. Verglichen damit fühlte sie sich alt und unscheinbar.

Was du ja auch bist, Shelley, rief sie sich ins Gedächtnis. Sie trug einen preiselbeerfarbenen Kaschmirpullover und darunter natürlich einen BH. Dazu einen schmalen, grauen Schurwollrock und eine farblich abgestimmte, dezent gemusterte Strumpfhose. Sie stand nun mal auf edle Naturmaterialien und hüllte sich nicht in irgendwelche Kunstfaser-Fummel.

Mit sechsundzwanzig war sie die Zweitälteste ihres Semesters. Ganz vorn, in der ersten Reihe, saß noch ein seriöser, grauhaariger Herr. Er machte sich fleißig Notizen, während der junge Mann mit dem Cowboyhut neben Shelley die ganze Stunde hindurch friedlich vor sich hin gedöst hatte.

Als die Glocke zum Pausenbeginn läutete, verabschiedete sich Mr. Chapman. »Ach ja, Mrs. Robins, könnten Sie bitte kurz bei mir vorbeikommen?«

Die Geschichte wiederholte sich.

Es fehlte nicht viel, und Shelley hätte die Bücher fallen lassen, die sie im Arm trug. Gottlob waren die Seminarteilnehmer nicht so neugierig wie ihre Klassenkameradinnen an der Poshman Valley. Etwa vierzig Mitstudenten strömten aus dem Seminarraum, die meisten von ihnen erpicht auf den ersten Nikotinschub nach über einer Stunde.

Mit gesenktem Kopf schob sie sich an den vielen Tischen vorbei, die – anders als an ihrer früheren Schule – relativ unorganisiert im Raum verteilt standen. Aus dem Augenwinkel gewahrte sie, wie der letzte Student hinauslief. Abwesend zog er die Tür hinter sich zu. Und Shelley bekämpfte den heftigen Impuls, ihm nachzurufen, er möge sie doch bitte offen lassen.

Kurz vor seinem Pult hob sie unbehaglich die von einem dichten, dunklen Wimpernkranz umrahmten Lider und hatte nach zehn Jahren erstmals wieder direkten Blickkontakt mit Grant Chapman.

»Hallo, Shelley.«

Sie stöhnte auf. Zumindest fühlte es sich so an, als ob ein leises Stöhnen in ihrer Kehle aufstieg. Sie konnte nur hoffen, dass sie es noch rechtzeitig unterdrückt hatte. »Hallo, Mr. Chapman.«

Er räusperte sich so geräuschvoll, als hätte er einen Frosch verschluckt. Um seine sinnlich vollen Lippen spielte ein feines Lächeln, seine Augen glitten wie tastend über ihr Gesicht. Inspizierten ihr Haar, den seltsam verletzlichen Blick, die schmale Nase, ihren Mund.

Eine lange Weile klebte er an ihren Lippen, bis Shelley sie nervös mit der Zunge befeuchtete und sich dafür insgeheim hätte ohrfeigen mögen.

Es war so unnatürlich still im Raum, dass man eine Stecknadel hätte fallen hören können. Er hatte sich von dem Pult abgestoßen und stand jetzt direkt vor ihr. Stattlich, hoch gewachsen, ein Baum von einem Mann. Nicht die Spur einschüchternd, sondern eher wie der große Beschützer.

»Ich… ich hätte nie gedacht, dass Sie mich wiedererkennen.«

»Ich wusste gleich zu Beginn des Semesters, wer Sie sind.« Seine Stimme klang sonderbar rau in Shelleys Ohren. In den Vorlesungen fehlte der vertrauliche Unterton, der sie jetzt völlig aus dem Konzept brachte. »Ich hab mich schon gefragt, ob Sie mich das ganze Semester mit Verachtung strafen wollen.«

Ein spöttischer kleiner Seitenhieb, und zehn Jahre Frausein waren mit einem Mal verpufft. Unvermittelt fand sie sich wieder naiv und unbedarft wie an der Highschool.

»Ich… ich war mir nicht sicher, ob Sie sich noch an mich erinnern würden. Deshalb bin ich nicht auf Sie zugegangen. Sonst hätte ich Sie womöglich noch in eine blöde Situation gebracht.«

»Deswegen hätten Sie sich wirklich keine Sorgen machen müssen. Ich wusste nämlich sofort, wer Sie sind.« Er nahm den Blick nicht von ihrem Gesicht. Ob sie sich wohl sehr verändert hatte? Verhärmter oder vom Leben gezeichnet war, überlegte sie spontan. Sie selber hatte nicht das Gefühl, weniger attraktiv zu sein als früher. Allerdings hatte sie nichts mehr von dem

Mädchen, das ihm damals eifrig zur Hand gegangen war.

Hatte er ihre Schwärmerei für ihn geahnt? Hatte er seiner Freundin davon erzählt? »Du müsstest sie sehen, mit ihren Schwitzefingerchen, wie sie mich heimlich anhimmelt. Sobald ich einen Mucks von mir gebe, schreckt sie hoch wie ein aufgescheuchtes Kaninchen.« Sie konnte sich bildhaft vorstellen, wie er daraufhin amüsiert den Kopf schüttelte und lachte.

»Shelley?«, bohrte er.

Er riss sie aus ihren brütenden Gedanken.

»Ja?«, fragte sie atemlos. Wieso war es plötzlich so stickig im Raum?

»Wie lange waren Sie eigentlich verheiratet?«

»Öh, ähm, sieben Jahre. Genau genommen bin ich seit zwei Jahren *nicht* mehr Mrs. Robins.«

Seine dichten Brauen hoben sich wie zu einer stummen Frage.

»Na ja, das ist eine lange, dumme Geschichte.« Sie spähte auf die Spitzen ihrer flachen Mokassins. »Dr. Robins und ich wurden vor zwei Jahren geschieden. Danach beschloss ich, wieder zur Schule zu gehen.«

»Aber doch nicht als Studentin, oder?«

Die meisten Männer hätten in Jeans, Cowboystiefeln und Sportsakko vermutlich eine mickrige Figur abgegeben, Grant Chapman dagegen sah absolut umwerfend aus. Die oberen Knöpfe des schlichten Baumwollhemds standen offen und enthüllten dunkles Brusthaar.

Sie riss den Blick von seinem Hemdkragen los und konzentrierte sich auf ihre Antwort. »Was haben Sie denn gedacht, hm? Ich meine … ich *bin* Studentin.« Sie hatte keine Ahnung, wie verführerisch sie bei diesem

Bekenntnis lächelte. In den letzten Jahren hatte sie auch wenig zum Lachen gehabt. Aber wenn sie lachte, verschwand der wehmütige Zug um ihren Mund, und in ihren Wangen bildeten sich tiefe Grübchen.

Grant Chapman hing fasziniert an ihren Lippen. Er brauchte eine lange Weile, bis er antwortete: »Da Sie eine überdurchschnittlich gute Schülerin waren, vermutete ich, Sie hätten gleich nach dem Abschluss an der Poshman Valley Highschool irgendwo ein Studium aufgenommen.«

»Hab ich auch. An der Universität von Oklahoma, aber …«

Sie sah weg, überlegte peinlich berührt, wie sie im ersten Semester Daryl Robins kennen gelernt und wie er ihr Leben verändert hatte. »Manchmal kommt eben etwas dazwischen«, fuhr sie matt fort.

»Wie ist es denn so in Poshman Valley? Ich war nie wieder dort. Grundgütiger, wie lange ist das jetzt her?«

»Zehn Jahre«, sagte sie wie aus der Pistole geschossen und hätte sich am liebsten die Zunge abgebissen. Sie klang ja wie ein braves, kleines Schulmädchen, das seinem Lehrer die richtigen Antworten aufsagte. »Oder so«, setzte sie beiläufig hinzu.

»Das kommt hin. Von dort bin ich direkt nach Washington gezogen. Das war mitten im Schuljahr.«

Betreten senkte sie den Blick. Die nächste Vorlesung hatte bestimmt schon begonnen. In den weitläufigen Gängen hielten sich nur noch wenige Studenten auf.

Sie mochte das Thema Highschool nicht vertiefen. Er erinnerte sich bestimmt nicht mehr daran, und sie hatte zehn Jahre lang erfolglos versucht, diese Zeit zu vergessen. »In Poshman Valley hat sich wenig verändert. Ich fahr öfter hin, um meine Familie zu besuchen. Mein Bruder unterrichtet dort Mathematik und trainiert den Football-Nachwuchs.«

»Was Sie nicht sagen!« Er lachte.

»Ja. Er ist verheiratet und hat zwei Kinder.« Sie drückte den Arm mit den schweren Büchern fester an ihre Brust. Als er das sah, nahm er ihr den Stapel weg und legte ihn auf sein Pult. Da sie nicht mehr wusste, was sie mit ihren Händen anfangen sollte, verschränkte sie sie vor der Brust. Und hoffte inständig, dass er nicht merkte, wie hilflos entblößt sie sich vorkam.

»Wohnen Sie hier in Cedarwood?«

»Ja. Mit dem Beginn meines Studiums hab ich ein kleines Haus gemietet.«

»Eins von den älteren?«

»Wie kommen Sie darauf?«

»Weil es davon so viele gibt. Cedarwood ist wirklich eine angenehme Kleinstadt. Erinnert mich an Georgetown. Während meiner Zeit in Washington hab ich dort gewohnt.«

»Oh.« Unvermittelt quälten sie Minderwertigkeitskomplexe. Immerhin hatte er Tür an Tür mit der gesellschaftlichen Elite, den Schönen, Reichen und Mächtigen gelebt. Da musste er sie doch für ein grässliches Provinzei halten!

Sie machte Anstalten, sich ihre Bücher wieder in den Arm zu klemmen. »Ich möchte Sie nicht länger aufhalten…«

»Tun Sie auch nicht. Ich hab heute sowieso keine Vorlesung mehr. Eigentlich wollte ich noch irgendwo einen Kaffee trinken gehen. Wie wär's, haben Sie Lust mitzukommen?«

Ihr Herz trommelte in einem wilden Wirbel. »Danke, nein, Mr. Chapman, ich …«

Lachend fiel er ihr ins Wort. »Also wirklich, Shelley. Nennen Sie mich einfach Grant, ja? Wir sind schließlich erwachsen und nicht mehr an der Highschool.«

»Sicher, aber Sie sind immer noch mein Dozent«, gab sie zu bedenken, leicht pikiert, da er sich augenscheinlich über sie lustig machte.

»Ein Glück für mich. Sie sind ein Gewinn für meine Vorlesungen. Heute noch mehr als früher.« Er wurde ernst und sah sie eindringlich an. Das war fast noch schlimmer als sein unbekümmertes Lachen. »Also bitte, vergessen Sie die Kategorie Universitätsprofessor, abgemacht? Darunter stelle ich mir nämlich immer einen angestaubten, älteren Herrn mit wirrer, schlohweißer Mähne vor. Und wie er verzweifelt in den ausgebeulten Taschen seines abgetragenen Tweedsakkos nach der Brille sucht, die er sich irgendwie abwesend auf sein ergrautes Haupt geschoben hat.«

Shelley kicherte. »Vielleicht sollten Sie kreatives Schreiben unterrichten. Das war sehr bildhaft umschrieben.«

»Der Punkt geht an Sie. Nennen Sie mich Grant, okay?«

»Ich werd's versuchen«, versprach sie lahm.

»Ich bitte darum.«

Sie kam sich vor wie eine Dreijährige, die zum ersten Mal auswendig »Backe, backe Kuchen« vorträgt. »Tja … ähm … ich …«

»Na los, fassen Sie sich ein Herz«, ermunterte er sie.

»Also gut.« Sie seufzte. »Grant.« Es klappte besser, als sie vermutet hätte. Hatte sie ihn in ihren heimlichen

Fantasien eigentlich so genannt? »Grant, Grant«, wiederholte sie. Der Name ging ihr mühelos über die Zunge.

»Sehen Sie? Es geht doch. Und was ist mit unserem Kaffee? Sie haben jetzt bestimmt keine Vorlesung mehr, oder? Und wenn, wären Sie mordsmäßig spät dran, also …«

Sie zögerte noch. »Hmmm, ich …«

»Es sei denn, Sie wollten lieber nicht mit mir zusammen gesehen werden.« Sie sah ihn mit großen Augen an, denn seine Stimme klang schlagartig verändert. Sachlich zwar, aber mit einem Hauch von Bitterkeit.

Unvermittelt kapierte sie. »Sie meinen wegen der Sache in Washington?« Statt einer Antwort musterte er sie beschwörend aus undefinierbar graugrünen Tiefen. Hastig schüttelte sie den Kopf. »Um Himmels willen, nein, natürlich nicht, Mr.… ähm … Grant. Wie kommen Sie denn darauf?«

Er schien merklich erleichtert, stellte Shelley verblüfft fest. »Hätte ja sein können.« Mit seinen langen, sehnigen Fingern raufte er sich unschlüssig die Haare. »Und, kommen Sie jetzt mit?« Er blieb trotzdem hartnäckig.

Die Verletzlichkeit in seinem Blick und die jungenhaft verlegene Geste bewogen sie schließlich, ihn zu begleiten. Shelley nickte. »In Ordnung«, hörte sie sich selbst wie aus der Pistole geschossen sagen.

Grinsend schnappte er sich ihren Stapel Bücher sowie seinen Aktenkoffer und scheuchte Shelley in Richtung Tür. Dort griff er hinter sie und tastete nach dem Lichtschalter. Als er mit seinem Arm ihren Rücken streifte, hielt sie unwillkürlich die Luft an.

Einen Herzschlag lang fühlte sie seine Hand im Nacken, ehe diese zu ihrer Wirbelsäule glitt. Es war nichts weiter als eine höflich-zuvorkommende Geste, mit der er sie sanft in den Flur schob. Und dennoch, als sie über den Campus schlenderten, spürte sie seine Finger elektrisierend intensiv auf ihrem Strickpullover.

Bei Hal's, dem sozialen Mikrokosmos, wie er auf dem Campus jeder Universität zu finden ist, war es wie üblich laut, verraucht und voll. Neil Diamond beklagte eben seine Einsamkeit aus Lautsprechern, die strategisch geschickt in die Wände eingelassen waren. Kellner mit roten Emblemen an den weißen, langärmeligen Hemdmanschetten trugen Krüge mit frisch gezapftem Bier an überfüllte Tische. Studenten aller Nationalitäten und Fakultäten, gestylte Studienanfängerinnen, politisch engagierte Emanzen, bärtige Intellektuelle sowie muskelbepackte Kumpeltypen mischten sich unter das bunte, ausgelassene Treiben.

Grant fasste sie am Arm und zog sie an einen relativ ruhigen Tisch im hinteren Teil der Kneipe. Nachdem er ihnen einen Platz gesichert hatte, beugte er sich über den Tisch und flüsterte ihr theatralisch zu: »Hoffentlich muss ich mich nicht ausweisen.« Auf ihr verständnisloses Stirnrunzeln erklärte er: »Wenn man die dreißig überschritten hat, wird man hier bestimmt schief angesehen.« Als sie seine Äußerung mit einem halb triumphierenden, halb mitfühlenden Auflachen quittierte, schlug er sich mit der Hand vor die Stirn. »Meine Güte, Sie sind nicht mal dreißig, stimmt's? Allmählich fühle ich mich wirklich wie ein zerstreuter, weißhaariger Professor.«

Als einer der Kellner im Eiltempo an ihrem Tisch vorbeisteuerte, rief Grant ihm zu: »Zwei Kaffee.«

»Mit Milch?«, fragte der Kellner im Vorbeilaufen über seine Schulter hinweg.

»Milch?«, wollte Grant von ihr wissen. Shelley nickte.

»Ja, zwei Mal«, brüllte er dem Kellner hinterher. »Als ich Sie das letzte Mal gesehen habe, waren Sie bestimmt noch nicht alt genug für Kaffee, stimmt's?«, meinte er dann scherzhaft zu ihr.

Shelley hatte ihm gar nicht richtig zugehört und nickte nur mechanisch. Sie hatte Mühe, ihn nicht pausenlos anzustarren. Seine Haare waren vom Wind lässig zerzaust. Der weit offen stehende Hemdkragen zog ihren Blick magisch an. Daryl Robins hatte sich für den personifizierten Superman gehalten, dabei waren auf seiner Brust nur ein paar mickrige blonde Haare gesprossen. Auf Grants gebräunter Haut wucherte dagegen ein wahrer Urwald. Es juckte ihr in den Fingern, zärtlich über das dunkle Gewirr zu streicheln. Betroffen schaute sie weg.

Ein Blick durch den Raum bestätigte ihre heimliche Befürchtung. Die anderen Studentinnen taxierten Grant mit dem freizügigen Interesse moderner, sexuell emanzipierter Frauen. Für Shelley hatten sie nur kühle Missbilligung übrig. Grant Chapman war an der Uni ein Star von zweifelhafter Berühmtheit, mit einem notorischen Ruf, der Frauenherzen schwach werden ließ. Bei ihrem Eintreffen hatte Shelley versucht, den ganzen Wirbel um seine Person zu ignorieren. Auf Dauer nervten die neugierigen Blicke jedoch, die unablässig auf sie gerichtet waren.

»Man gewöhnt sich daran«, murmelte er nach einer Weile.

»Meinen Sie?«

»Nun ja, Sie lernen zumindest, damit zu leben und locker darüber hinwegzugehen.« Gedankenvoll drehte er den Glasaschenbecher auf der lackierten Tischplatte. »Das ist die notwendige Folge, wenn man sein Gesicht über Monate jeden Tag in den Zeitungen abgedruckt sieht. Ob man nun der Gute oder der Böse ist, Täter oder Opfer, schuldig oder unschuldig, spielt dabei keine Rolle. Man wird quasi zur öffentlichen Person und hat kein Privatleben mehr.«

Shelley schwieg, bis der gestresste Ober ihnen den Kaffee serviert hatte. Während sie Milch in ihre Tasse goss, meinte sie nachdenklich: »Mit der Zeit gibt sich das bestimmt wieder. Dass Sie ab dem Wintersemester an dieser Uni unterrichten, ging schon im letzten Frühjahr überall rund. Aber wenn Sie erst mal eine Weile hier sind, legt sich der ganze Rummel um Ihre Person sicher.«

»Meine Vorlesungen waren ruckzuck überfüllt. Das finde ich ja nicht unbedingt schmeichelhaft. Ich wette, die meisten Studenten, die sich bei mir eingeschrieben haben, sind bloß neugierig. Der Cowboy neben Ihnen beispielsweise hat das gesamte Seminar heute verpennt.«

Sie lächelte, irgendwie erleichtert, dass die Anspannung aus seinen Zügen gewichen war. »Vermutlich konnte er Ihren Ausführungen sowieso nicht folgen.«

Grant erwiderte ihr Lächeln und wurde ernst. »Warum besuchen Sie eigentlich meine Vorlesung, Shelley?« Dabei fixierte er sie so intensiv, dass ihr Gesicht unwillkürlich die Farbe einer reifen Erdbeere annahm.

Verlegen spähte sie in ihre Kaffeetasse. Um die verräterische Gesprächspause zu überspielen, sagte sie leichthin: »Na, weil ich den Schein brauche.«

Er ging über ihre beiläufige Bemerkung hinweg. »Gehören Sie etwa auch zu der Gattung informationshungriger Wahrheitssucher? Wollten Sie sich mit eigenen Augen davon überzeugen, was für ein skrupelloser und berechnender Typ ich bin?«

»Nein«, wehrte sie sich matt. »Natürlich nicht. Das würde mir nicht im Traum einfallen.«

»Oder einfach sehen, ob ich Sie noch wiedererkenne?« Die Unterarme auf die Tischplatte gestützt, hatte er sich dicht zu ihr vorgebeugt. Die Distanz zwischen ihnen war merklich geschrumpft, aber statt sich zurückzulehnen, verspürte Shelley einen unwiderstehlichen Impuls, ihm noch näher zu rücken.

»Ich… ich… schätze mal ja. Allerdings hatte ich nicht damit gerechnet, dass Sie sich noch an mich erinnern würden. Es ist lange her und…«

»Machen wir uns doch nichts vor, Shelley. Wollten Sie wissen, ob ich mich noch an den Abend erinnere, an dem wir uns geküsst haben?«

2

Ihr Herz trommelte schmerzhaft gegen ihre Rippen. Das rasende Pochen in ihren Schläfen übertönte die Geräuschkulisse im Raum. Ihr Mund war schlagartig staubtrocken.

»Sehen Sie mich an, Shelley.«

Nein, nein, bloß nicht, Shelley! Dann hängst du am Fliegenfänger. Grant ist doch nicht blöd oder weltfremd. Er merkt sofort, was mit dir los ist. Gleichwohl setzte sie sich kurzerhand über den wohlmeinenden Rat ihrer inneren Stimme hinweg und hob den Blick. Sah ihre Reflexion in seiner grün schimmernden Iris, gewahrte sein Mienenspiel, eine Mischung aus Betroffenheit, Enttäuschung und Ratlosigkeit.

»Ich entsinne mich noch genau, dass wir uns geküsst haben. Sie auch?«, räumte er mit schonungsloser Offenheit ein.

Unbewusst nickte sie. »Ja«, antwortete sie matt. Ihr war plötzlich ganz schwindlig. Einen Herzschlag lang schloss sie die Augen, betete im Stillen darum, er möge das Thema fallen lassen. Warum redeten sie nicht über irgendetwas anderes, worüber sich sachlich-neutral diskutieren ließe? Sie fühlte sich unbehaglich in seiner Nähe, von ihm beobachtet. Jener Abend hatte ihr Leben völlig auf den Kopf gestellt. Und wenn er noch einmal davon anfing, würde sie vermutlich auf der Stelle tot umfallen!

Unzählige Male hatte sie darüber nachgedacht, alles wieder und wieder an ihrem geistigen Auge vorbeiziehen lassen. Irgendwann hatte sie die Erinnerung in den hintersten Winkel ihres Verstandes verbannt, ein stummes Geheimnis, das niemanden etwas anging. Und ein kostbares Juwel, das sie nur herausholte, wenn sie allein war. Über jene Episode mit ihm zu diskutieren wäre der reinste Psychoterror für sie. Dann würde alles zur Sprache kommen. Unmöglich. Nein, das war überhaupt nicht drin.

Aber er war gnadenlos. »Es war am Abend nach der Basketball-Meisterschaft. Wissen Sie noch?«

»Ja«, meinte sie gepresst, krampfhaft bemüht, die aufsteigende Hysterie in ihrer Stimme zu unterdrücken. »Poshman Valley hatte gewonnen.«

»Und alle waren völlig aus dem Häuschen vor Begeisterung«, sagte er leise. »Die Band muss die Kampfeshymne mindestens zehnmal gespielt haben. Die halbe Stadt war da, um die Mannschaft zu beglückwünschen und um mitzufeiern. Die Spieler hatten den Coach auf die Schultern gehoben und im Siegeszug durch die Sporthalle getragen.«

Sie sah es genau vor sich. Hörte wieder den Jubel. Schnupperte den süßlichen Popcornduft. Sie meinte sogar zu spüren, wie der Boden unter ihren Füßen bebte, während die Zuschauer zu den mitreißenden Rhythmen aufstampften.

»Shelley, los, hol die Siegesfahne«, hatte eine der anderen Cheerleaderinnen ihr ins Ohr gebrüllt. Sie hatte genickt und sich durch die johlende Menschenmenge in das Büro vorgekämpft, wo die Cheerleader die Flagge aufbewahrten.

Die zusammengerollte Fahne unter den Arm geklemmt, war Shelley aus dem Raum gestürmt und an der Tür mit Mr. Chapman zusammengestoßen. Er wiederum hatte den Pokal für die siegreiche Mannschaft holen wollen.

»Mr. Chapman!«, hatte Shelley aufgeregt gejapst, als sie mit ihm zusammengeprallt war.

Wie alle anderen war er hellauf begeistert über den Sieg der Schulmannschaft gewesen. Ohne lange nachzudenken, hatte er die Arme um ihre Taille geschlossen und sie hochgehoben. Wirbelte sie mehrmals durch die Luft, worauf ihr ausgelassenes Lachen den kleinen Raum erfüllte.

Als er sie wieder auf die Füße stellte, hielt er sie noch einen folgenschweren Augenblick lang fest. Statt die Hände von ihrer Taille zu lösen, zögerte er unschlüssig. Das war fatal, wenn auch sicher unbeabsichtigt, vielleicht sogar ein Missverständnis. Und doch hatte dieser schicksalhafte Moment ihr Leben verändert. Denn in diesem Augenblick war Shelley eine andere geworden.

Vor Verblüffung war ihnen das Lachen in der Kehle stecken geblieben. Plötzlich war es totenstill im Raum gewesen. Ihre Herzen schienen im Gleichklang zu schlagen. Sie hatte den pulsierenden Rhythmus durch ihre Bluse mit dem eingestickten »PV« auf dem Revers hindurch gefühlt. Seine trainierten Schenkel waren an ihre nackten Beine unter dem kurzen Glockenrock gepresst. Eine Hand weiterhin um ihre Taille geschlungen, legte er die gespreizten Finger der anderen sanft, aber entschlossen auf ihre Wirbelsäule. Ihr Atem vermischte sich mit seinem, als er das Gesicht kaum merklich auf ihres senkte.

Sie hatten wie versteinert dagestanden, einander verwundert angeschaut. Er blinzelte verwirrt, schien fieberhaft zu überlegen und doch zu keinem Schluss zu kommen.

Dann plötzlich, als realisierte er unvermittelt die Brisanz der Situation, hatte er den Kopf gesenkt.

Sein Mund streifte den ihren wie ein sanfter Hauch. Und verweilte. Forderte. Teilte ihre Lippen. Als sich ihre Zungenspitzen berührt hatten, war ein elektrisierendes Prickeln durch ihrer beider Körper gefahren.

Er hatte sie ungewollt schlagartig losgelassen und war einen Schritt zurückgetreten. Sie war völlig aufgelöst in Tränen ausgebrochen, woraufhin sein Herz sich schmerzvoll zusammengekrampft hatte. Er machte sich die bittersten Vorwürfe. »Shelley…«

Sie hatte sich auf dem Absatz umgedreht und war aus dem Zimmer geflüchtet.

Die Fahne weiterhin unter den Arm geklemmt, war sie kopflos aus der Sporthalle hinaus und zu dem Wagen ihres Vaters gerannt. Als ihre besorgten Eltern sie eine halbe Stunde später zusammengekauert auf der Rückbank fanden, hatte Shelley ihnen vorgemacht, dass ihr entsetzlich übel geworden wäre.

»Ich habe Sie an diesem Abend fürchterlich erschreckt«, räumte Grant eben ein. Seine Hand lag dicht neben ihrer auf der Tischplatte. Wenn er seinen kleinen Finger ausstreckte, würde er Shelley zwangsläufig berühren. Aber nichts dergleichen.

»Das kann man wohl sagen.« Ihre Stimme klang seltsam hohl in ihren Ohren. »Damals hab ich meinen

Eltern vorgemacht, ich wäre krank. Die drei Tage bis zu den Weihnachtsferien war ich im Bett, um nicht mehr in die Schule zu müssen.« Sie lächelte gequält.

Offen gestanden hatte sie völlig verstört im Bett gelegen und sich das Hirn zermartert, warum sich dieses komische Engegefühl in ihrer Brust einschlich, sobald sie nur daran dachte, wie Mr. Chapman sie geküsst hatte. Wenn ihr Freund zärtlich mit ihr hatte werden wollen, war sie meistens nur wütend geworden. Aber bei Mr. Chapman hätte sie viel darum gegeben, dass er sie berührte. Sie streichelte. Verwöhnte. Mit zärtlichen Händen ihre Brüste umschloss. Deren Spitzen umkreiste. Dass er sie an den geheimsten Stellen küsste. An diesem Punkt hatte sie vor Scham jedes Mal heiße, dicke Tränen in ihr Kopfkissen geweint.

»Nicht nur Sie waren fürchterlich erschrocken. Ich hatte ehrlich gesagt eine Mordspanik«, gestand Grant leise. Shelley musterte ihn fragend. »Können Sie sich vorstellen, was eine kleine Gemeinde wie Poshman Valley mit einem Lehrer gemacht hätte, wenn herausgekommen wäre, dass er eine seiner Schülerinnen geküsst hat? Da hätte ich mir gleich den Strick nehmen können. Gottlob hat uns keiner gesehen an dem Abend. Glück für Sie und für mich. Aber immerhin konnte ich gehen. Sie nicht.«

»Stimmt, Sie sind gleich danach weggezogen.« Sie hatte dem Ende der Ferien regelrecht entgegengebangt. Innerlich hatte sich alles in ihr gesträubt, ihn wiedersehen zu müssen. Allerdings hatte sich noch vor dem ersten Schultag herausgestellt, dass Mr. Chapman künftig nicht mehr in Poshman Valley unterrichtete. Er hatte zwischenzeitlich gekündigt, nachdem ihm eine

Stelle als politischer Berater in Washington D.C. angeboten worden war. An der Schule war ohnehin allen klar gewesen, dass er den Lehrerjob nur so lange ausüben würde, bis man ihn in die Hauptstadt holte. Aber dass es so schnell ginge, damit hatte niemand gerechnet.

»Ja. Ich war während der Ferien in Oklahoma City, um dort ein paar alte Kontakte zu pflegen. Und kräftig auf den Putz zu hauen. Bis man mir schließlich einen Job zuschanzte. Ich hätte unter gar keinen Umständen zurück an die Highschool gekonnt.«

»Wieso?«

Seine malachitfarbigen Augen bohrten sich in ihre. Dann erwiderte er mit ruhiger, eindringlicher Stimme: »Damals waren Sie vielleicht noch so naiv, Shelley, aber jetzt doch nicht mehr, oder? Sie begreifen doch sicher, warum ich dort kündigen musste. Dieser Kuss war alles andere als freundschaftlich. Mir wäre nicht im Traum eingefallen, Ihnen zu nahezutreten, geschweige denn Sie zu küssen. Bitte glauben Sie mir das. Ich hatte nie irgendwelche Hintergedanken bei Ihnen oder bei einer der anderen Schülerinnen. Aber als ich sie umarmt habe, ist es eben passiert. Unvermittelt waren Sie nicht mehr meine Schülerin, sondern eine junge, begehrenswerte Frau. Vermutlich hätte ich Sie danach nie wieder mit den Augen eines Lehrers gesehen«, setzte er seufzend hinzu.

Das beklemmende Gefühl in ihrer Brust wurde schier unerträglich. Sie hätte sterben mögen. »Sind Sie fertig? Oder möchten Sie noch einen Kaffee?«, fragte er nach einer längeren Pause.

»Ja. Ich meine, nein, ich habe ausgetrunken. Danke, ich möchte nichts mehr.«

»Kommen Sie. Lassen Sie uns gehen.«

Er stand auf und schob den Stuhl für sie zurück. Sie erhob sich hastig, bemüht, ihn nicht zu berühren.

»Puh«, stöhnte er, als er die schwere, messingbeschlagene Tür aufdrückte und sie ins Freie geleitete. »Endlich wieder frische Luft.«

»Hallo, Mr. Chapman.«

Eine Studentin, die mit drei anderen Mädchen auf das Lokal zusteuerte, blieb prompt stehen und lächelte ihn provozierend an. Ihre Wimpern waren kräftig schwarz getuscht, ihr üppiger Schmollmund mit knallrotem Lipgloss bemalt, die dauergewellte Mähne im lässigen Fransenlook toupiert. Shelley hätte zu gern gewusst, wie das Mädchen sich in seine Jeans hatte zwängen können und ob der Reißverschluss da noch lange mitspielte. Natürlich trug sie keinen BH, so dass sich ihre vollen Brüste aufreizend unter dem hautengen Pullover abmalten.

»Hallo, Miss …«

»Zimmerman. Montags, mittwochs und freitags besuche ich die Zwei-Uhr-Vorlesung bei Ihnen. Die gestern hat mir besonders gut gefallen«, lobte sie mit einem schmachtenden Augenaufschlag. »Ich war nachher gleich in der Bibliothek, um mir ein paar von den Büchern auszuleihen, die Sie uns empfohlen haben.«

»Und, lesen Sie sie auch?«

Das Mädchen blinzelte irritiert, verdutzt über Grants entwaffnend offene Frage. Dann lächelte sie lasziv, entschlossen, seinen kleinen Seitenhieb mit Humor zu nehmen. »Na klar. Ich hab schon damit angefangen.«

»Gut. Wenn Sie fertig sind, würde ich gern wissen, welche Eindrücke Sie gewonnen haben.«

»Aber gern. Ganz bestimmt.« Sie sah an Shelley vorbei, als wäre die junge Frau Luft für sie. »Man sieht sich«, kicherte Miss Zimmerman und folgte ihren Freundinnen in die Kneipe.

Sie schlenderten über die von Fachbuchhandlungen gesäumte Straße. Einen halben Häuserblock weiter sagte Grant schließlich leichthin: »Na, kein Kommentar?«

»Wozu?«, fragte sie beschwingt.

»Über das Engagement gewisser Studenten.«

Sie schnaufte verächtlich. »Miss Zimmerman engagiert sich zweifellos für vieles, aber bestimmt nicht für ihr Studium.«

Lachend fasste er ihren Arm und führte sie über die Straße. »Wo haben Sie geparkt?«

»Nirgends. Ich bin heute Morgen zur Uni gelaufen.«

»Sehr lobenswert. Wo geht's lang?«

Am sichersten, klügsten und einfachsten wäre es gewesen, sich an dieser Stelle von ihm zu verabschieden. Eine vernünftige Einstellung, die Shelley für gewöhnlich beherzigte. Sie blieb auf dem Gehweg stehen und fixierte ihn. »Danke, aber ich kann das kurze Stück auch allein gehen.«

»Was Sie nicht sagen. Aber ich möchte Sie gern begleiten.«

»Ist nicht nötig.«

»Sicher nicht?«

»Besser, Sie kommen nicht mit.«

»Warum?«

»Weil Sie Dozent sind und ich eine Ihrer Studentinnen«, sagte sie, einem hysterischen Anfall gefährlich nahe. Warum, wusste sie selber nicht.

»Das hatten wir doch schon mal. Finden Sie das denn so schlimm?«

»Mmm … ja. Es stört mich eben.«

»Mit dem großen Unterschied, Shelley, dass wir inzwischen beide erwachsene Menschen sind.«

Sie senkte den Kopf, nagte unschlüssig an ihrer Unterlippe.

»Sie dürfen mir glauben, ein Skandal ist das Letzte, was ich gebrauchen kann«, kam er ihr zuvor, um ihre Bedenken zu zerstreuen. »Es liegt mir fern, uns beide in eine kompromittierende Situation zu bringen.«

»Und deshalb sollte man uns auf dem Campus auch besser nicht zusammen sehen.« Seine Universitätslaufbahn war alles andere als gesichert. Wieso setzte er sie gedankenlos aufs Spiel? Einmal abgesehen von seinen Problemen, musste sie sich erst darüber klar werden, ob sie überhaupt wollte, dass er wieder in ihr Leben trat.

Auf gar keinen Fall. Sie durfte ihm nicht noch einmal auf den Leim gehen. Shelley, du musst endlich die Notbremse ziehen, beschwor sie sich. Warum hatte sie bloß von diesem blöden Kuss angefangen? Das war absolut Schnee von gestern. Einfach hirnrissig, und trotzdem …

»Ich brauche jemanden, mit dem ich reden kann, Shelley. Jemandem, dem ich vertraue, verstehen Sie? Quasi eine gute Freundin.«

Ihr Kopf schnellte hoch. Sie gewahrte die tief eingegrabenen Linien um seinen Mund und die steile Falte zwischen seinen Brauen. Er hatte viel durchgemacht. Wusste um die infamen Gerüchte, die über ihn verbreitet wurden. Wenn er es mit einem romantischen

Flirt versucht hätte, hätte sie ihn vermutlich abgewimmelt. Ganz bestimmt sogar.

Aber eine platonische Freundschaft mit ihr? Diesen kleinen, mitleiderregenden Wunsch konnte sie ihm gewiss nicht abschlagen. Sicher, er besaß einen gewissen Bekanntheitsgrad. Und war wiederum Opfer seiner eigenen Berühmtheit. Menschen wie er waren für gewöhnlich nicht mit Leuten befreundet, die sich ihre Brötchen mit profaner Arbeit verdienen mussten. Da kannte die Solidarität dann doch Grenzen. Trotzdem stand eins für sie fest: Er war einsam.

In seinem erwartungsvollen, angespannten Blick lag eine leichte Unsicherheit. »Also gut, von mir aus«, räumte sie sanft ein und lief wieder los.

Grant folgte ihr. »Worin wollen Sie eigentlich Ihren Abschluss machen?«

»In Betriebswirtschaft.«

Er blieb stehen. »*Betriebswirtschaft*?«

Sie blieb ebenfalls stehen. »Ja, Sie haben richtig gehört. Was hatten Sie denn gedacht? Hauswirtschaft?« In ihrer Stimme lag eine unmissverständliche Schärfe. Zu ihrer Verblüffung brach er in schallendes Gelächter aus.

»Nein, ich bin bestimmt kein Chauvinist. Ich kann Sie mir bloß nicht recht vorstellen im grauen Nadelstreifenkostüm und so …«

»Nur über meine Leiche.« Sie entspannte merklich. Sie gingen weiter. »Ich möchte mich auf Finanzdienstleistungen für Frauen spezialisieren. Viele Banken haben heutzutage entsprechende Abteilungen eingerichtet. Denken Sie beispielsweise an die selbstständigen Unternehmerinnen oder an Geschiedene und Witwen, die zum ersten Mal ihr Geld eigenverantwortlich verwalten müssen. Die wissen oft nicht einmal, wie man ein Konto eröffnet oder ein Darlehen beantragt.«

»Da haben Sie meine volle Zustimmung.« Er klopfte ihr anerkennend auf die Schulter. »Ich halte das für eine tolle Idee.«

»Danke, Sir.« Sie verneigte sich spöttisch vor ihm.

Auf den Straßen war es menschenleer. Die Sonne war hinter Gresham Hall untergegangen, der Himmel in ein verwaschenes Blau getaucht. Das herbstlich bunte Blätterdach von Eichen und Ulmen spannte sich lauschig über den Gehweg, und zwei Verliebte hatten der romantischen Aura wohl nicht widerstehen können.

Grants und Shelleys Schritte hallten dumpf auf dem laubbedeckten Pflaster. Derweil näherten sie sich dem Paar, das sich offenbar nicht stören ließ. Die junge Frau lehnte mit dem Rücken an einem Baumstamm, in inniger Umarmung mit einem jungen Mann. Seine Schenkel pressten sich an ihre, während sie sich leidenschaftlich küssten.

Als Shelley heimlich zu den beiden hinüberlinste, gewahrte sie, wie der Mann kaum merklich die Hüften kreisen ließ, worauf die Hände der Frau zu seinem Po glitten und ihn fester an sich schmiegten. Unvermittelt schoss Shelley die Schamesröte ins Gesicht. Aus dem Augenwinkel heraus spähte sie hinüber zu Grant, der sie – o Schreck! – interessiert beobachtete. Er grinste scheinheilig und ging schneller, bis sie das entrückte Liebespaar hinter sich gelassen hatten.

»Haben Sie noch einen Nebenjob?«, fragte Grant, um die peinliche Situation zu entspannen.

»Nein, ich konzentriere mich ganz auf mein Studium. Das Geld reicht einigermaßen aus, um nicht arbeiten zu müssen.«

»Bekommen Sie Unterhalt von Ihrem geschiedenen Mann?«

Sie sprach nur ungern über ihre Scheidung, aber seltsamerweise machte ihr Grants Frage nichts aus. Im Grunde genommen war sie froh, dass sie den ganzen Trennungszirkus endlich hinter sich hatte. Es war eine schlimme Zeit für sie gewesen. Unterschwellige Schuldgefühle blieben freilich, aber damit musste sie leben. »Ja, aber nur solange ich studiere. Ich wollte nicht, dass Daryl für mich zahlen muss, fand jedoch, dass er mir eine Ausbildung schuldig ist. Wir sind dann nach langem Hin und Her zu einer für beide Seiten akzeptablen Einigung gelangt.«

»Erlauben Sie mir die Frage, was Ihrer Meinung nach schiefgelaufen ist?«

»Die Ehe war ein Fehler und wurde nach fünf Jahren geschieden.«

Sie überquerten eine weitere einsame Straße, bevor er den Gesprächsfaden wieder aufnahm: »Keine weiteren Einzelheiten?«

Shelley sah ihn beschwörend an. »Also, bitte.«

»Okay, okay. Tut mir leid. Geht mich ja auch nichts an. Trotzdem – ich finde, dass der Mann ein ausgemachter Idiot ist. Sollte ich ihn wider Erwarten kennen lernen, werde ich ihm das auch ins Gesicht sagen.«

»So was lässt ihn kalt. Zumal er alles erreicht hat, was er sich in den Kopf gesetzt hatte. Er ist Mediziner und im Krankenhaus von Oklahoma City eine Koryphäe auf seinem Gebiet. Das Letzte, was ich weiß, ist, dass er sich mit der Tochter vom Chefarzt verlobt hat. Für seine Karriere geht er über Leichen.«

Zwischen zusammengepressten Lippen stieß Grant leise ein Schimpfwort hervor. »Und um ihm das Medizinstudium zu finanzieren, sind Sie damals arbeiten gegangen, richtig?«

»So in der Art, ja.« Seine ärgerliche Miene verunsicherte sie. »Hier wohne ich.« Nervös deutete sie auf das Haus.

Er folgte ihr über die unebene Zuwegung zu dem überdachten Eingangsportal. Die rotbraune Klinkerfassade wurde von einer weiß getünchten Holzveranda aufgelockert. Rasen und Zierpflanzen vor dem Haus waren gepflegt, einmal abgesehen von dem abgefallenen Laub der beiden Pekannuss-Bäume, das sich überall im Garten verteilte.

»Das Haus gefällt mir«, rief Grant begeistert.

»Wirklich? Mir hat es auch spontan zugesagt. Ich darf gar nicht daran denken, dass ich nach dem Studium wieder wegziehen muss.«

»Und wohin? Haben Sie schon einen Job in Aussicht?«

»Noch nicht. Aber im nächsten Frühjahr fange ich an, Bewerbungen zu verschicken. Vermutlich bleibt mir nichts anderes übrig, als in eine der Metropolen mit den Großbanken umzuziehen, die für meinen Job in Frage kommen.«

Sie sprach zunehmend leiser und räusperte sich verlegen. Es behagte ihr nämlich absolut nicht, wie sein Blick unablässig an ihren Lippen klebte.

»Danke, dass Sie mich begleitet …«, hob sie an.

»Shelley, sind Sie denn kein bisschen neugierig? Sie

haben mich noch mit keinem Wort gefragt, wieso sich die bildhübsche Tochter eines einflussreichen Senators wegen mir das Leben genommen hat.«

Sie war sprachlos. Sie hatte nicht erwartet, dass er das heikle Thema Washington so offen ansprechen würde. Natürlich war sie neugierig. Die ganze Nation hatte mit Spannung gelesen, was in den Zeitungen über ihn verbreitet worden war. Denn die Schlagzeilen vom Selbstmord eines ihrer umschwärmten Lieblinge in Washington hatten in der Öffentlichkeit eine Woge der Entrüstung ausgelöst.

In den Monaten vor ihrem Tod war Missy Lancaster eng mit Grant Chapman befreundet gewesen. Ihr Vater, der Senator von Oklahoma, hatte die zarte Romanze scheinbar gebilligt. Als die junge Frau nach einer Überdosis Schlaftabletten tot in ihrem Apartment in Georgetown aufgefunden worden war, hatte die Gerüchteküche zu brodeln begonnen. Zwangsläufig war der Name Grant Chapmans gefallen. Man hatte ihn dafür verantwortlich gemacht; es hieß, er habe ihr das Herz gebrochen. Schließlich war er aus dem Stab des Senators entlassen worden.

Das hatte Chapman nicht auf sich sitzen lassen. Stattdessen war er auf die wahnwitzige Idee verfallen, gegen Senator Lancaster ein Gerichtsverfahren wegen Vertragsbruchs anzustreben. Ein gefundenes Fressen für die Presse. Was ließ sich besser in den Gazetten vermarkten als ein nacktes Mädchen, tot im Bett, einen selbst geschriebenen Abschiedsbrief in der Hand? Inhalt: »Mein geliebter Schatz, verzeih mir, aber ich liebe dich über alles. Wenn ich dich nicht haben kann, will ich lieber sterben.« Als Höhepunkt hatte die Autopsie auch noch ergeben, dass Missy Lancaster schwanger gewesen war. Und die Öffentlichkeit hatte jedes dieser delikaten Details hungrig verschlungen.

Grant hatte das Verfahren zwar gewonnen, sein Amt aber nach dem Richterspruch trotzdem sogleich niedergelegt. Er mochte unsensibel sein, aber er kannte seine Grenzen. Und hatte genau gewusst, dass er in Washington zur unerwünschten Person geworden war.

»Es … es hat mir wahnsinnig leidgetan für Sie, dass Sie das alles haben durchmachen müssen«, meinte sie schließlich.

Er lachte rau. »Dann waren Sie aber vermutlich die Einzige, die Mitgefühl hatte mit mir, der Hauptfigur in diesem Schurkenstück. Waren Sie denn nicht auch davon überzeugt, dass die gegen mich erhobenen Vorwürfe zutrafen? Haben Sie nicht auch geglaubt, dass ich eine junge, unschuldige Frau ins Unglück gestürzt habe? Oder sich heimlich gefragt, ob das Kind, das bei dem Selbstmord der Mutter ebenfalls starb, von mir war?«, erregte er sich. Als sie impulsiv einen Schritt zurückwich, schwieg er betreten. Fuhr sich mit der Hand durch die Haare und seufzte schwer. Einen Augenblick lang starrte er unschlüssig auf den gepflasterten Weg. »Verzeihen Sie, Shelley.«

»Sie brauchen sich nicht zu entschuldigen. Ich kann Ihre Verbitterung gut verstehen. Was zwischen Ihnen und Missy Lancaster gewesen ist, ging schließlich niemanden etwas an. Schon gar nicht die Öffentlichkeit. Einfach infam, Sie zum Sündenbock abzustempeln.«

Seine Mundwinkel verzogen sich zu einem zynischen Grinsen. »Wo waren Sie eigentlich, als ich Sie dringend brauchte? Sie hätten mich seinerzeit bestimmt moralisch aufgebaut.«

»Das wird schon wieder. Wenn erst mal Gras über die Sache gewachsen ist, meine ich. Die Leute vergessen schnell.«

»Und *Sie*?« Er legte ihre Bücher auf die Verandabrüstung und trat einen Schritt auf sie zu.

»Was … was ist mit mir?«

»Können Sie ebenfalls vergessen, dass ich in einen Skandal um eine junge Frau verwickelt war? Nachdem Sie aus eigener Erfahrung wissen, dass ich zehn Jahre vorher ein noch jüngeres Mädchen geküsst habe?«

Betretenes Schweigen trat ein. Was sollte sie ihm darauf bloß antworten, überlegte sie hektisch. Sie starrte ihn mit großen Augen an. Er stand mit gestrafften Schultern vor ihr und füllte ihr gesamtes Blickfeld aus. Sie roch den würzig-holzigen Duft seines Eau de Cologne, spürte seine innere Anspannung.

»Das in Poshman Valley war nur ein kleiner Ausrutscher«, murmelte sie.

»So? Finden Sie«, fragte er leise. »Hinterher hab ich mir das auch einzureden versucht, aber als ich Sie nach ein paar Tagen wiedergesehen habe, war ich mir da gar nicht mehr so sicher. Mag sein, dass mir die nötige Distanz fehlte, die man als Lehrer gegenüber seinen Schülerinnen zu wahren hat. Vielleicht empfand ich aber schon damals mehr für Sie und sah in Ihnen die Frau, die Sie heute sind. Schön, begehrenswert. Shelley …«

»Nein.« Als er noch näher kam, wich sie zurück. »Nein, Grant.«

»Wieso nicht?«

»*Wieso?* Weil sich an der Situation nichts geändert hat.«

»Das ist kein stichhaltiger Grund, Shelley. Wie alt sind Sie jetzt? Sechsundzwanzig? Siebenundzwanzig? Ich bin fünfunddreißig. Einmal angenommen, ich wäre nicht Ihr Dozent und wir würden uns auf irgendeiner Party kennen lernen, dann würde unser Alter doch keine Rolle spielen, oder?«

Sie knetete ihre Hände, damit sie nicht so verdächtig zitterten. Oder tat sie dies, weil sie ihre Finger sonst nicht hätte bei sich behalten können? Wie gern hätte sie ihm die vorwitzige, mit silbernen Fäden durchzogene Strähne aus der Stirn geschoben. Oder ihn umarmt. »Mit dem Alter hat das nichts zu tun, sondern mit dem ganzen Drumherum. Ich bin immerhin Ihre Studentin.«

»An der Poshman Valley Highschool spielte das eine Rolle. Aber hier nicht. Wir sind doch nicht mehr im Mittelalter. Ich finde, wir sollten einfach ausprobieren, ob der Kuss damals wirklich nur ein kleiner Fauxpas war. Oder ob mehr dahintersteckt.« Er trat zu ihr und legte seine starken Hände auf ihre Schultern.

»Nein, bitte nicht. Vergessen Sie das Ganze.«

»Jetzt hören Sie mir mal gut zu«, sagte er eindringlich. Er drängte sie gegen das Mauerwerk. »Sie dürfen mir glauben, als ich Sie neulich das erste Mal in meiner Vorlesung gesehen habe, bin ich irgendwie richtig wieder aufgelebt. Nach der Ochsentour, die ich hinter mir habe, waren Sie wie ein Lichtblick in tiefer Dunkelheit. Ich hatte jenen Abend im Dezember nie vergessen, allenfalls in die Tiefen meines Bewusstseins verbannt. Und als ich Sie wiedersah, drängte das alles mit Macht wieder an die Oberfläche. Die Ambivalenz. Das bohrende Gewissen. Schuldgefühle …

Ich möchte Sie noch einmal küssen, Shelley. Meine Karriere ist mir verflucht egal. Ich weiß nämlich inzwischen, wie flüchtig Erfolg und Glück sind. Also, was soll's? Was interessieren mich die Ansichten anderer? Ich habe es satt, auf die Befindlichkeiten anderer Menschen Rücksicht zu nehmen. Die Bezahlung hier ist ohnehin bescheiden. Ich werde Sie jetzt küssen, Shelley. Ich habe nichts mehr zu verlieren.«

Sanft umschloss er mit den Fingern ihr Kinn. Als sie sich halbherzig dagegen wehrte, fasste er ihre Hände und schob sie sich sanft auf die Schultern. Für den Herzschlag der Ewigkeit heftete sich sein Blick in ihre riesigen, fragenden Augen, dann senkte er den Kopf.

Sein Mund war warm, weich, sanft und doch begierig. Er saugte so verführerisch an ihren Lippen, dass sie sich ihm willenlos öffneten. Sie hörte ein lustvolles Seufzen, als sich ihre Zungen fanden, und realisierte nicht einmal, dass der Laut ihrer Kehle entschlüpft war.

Seine Zunge rieb sich an ihrer, neckte, leckte, erkundete hemmungslos die Süße ihres Mundes. Die feuchte Spitze glitt über ihre Lippen, ihre Zähne und drängte gierig in das erotisierend verlockende Dunkel vor.

Zehn lange, unerfüllte Jahre fielen mit einem Mal von ihr ab. Ihre Hände glitten zu seinem Nacken und streichelten das dunkle Haar, das sich in seinen Kragen wellte. Zehn Jahre Sehnen und Träumen vereinigten sich in diesem einen Kuss. Ihr Herz schlug plötzlich zum Zerspringen.

Er saugte an ihrer feucht glänzenden Unterlippe.

»Shelley, Shelley. Grundgütiger, es ist wahr«, hauchte er an ihrem Mund. Seine Zunge tauchte erneut in die feuchte Süße ein, und dieses Mal leidenschaftlicher. Entrückt erwiderte sie das erotisierende Spiel.

Er ließ ihr Kinn los, senkte den Arm und umschlang ihre Taille. Mit der anderen Hand umschloss er ihren Po und presste sie ungestüm an sich. Die Intimität dieser Umarmung bewies ihr auf eindrucksvolle Weise, wie erregt er war.

Schockiert begriff sie den Ernst der Situation. Die Leidenschaft, die ihre Vernunfterwägungen überlagert hatte, war jählings ausgeblendet. Sie stemmte sich gegen seine Brust und bog unwillkürlich den Kopf zurück.

»Bitte, lassen Sie mich los«, stammelte sie mit einem Hauch von Panik in der Stimme.

Grant gab sie widerspruchslos frei und trat einen Schritt zurück. Es lag ihm fern, sie zu bedrängen. Mit bebenden Fingern massierte sie ihre pochenden Schläfen. Ihre Miene beklommen, schüttelte sie fassungslos den Kopf.

»Danke, dass Sie mich nach Hause begleitet haben. Aber ich möchte jetzt allein sein.« Sie schnellte herum, doch er fasste geistesgegenwärtig ihren Oberarm und hielt sie fest.

»Shelley, bitte laufen Sie nicht wieder vor mir weg.«

»Tu ich gar nicht.« Sie wich seinem Blick aus. »Ich hab noch viel zu …«

»Sie laufen vor mir weg«, fiel er ihr ins Wort. »Damals war es etwas anderes, aber diesmal lasse ich Sie nicht ohne eine plausible Erklärung gehen. War ich zu schnell, zu fordernd? Oder hängen Sie noch immer an Ihrem Ex-Mann?«

Darauf kicherte sie boshaft. Ein freudloses, hässliches Lachen. »Nein. Das ist es ganz bestimmt nicht. Das wäre ja das Allerletzte!«

»Was dann?«

Sie zuckte frustriert mit den Schultern und fixierte ihn mit niedergeschlagenem Blick. »Grant«, flüsterte sie mit einer Mischung aus Ärger und Verlegenheit. »Ihnen muss doch klar sein, wieso wir nicht … wieso das nicht wieder passieren darf. Seit Sie vor zehn Jahren in unsere Klasse kamen, sehe ich in Ihnen in erster Linie einen Lehrer. Das Bild steckt fest in meinem Kopf, und ich kann es nicht innerhalb weniger Stunden auslöschen. Von daher ist es doch nur logisch, dass Sie für mich tabu sind. Und wenn Sie ehrlich mit sich selber sind, denken Sie nicht viel anders darüber.«

Seine Augen lösten sich von ihrem Gesicht und schweiften ab. Dieser Rückzug bewies ihr, dass sie mit ihrer Argumentation voll ins Schwarze getroffen hatte. Er ließ ihren Arm los und schob die Hände in die Hosentaschen.

»Hier an der Universität haben Sie die Chance, sich eine neue Karriere aufzubauen. Das setzt man nicht …«, sie gestikulierte mit den Händen in der Luft, »… einfach so aufs Spiel.«

Sein Blick glitt abermals zu ihr. »Das nehme ich gern in Kauf.«

»Aber ich nicht. Ich sag Ihnen eins: Zwischen uns läuft nichts. Das würde letztlich in einer Riesenkatastrophe münden. Und das wollen wir doch beide nicht, oder?«

Bevor er auch nur irgendetwas erwidern konnte, hatte Shelley aufgeschlossen, stürmte ins Innere und knallte die Eingangstür hinter sich zu. Eine lange Weile stand sie unschlüssig im Flur, bis sie hörte, wie seine festen Schritte sich über den Gartenweg entfernten.

Erst da ließ sie der Tränenflut freien Lauf, die sie mit letzter Kraft unterdrückt hatte.

3

»Du siehst einfach klasse aus, Shelley«, knurrte sie ihr verquollenes Gesicht im Badezimmerspiegel an. Sie betupfte sich die rotgeränderten Augen mit einem weichen Papiertuch, beugte sich über das Waschbecken und warf sich ein paar Hände voll kaltes Wasser ins Gesicht. Während sie sich abtrocknete, presste sie das Frotteetuch fest auf ihre Augen. Vielleicht ließ sich das allgegenwärtige Bild von Grant Chapman ja auf diese Weise ausmerzen.

Das hast du zehn Jahre lang nicht geschafft, du Träumerin. Wie kommst du darauf, dass es jetzt klappen könnte, fragte sie sich spitz. Immerhin wirkte er noch charismatischer, attraktiver und – leider Gottes – noch maskuliner als an der Highschool. Damals hatte sie ihn angehimmelt, eine jugendliche Schwärmerei eben, aber inzwischen war er ein echter Womanizer.

Hand aufs Herz, sie hatte ihn nie ganz vergessen können, und jetzt war er erneut in ihr Leben getreten. Keine Ahnung, wie sie damit umgehen sollte. Während sie Müsli und Milch in eine Schale gab, machte sie sich bittere Vorwürfe, dass sie sich ausgerechnet für sein Seminar eingeschrieben hatte. An der Universität gab es siebentausend Studenten. Die Chance, ihm zufällig über den Weg zu laufen, wäre verschwindend gering gewesen. Aber sie musste es ja unbedingt so einrichten, dass sie sich zweimal pro Woche sahen!

Ihr Abendsnack knusperte und knackte zwischen den Zähnen, während sie mechanisch kaute und den Geschmack einfach nur fade fand. Seit sie von ihrem Mann getrennt lebte, kochte sie nur höchst selten; infolgedessen waren die sechs Kilo, die sie während ihrer fünfjährigen Ehe zugelegt hatte, locker wieder verschwunden. Und sobald die Scheidung amtlich war, hatte sie sich fest vorgenommen, nie wieder für einen Mann zu kochen. Daryl hatte nämlich nach Hause kommen können, wann er wollte, er hatte stets erwartet, dass sie augenblicklich ein warmes Essen für ihn auf den Tisch zauberte.

Die Empörung darüber, dass sie sein serviles Ehefrauchen gewesen war, stieß ihr bitter auf. Der Appetit war ihr plötzlich vergangen. Ärgerlich spülte sie die Schale ab. »Nie wieder«, schwor sie sich.

Sie hatte Daryl Robins auf einer Party der Studentinnenvereinigung kennen gelernt. Gleich in ihrer ersten Woche an der Oklahoma University. Sie kam direkt von der Poshman Valley High, und ein gut aussehender Medizinstudent war für sie damals Romantik in Reinkultur.

Nach der ersten Tanzfolge waren sie für den Rest des Abends unzertrennlich gewesen. Es machte Shelley zwar nervös, wie eng er sie während der langsamen Bluesserien umschlungen hielt, aber schließlich war sie ja jetzt Studentin. Außerdem wurde er nicht übermäßig zudringlich, fand sie. Nein, der blonde Adonis mit dem entwaffnenden Grübchenlächeln eroberte ihr Herz im Siegeszug.

Am Wochenende ihrer Heimfahrt wollte er das

erste Mal mit ihr intim werden. Fehlanzeige. Bis Weihnachten entwickelten sich ihre Dates zunehmend zu Scharmützeln um Shelleys Unschuld. »Meine Güte, Mädchen, wann wirst du endlich erwachsen?«, fauchte er sie auf der Rücksitzbank seines Wagens an. »Ich werde immerhin Arzt. Ich weiß, wie man eine Schwangerschaft verhindert. Also, wenn du dir deswegen Sorgen machst, kann ich dich beruhigen.«

»Das ist es nicht«, stammelte sie. »Ich finde nur, eine Frau sollte warten, bis sie …«

»… verheiratet ist.« Er grinste spöttisch. Die herablassende Reaktion zeugte von seiner tiefen Frustration. »Wo lebst du eigentlich? Auf dem Mond?«

»Mach dich bitte nicht lustig über mich oder meine Ansichten«, widersetzte sie sich mit wutblitzenden Augen. »Ich bin wie ich bin und kann eben nicht aus meiner Haut.«

Er fluchte leise. Dann spähte er eine lange Weile brütend aus dem Wagenfenster. »Teufel noch«, seufzte er schließlich. »Also gut, willst du unbedingt heiraten? Wie ich meinen Dad kenne, unterstützt er uns bestimmt finanziell.«

Shelley hatte es nicht sonderlich gekümmert, dass er quasi zwischen Autotür und -angel einen Antrag machte und nicht die Spur von Romantik bewies. Sie stürzte sich auf ihn, schlang die Arme um seinen Hals. »Oh, Daryl, Daryl.«

An jenem Abend durfte er ihr den BH ausziehen und ihre Brüste küssen. Er war begeistert, sie enttäuscht. Es war bei weitem nicht so schön, wie sie vermutet hatte. Und er war auch nicht wie der Mann, von dem sie ständig träumte …

Und genau dieser Mann war jetzt wieder aufgetaucht, und sie hatte emotional kein bisschen dazugelernt. Konnte mit ihren Gefühlen für ihn genauso wenig umgehen wie damals. Allerdings war sie inzwischen älter und vermutlich auch reifer. Oder? Sicher, die einzig richtige Entscheidung wäre gewesen, Grant Chapmans Seminar fallen zu lassen; aber das brachte sie nicht so ohne weiteres fertig.

Stundenlang brütete sie über ihrer Entscheidung und starrte abwesend aus dem Fenster, statt die Zeit sinnvoller für ihr Studium zu nutzen. Wie, fragte sie sich im Stillen, könnte sie ihn freundlich-bestimmt abwimmeln? Damit er künftig nicht mehr auf die Idee verfiel, sich mit ihr zu verabreden? Andererseits konnte sie sich bereits ihre Enttäuschung ausmalen, wenn er den Kontakt zu ihr gänzlich abbräche.

Ihr Herz hämmerte in ihrer Brust, als sie zu seiner nächsten Veranstaltung den Seminarraum betrat. Gottlob war sie vor ihm da. Sie setzte sich wie gewohnt in die letzte Reihe und zuckte jedes Mal nervös zusammen, wenn die Tür aufging. Bis Grant schließlich mit wehenden Haaren und leicht zerknirschter Miene hereinstürmte. »Tut mir leid, dass ich mich verspätet habe«, entschuldigte er sich, während er seine Unterlagen auf dem Pult ausbreitete.

Als sie den Raum verließ, beachtete er sie nicht weiter. Shelley schwankte zwischen Erleichterung und Verärgerung. Sie redete sich ein, sie solle doch froh sein, dass er ihren Willen so positiv aufgenommen und akzeptiert habe. Aber wenn sie ehrlich mit sich selber war, fand sie die Situation im höchsten Maße unbefriedigend.

Auf dem Campus sah sie ihn nicht mehr, bei seiner nächsten Veranstaltung verhielt er sich ihr gegenüber weiterhin distanziert. Erst als sie beim Hinausgehen sein Pult passierte, rang er sich ein kühles »Hallo, Mrs. Robins« ab. Woraufhin sie mit einem noch unterkühlteren »Hallo, Mr. Chapman« reagierte.

»Dieser verdammte Typ!«, wetterte sie und warf ihre Bücher auf den Küchentisch. Sie trat ihre Schuhe aus, lief zum Kühlschrank und riss die Tür auf. »Er macht mich schon wieder auf diese blöde Tour an.«

In Wirklichkeit tat er gar nichts, und das wurmte sie am meisten. »Das ganze letzte Jahr an der Highschool habe ich mich auf nichts anderes konzentrieren können als auf ihn. Nur wegen diesem Mistkerl hatte ich ein hundsmiserables Zeugnis!«

Das war zweifellos völliger Unfug. Was hatte er für ihre törichte Schwärmerei gekonnt? Und es war auch diesmal nicht sein Problem, wie sie sich fühlte. Sie knallte die Kühlschranktür so heftig wieder zu, dass die Flaschen und Gläser darin vorwurfsvoll klirrten.

»Grant bringt nicht noch einmal Chaos in mein Leben. Nein, danke, nie wieder!«, schnaubte sie, während sie den Deckel einer Mineralwasserdose aufriss. Prompt brach ihr ein Fingernagel ab. Fluchend schlug sie die Hände vors Gesicht und jaulte missmutig auf. »Der Mann ist für mich gestorben. Den lass ich am ausgestreckten Arm verhungern. Das schwöre ich bei allem, was mir heilig ist.«

Ihr Entschluss überlebte gerade einmal zwei Tage. Mit Büchern und Literaturlisten bewaffnet, stapfte sie die Marmortreppe zur Bibliothek hoch, fest entschlossen, sich künftig ausschließlich und intensiv auf ihr Studium zu konzentrieren.

Grant Chapman war der Erste, der ihr beim Betreten des ehrwürdigen Gebäudes ins Auge fiel.

Er saß an einem der langen Tische, gemeinsam mit einer Gruppe von Fakultätsmitgliedern der Politischen Wissenschaften. Er sah sie nicht, also nutzte sie die überaus günstige Gelegenheit, ihn ausgiebig zu beobachten. Seine Faszination für sie war nämlich ungebrochen.

Trotz seiner grauen Schläfen wirkte er mehr wie ein Student statt wie ein Dozent. Er trug eine legere beige Hose, dazu einen dunkelblauen Pullover mit V-Ausschnitt, dessen Ärmel er bis zu den Ellbogen zurückgeschoben hatte. Das Kinn in die Hände gestützt, lehnte er über dem Tisch und hörte sich den Vortrag eines Kollegen an.

Als Grant einen Kommentar dazu abgab, lachten die Anwesenden aufgeräumt, vor allem die Frau neben ihm. Sie war etwa Mitte dreißig und auf eine spröd-herbe Art attraktiv. Grant erwiderte ihr Lächeln.

»Hallo, Shelley.«

Sie wirbelte herum und gewahrte einen jungen Mann, den sie vom Studium her kannte. »Hi, Graham. Wie kommst du mit der Literatur zurecht?«

»Puh, die ist ätzend langweilig«, antwortete er. Währenddessen strebte er dem Ausgang zu.

Sie winkte ihrem Kommilitonen im Vorbeigehen zu und drehte sich lächelnd wieder um. Ihr Lächeln gefror, denn ihr Blick traf unverhofft auf den von Grant. Er starrte sie stirnrunzelnd an und ignorierte den Professor, der eben zu einem längeren Vortrag ausholte.

Sie begrüßte ihn lediglich mit einem knappen Nicken und lief dann weiter in Richtung Treppe.

Im Obergeschoss fand sie in einer abgeschiedenen Ecke einen leeren Tisch, auf dem sie ihre Fachbücher ausbreitete. Graham hatte absolut Recht. Die Lektüre war sterbenslangweilig. Schon nach einer halben Stunde verschwammen die Buchstaben vor ihren Augen, und sie kapierte gar nichts mehr.

Abwesend lauschte sie auf Schritte, die über die knarrenden Holzdielen huschten. Vor, vor, Stopp. Umdrehen. Zurück. Vorwärts. Stopp. Vor, vor …

Unvermittelt stand er am Ende eines hohen Bücherregals, nicht weit von ihr entfernt. Ein Grinsen umspielte seine Mundwinkel. Hatte er sie etwa gesucht?

Hastig senkte sie den Blick auf den vor ihr liegenden Text. Aus dem Augenwinkel heraus gewahrte sie seine Hosenbeine, die sich langsam näherten. Bis er direkt vor ihrem schmalen Tisch Halt machte. Als er eine prall mit Papieren gefüllte Mappe vor ihr ablegte, hob sie den Blick und schaute hinweisend zu einem leeren Tisch ein paar Schritte weiter.

»Ist der Stuhl noch frei?«, erkundigte er sich übertrieben höflich. Dabei verbeugte er sich tief.

»Nein. Und der auch nicht.« Sie empfahl mit einem Kopfnicken den Nebentisch.

Über seine Schulter hinweg warf er einen abschätzigen Blick dorthin. »Hier ist das Licht besser.« Er versuchte den Stuhl unter dem Tisch hervorzuziehen und traf auf Widerstand. Als er sich bückte, um nach der Ursache zu forschen, prustete er leise los. »Dieser Stuhl *ist* besetzt.« Shelley hatte es sich gemütlich gemacht und die Beine daraufgelegt.

Sie schwang ihre Füße zu Boden, woraufhin er sich setzte. Warum hatte sie eigentlich so getan, als ob sie sich darüber ärgerte, dass er ihr nachgekommen war? In Wahrheit hüpfte ihr das Herz vor Freude, dass er sie hier entdeckt hatte. Und nach seiner strahlenden Miene zu urteilen, war er froh, mit ihr allein zu sein. Für einen langen Moment fixierten sie einander wortlos. Am liebsten hätte sie ihn vom Fleck weg umarmt. Aber sie steckte die Nase wieder in das Buch und las scheinbar interessiert weiter.

»Hier«, sagte er und klopfte sich unter dem Tisch auf den Schenkel.

»Was?«, fragte sie scheinbar desorientiert und hob überrascht den Kopf, was den Anschein erwecken sollte, dass sie in ihre Studien vertieft wäre und er sie störte. Wieso in Dreiteufelsnamen packte sie nicht einfach ihre Sachen zusammen und ging weg?

»Legen Sie Ihre Füße auf meinen Schoß.«

Ihr Herz hämmerte wie wild. »Nein«, flüsterte sie und sah sich dabei rasch um.

»Hier ist weit und breit niemand«, raunte er leise. Seine kehlige Stimme übte eine enorme Anziehung auf sie aus. »Bitte. Sind sie denn nicht kalt?«

Selbst wenn, hätte Shelley das niemals zugegeben. »Warum haben Sie Ihre Besprechung verlassen?«, wechselte sie kurz entschlossen das Thema.

»Sie war zu Ende.«

»Sie haben doch bestimmt noch anderes zu tun.«

»Erraten.« Triumphierend grinsend öffnete er die mitgebrachte Mappe. »Ich muss noch einige Punkte durchgehen und aktualisieren. Na, kommen Sie schon, legen Sie die Füße hoch.«

»Grant … Mr. Chapman … Ich kann nicht hier sitzen und die Füße auf Ihren Schoß legen. Was, wenn uns jemand so sieht?«

Sein Grinsen verschwand, während er darüber nachdachte. »Ist es denn so wichtig für Sie, was die Leute denken?«

Gute Frage, seufzte Shelley. Sie senkte die Lider, um seinem bohrenden Blick auszuweichen. Zögernd antwortete sie: »Ja. Vielleicht sollte mich das kaltlassen, tut es aber nicht. Ist es Ihnen denn egal, wie die Leute über Sie denken?«, gab sie die Frage zurück und sah ihn erneut an.

Er überlegte angestrengt. »Mmh, ja«, erwiderte er sanft, aber entschieden. »Mag sein, dass ich mehr auf die Meinung meiner Mitmenschen geben sollte. Wäre sicher ganz aufschlussreich. Andererseits möchte ich mich nicht verbiegen, nur um am Ende dann doch falsch reagiert zu haben. Am Ende ist es bestimmt besser, das zu tun, was man selbst für richtig hält. Und nicht das, wovon andere meinen, dass es gut für einen sei. Immer vorausgesetzt natürlich, dass sich die Entscheidungen im Rahmen des guten Geschmacks und des Legalen bewegen.« Er grinste jungenhaft. Gleichwohl war sie nicht willens, seine Philosophie unkommentiert hinzunehmen. Shelley war nämlich sehr daran gelegen, den von ihm vertretenen Standpunkt auch nachvollziehen zu können.

»Und mit dieser Einstellung haben Sie es geschafft, dem Skandal in Washington zu begegnen? Wenn mir so etwas passiert wäre, hätte ich mich vermutlich irgendwo verkrochen und mich nie mehr blicken lassen. Ob ich mir nun etwas zu Schulden hätte kommen lassen oder nicht – wenn die Leute mich zum Sündenbock abgestempelt hätten, hätte ich niemanden mehr sehen wollen. Sie dagegen lachen und machen Witze«, fuhr sie fort, da ihr spontan einfiel, wie er vorhin mit seinen Kollegen herumgealbert hatte. »Also, mir wäre nach so einer Sache das Lachen die längste Zeit vergangen.«

Er grinste milde. »Ich bin nun mal eine Kämpfernatur, Shelley. Immer schon gewesen. Ich hatte und habe mir nichts vorzuwerfen und sehe verflucht nicht ein, warum ich mir von den haltlosen Beschuldigungen aus der Öffentlichkeit mein Leben kaputtmachen lassen sollte.« Er griff über den Tisch hinweg und fasste Shelleys Hand. Es kam ihr gar nicht in den Sinn, sie wegzuziehen. »Aber mal ganz ehrlich«, setzte er mit einem Hauch von Bitterkeit hinzu, »es gab Zeiten, da war mir wirklich nicht zum Lachen zumute.«

Hinterher war ihr schleierhaft, wann sie die Beine hochgenommen und die Füße zwischen seine Schenkel geschoben hatte. Irgendwann bemerkte sie jedoch, wie sich seine trainierte Muskulatur anspannte und er ihre Fußsohlen mit seinen Daumen massierte.

»Ich hab mal wieder richtig geschätzt. Ihre Füße sind eiskalt«, flüsterte er.

Wieso senkte er plötzlich die Stimme? Die Minuten verstrichen, und er hatte keinen Ton gesagt, sondern sie über den tintenverschmierten Tisch hinweg mit den achtlos verstreuten Unterlagen nur angeschaut. Niemand hatte ihre Privatsphäre gestört. In den weitläufigen Bibliothekssälen unterhielt man sich leise gedämpft. Die hohen Bücherregale mit den alten Folianten türmten sich wie ein schützender Wall rings um sie auf. Bestimmt flüsterte er so vertraulich, weil sie sich in einem öffentlichen Gebäude befanden und er nicht wollte, dass jemand mithörte.

»Hier drin ist es auch kalt«, murmelte sie, ohne groß nachzudenken. Einerlei, er verstand, was sie meinte. Er saß ihr so dicht gegenüber, dass sie die feinen Fältchen um seine Augen gewahrte und die leiseste Bemerkung hörte. Jahrelang hatte sie sich danach gesehnt, ihn wiederzusehen. Und jetzt hatte sich ein Traum für sie erfüllt.

»Ziehen Sie doch Ihren Pullover über.« Sie hatte die Ärmel eines Strickpullis um ihren Hals geknotet.

Shelley schüttelte den Kopf. »Nein, es geht schon so.« Eigentlich war ihr nämlich unangenehm warm. Ihren Rücken überlief es heiß und kalt. Ihre Schläfen pochten, ihr Kopf war plötzlich so leicht, als würde sie schweben. Sie hatte das Gefühl, zu schlafwandeln, wenngleich jede Faser ihres Körpers elektrisierend kribbelte.

Einen solchen Gefühlskonflikt hatte sie seit Poshman Valley nicht mehr durchlebt, als sie neben ihm gesessen und Arbeiten durchgesehen hatte. Von einem Augenblick auf den anderen hätte sie tanzen und die ganze Welt umarmen mögen, dann wieder hatte sie sich nach intimer Zweisamkeit mit ihm gesehnt. Nach Geborgenheit und seinen zärtlichen Umarmungen. Genauso fühlte sie auch jetzt wieder.

Eine lange Weile lasen sie schweigend – oder taten zumindest so. Shelley vertiefte sich jedenfalls in ihre Texte. Sie nahm stark an, dass es Grant nicht minder schwerfiel, sich auf seine Unterlagen zu konzentrieren. Er massierte weiterhin ihre Füße. Allerdings nicht mehr therapeutisch, sondern eher zärtlich, erotisierend. Als er eine Seite umblättern musste, nahm er ihre beiden Füße in eine Hand, bis er die andere wieder frei hatte.

Sie beobachtete fasziniert, wie seine Augen über die Seite wanderten. Und stellte sich insgeheim vor, wie sie über ihren nackten Körper glitten. Worauf sie spontan glutheiß errötete. Grant hob den Kopf und sah sie fragend an. Er grinste matt, als er ihren ertappten Blick auffing und ihre sichtlich geröteten Wangen bemerkte.

»Eigentlich weiß ich gar nichts über Sie«, platzte sie verlegen heraus. »Über Ihre Familie, woher Sie kommen. Sie waren nämlich nicht aus Poshman Valley, stimmt's?«

»Ich bin in Tulsa aufgewachsen. Als zweiter von drei Söhnen. Mein Vater starb, als ich noch aufs College ging. Ich hatte eine ganz normale, glückliche Kindheit. Schätze, meine Kämpferinstinkte und das Talent, mir bisweilen Probleme aufzuhalsen, sind ein Stück weit darauf zurückzuführen, dass ich der mittlere von dreien war. Gut möglich, dass ich damit ständig Aufmerksamkeit auf mich lenken wollte.«

Sie lächelte. »Ich war die Älteste und musste immer ein gutes Vorbild sein. Wo leben Ihre Brüder jetzt? Und Ihre Mutter?«

»Mein jüngerer Bruder ist im Vietnamkrieg gefallen. Unsere Mutter, die schwer herzkrank war, starb wenige Monate nach seinem Tod.«

»Das tut mir leid für Sie«, murmelte sie betroffen. Gottlob hatte sie noch nie den Verlust eines Familienmitglieds beklagen müssen. Sie wohnte zwar seit Jahren nicht mehr zu Hause, trotzdem fand sie das Wissen beruhigend, dass ihre Eltern immer für sie da waren, wenn sie sie brauchte. Sie hatte die beiden nur einmal enttäuscht – mit ihrer Scheidung. Diese Geschichte hatte die beiden sehr mitgenommen. Zumal sie überhaupt nicht begriffen, wie so etwas passieren konnte. Außerdem hatte Shelley ihnen geflissentlich verschwiegen, dass sie von Daryl vor vollendete Tatsachen gestellt worden war. Ihr Mann hatte nämlich die Scheidung veranlasst, ohne vorher eine klärende Aussprache mit ihr zu suchen.

»Mein älterer Bruder wohnt mit seiner Frau und den Kindern in Tulsa. Wir haben uns wenig zu sagen«, räumte er wehmütig ein. »Seit ich von Washington hierhergekommen bin, habe ich ihn und seine Familie nicht mehr besucht. Er war zwar immer nett und freundlich, aber irgendwie auch reserviert.«

»Vielleicht weiß er nicht recht, wie er auf Sie zugehen soll?«

»Mag sein.« Grant seufzte. »Da wir nur noch zu zweit sind, fände ich es schön, wenn wir uns häufiger sehen würden.« Er sah sie eindringlich an. »Dumm gelaufen, aber seine Söhne werden vermutlich dafür sorgen müssen, dass die Familie nicht ausstirbt.« Er lachte betreten.

Sie schluckte und spähte hastig auf die Seite einer Fachzeitschrift, die aufgeschlagen vor ihr lag. Mittlerweile hätte sie locker in der Lage sein müssen, den eng gedruckten Text auswendig vorzutragen. »Schon komisch … ähm … dass Sie nie geheiratet haben.«

»Finden Sie?«

Ihr Kopf schoss hoch. »Finden Sie nicht?« Wieso hatte sie auf einmal einen Mordskloß im Hals? Sie räusperte sich geräuschvoll.

Grant zog gedankenvoll die Schultern hoch. »Nicht wirklich. In den ersten Jahren, in Washington, war ich zu sehr mit meiner Karriere beschäftigt, um eine dauerhafte Beziehung einzugehen.«

Soso, sinnierte Shelley, Beziehung ja, aber nichts Festes.

»Und später dann … keine Ahnung.« Er zuckte mit den Achseln. »Ich hab halt keine gefunden, die mir gefallen hätte, zumindest keine zum Heiraten.«

Eine unangenehme Stille schloss sich an. Die Anspannung zwischen ihnen war fast spürbar. Seine Daumen massierten mit langen, gleitenden Bewegungen ihre Fußsohlen. Jede seiner lasziven Berührungen verengte ihre Kehle ein bisschen mehr und verhärtete ihre Brustspitzen zunehmend.

»Shelley«, meinte er nachdrücklich, und sie musste seiner unterschwelligen Bitte nachkommen und ihn ansehen. »Bevor ich Sie geküsst hatte, war mir völlig egal, was Sie und Ihr Lover in dessen Schrottkarre machten. Aber noch lange nach meinem Umzug nach Washington trieb mich meine Fantasie fast in den Wahnsinn. Ich stellte mir vor, wie er Sie gierig küsste, Ihren Busen betatschte …«

»Grant, ich bitte Sie.« Verlegen kaute sie an ihrer Unterlippe.

»Monatelang versuchte ich mir einzureden, es wären bloß meine Beschützerinstinkte, aus Sorge um Ihre Unschuld. Aber schließlich musste ich mir selbst eingestehen, das ich eifersüchtig auf ihn war. Ich …«

»Nein, nein. Sagen Sie so was nicht. Sagen Sie nichts mehr …«

»Ich wollte derjenige sein, der Sie küsst und zärtlich

zu Ihnen ist. Ich wollte Ihre Brüste sehen, sie berühren, küssen …«

»Stopp! Hören Sie auf damit!«, kreischte sie. Sie zog ihre Füße weg und stand so ruckartig auf, dass sie mit dem Gleichgewicht zu kämpfen hatte. »Ich … ich muss mir noch ein weiteres Buch besorgen«, setzte sie aufgelöst hinzu. Es fehlte nicht viel und sie hätte den Stuhl umgeworfen, den sie hektisch zurückschob.

Sie vergaß sogar, ihre Schuhe anzuziehen. Barfuß rannte sie vom Tisch fort und verschwand zwischen den Bücherregalen. In einer dunklen Ecke, unter einer ausgebrannten Neonröhre, lehnte sie sich benommen an das kühle Metallregal und schlug die Hände vors Gesicht.

»Es darf nicht wahr sein«, stöhnte sie. »Warum muss ausgerechnet mir das passieren?«

Ihr schwirrte der Kopf. Sie war wie hypnotisiert, konnte an nichts anderes mehr denken als an ihn. Grant hatte sie physisch und emotional in der Hand. Ihr Körper verzehrte sich nach ihm. Der leidenschaftliche Kuss vor ihrer Haustür war wie ein stummes Versprechen, dass er das brennende Verlangen in ihr zu stillen vermochte.

Gefangen in den Ketten ihrer Lust, sehnte sich Shelley nach Erfüllung. Wünschte sich, dass seine Hände, seine Lippen ihr die Erlösung brächten. Aber das war ausgeschlossen. Sie hatte das sehnsuchtsvolle Verlangen nach ihm jahrelang strikt bekämpft, und sie würde auch diesmal nicht schwach werden, so einfach war das!

Als er jedoch plötzlich auftauchte, war sie mit einem Mal paralysiert.

Reglos lehnte sie an dem Regal, während er hinter sie trat. Sie wäre am besten geflohen, rührte sich jedoch nicht, sondern stand wie angewurzelt da, in panischer Angst, dass er sie berühren könnte… andererseits wäre ihr nichts lieber gewesen.

Sanft strich er ihre Haare beiseite und brachte seine Lippen dicht an ihr Ohr. »Shelley, ist irgendwas?«

Er stand dicht über sie gebeugt. Ein paar Zentimeter größer als sie, war es dennoch erstaunlich, wie gut sie zusammenpassten. Breite Schultern zum Anlehnen, sein athletischer Brustkorb, der sich beschützend in ihren Rücken schob. Eng an ihre weiblichen Rundungen geschmiegt, verströmte er eine überwältigend maskuline Aura.

»Shelley?«, wiederholte er.

»Die Sache mit uns… ach, es ist alles völlig verkorkst.« Tief bekümmert schüttelte sie den Kopf.

»Nein, ganz bestimmt nicht, Shelley, so etwas dürfen Sie nicht denken. Sie müssen mir noch eine Chance geben.« Er schlang die Arme um ihre Taille, zog sie noch enger an sich.

Sie erschauerte vor Begehren. »Oh, Grant, bitte nicht. Ich bin kein Kind mehr.«

»Zum Glück, kann ich nur sagen.«

»Trotzdem benehme ich mich kindisch.«

»Nur, wenn Sie nicht wahrhaben und akzeptieren wollen, dass das mit uns ein Wink des Schicksals ist.«

»Von wegen Schicksal. Wir sind erwachsene Menschen und frei in unseren Entscheidungen. Wir sollten damit aufhören, bevor uns die Sache entgleitet. Auf alle Fälle sollte *ich* einen Schlussstrich unter die Geschichte ziehen.«

»Können Sie das? Können Sie das wirkich, Shelley?«

»Ja, ja, durchaus«, beteuerte sie, obwohl sie vom Gegenteil überzeugt war.

»Anders als ich. Damals musste ich Sie einfach küssen. Zum Glück war ich so vernünftig, Ihnen nicht weiter nachzustellen. Aber das galt gestern. An der Highschool durften wir unsere Empfindungen füreinander nicht ausleben, aber wer hindert uns heute daran? Ich möchte es. Und Sie doch auch.«

»Nein«, stritt sie vehement ab. Und stöhnte auf, als seine Hände höher glitten. »Nein, bitte, Grant, fassen Sie mich nicht an.« Aber es war zu spät. Seine Finger umschlossen ihre Brüste. Sie spürte seinen heißen Atem auf ihrer Wange. Sein Brustkorb hob und senkte sich rhythmisch in ihrem Rücken.

Ungeachtet aller Proteste lehnte sie den Kopf an seine breite Schulter und bedeckte seine Hände mit ihren. Sacht massierte er ihren Busen. »Fester, fester«, bettelte sie inständig. Im Nachhinein hätte sie vor Scham im Erdboden versinken mögen, aber in diesem Augenblick wurde sie allein von ihren Sinnen und ihrer Sehnsucht nach Grant geleitet. Angestrengt bog sie den Kopf zurück, um ihm einen Kuss abzutrotzen, derweil seine Zärtlichkeiten unter ihren drängenden Händen intensiver wurden.

Sanft, aber entschlossen löste er sich von ihren Lippen und wirbelte sie in seinen Armen zu sich um. Er verschränkte seine Finger mit den ihren und schob ihr die Hände über den Kopf. Dabei trat er einen Schritt vor, brachte sie zwischen sich und das Bücherregal. Sie war eine willige Gefangene, die seinen feurigen Blick glutvoll erwiderte.

Einen Herzschlag lang sahen sie einander nur an. Wilde, heiße Lust durchpeitschte sie. Ihr aufgewühlter Atem hallte rau durch die ehrfürchtige Stille.

Sobald er seinen Mund auf den ihren senkte, öffnete sie ihm sinnlich die Lippen. Er raunte zärtlich ihren Namen, bevor seine Zunge behutsam die Konturen ihres Mundes nachzeichnete und seine Fingerspitzen stimulierend über ihre geöffneten Handflächen streichelten.

Einem unwiderstehlichen Impuls nachgebend, löste er sich von ihren Lippen und hauchte federnde Küsse auf ihre Finger. Sie neigte kaum merklich den Kopf und schmiegte ihre Wange an sein wirres, dichtes Haar. Hätte sterben mögen vor Wollust, da Grants Zunge erotisierend die Innenflächen ihrer Hände koste.

Wieder küsste er ihre Lippen, während sein Brustkorb sich unnachgiebig an ihren Busen schmiegte. Ihre Brustspitzen wurden hart, verrieten das Verlangen, das in ihr pulsierte.

»Ja, ja«, wisperte sie. Wie in Trance trat er zurück, um sie schweigend bewundern zu können.

Er löste die um ihren Hals geknoteten Ärmel des Pullovers und zog ihn von ihren Schultern. Verführerisch langsam glitten seine Hände vom Dekolleté zu ihren Brüsten und umschlossen diese lasziv. Ihre Knospen prickelten unter der Glut seiner Berührung. Mit kreisenden Bewegungen schob er ihre Brüste zusammen und verbarg sein Gesicht in der sinnlich betörenden Fülle. Er atmete tief ein, als wäre ihr Duft sein Lebenselixier.

»Ich möchte dich nackt sehen«, raunte er. Er richtete sich auf. »Ich weiß, wie wunderschön du nackt aussiehst. Du fühlst dich… himmlisch an.« Als sie ihre spitzen Brüste seinen kreisenden Daumen entgegenbog, wiederholte er: »Einfach himmlisch.«

Er zog sie von dem Regal fort, küsste sie mit entfesselter Leidenschaft. Seine Hände glitten in die Gesäßtaschen ihrer Jeans, umschlossen ihren Po und zogen sie ungestüm an seine pulsierende Erektion.

»Schieb die Hände unter meinen Pullover.«

Ihre Finger tasteten sich von seiner Taille zu seinem Rücken, spreizten sich über straffen Muskelsträngen. »Du bist so heiß«, hauchte sie an seinen Lippen. Währenddessen glitt seine Zunge von ihrem Mundwinkel zu den reizenden Wangengrübchen.

»Streichle mich.«

Sie zögerte nur einen Wimpernschlag, ehe sie eine Hand auf seinen flachen Waschbrettbauch schob. Von seinem glutvollen Kuss animiert, erkundete sie zaghaft seine behaarte Brust. Zischend entwich der Atem seinen Lungen.

»Ich möchte in dir sein«, stöhnte er gequält. »Tief in dir. Nimm mich.«

Mit einem aufgepeitschten Seufzer grub sie die Finger in den weichen Flaum, der seinen Nabel bedeckte, und erwiderte die Glut seines Kusses. Provokativ rieb er sich an ihr, worauf Shelley in seine rhythmischen Bewegungen mit einstimmte.

Zunächst glaubte sie an Einbildung, als die Neonröhren über ihr plötzlich flackerten. Schlagartig realisierten beide dieses Signal, dass die Bibliothek in wenigen Minuten schließen würde.

Bebend vor Begierde, mit keuchendem Atem, rissen sie sich voneinander los. Er fasste die Hand unter seinem Pullover und presste sie beinahe wehmütig auf seine Haut. Dann zog er sie weg, brachte sie an seine Lippen und küsste Shelleys Fingerspitzen.

»Wir gehen jetzt besser«, sagte sie stockend, als die Beleuchtung erneut schwächer wurde.

Hastig kehrten sie an ihren Tisch zurück. Sie trat in ihre Schuhe, während sie fieberhaft ihre Sachen zusammensammelte. Sie stürmten durch Flure und Treppenfluchten. Unten angekommen, lachten sie wie über einen gelungenen Streich.

»Mr. Chapman, um ein Haar wären Sie hier eingeschlossen worden…«

Die Frau stockte mitten im Satz, als sie die junge Studentin neben ihm bemerkte. Shelley erkannte in ihr die Dozentin wieder, die an der Sitzung mit Grant teilgenommen und so ungeheuer amüsiert über seinen kleinen Scherz gelacht hatte. Und ihn mit Blicken verschlungen hatte.

Seine Kollegin registrierte die betretenen Mienen, das leicht derangierte Äußere der beiden. Ganz offensichtlich auch Shelleys aufgeworfene Lippen, gerötet von leidenschaftlichen Küssen und einem aufreizend kratzigen Dreitagebart. Das Lächeln der Dozentin gefror zu einer missfälligen Grimasse.

»Auf Wiedersehen«, sagte Grant hastig und schob Shelley am Ellbogen zur Tür, wo eine Angestellte mit dem Schlüssel wartete.

»Auf Wiedersehen, Mr. Chapman«, erwiderte die Frau spitz.

Shelley hätte im Erdboden versinken mögen. Verwirrt über die erregende Sinnlichkeit des Augenblicks, hatte sie vorübergehend ausgeblendet, was andere davon halten mochten, wenn man sie mit Grant zusammen sah. Mit schmerzlicher Intensität holte die Realität sie wieder ein. Eine Beziehung mit ihm war völlig ausgeschlossen. Damit machte sie sich nur lächerlich. Gestatten: Shelley Robins, das neue Spielzeug und Lustobjekt des sexbesessenen Professors, der es einfach nicht lassen kann. Wie würde er vor seinen Kollegen dastehen?

Gleich nachdem sie den Parkplatz vor dem Gebäude erreicht hatten, steuerte sie stur zu ihrem Wagen. »Auf Wiedersehen, Grant.« Sie riss sich von ihm los.

»Shelley…? He, warte doch mal«, rief er ihr hinterher. Er packte ihren Arm und wirbelte sie herum. »Was hast du denn jetzt schon wieder?«

»Nichts«, wiegelte sie ab und entwand sich ihm.

»Verflucht, das kannst du mir doch nicht erzählen.« Er stellte sich ihr kurzerhand in den Weg. »So, jetzt erklärst du mir erst mal deinen plötzlichen Gesinnungswandel. Oha, Miss Elliot hat uns zusammen gesehen. Findest du das so schlimm?«

»Hast du ihr Gesicht gesehen? Sie hat mich angeguckt, als wäre ich… Ach, vergiss es. Ciao.« Sie versuchte sich an ihm vorbeizudrängen. Er rührte sich nicht von der Stelle.

»Lass sie doch denken, was sie will. Oder ist dir ihre Meinung so wichtig?«

Fahrig rieb sie sich die Schläfen. Sie hatte leichte Kopfschmerzen. »Darum geht es nicht, ich meine ganz allgemein. Deine Kollegen und so. Du bist immerhin mein Dozent…«

Er baute sich in seiner ganzen Länge vor ihr auf und packte sie an den Schultern. »Und ein ganz normaler

Mann, verflucht noch mal. Und du eine erwachsene Frau. Das kann es ja wohl nicht sein. Wenn du keine anderen Probleme hast …«

Sie schwankte zwischen Furcht und Verärgerung über seine Uneinsichtigkeit. »Lass mich in Ruhe«, giftete sie ihn an. Ihre Stimme duldete keinen Widerspruch. Schlagartig lockerte er die Umklammerung und ließ die Hände sinken.

»Verzeih mir.« Nervös spähte er um sich.

Diese unbewusste Geste enthüllte alles. Das gab Shelley den Rest. »Da siehst du es, Grant. Du bist genauso skeptisch wie ich. Skeptisch, was die Leute denken. Oder sagen werden, wenn sie uns als Paar zusammen sehen.«

»Du hast gewonnen«, räumte er zähneknirschend ein. »Ein bisschen Vorsicht kann nie schaden. Zumal ich ein Idiot wäre, wenn ich meinen Ruf erneut aufs Spiel setzen würde. Aber das steht völlig außer Frage, Shelley. Wer sollte uns einen Strick daraus drehen, wenn wir offen zu unserer Beziehung stehen?«

Statt einer Antwort schüttelte sie heftig den Kopf. »So funktioniert das nicht. Die Leute suchen immer nach dem Haar in der Suppe. So sind Menschen nun mal.«

»Warum weichst du mir ständig aus, Shelley?«, bohrte er weiter. »Komm, sag es mir. Welches Problem liegt dir wirklich auf der Seele?«

»Ach, nichts«, beharrte sie mit erstickter Stimme. »Ich muss jetzt los.« Sie ließ ihn kurzerhand stehen, strebte schnurstracks zu ihrem Wagen und schloss die Tür auf. Ohne ihn noch eines Blickes zu würdigen, fuhr sie an ihm vorbei. Dann sackte sie wie erschlagen in das Sitzpolster und seufzte frustriert auf.

Er hatte ja so Recht. Er stellte ihr Leben vor Probleme, von denen er nicht einmal ahnte. Und sie hatte keinen blassen Schimmer, wie sie damit umgehen sollte.

4

»Wieso warst du heute nicht in meiner Veranstaltung? Bist du krank?«

Das war zwei Tage, nachdem sie Grant zufällig in der Bibliothek getroffen hatte. Und sie hätte nicht im Entferntesten damit gerechnet, dass er aus heiterem Himmel vor ihrer Haustür erscheinen könnte. »Nein, ich bin nicht krank.«

»Und warum warst du dann nicht an der Uni?«

»Schauen Sie persönlich bei Ihren Studenten vorbei, wenn jemand die Vorlesungen schwänzt, Mr. Chapman? Kostet Sie das nicht höllisch viel von Ihrer kostbaren Zeit?«

Er wirkte sichtlich verärgert. Die Hände in die Hüften gestemmt, verlagerte er gereizt sein Gewicht auf ein Bein. Seine Augen unter den dichten Brauen musterten sie mit einem langen, durchdringenden Blick. »Sie sind feige, Shelley Robins.«

»Da hast du voll ins Schwarze getroffen.«

Damit nahm sie ihm sämtlichen Wind aus den Segeln. Er hätte nämlich schwer darauf getippt, dass sie dies nicht auf sich sitzen lassen und sich mit einem entrüsteten Wortschwall verteidigen würde. Verblüfft blies er die Backen auf. »Darf ich reinkommen?«

»Nein.«

»Doch.« Er schob sie kurzerhand in den Flur und

schloss die Eingangstür hinter ihnen. Ignorierte ihren heftigen Protest. »Du willst doch bestimmt nicht, dass deine Nachbarn alles mitbekommen, oder?«

Sie bedachte ihn mit einem vernichtenden Blick, bevor sie sich mit dem Rücken zu ihm ans Fenster stellte. »Also gut, mach es kurz. Davon abgesehen, meine Entscheidung steht fest. Ich habe dein Seminar gestrichen.«

»Weswegen?«

»Weil ich mir dieses Semester ohnehin zu viel aufgebürdet habe«, erklärte sie, ohne sich umzudrehen.

»Und was noch?«

Aufgebracht wirbelte sie zu ihm herum. »Okay, wenn du es unbedingt wissen willst«, fuhr sie ihn scharf an. Die nette, bienenfleißige Studentin, die in Ehrfurcht vor ihrem Dozenten erstarrte, war wie weggeblasen. Stattdessen entpuppte sie sich als knallharte Gesprächspartnerin, die auf gleicher Augenhöhe mit ihm argumentierte. »Nach dem, was neulich abends passiert ist, kann ich dein Seminar nicht mehr besuchen. Ich hätte mich niemals von dir küssen lassen dürfen.«

»Soso, du hast dich von *mir* küssen lassen, mmh? Streng mal deine grauen Zellen an, ob du nicht bereitwillig mitgemacht hast.«

»Ich … ich war … nur neugierig. Mehr nicht.« Sie schwindelte und spielte auf Zeit, das war ihm sonnenklar.

»Was hat dein toller Arzt-Ehemann mit dir gemacht, dass du solche Panik vor Sex hast?«

»Hab ich nicht!«

»Na ja, vor irgendwas hast du jedenfalls Angst.«

»Irrtum.«

»Und warum bist du dann so kühl und distanziert? Du weißt doch genau, dass ich dir nie wehtun würde. Was hat Daryl Robins mit dir angestellt, dass du dich mir gegenüber so reserviert verhältst?«

»Gar nichts!«

»Los, raus mit der Sprache!«

»Er hat mir gezeigt, was für emotionslose, egoistische und eigennützige Typen ihr seid!«, brauste sie zornbebend auf.

Er zuckte zusammen, als hätte sie ihm eben eine schallende Ohrfeige verpasst. Betretenes Schweigen schloss sich an.

Nachdem sie die Bombe hatte platzen lassen, atmete Shelley einmal tief durch und fuhr fort: »Sein Vater sah es gar nicht ein, warum er uns finanziell unterstützen sollte. Folglich musste ich die Uni verlassen und für unseren Unterhalt sorgen. Ich arbeitete in einem Großraumbüro mit zig anderen Frauen, denen es ähnlich ging wie mir. Ich fing als Aushilfe in der Registratur an und arbeitete mich bis zum Schreibpool hoch. Fünf Jahre lang hab ich jeden Tag acht nervenzermürbende Stunden auf der Schreibmaschine herumgehackt.

Nach Dienstschluss kümmerte ich mich um Einkauf und Hausarbeit, machte die Wäsche, zauberte eine warme Mahlzeit. Danach tippte ich Daryls Berichte ab. Sechs Jahre lang hab ich geschuftet und kein einziges Mal aufgemuckt. Du bist mit ihm verheiratet, hab ich mir zugeredet, also musst du ihn auch unterstützen. Keine Frage, dass ich irgendwann genervt war und alles restlos satt hatte, weil ich kein anderes Thema mehr draufhatte als unseren albernen Büroklatsch.

Daryl hatte es auch nicht einfach als Medizinstudent. Das muss ich ihm zugutehalten. Aber das Studium machte sich bezahlt. Er fand eine gut dotierte Anstellung als Krankenhausarzt.«

Sie stockte und holte tief Luft. »Eines Abends hatte ich Boeuf Stroganoff gemacht, sein Lieblingsgericht. Er kam nach Hause, setzte sich an den Esstisch und erklärte mir von jetzt auf gleich: ›Shelley, ich liebe dich nicht mehr. Ich möchte die Scheidung.‹ ›Und warum?‹, brüllte ich ihn an. ›Weil wir uns nichts mehr zu sagen haben. Weil ich mich weiterentwickelt habe und du nicht.‹

Verstehst du jetzt, warum ich so bin? Ich mag mich nicht noch einmal dazu breitschlagen lassen, die unbezahlte Hausangestellte und Bettgespielin für irgendeinen Mann abzugeben. Ich bin eine ungebundene, unabhängige junge Frau und lege keinen Wert auf Beziehungen oder irgendwelche Störungen in meinem Leben. Punkt, aus. Selbst wenn du nicht mein Dozent und die Situation zwischen uns eine andere wäre, möchte ich mein Leben nicht mehr umkrempeln.«

Resigniert sank sie in einen Sessel, lehnte den Kopf an das Rückenpolster und schloss die Augen. Ihr Ehedesaster hatte sie sogar ihren Eltern verschwiegen. Warum sie ausgerechnet Grant die unangenehmen Wahrheiten an den Kopf schleuderte, wusste sie nicht. Aber vielleicht kapierte er jetzt, wieso sie die Nase voll hatte von irgendwelchen Beziehungskisten.

Allerdings hatte sie ihre sexuelle Beziehung mit Daryl geflissentlich außen vor gelassen. Ihre Ehe hatte mit einer albtraumhaften Hochzeitsnacht begonnen – und auch in den folgenden fünf Jahren hatte es nicht besser mit ihnen geklappt. Irgendwann gewöhnte sie sich an seine Sexakrobatik und dass er dabei schwitzte wie ein Tier. Durch eine Art Selbsthypnose hatte sie sich so weit gebracht, dass sie seinen Körper ertrug, während sie mit den Gedanken ganz woanders war. Er erregte sie kein bisschen. Sie hatte unter ihm gelegen wie eine Tote.

Zugegeben, sie war nicht fair mit Daryl gewesen. Sie hatte ihn aus einer völlig falschen Motivation heraus geheiratet. Seinerzeit war sie davon überzeugt gewesen, dass eine Frau ihre Erfüllung nur in der Ehe finden könnte. Frauen heirateten nun mal. Das war einfach Standard in der Gesellschaft. Diese konventionelle Auffassung hatte Shelley Browning zum damaligen Zeitpunkt auch vertreten, und ihr wäre nie in den Sinn gekommen, an ihrer Einstellung zu zweifeln.

Mag sein, dass sie Daryl glücklich gemacht hätte und umgekehrt, aber eine wesentliche Voraussetzung fehlte in ihrer Beziehung: Sie liebte ihn nicht, hatte ihn nie geliebt. Ihr Herz schlug weiterhin für einen anderen. Und weil sie diesen Traummann nicht hatte haben können, war ihre Wahl auf Daryl gefallen.

»Shelley.« Seine leise Stimme, die durch den Raum zu ihr drang, klang nach all den Jahren wie eine zärtliche Liebeserklärung. Aus reinem Selbstschutz kniff sie die Lider noch fester zusammen. »Das mit deiner unglücklichen Ehe tut mir wahnsinnig leid für dich. Und ich möchte kein Störfaktor in deinem Leben sein.«

Spontan hätte sie ihn am liebsten angefahren, was er denn bislang anderes gewesen sei? Stattdessen jedoch klappte sie die Augendeckel auf und sagte tonlos: »Dann lässt du mich also künftig in Ruhe?«

Er schüttelte gedankenvoll den Kopf. »Nein, andersherum – ich lass dich nicht noch einmal entwischen. Zunächst dachte ich, erst mal abwarten bis zum Semesterende. Immerhin hätten wir uns fast jeden Tag in meinem Seminar gesehen. Aber nach dem, was neulich abends zwischen uns war, halte ich das einfach nicht länger aus. Früher waren wir füreinander tabu. Aber jetzt nicht mehr.«

»Oh doch, mach dir da mal nichts vor. Dafür haben wir beide zu viel durchgemacht.«

»Du bist geschieden und ich ein gebranntes Kind. Wir haben unseren Idealismus eingebüßt und können einander helfen, so einfach ist das.«

»Oder uns gegenseitig fertigmachen.«

»Das Risiko geh ich gern ein.«

»Ich nicht.« Es war zum Verzweifeln mit ihm! Sie schnellte aus ihrem Sessel hoch. »Du drängst dich plötzlich wieder in mein Leben und erwartest, dass ich meine Lebensprinzipien gründlich revidiere? Okay, Mr. Chapman, wenn es deinem Ego schmeichelt: Du *warst* damals mein heimlicher Schwarm. Ich hätte den Boden küssen mögen, den du berührtest. Mein Mikrokosmos drehte sich um die Nachmittage, an denen ich dich sah. Bei allem, was ich sagte oder machte, fragte ich mich im Stillen, wie du darüber dachtest. Wenn mein damaliger Freund mich küsste, stellte ich mir vor, du wärst an seiner Stelle. Und, baut dich das auf? Ist es das, was du hören wolltest?«

»Shelley …«

»Aber ich bin kein blauäugiger Teenager mehr. Wenn du eine suchst, die dich anhimmelt, dann such gefälligst woanders.«

Mit wenigen Schritten war Grant bei ihr. Fasste ihre Schultern und schüttelte sie sanft. »So denkst du von mir? Heldenverehrung? Schwärmerei? Nein, Shelley. Du bist eine moderne, junge Frau, und ich respektiere deine Intelligenz. Ich begehre dich außerdem, möchte dich verführen. Sehe dich neben mir, nackt und leidenschaftlich und so heiß, wie ich auf dich bin. Erzähl mir jetzt bloß nicht, dass die Vorstellung für dich so abwegig ist.«

Er schüttelte sie erneut. »Hast du dir nie überlegt, was gewesen wäre, wenn ich damals, an jenem Abend, meinem inneren Impuls gefolgt wäre und dich kurzerhand mit zu mir genommen hätte? Dich ausgezogen hätte, um dich zu streicheln und zu verwöhnen? Grundgütiger, ich habe mir das so oft ausgemalt und meine moralischen Bedenken verflucht, die mich letztlich daran gehindert haben, deinen Körper zu bewundern und zu berühren, ihn zu schmecken und zu lieben.«

Shelley entwich ein gedämpftes Stöhnen. Sie wollte ihren Kopf an seiner Brust vergraben und nichts mehr davon hören, aber so einfach ließ er sie nicht davonkommen. Er umschloss mit den Händen ihr Gesicht und brachte es dicht an seins. »Du hattest kein erfülltes Liebesleben mit deinem Mann, mmh? Du hast den Sex mit ihm gehasst, stimmt's, Shelley?«

»Bitte«, flehte sie und bog den Kopf nach hinten. Doch er hielt sie sanft, aber beharrlich fest.

»Du hast es gehasst, nicht?«, wiederholte er.

Sie sog scharf die Luft ein, dann nickte sie heftig. »Ja«, wisperte sie, und dann lauter: »Ja, es war widerlich.«

»Ach, herrje, du Ärmste.« Er drückte sie an sich, wiegte sie sanft in seinen Armen. Seine Finger streichelten über ihren Hinterkopf und schmiegten ihr Gesicht an seine Brust. Er hauchte ihr einen zärtlichen Kuss aufs Haar. Nach einer Weile hob er ihr Kinn mit dem Daumen an.

Sein Zeigefinger zeichnete ihren herzförmigen Haaransatz nach. »Du bist wunderschön«, hauchte er leise an ihrem Ohr. »Ich liebe das sanfte Blau deiner Augen, deinen sinnlichen Mund.« Seine Fingerspitze folgte den Konturen ihrer Lippen. »Deine Haare sind weich und glänzend, ganz natürlich und nicht irgendwie aufgestylt.« Er beugte sich vor, brachte seine Lippen dicht an die ihren. »Wer dich kennen lernt, muss dich einfach lieben, Shelley. Lass mich derjenige sein, der dich liebt. Bitte.«

»Ich weiß nicht, Grant.«

»Wir haben alle Zeit der Welt. Ich will dich bestimmt nicht bedrängen.« Er küsste sie. Ihre Lippen verschmolzen zu einem innigen Kuss. Als er sich jedoch an sie schmiegte und sie seine Erektion wahrnahm, zuckte sie kaum merklich zurück. Mit seinen Fingerspitzen kraulte er ihre warme Nackenhaut, kitzelte die bläulich pulsierende Vene an ihrem Hals.

»Hast du Lust, dir am Samstag mit mir ein Football-Spiel anzusehen?« Die Frage war wie eine zarte Liebkosung auf ihren leicht geöffneten Lippen. Wieder küsste er sie, biss sie zärtlich in die Unterlippe. »Nachher ist unsere Fakultät auf einen Drink beim Oberboss eingeladen. Komm, gib deinem Herzen einen Stoß und begleite mich, mmh? Allein ist mir nur langweilig.«

Sie fühlte, wie er mit einer Fingerspitze stimulierend

ihre Brustspitze umkreiste. Atemlos erwiderte sie: »Schätze, ich würde es mir nie verzeihen, wenn ich nicht mit hinginge.«

Erneut besiegelte er ihren Mund mit einem stürmischen Kuss, setzte seine Zunge ein wie ein gut gestimmtes Instrument, das ihr sinnliche Wonnen bescherte. »Samstag um zwei bin ich bei dir.« Ein kurzer, heißer Kuss zum Abschied, und er verließ elanvollen Schrittes ihr Haus.

»Grant, nicht so schnell. Wer bist du eigentlich? Der Starläufer?« Er hielt ihre Hand fest umklammert und zog sie über den gut gefüllten Parkplatz zu den Eingängen, durch die sich Horden von Football-Begeisterten zwängten.

»Entschuldige«, rief er und verlangsamte seinen Schritt. »Aber ich bin davon ausgegangen, dass eine ehemalige Cheerleaderin auf gar keinen Fall den Anpfiff verpassen möchte.«

Nachdem sie seine Einladung angenommen hatte, hatte Shelley ihrem gemeinsamen Date mit jedem Tag skeptischer entgegengesehen. Sie hatte hin und her überlegt, ob sie ihm das sagen sollte. Aber jedes Mal, wenn sie sich trafen, vergaß sie alles um sich herum, setzte ihr Verstand schlagartig aus. Aber okay, machte sie sich mental Mut, wenn er meinte, dass sie ihn zu einer Party des Universitätsrektors begleiten sollte, warum musste sie dann noch Bedenken haben?

Als Grant klingelte, lief sie wie ein aufgescheuchtes Huhn zur Tür. Ihr Warten hatte sich gelohnt. Er sah umwerfend aus. Seine wie üblich zerzausten Haare schimmerten im herbstlichen Sonnenlicht. Er trug ein

Sporthemd und eine schmal geschnittene Baumwollhose, die seine schlanken, trainierten Beine betonte.

»Einfach toll«, schwärmte er, als er sie in ihrem gestreiften Rock und der rauchblauen Seidenbluse begutachtete, die die Farbe ihrer Augen faszinierend hervorhob. Als wäre es das Natürlichste von der Welt, umarmte er sie und küsste sie leidenschaftlich. Nachdem sich der erste Schock über diese spontane Intimität gelegt hatte, schlang sie die Arme um seinen Nacken.

Mit rasendem Herzklopfen und keuchendem Atem lösten sie sich schließlich voneinander. Er brachte seine Lippen dicht an ihr Ohr und flüsterte: »Wir könnten das Football-Spiel sausen lassen und unser eigenes kleines Match veranstalten. Was hältst du davon? Gleich hier auf dem Boden. Ich übernehme die Spielleitung und bleibe am Ball. Du musst nur mitspielen.«

Statt einer Antwort wurde sie rot vor Verlegenheit und schob ihn beiseite, um sich ihren blauen Wollblazer und die Wildlederhandtasche zu holen. Draußen amüsierte er sich noch immer über seinen gelungenen Spaß. Galant half er ihr in seinen schwarzglänzenden Sportwagen. Sie scherzten und lachten, während er den Flitzer durch etliche Verkehrsstaus zum Stadion lenkte. Zum ersten Mal gingen sie entspannt miteinander um, partnerschaftlich locker. Zwei erwachsene Menschen, die ihre unangenehme Vergangenheit ausblendeten und den Augenblick genossen.

»Sind Football-Spiele nicht eine Supersache?«, brüllte er ihr gerade ins Ohr. Sie stürzten sich ins Gedränge. Damit sie sich in der Menge nicht verloren, hatte er beide Arme um ihre Taille geschlungen und schob sie behutsam vor sich her. Er hielt Shelley beharrlich an sich gepresst, während sie im Schneckentempo den Durchgang zu ihren reservierten Plätzen passierten.

Die Doppeldeutigkeit seiner Aussage war ihr sonnenklar. Sie spürte den unnachgiebigen Druck seiner Erektion an ihrer Hüfte. Seinen heißen Atem in ihrem Ohr, auf ihrer Wange, im Nacken, gleichsam wie eine süße Versuchung. »Soll heißen, das verschafft dir einen unverdienten Vorteil.«

»Kluges Köpfchen.« Sein Arm glitt ein Stück höher, direkt unter ihre Brüste. Keiner von den Zuschauern nahm Notiz davon. »Aber kannst du es einem Typen verdenken, wenn er mit der attraktivsten Frau auf dem ganzen Campus zusammen ist?«

»Noch attraktiver als Miss Zimmerman?«, versetzte Shelley ungewöhnlich patzig. Das war die junge Studentin, die ihm vor Hal's aufgelauert hatte. »Sie hat offenbar eine Menge für dich übrig und kann bestimmt mit einer ganzen Reihe von positiven Attributen aufwarten.«

»Deine Attribute gefallen mir besser.«

Er winkelte den Arm etwas an, so dass er ihre Brüste leicht anhob. Die Botschaft war eindeutig. Als Shelley daraufhin gequält aufstöhnte, drehte sich einer der Zuschauer abrupt zu ihr um.

»Verzeihung. Hab ich Ihnen etwa auf den Fuß getreten?«

Sie schüttelte den Kopf. »Nein, nein.« Grants Brustkorb vibrierte verräterisch. Er amüsierte sich köstlich.

Sie fanden ihre Plätze rechtzeitig vor dem Anpfiff und wurden alsbald von der Spannung dieses Saisoneröffnungsspiels mitgerissen. Es war ein traumhafter Nachmittag. Die Sonne schien, ein leichter Wind sorgte für angenehm milde Temperaturen. Gegen Ende des dritten Viertels war Shelley ziemlich warm in ihrem Wollblazer geworden. Grant half ihr höflich, als sie Anstalten machte, ihn abzulegen.

Danach fühlte sie sich zwar wesentlich befreiter, gleichwohl bemerkte sie Grants zunehmende Nervosität. Er rutschte auf der Bank herum, als hätte er sich in ein Wespennest gesetzt.

»Ist irgendwas?«, fragte sie milde betroffen. Man sah ihm nichts an. Im Gegenteil, er sah blendend aus. Ein richtiger Hingucker. Er hatte etwas ungestüm Wildes, umwerfend Maskulines an sich, das keine Frau kalt ließ. »Ist irgendwas?«, wiederholte sie, als er nicht reagierte.

»Nein«, erwiderte er schroff. »Wie kommst du denn darauf?« Er fluchte mit angehaltenem Atem.

Die Heimmannschaft hatte die Nase vorn, und das johlende Publikum sprang von den Bänken auf und brach in Begeisterungsstürme aus. Unschlüssig legte Shelley eine Hand auf seinen Arm. »Grant?«, erkundigte sie sich besorgt.

Er fixierte sie mit einem glutvollen Blick, wie sie ihn sich in ihren Fantasien oft ausgemalt hatte, und fragte schroff: »Musstest du eigentlich so eine frivole Bluse anziehen?«

Entgeistert blickte sie an sich hinunter. Die Bluse war nicht wirklich offenherzig, aber der leichte Wind drückte die Seide an ihre spitzen Brüste, was ihre weiblichen Formen umso deutlicher hervorhob. Geflissentlich Grants Blick ausweichend, streifte sie ungeschickt den Blazer wieder über und konzentrierte sich schweigend auf das Spielfeld.

Das Spiel erreichte seinen jubelnden Höhepunkt, als die Heimmannschaft zwei Minuten vor Ende der Spielzeit den entscheidenden Touchdown erzielte. Der Rückmarsch aus dem Stadion war eine ähnliche Tortur wie der Hinweg. Er legte einen Arm um ihre Schultern und geleitete sie nach draußen. Sie klebte förmlich an seiner Seite, so dass ihre Hüften beim Gehen wie zufällig aneinanderrieben.

»Nicht dass du mich falsch verstehst. Das eben war nicht als Vorwurf gemeint«, sagte Grant, worauf sie prompt errötete.

»War keine Absicht«, gab Shelley bissig zurück. Sie blieb stehen und musterte ihn, bis die Zuschauermenge sie weiterschob.

»Hab ich auch nie vermutet. Tut mir leid, wenn ich eben ein bisschen grob zu dir war«, meinte er einlenkend.

Sie lächelte entschuldigend. »Ich hab auch nicht besonders nett reagiert.«

Spontan zog er sie fester an sich.

Als sie im Wagen saßen und darauf warteten, dass sich der Stau auf dem Parkplatz auflöste, sagte er: »Was dagegen, wenn ich noch kurz bei mir vorbeifahre? Ich muss mir ein anderes Hemd anziehen und eine Krawatte.«

»In Ordnung«, antwortete sie strahlend, obwohl eine leichte Panik in ihr aufkam. Bei der Vorstellung, mit ihm allein zu sein, war ihr doch ein bisschen mulmig zumute.

Sein Apartment war nur ein paar Häuserblocks

vom Campus entfernt, in einem der neueren Stadtteile, ebenso ruhig und gepflegt wie Shelleys Gegend. Er öffnete ihr die Wagentür und half ihr aus dem tiefer gelegten Flitzer. Dann führte er sie über einen gepflasterten Weg zum Eingang des nüchternen, modernen Gebäudes.

»Ein so hübsches Ambiente wie du hab ich leider nicht«, grinste er.

»Dafür hast du ein traumhaftes Apartment«, erwiderte sie, nachdem sie eingetreten war. Die untere Ebene bestand aus einem großzügigen Raum mit Kamin und riesigen Panoramafenstern. Hinter halbhohen Lamellentüren gewahrte sie eine winzige Küche. Eine gewundene Treppe führte hinauf zum Schlaftrakt. Auf einem runden Tisch im Wohnraum lagen beeindruckend dicke Wälzer zu den Fachthemen Staatsrecht und Politik verstreut. Magazine und Berichte stapelten sich auf den Regalen. Kopien und Faltblätter in kleineren Fächern. Alles wirkte ordentlich, aber nicht pedantisch aufgeräumt, fand Shelley.

»Gegenüber der Küche ist ein kleines Bad. Für den Fall, dass du dich frisch machen möchtest«, rief er ihr auf dem Weg nach oben zu.

»Nicht nötig. Ich werde nur kurz mein Make-up ausbessern.« Fahrig wühlte sie in ihrer Handtasche herum. Was mussten ihre Finger auch so dämlich zittern? Schließlich stellte sie die Suche nach einem Lippenstift ein und öffnete seufzend ihre Puderdose.

Die hätte sie vor Schreck beinahe fallen lassen, als er ihr von oben zurief: »Alles okay da unten? Du bist ja so still wie ein Mäuschen.«

»Ähm, ich…« Sie stockte. Die Worte blieben ihr im

Hals stecken. Er sprühte sich seelenruhig Eau de Cologne auf die Wangen, während er über dem Handlauf der Treppe lehnte… mit splitterfasernacktem Oberkörper.

Seine Brust war mit dunklem Flaum bedeckt, und es kribbelte Shelley in den Fingern, das einladend weiche Vlies zu streicheln. Sie ertappte sich dabei, dass sie den flachen Waschbrettbauch über der goldfarbenen Gürtelschnalle fixierte. Dabei erinnerte sie sich spontan an seine geschmeidig glatte Haut, als sie ihn in der Bibliothek gestreichelt hatte. Ihre Beine waren plötzlich wie Gelee, trotzdem vermochte sie den Blick nicht von ihm zu reißen.

»Ich bin gleich bei dir«, meinte er. Grinsend verschwand er aus ihrem Blickfeld.

Vorsichtig klappte sie die Puderdose zu, sorgsam darauf bedacht, sie nur ja nicht fallen zu lassen, und steckte sie in die Tasche zurück. Als Nächstes kramte sie nach ihrer Haarbürste. Am besten, sie konzentrierte sich auf derart profane Dinge. Vielleicht konnte sie darüber verdrängen, wie sexy er aussah oder dass ihr Adrenalinspiegel sprunghaft angestiegen war.

»Verfluchter Mist.«

Der gedämpfte Fluch kam von oben. Shelley hörte schlurfende Schritte, einen weiteren Kraftausdruck.

»Was ist denn?«

»An meinem Hemd ist ein Knopf abgegangen, und ich habe kein sauberes mehr, das zu dem Jackett passt.«

»Hast du Nähzeug?«

»Na klar.«

»Bring es mit runter. Ich werde sehen, was sich machen lässt.«

Innerhalb von Sekunden kam er in halsbrecherischem Tempo nach unten gehechtet. »Was für ein unverschämtes Glück. Ich hab sogar blaues Nähgarn.« Er zog eine mit Garnen in diversen Farben bespannte Karte aus dem Etui. Eine dünne Nähnadel steckte in dem Pappkarton.

Sie nahm ihm die Nähutensilien ab, heilfroh, sich von seinem Astralkörper ablenken zu können. Er hatte die Hemdknöpfe offen gelassen, und bei näherem Hinsehen wirkte seine maskuline Brust fatalerweise noch erregender als von weitem. »Wo ist der Knopf?«

»Hier.« Er reichte ihr einen kleinen, weißen Knopf.

»Mmh … ähm … willst du das Hemd nicht – na ja – kurz ausziehen?«

»Kannst du den Knopf nicht auch so annähen?«

Sie schluckte. »Doch«, erwiderte sie großspurig und wünschte sich in Wahrheit auf eine einsame Insel, weit weg von ihm. Irgendwie schaffte sie es trotz ihrer zittrigen Finger, das hellblaue Garn in die Nadel zu fädeln.

»Sollen wir uns nicht besser hinsetzen?«, schlug er vor.

»Nein. Ist nicht nötig.«

Der Knopf war der dritte von oben und damit mitten auf seiner Brust. Unschlüssig nahm sie den fein gewebten Stoff zwischen zwei Finger, straffte ihn und zog mit der anderen Hand die Nadel durch.

Sie arbeitete so schnell, wie es eben ging, ohne dass der Faden sich verhedderte. Vermied dabei sorgsam jede Berührung seiner nackten Brust. Unweigerlich kitzelten sie einzelne Haare, oder ihre Hand streifte seine erhitzte Haut. Einen Herzschlag lang hielt er wohl die Luft an. Denn als er ausatmete, fühlte sie den warmen

Hauch auf Stirn und Wangen. Sie hätte schwören mögen, dass sie seinen aufgewühlten Herzschlag wahrnahm – vielleicht war es auch ihr eigener. Als sie den Faden verknotete, war sie mit den Nerven am Ende.

»Schere?«, fragte sie rau.

5

»Schere?«, wiederholte er ziemlich baff. Seine Pupillen bohrten sich in ihre, drangen bis zu den Tiefen ihrer Seele vor. »Keine Ahnung, wo so was sein könnte.« Er zuckte mit den Achseln.

»Ist nicht weiter tragisch.« Ohne nachzudenken und von dem Wunsch getragen, diese Mission endlich abzuschließen, beugte sie sich vor, nahm den Faden zwischen die Zähne und biss ihn durch. Sie realisierte, dass ihre Lippen dabei kaum Zentimeter über seiner Haut schwebten. Ihr Atem zauste sein raues Brusthaar.

»Shelley.« Er seufzte.

Seine Hände gruben sich zärtlich in ihr Haar. Und sie vermochte sich nicht dagegen zu sträuben. Doch, du musst, signalisierte ihr Verstand, zieh einfach den Kopf weg und steh auf! Aber ihr Körper wollte nicht gehorchen. Stattdessen verlor sie sich in der lockenden Versuchung des Augenblicks. Senkte ihr Gesicht auf seine Brust und drückte ihre Nasenspitze sanft in seinen dunkel gewellten Flaum.

»Ja, Shelley. Mach weiter. Bitte.«

Grant schien genauso entrückt wie sie. Seine für gewöhnlich tiefe, eindringliche Stimme klang leise verhalten. Mit seinen schlanken, sehnigen Fingern umschloss er ihren Hinterkopf, streichelte mit den Daumen zärtlich Shelleys Schläfen.

Sie schloss die Augen. Zunächst behutsam, schmeckte ihr Mund seine Haut. Doch die erkennbare Reaktion seines Körpers ermutigte sie zu mehr. Sie küsste ihn wieder, erkundete mit federnden Küssen seine Brust.

Als ihre Lippen seine Brustspitze fanden, hob sie kaum merklich den Kopf. Gewahrte seinen drängenden Blick. Die Sekunden tröpfelten dahin wie eine kleine Ewigkeit. Seine Hände auf ihrem Haar hielten in ihren sinnlichen Bewegungen inne. Er wartete gespannt.

»Soll ich?«, flüsterte sie. »Magst du das?«

»Magst *du* es denn auch?«

Augenblicklich traf sie ihre Entscheidung. Bevor sie noch wusste, was sie tat, glitt ihre Zunge über seine Brustspitze. Kreiste erotisierend um den dunklen Hof.

Stöhnend riss Grant sie in die Arme. »Oh Gott, du bist süß. So süß.« Sie bog ihm ihr Gesicht entgegen, woraufhin er seinen Mund auf ihren senkte. Lippen, die gierig miteinander verschmolzen. Seine Zunge wand sich in einem wilden Tanz mit Shelleys Zunge. Sie hielt noch immer die Nadel in der Hand. Behutsam schlang sie einen Arm um seinen Nacken und zog ihn näher an sich. Die andere Hand zauste zärtlich durch das haarige Dickicht, fühlte die harten Muskeln.

Ihre Brüste prickelten vor Begehren. Er senkte seine Hand und umschloss die süße Fülle. Seine Fingerspitzen kreisten zärtlich über die empfindsamen Knospen, bis sie sich verräterisch spitz unter der dünnen Seide abzeichneten. Entfesselt hauchte sie seinen Namen an seinen Lippen.

»Shelley, hast du dir das je in deinen Träumen ausgemalt? Dass ich dich so berühre?«

»Ja, ja.«

»Ich auch. Grundgütiger, das habe ich schon getan, als du noch viel zu jung warst für derartige Fantasien.« Zärtlich knabberte er an ihren Lippen. »Endlich können wir unsere sämtlichen Träume wahr machen«, schwärmte er.

Wie gern wäre sie jetzt schwach geworden, hätte sich ihm willenlos hingegeben, aber das wäre fatal gewesen. Sie liebte ihn. Das war ihr irgendwann in den letzten zehn Jahren bewusst geworden. Er war nicht mehr ihr angehimmeltes Idol, Gegenstand ihrer Jungmädchenschwärmereien. Sondern der Mann, den sie liebte, und sie wünschte sich, dass diese Liebe Erfüllung fand.

Aber für ihn war sie womöglich nichts weiter als eine neue Eroberung. Während sie kreuzunglücklich gewesen war, sich nach ihm gesehnt und ständig an ihn gedacht hatte, aussichtslose Träume geträumt und sich – völlig unrealistisch – romantische Situationen zusammengesponnen hatte, hatte er in Washington bestimmt nichts anbrennen lassen. Hatte er in seinem bewegten Leben auch nur einmal an sie gedacht, oder waren seine Methoden, sie in sein Bett zu bekommen, nur raffinierter als Daryls?

Sie hatte sich auf dem Scherbenhaufen ihrer Ehe eine neue Existenz aufgebaut. Ihr weiteres Leben exakt geplant. Wenn sie sich auf Grant Chapman einließ, würde er neben ihrem Seelenfrieden auch noch ihre Zukunftspläne gefährden.

Der Schmerz, als sie sich seiner Umarmung entwand, war schlimmer als ein Messerstich mitten ins Herz, gleichwohl stemmte sie sich gegen ihn, bis er nachgab und sie losließ. Sie wirbelte herum und lief zum Fenster, spähte in die aufziehende Abenddämmerung. Sie hörte das leise schabende Geräusch, mit dem er den Reißverschluss herunterzog, das Hemd in die Hose stopfte und sie wieder schloss. Mit gespitzten Ohren verfolgte sie seine Schritte, gedämpft von dem dicken Teppich, als er ihr nachkam und sich hinter sie stellte.

»Übrigens, ich war nie der Lover von Missy Lancaster, falls dir das Kopfzerbrechen macht.« Entgeistert drehte Shelley sich zu ihm um und schaute ihn mit großen Augen an. Er machte keinerlei Anstalten, sie in die Arme zu schließen.

»Grant«, meinte sie zögernd, »und wenn, geht es mich nichts an. Meine Bedenken, mit dir … zu … schlafen, haben nichts damit zu tun, was in Washington zwischen dir und diesem Mädchen gewesen ist.«

Die scharfen Linien um seinen Mund entspannten sich, und er wirkte sichtlich erleichtert. Sein Blick büßte jedoch nichts von seiner Intensität ein. »Ehrlich gesagt bin ich froh, dass zwischen Missy und mir nie etwas war. Jedenfalls nicht das, was alle dachten. Aber wenn ich vor Gericht die ungeschminkte Wahrheit ausgesagt hätte, wäre das ein unverzeihlicher Vertrauensbruch gewesen.« Mit einer Hand packte er sie an der Schulter. »Vertrau mir, Shelley. Ich lüg dich nicht an.«

Ihre Augen glitten forschend über sein Gesicht. Lasen in seiner Miene wie in einem offenen Buch. »Ich vertrau dir, Grant.«

Seufzend ließ er die Hand von ihrer Schulter sinken. »Danke, Shelley.« Er hauchte ihr einen Kuss auf die Lippen. »Sollen wir jetzt gehen? Ich möchte meine Stellung an der Uni nicht riskieren, indem ich zu spät zu der Party des Rektors komme.«

Kurze Zeit später verließen sie das Apartment. Er hatte rasch sein Sportsakko von oben geholt und eine Krawatte umgebunden. Shelley war doch noch im Gästebad verschwunden, um ihr Make-up auszubessern – zwangsläufig war das dringend erforderlich geworden – und sich die Haare zu kämmen.

Der Rektor wohnte in einem Haus, das der Universität gehörte. Auf einer Anhöhe gelegen, entpuppte es sich als Prachtbau im beeindruckenden Kolonialstil mit sechs weißen Säulen vor einem großzügigen Eingangsportal. Grant parkte sein Sportcoupé am Fuße des Hügels, das letzte Stück bergauf gingen sie zu Fuß.

Bewusst naiv fragte Grant unterwegs: »Wenn das mit Washington nicht der Grund war, wieso hast du dich mir dann entzogen, Shelley?«

Ihre Sohlen knirschten auf der kiesigen Auffahrt. Er fasste ihren Ellbogen und zog sie weiter. »Ich brauche noch etwas Zeit«, sagte sie mit erstickter Stimme. »Ich muss erst testen, was ich tatsächlich für dich empfinde oder ob ich nur einer Illusion aus der Vergangenheit nachhänge.«

Das war eine glatte Lüge. Sie liebte ihn seit damals und würde ihn immer lieben – das stand unverrückbar fest. »Ich weiß überhaupt nicht, ob ich derzeit eine Beziehung eingehen möchte. Ich hatte eine schwere Zeit, in der ich mein Leben neu sortieren musste. Nachdem es inzwischen wieder etwas rosiger aussieht, mag ich meine Zukunft nicht aufs Spiel setzen.«

Sie blieb stehen und drehte den Kopf zu ihm. »Ich hab mich nicht sehr verändert seit der Highschool. Zumindest nicht hinsichtlich meiner Moralvorstellungen. Ich sehe Sex nicht so locker wie manch anderer. Ich könnte nicht mit dir schlafen und am nächsten Tag einfach so tun, als wäre nichts gewesen zwischen uns.«

Seine Augen blitzten auf, bohrten sich in ihre rauchblaue Iris. »Ich bin froh, dass du es so siehst. Glaub mir, vermutlich werde ich ganz schön klammern, wenn ich mit dir geschlafen habe.«

Völlig verdutzt über seine Äußerung und die Nachdrücklichkeit seiner Worte schaute sie ihn nur an, wie hypnotisiert von seinem glutvollen Blick. Schließlich riss sie sich aus ihrer Trance und sagte: »Zudem sind wir immer noch Dozent und Studentin.«

Er warf den Kopf zurück und wieherte los. »Das musst du mir wohl ständig aufs Butterbrot schmieren, hm?« Lachend liefen sie zur Tür. »Ich geb dir den guten Tipp: Lass dir eine bessere Ausrede einfallen, Shelley. Denn mal ganz ehrlich, wen interessiert *das* heute noch?«

Rektor Martin beispielsweise.

Die Cocktailparty – besser gesagt eine Weinprobe – war so steif und langweilig, wie Grant ihr prophezeit hatte. Nachdem sie von einem Butler empfangen und ins Haus geführt worden waren, stellten sie sich zum Begrüßungsdefilee förmlich in einer Reihe an. Rektor Martins äußere Erscheinung harmonierte perfekt mit seiner akademischen Karriere. Er war groß, grauhaarig mit Halbglatze und wirkte autoritär. Er begrüßte Shelley mit ausgesuchter Höflichkeit, gleichwohl hatte sie das unbestimmte Gefühl, dass er sie mit seinen kalten, grauen Augen gönnerhaft taxierte.

Seine Frau, eine stämmige, ältere Dame mit silberblau getönten Haaren, plauderte mit Grant und Shelley, ein unverbindliches Lächeln auf ihr Gesicht geklebt. Unablässig nestelte sie an einem Diamantcollier herum, das ihr üppiges Dekolleté schmückte und sie vermutlich mehr interessierte als ihre beiden Gäste.

»Kannst du dir Mrs. Martin als leidenschaftliche Geliebte vorstellen?«, raunte Grant seiner hübschen Begleiterin im Weitergehen zu. Shelley hätte fast das Weinglas fallen lassen, das sie sich von einem der Silbertabletts genommen hatte, die der angemietete Abendbutler herumreichte. Sie musste sich das Lachen verkneifen.

»Halt bloß den Mund«, zischte sie ihm zu, erkennbar bemüht um ihre tadellosen Manieren. »Nachher verschütte ich noch meinen Wein, und dann muss ich diese Bluse reinigen lassen, obwohl ich sie sonst locker ein weiteres Mal tragen könnte.«

Sie mischten sich unter die Gäste. Shelley fiel unangenehm auf, dass die anwesenden Damen, Dozentinnen und Ehefrauen gleichermaßen, wie ein lästiger Mückenschwarm über Grant herfielen. Ihre subtilen Fragen, die nur darauf abzielten, ihn in eine Diskussion über Missy Lancaster und ihren Selbstmord zu verstricken, gingen Shelley auf die Nerven. Rigoros lenkte er das Gespräch auf andere Themen.

Die männlichen Gäste unterhielten sich über das zurückliegende Footballmatch, die kommende Saison und die voraussichtlichen Erfolgschancen des Spielteams. Grant stellte Shelley höflich vor. Dass sie seine Studentin war, erwähnte er verständlicherweise nicht. Dessen ungeachtet konnte sich einer ihrer früheren Professoren an sie erinnern. Shelley war sich sicher, dass die Neuigkeit von ihrer »Studentin treibt's mit ihrem Dozenten«-Beziehung blitzschnell die Runde machen würde.

Eine halbe Stunde später standen Shelley und Grant in Professor Martins Arbeitszimmer. Sie diskutierten eben, ob sie lieber Backgammon oder Schach spielten, als der Rektor höchstpersönlich hereinstapfte.

»Ah, da sind Sie ja, Mr. Chapman. Das trifft sich gut, ich wollte nämlich noch ein persönliches Wort mit Ihnen wechseln.« Er klang zwar freundlich, aber als er die Doppeltüren zu dem anschließenden Salon schloss, beschlich Shelley eine dumpfe Ahnung.

»Wir haben gerade diesen Raum bewundert«, sagte Grant geistesgegenwärtig. »Sehr geschmackvoll – wie das ganze Haus.«

»Ja, ja«, erwiderte Rektor Martin mit einem betretenen Hüsteln. »Wie Sie vielleicht wissen, gehört das Haus der Universität, aber als wir nach meiner Ernennung hier einzogen, ließ Marjorie es sich nicht nehmen, alles nach unserem Geschmack neu zu gestalten.«

Die Arme hinter dem Rücken verschränkt, steuerte er zu den wandhohen Bücherschränken, wo er unschlüssig von einem Fuß auf den anderen wippte. »Mr. Chapman …«

»Entschuldigen Sie mich bitte«, meinte Shelley und strebte zur Tür.

»Nein, Mrs. Robins, das geht auch Sie etwas an. Bitte bleiben Sie.«

Nach einem fragenden Blick zu Grant antwortete sie: »In Ordnung.«

»Nun denn«, holte der Rektor pathetisch aus, »wie Sie wissen, vertritt diese Hochschule hohe akademische und moralische Standards. Wir, und damit meine ich das Direktorium, pflegen die Reputation dieser Einrichtung als einer Institution für Forschung und Lehre und eines Ortes geistiger Gemeinschaft. Da wir von der Kirche finanziert werden, sind wir diesem Ruf verpflichtet. Demzufolge«, fuhr er fort, sein Kopf schnellte herum, und er funkelte die beiden mit einem Blick an, der jeden Missetäter garantiert in Angst und Schrecken versetzt hätte, »müssen sich die Fakultätsmitglieder sowohl auf dem Campus wie auch außerhalb absolut untadelig verhalten.«

Totenstille legte sich über den Raum. Weder Grant noch Shelley zeigten irgendeine Reaktion, indes bemerkte sie aus dem Augenwinkel, wie er die locker herunterhängenden Hände zu Fäusten ballte.

»Wir haben Ihnen eine Chance geboten, indem wir Sie an diese Universität holten, Mr. Chapman. Das Direktorium hat Ihre Bewerbung zweifellos sehr kritisch geprüft. Man fand, dass Sie von der Washingtoner Presse unfair behandelt worden waren. Und deshalb gewährte man Ihnen die Gunst des Zweifels.

Sie verfügen über hervorragende Referenzen. Die von Ihnen in Aussicht gestellten wissenschaftlichen Veröffentlichungen werden das Renommee der Universität positiv befördern. Aber Ihre Verbindung mit einer Studentin – wenn auch einer reiferen und älteren – macht sie angreifbar für Kritik und rückt die Universität in ein ungünstiges Licht. Insbesondere nach der unliebsamen Geschichte, die in den Köpfen der Menschen durchaus noch präsent ist. Ähm«, Martin räusperte sich umständlich, »Mrs. Robins ist zudem geschieden, ein weiterer heikler Faktor in dieser Situation. Ich muss Sie und Mrs. Robins daher bitten, das Verhältnis zu beenden.«

Grant ließ sich weder von Martins Standpauke noch von seiner Frömmelei beeindrucken. »Oder?«, fragte er gefährlich leise. Die kontrollierte Stimme stand im krassen Gegensatz zu seiner aufgebrachten Miene.

»Sonst sehen wir uns vermutlich genötigt, Ihren Lehrvertrag am Ende des Semesters aufzulösen«, gab Martin zu bedenken.

Grant trat neben Shelley und fasste sie am Arm. »Sie haben mich nicht nur brüskiert und meinen Moralkodex angezweifelt, der dem der Universität gewiss hundertprozentig entspricht, Sie haben auch Mrs. Robins beleidigt…«

»Grant…«

»…die sich absolut nichts vorzuwerfen hat.«

Sie hatte ihn unterbrechen wollen, aus Angst, dass er sich schützend vor sie stellen und damit den Rektor noch mehr aufbringen könnte. Aber nach Grants aufgebrachter Miene zu schließen, hätte er ohnehin jede Warnung in den Wind geschlagen.

»Danke für die Einladung und Ihre Gastfreundschaft«, sagte Grant eben und schob sie zur Tür. »Und richten Sie Mrs. Martin unseren Dank aus.«

Grant riss die Tür sperrangelweit auf, stapfte mit gestrafften Schultern hinaus und marschierte durch das Partygewühl mit ihr zum Eingang. Falls er die neugierig gereckten Köpfe bemerkte, so ließ er sich nichts anmerken. Shelley betete insgeheim, dass ihre knallroten Wangen nicht so auffällig wären und ihre puddingweichen Knie sie noch bis ins Freie trügen.

Sie hielt tapfer durch bis zum Wagen. Kaum dass Grant ihr die Beifahrertür geöffnet hatte, ließ sie sich völlig erledigt auf den Sitz fallen.

Beide schwiegen. Erst als Grant die Allee bis zur Hauptstraße hinuntergebraust war und den Sportwagen in den abendlichen Verkehr eingefädelt hatte, sagte er: »Ich sterbe vor Hunger. Worauf hast du Lust? Was hältst du von Pizza?«

Sie drehte den Kopf zu ihm, starrte ihn fassungslos an. »Pizza! Grant, der Rektor der Universität hat gerade damit gedroht, dich rauszuschmeißen.«

»Was er gar nicht kann, solange er nicht die Mehrheit des Direktoriums hinter sich hat. Trotz der negativen Publicity, die ich bekommen habe, und ungeachtet des Skandals, der mir anhaftet, ist ein Teil der Leute regelrecht euphorisch und wird mich unter allen Umständen weiterbeschäftigen wollen. Andere begreifen inzwischen, dass ich ein verdammt guter Dozent bin. Von wegen Vertragsauflösung!

Das Einzige, was mir verdammt an die Nieren geht, ist, was er sich dir gegenüber angemaßt hat. Dieses scheinheilige Arschloch. Wenn der könnte, würde er doch lieber heute als morgen ein ›Verhältnis‹ mit dir anfangen.«

»Grant!«, kreischte Shelley und warf aufgelöst die Hände vors Gesicht. Ihre erkennbare Bestürzung war ihm unverständlich. Nachdem sie schweigend – bis auf das eine oder andere gedämpfte Aufschluchzen von Shelley – die Strecke zu ihrem Haus zurückgelegt hatten, steuerte er den Wagen in die Auffahrt und bremste abrupt. Sein Vorschlag, noch irgendwo essen zu gehen, erübrigte sich damit von selbst.

Eine lange Weile saßen sie betreten schweigend im Wagen. Grants Profil, erhellt vom sanften Lichtschein einer Straßenlaterne, wirkte genauso unnahbar wie das von Rektor Martin. Shelley raffte allen Mut zusammen und murmelte: »Wir dürfen uns nicht mehr sehen, Grant. Jedenfalls nicht so wie heute.«

Seine Kleidung raschelte leise in der Dunkelheit, da er auf dem Sportsitz zu ihr herumschnellte. Er legte einen Arm um ihre Rückenlehne und fixierte sie eindringlich. »Soll das heißen, dass diese Karikatur von einer Respektsperson uns auseinanderbringen kann?«

Sie atmete gepresst aus. »Ich weiß, was Martin ist, und wenn er nicht diese Position bekleidete, wäre er mir piepegal. Aber er *ist* nun einmal der Rektor der Universität, und du *bist* sein Angestellter.«

»In meinem Vertrag steht keine Klausel, mit wem ich was anfangen darf und mit wem nicht.«

»Aber es ist nun mal ein ungeschriebenes Gesetz, dass Lehrbeauftragte die Finger von ihren Studenten lassen sollen. Ich hab dir schon vor Wochen zu erklären versucht, was die Leute hier von uns halten. Aber da hast du die Ohren auf Durchzug gestellt. Wir sind hier nicht an der Ost- oder Westküste, wo man progressiver darüber denkt. Das hier ist der konservative Mittelwesten. Da tut man so was einfach nicht.«

»Was machen wir denn Schlimmes, kannst du mir das mal verraten?«, brüllte er unbeherrscht, nachdem er sich bis zu diesem Augenblick mühsam kontrolliert hatte. Als er ihre Bestürzung wahrnahm, stieß er einen gedämpften Fluch aus und atmete tief durch. »Tut mir leid. Ich bin ja gar nicht wütend auf dich.«

»Ich weiß«, gab sie matt zurück. Es war die Hoffnungslosigkeit ihrer Situation, die ihn maßlos verärgerte.

Es fiel Grant schwer, das einzuräumen. »Ich will keinen weiteren Skandal heraufbeschwören. Himmel noch, das wäre das Letzte, was ich mir wünsche! Und vor allem möchte ich vermeiden, dass du da in irgendwelche blöden Geschichten mit hineingezogen wirst. Aber verdammt noch mal, ich kann und will dich auch nicht aufgeben.«

»Dir wird nichts anderes übrig bleiben. Was meinst du eigentlich, wie ich mich fühlen würde, wenn du wegen mir den Job verlierst? Glaubst du, das könnte ich so einfach wegstecken?«

»Ich hab Schlimmeres hinter mir, Shelley. Verlass dich darauf, ich kann was einstecken. Es würde mich ehrlich gesagt auch nicht sonderlich kratzen.«

»Aber mich, und zwar erheblich.« Sie legte ihre Hand auf den Türgriff. »Leb wohl, Grant.«

Mit stählernem Griff umklammerte er ihren Oberarm. »Ich lass nicht zu, dass sie uns auseinanderbringen, ganz gleich, womit sie mir drohen. Bitte, Shelley, wirf nicht alles so hin. Ich brauche dich. Ich begehre dich. Und du mich doch auch.«

Seine andere Hand umschloss ihren Nacken und brachte ihr Gesicht dicht an seines. »Nein…«, stammelte sie noch, bevor sein Mund den ihren bezwang. Aus seinem wilden, animalischen Kuss sprach ungezügeltes Begehren, gepaart mit tiefer Frustration.

Er hielt sie mit einer Hand fest, mit der anderen umschloss er ihre Brust. Seine kreisende Handfläche stimulierte die zarte Knospe. Finger, geschickt in der Kunst der Verführung, ließen Shelley lustvoll erbeben.

»Bitte, nein«, hauchte sie in seinen Mund, als sein Kuss sanfter wurde, »fass mich nicht mehr an.« Seine

Zunge glitt spielerisch über ihre Unterlippe, koste den weichen Innenrand.

»Sperr dich nicht dagegen, Shelley. Nach all der Zeit darfst du uns das nicht nehmen. Haben wir nicht schon genug gelitten? Ich möchte alles an dir kennen lernen.«

Er begann mit ihrem Ohr, das er mit samtweicher Zunge erkundete, leckte und neckte. Unbewusst hatte sie eine Hand auf seinen Schenkel gelegt. Ohne zu überlegen, massierte sie den Muskel unter seiner Hose und verstärkte mit zunehmender Erregung ihre Berührung.

Wäre Grant nicht schon besessen von ihr gewesen, hätte ihre stimulierende Massage ihn zum Äußersten animiert. So schürten ihre unbeabsichtigten Zärtlichkeiten gleichsam die Glut seiner Leidenschaft – er war entschlossener denn je, ihre sämtlichen Ängste und Bedenken zu zerstreuen.

Sein Mund inspizierte ihre Halsbeuge und ihr Dekolleté, indem er abwechselnd mit seinen Zähnen an der glatten Haut knabberte oder sie mit seiner Zunge saugte. Shelley fühlte, wie eine Woge der Lust über sie hinwegrollte. Und sie ließ sich mitreißen in den verheißungsvollen Sog seiner Liebkosungen.

Ungestüm küsste er sie durch den störenden Blusenstoff hindurch. Presste heiße, feuchte Küsse auf ihre üppigen Brüste. Als er ihre Knospe verwöhnte, hauchte sie entrückt seinen Namen, krallte die Finger in seine Haare.

Seine Zunge kreiste um die harte Rispe, brannte sich durch die blaue Seide und den hauchzarten BH. Ihr Atem ging in kurzen, flachen Stößen, da Grant zunehmend fordernder wurde und mit seinen Lippen gierig ihre Brustspitze umschloss.

Er saugte sie zärtlich. Mit wollüstiger Hingabe erst die eine, dann die andere. Nur einmal hob er den Kopf und hauchte hingebungsvoll ihren Namen.

Shelley wehrte sich nicht, als er mit der Hand unter ihren Rock und den Slip glitt, um ihre Beine zu streicheln. Das seidige Material ihrer Strumpfhose erhöhte lediglich den Reiz. Sie wurde feucht zwischen den Schenkeln und räkelte sich aufreizend auf dem Autositz, worauf Grant seine schamlosen Erkundungen fortsetzte.

In ihrer Erregung waren beide nicht auf den Sturm der Emotionen vorbereitet, der sie erfasste, als seine Hand behutsam das Dreieck ihrer Scham streifte. Er presste das Gesicht auf ihre Brüste, derweil ihre Finger in seinem dunklen Schopf vergraben blieben.

Er flüsterte Zärtlichkeiten, während sein Daumen erotisierend die pulsierende Perle rieb. Sie lockerte die Schenkelmuskulatur und öffnete sich ihm. »Shelley, ich will dich jetzt lieben«, raunte er, dabei hörte seine Hand nicht auf, sie zu verwöhnen.

Er war der Mann, den sie immer begehrt hatte, und jetzt war er da, bereit, seine ungezügelte Leidenschaft mit ihr auszuleben. Warum sträubte sie sich dagegen? Weil das hier kein Märchen war. Es war die Realität. Und dergleichen passierte in der wirklichen Welt nicht. Eine Frau konnte einen Mann jahrelang lieben und begehren, und dennoch kehrte er nicht zu ihr zurück wie ein mittelalterlicher Kreuzritter auf seinem weißen Schlachtross. So funktionierte das nicht. Irgendwann würde man ihr die Quittung dafür servieren.

Es wäre so einfach, vor Grants gehauchten Liebesschwüren und ihrem eigenen flammenden Begehren zu kapitulieren. Sicher, sie verzehrte sich nach ihm, und es brachte sie fast um, dass sie ihn nicht haben konnte, aber sie durfte seine und ihre Karriere auf gar keinen Fall für einen One-Night-Stand riskieren. Und mehr würde daraus vermutlich ohnehin nicht werden.

Zweifellos würde er sich bereitwillig auf eine Affäre einlassen. Und gehen, sobald er die Nase voll hatte. Wenn er ihrer überdrüssig geworden wäre, ihr ein zweites Mal das Herz gebrochen hätte, würde er verschwinden. Er wäre frei in seinen Entscheidungen, und ihr bliebe nichts anderes übrig, als den Scherbenhaufen ihres Lebens wieder einmal zu kitten.

Allerdings mochte sie Grant so viel Gefühllosigkeit nicht zutrauen. Aber bei Daryl hatte sie sich da auch getäuscht. Wenn Frauen liebten, waren sie in Beziehungskrisen jeweils in der schwächeren Position.

Und obwohl sie Grant aufrichtig liebte, würde sie sich nie mehr verwundbar machen.

Zunächst realisierte er nicht, dass sie von ihm wegrückte und seine Zärtlichkeiten nicht mehr erwiderte. Als sie unvermittelt erstarrte, war er völlig perplex. Sie schob seine Hand weg. Er musterte sie verstört blinzelnd und schüttelte betreten den Kopf.

»Shelley …?«

»Leb wohl, Grant.« Sie drückte die Autotür auf und stolperte in die Dunkelheit.

»Shelley!«, hörte sie ihn hinter sich rufen. Sie lief durch den Vorgarten, schloss die Eingangstür auf und knallte sie so hektisch zu, als hätten es die dunklen Mächte der Hölle auf sie abgesehen.

Wie in Trance glitt sie dann in ihr Schlafzimmer, wo sie sich mechanisch auszog. Bestürzt die beiden feuchten Stellen auf ihrer Seidenbluse inspizierend. Da war zweifellos eine Reinigung fällig, überlegte sie, bevor sie deprimiert losheulte.

Den Sonntag verbrachte sie allein in ihrem Haus. Da es den ganzen Tag regnete, hatte sie einen plausiblen Vorwand, warum sie die eigenen vier Wände nicht verlassen wollte. Ihre Mutter rief an und erkundigte sich, ob es etwas Neues gebe und ob Shelley sich an der Universität gut eingelebt habe. Shelley zog es vor, den Dozenten Ihres Politikseminars nicht namentlich zu erwähnen.

Offensichtlich akzeptierte Grant ihre Entscheidung. Sie hatte zwar darauf gehofft, dass er anrufen würde, aber das Telefon blieb stumm.

Am Montagabend zermarterte sie sich das Hirn, ob sie am folgenden Tag Grants Seminar sausen lassen sollte, wie sie es eine Woche zuvor angekündigt hatte. Die Gründe gegen eine Teilnahme überwogen ganz eindeutig. Trotzdem erwischte sie sich dabei, dass sie mental Vorwände erwog, warum sie seine Veranstaltung weiterhin besuchen sollte.

Sie mochte Rektor Martin nicht die Genugtuung geben, dass seine Gardinenpredigt bei ihr Wirkung zeigte. Dass er dies überhaupt realisieren würde, war zwar fraglich, aber es widersprach ihren sämtlichen Prinzipien, so schnell nachzugeben und zu Kreuze zu kriechen.

Außerdem wollte sie nicht, dass Grant sie für einen Feigling hielt. Er hatte sie kurz zuvor so bezeichnet und damit relativ richtig gelegen, trotzdem sollte er nicht denken, dass ihr die Situation über den Kopf wuchs.

Hatte sie nicht selbst in den höchsten Tönen damit angegeben, dass sie ihr Leben wieder auf die Reihe gebracht hätte? Dass sie selbstbewusst und unabhängig sei? Wenn sie bei der kleinsten Kleinigkeit das Handtuch warf, würde er sie bestimmt für eine ausgemachte Idiotin halten, unreif und nicht emanzipiert genug für eine moderne Zweierbeziehung.

Am Dienstag betrat sie mit verdächtig roten Augen und grimmig entschlossener Miene den Seminarraum. Grant war bereits da. Er stand über das Pult gebeugt und sortierte seine Unterlagen. Seine kaum merklich zuckende Wangenmuskulatur verriet ihn: Er wusste genau, dass sie gekommen war, obgleich er ganz bewusst nicht aufsah.

So ging es zwei Wochen lang. Er sah durch sie hindurch, als wäre sie Luft für ihn. Mehrmals war sie versucht, sich an den erhitzten Diskussionen in seinem Seminar zu beteiligen, verkniff es sich aber. Sie konnte dieses hartnäckige Schweigen genauso lange durchziehen wie er.

Eines Nachmittags, als sie besonders früh eintraf, weil sie Grant zu einer Aussprache nötigen wollte, ertappte sie ihn in Gesellschaft von Miss Zimmerman.

Das junge Mädchen fläzte sich verführerisch aufreizend auf einer Ecke seines Pults. Er lachte ihr zu, während er in seinem Sessel vor und zurück wippte, seine Füße vor das Stück Pult neben ihrer Hüfte gestemmt. Shelley biss die Zähne zusammen; sie musste sich bremsen, ihm nicht die Stuhlbeine unter dem Allerwertesten wegzukicken und Miss Zimmermans rougebespachtelten Wangen mit einer gepfefferten Ohrfeige einen noch dramatischeren Hautton zu verpassen.

Stocksauer auf Grant und noch wütender auf sich selbst, machte sie sich während der gesamten Veranstaltung nicht die kleinste Notiz. Stattdessen starrte sie brütend aus dem Fenster. Am Schluss schnappte sie sich sofort ihre Bücher und rannte an ihm vorbei zur Tür.

»Mrs. Robins?«

Sie blieb abrupt stehen, woraufhin der nachfolgende Student unversehens mit ihr zusammenprallte. Sie spielte mit dem Gedanken, sich taub zu stellen, aber dummerweise hatten alle anderen Studenten ebenfalls mitbekommen, dass Grant sie gerufen hatte. Außerdem wollte sie ihm nicht noch mehr Zündstoff bieten, sie lächerlich zu machen. Mit durchgedrücktem Rückgrat und gestrafften Schultern drehte sie sich zu ihm um und traf auf einen nachdenklichen Blick aus graugrünen Tiefen.

»Ja?«, sagte sie so kühl wie eben möglich, zumal ihr Adrenalinspiegel mit einem Mal sprunghaft in die Höhe schoss.

»Ich benötige eine wissenschaftliche Hilfskraft. Hätten Sie vielleicht Interesse an dem Job … Mrs. Robins?«

6

Der Strom der Studenten zwängte sich an ihr vorbei aus dem Seminarraum, während sie stocksteif verharrte und ihn nur anstarrte. Was glaubte er eigentlich, wer sie war? Dass sie auf Kommando nach seiner Pfeife tanzte? Wochenlang hatte er nicht mit ihr geredet, und jetzt wollte er sie auf einmal als Assistentin haben?

»Ich… ich denke, eher nicht, Mr. Chapman«, gab sie frostig zurück.

Bevor sie sich umwandte und den anderen folgte, setzte er hastig hinzu: »Lassen Sie mich Ihnen wenigstens erklären, worum es geht. Wenn Sie den Job dann immer noch nicht wollen, frage ich jemand anderen.«

Oberflächlich betrachtet handelte es sich um ein völlig neutrales Gespräch. Gleichwohl schwangen in der höflich geführten Unterhaltung unterschwellig Emotionen und Widerstand mit. Shelley hätte ihn am liebsten zusammengestaucht, dass er sie die letzten Wochen ignoriert hatte, gleichzeitig wollte sie ihm um den Hals fallen und ihn nie mehr loslassen.

Sie hasste sich für ihre Unzulänglichkeit, war aber immerhin so aufrichtig, diese zu akzeptieren. Um ihre Gefühle nicht preiszugeben, blieb ihre Miene unbeeindruckt, reglos. Ihre Haltung kerzengerade.

Als der letzte Student den Raum verlassen und die

Tür hinter sich geschlossen hatte, sagte Grant seelenruhig: »Setzen Sie sich, Mrs. Robins.«

»Ich stehe lieber. Außerdem bin ich in Eile, *Mr. Chapman*. Wie ich schon sagte, ich habe kein Interesse daran, Ihre Assistentin zu werden.«

Er schüttelte den Kopf und rieb sich mit einer Hand ärgerlich den Nacken. Shelley fiel spontan ein, dass er ja eine Professur innehatte, und hätte laut auflachen mögen. Er sah kein bisschen so aus, wie man sich einen Professor vorstellte. Seine schmal geschnittene Hose saß perfekt, wie eine zweite Haut. Ein dunkel kariertes Flanellhemd in Grau-, Grün- und Rosttönen spannte über seiner trainierten Brust- und Schultermuskulatur. Sie riss die Augen von dem dunklen Flaum, der sich unter dem geöffneten Hemdkragen wellte, und hob den Blick.

Der direkte Blickkontakt erwies sich als schwerer Fehler. Grant musterte sie nämlich hingebungsvoll. Und das Begehren in seinen dunklen Tiefen spiegelte ihr eigenes wider.

»Ich brauche jemanden, der mich entlastet, Mrs.... ach, verdammt... *Shelley*. Sie – ähm – du müsstest eine ganze Menge lesen und das Wesentliche für mich zusammenfassen. Mündlich, meine ich, nicht schriftlich. Nächste Woche beginnen die Examen, du weißt, was das für mich heißt. Da brauche ich eine Zweitbeurteilung. Immerhin habe ich fünf Lehrveranstaltungen mit vierzig und mehr Studenten.«

Sie betrachtete ihre Schuhspitze. Die war zwar bei weitem nicht so eindrucksvoll wie Grants Astralkörper, aber dafür wesentlich unverfänglicher. Als sie den Blick erneut hob, sah sie ihn unschlüssig an. Zwang sich, etwas nachdrücklich Endgültiges in ihre Stimme zu legen. »Das ist mit Sicherheit nichts für mich.«

Ihren Einwurf ignorierend, führte Grant weiter aus. »Du überzeugst durch herausragende Leistungen. Mir ist durchaus bewusst, dass du ein hartes Semester vor dir hast, aber dein Notendurchschnitt kann sich sehen lassen. Du arbeitest nicht nebenher und hast keine familiären Verpflichtungen. Und ich brauche dich.«

Ihre Augen schossen zu seinem Gesicht. Letzteres hatte sie doch schon mal irgendwo gehört. Das klang verdächtig doppeldeutig. Gleichwohl zeigten seine Worte wundersame Wirkung. Ihr letztes bisschen Widerstand schmolz wie Eiskristalle in der Sonne.

»Du findest bestimmt jemand anderen«, meinte sie ein wenig unsicher.

»Ja, sicher. Aber ich will niemand anderen. Ich will dich.«

Ihre straffe Haltung lockerte sich zusehends. Sie ließ die Schultern sinken, bekam wieder eine anziehend weibliche Anmutung. Um seinen wintermoosfarbenen Augen auszuweichen, spähte sie aus dem Fenster in den grau verhangenen, trüben Tag.

»W… wo wollen wir uns treffen?«

»Am besten in meinem Apartment. Sämtliche Bücher und Fachtexte liegen dort vor. Die schweren Wälzer kann ich dir unmöglich aufbürden. Zudem habe ich ein hervorragendes Ordnungssystem für Klausuren und so weiter.«

Sie schüttelte den Kopf. »Das wäre glatter Selbstmord, Grant.« Statt offen einzuräumen, dass sie es nicht ertrug, mit ihm gemeinsam in diesem gemütlichen Apartment zu arbeiten, griff sie zu einem Vorwand. »Falls Rektor Martin davon erführe…«

»…erklär ich ihm, dass ich eine fähige Assistentin brauchte und dass du meine beste Studentin bist. Beides entspricht der Wahrheit.«

Sie fixierte ihn eindringlich. »Ein Assistent wäre vermutlich praktischer als eine Assistentin.«

Seine Mundwinkel verzogen sich zu einem angedeuteten Grinsen. »Praktischer für wen?« Sie lächelte matt, woraufhin er mit sanfter Aufrichtigkeit zugab: »Ich habe dich vermisst, Shelley.«

»Sag so was nicht«, stammelte sie kopfschüttelnd und senkte abermals den Blick. Sie verwünschte die Tränen, die ihr jählings in die Augen schossen. »Bitte nicht. Mach es nicht noch komplizierter für uns.«

»*Du* machst es komplizierter, als es ist. Ich hab dir versprochen, dass ich mich ganz nach dir richte. Ich kann warten, aber diesen Affenzirkus mache ich nicht länger mit.«

»Du hattest fast drei Wochen lang keinen Blick für mich übrig«, fauchte sie, zumal er ihren weiblichen Stolz erheblich angekratzt hatte. »Ich hätte ebensogut tot sein können.«

»Oh nein, Shelley. Ich hab dich intensiv wahrgenommen. Es klingt vielleicht pervers, aber ich hatte gehofft, du würdest genauso leiden wie ich. Jede Nacht hab ich wach im Bett gelegen und an dich gedacht. An deinen Duft, den süßen Geschmack deiner Haut, wie du dich anfühlst.«

»Nein…«

»Ich begehre dich so sehr, dass es fast körperlich schmerzt.« Er trat einen Schritt auf sie zu und legte die

Hände auf ihre Schultern. »Shelley…« In diesem Moment sprang die Tür auf.

»Mr. Chap… Oh, entschuldigen Sie«, hauchte Shelleys Kommilitonin scheinheilig. Provokativ lehnte sie sich in den Türrahmen, ihre Augen wurden schmal.

Shelley wischte sich die Tränen von den Wangen und wandte sich abrupt zum Fenster. Missmutig verschränkte sie die Arme vor der Brust.

»Was ist denn, Miss Zimmerman?«, erkundigte sich Grant knapp.

Nicht die Spur eingeschüchtert von seiner schroffen Haltung, reagierte das Mädchen mit einem strahlenden Lächeln. »Ach, nichts. Das kann warten. Bis später«, rief sie noch im Hinausgehen und zog geräuschvoll die Tür hinter sich zu.

Für einen langen, angespannten Augenblick waren sie wie paralysiert, dann trat Grant hinter sie. »Shelley, es tut mir so l…«

Sie wirbelte zu ihm herum. »Warum fragst du sie nicht einfach, ob sie deine Assistentin werden will? So, wie es aussieht, würde Miss Zimmerman bestimmt alles für dich tun.«

Der entgeisterte Ausdruck auf seinem Gesicht bereitete Shelley zwar innere Genugtuung, tat ihrer Verärgerung allerdings keinen Abbruch. Widersinnigerweise projizierte sie ihren Selbsthass auf ihn. Sie war keinen Deut besser als die vielen anderen, beschimpfte sie sich im Stillen, die sich ihm an den Hals warfen oder ihn umschwärmten wie Motten das Licht. Wie viele Herzen hatte er wohl schon gebrochen? Dass sie eine aus einem ganzen Harem sein könnte, machte sie noch wütender. »Ich bin mir ziemlich sicher, deine Miss Zimmerman oder irgendeine von den anderen Tussis reißen sich darum, die langen Winterabende über in deinem Apartment zu hocken und gemeinsam mit dir über irgendwelchen Fachwälzern zu brüten.«

Grant hatte sich nur mühsam unter Kontrolle. Seine Kiefer mahlten kaum merklich, während er aufgebracht die Hände an die Hüften legte. »Sie ist nicht ›meine‹ Miss Zimmerman. Grundgütiger, was hat sie überhaupt damit zu tun? Sie ist eine dumme, kleine Studentin. Und? Hab doch wenigstens ein bisschen Vertrauen zu mir, Shelley«, seufzte er. »Also, hilfst du mir nun oder nicht?«

Das war eine knallharte, unmissverständliche Provokation, der sie sich auf Biegen und Brechen stellen musste. »Ja. Ich helfe dir. Ich erstelle dir die wissenschaftlichen Zusammenfassungen und befasse mich mit den Klausuren deiner Studenten. Dass wir uns richtig verstehen: auf rein dienstlicher Basis.«

»In Ordnung.«

»Das mit dem rein dienstlich meine ich ernst.«

»Okay, schon verstanden.«

Sie machten sich etwas vor, das war beiden klar. Ihre Vereinbarung diente freilich nur der Verschleierung ihrer wahren Motive.

»Und was zahlst du mir dafür?«

Leise fluchend schob er die Hände in die Hosentaschen, worauf sich der Stoff eng um seine Hüften schmiegte. Shelley sah weg. »Was hältst du von zwanzig Dollar? Für zwei Abende pro Woche?«

»Vierzig Dollar die Woche klingt besser. Zwanzig Dollar pro Abend, für maximal drei Stunden, von sieben bis zehn.«

»Einverstanden«, grummelte er. »Dann bis heute Abend.«

»Da hab ich schon was vor. Aber morgen Abend darfst du gerne mit mir rechnen.«

»Also gut«, sagte er gepresst. »Ich hol dich ab.«

»Ich fahr selbst.«

Die Eskalation und Frustration war fast mit Händen zu greifen. Er kochte innerlich. »Du weißt ja, wo ich wohne.«

»Sicher. Ich bin punkt sieben bei dir, *Mr. Chapman.*«

Sie marschierte an ihm vorbei, öffnete die Tür und schwebte hinaus, bevor der Impuls, ihn zu küssen und ihr Gesicht in seinem dichten, wirren Haar zu vergraben, übermächtig wurde.

»Auf die Minute pünktlich«, stellte Grant fest, als er ihr am nächsten Abend öffnete.

»Wie versprochen.«

»Komm rein.« Er trug eine ausgefranste Jeans und ein Sweatshirt mit abgeschnittenen Ärmeln. Die nackten Füße steckten in bequemen Segelschuhen. Seine lässige Aufmachung machte sie nervös. Prompt beschleunigte sich ihr Herzschlag, ihre Finger wurden plötzlich klamm. Trotzdem gab sie sich einen Ruck und stolzierte mit kühler Gelassenheit an ihm vorbei in sein Apartment.

Sie trug eine gestärkte weiße Bluse mit plissierter Front und einem schmalen, schwarzen Band am Kragen. Dazu einen schwarzen Schurwollrock. Ein straff nach hinten gebundener Pferdeschwanz unterstrich den strengen Businesslook, den sie ganz bewusst gewählt hatte. Missmutig beäugte sie die Papierstapel und Bücher, die auf seinem Kaffeetisch und auf dem Boden verstreut lagen.

»Womit soll ich anfangen?«

Er hängte ihr Cape an die Garderobe neben der Tür und bedeutete ihr mit einer Geste seiner Hand, ihm in den Wohnraum zu folgen. »Ich möchte, dass du diese drei Bücher durchgehst – ich nenn dir die entsprechenden Kapitel – und die Fälle zitierst, in denen der Kongress sich über ein Veto des Präsidenten hinweggesetzt hat. Und notier dir bitte auch, ob die Gesetzesvorlage letztlich effektiv war und warum. Das ist eine gute Examensfrage, und wer als Student die Materialien gelesen hat, sollte in der Lage sein, einige gute Beispielantworten zu formulieren.«

»Bekomme ich nicht dieselben Fragen?«

»Nein, du bekommst andere.«

Sie nickte abwesend, weil sie an nichts anderes mehr denken konnte als an seine wunderschönen Augen.

Innerlich aufgewühlt musterte er sie eine lange Weile. Sein Blick schweifte zu ihrem Mund, wo er nur Sekundenbruchteile verweilte, ehe er dumpf bemerkte: »Ich arbeite auch hier. Wenn du also noch Fragen hast, nur zu.«

Den Rest des Abends teilten sie sich das Zimmer, und das war alles. Er blieb ihr gegenüber geschäftsmäßig reserviert. Sobald sie es sich auf dem Sofa bequem gemacht hatte, schaltete er die Stereoanlage ein. Kurz darauf steuerte er zu dem vollbepackten Tisch und ging die Bücherstapel durch.

Nach etwas über einer Stunde stand er auf und streckte sich, reckte die Arme über dem Kopf. Shelley, die zufällig aufschaute, erhaschte einen Blick auf den nackten Hautstreifen zwischen dem Bündchen des Sweatshirts und der hüftbetonten Jeans. Sein Nabel, eingebettet in dunkel seidigen Flaum, wirkte auf sie ungemein erotisch. Als sie bemerkte, wie sehr seine enge, bauchfreie Jeans im Schritt spannte, trommelte ihr Herz schmerzvoll gegen ihre Rippen.

Unbewusst leckte sie sich über die papiertrockenen Lippen, lenkte den Blick wieder auf die Buchseite und vermochte sich minutenlang absolut nicht auf den Inhalt zu konzentrieren.

»Cola?«, rief er ihr über die halbhohen Bartüren hinweg zu.

»Ja. Gern.« Er kehrte mit zwei hohen, beschlagenen Gläsern in den Raum zurück. Stellte eins auf einen Untersetzer auf den Kaffeetisch. »Danke«, sagte sie frostig.

»Keine Ursache«, erwiderte er höflich.

Um exakt zehn Uhr steckte Shelley ihren Kugelschreiber weg, schob die Seiten mit den Informationen ordentlich zusammen, die sie in der Zwischenzeit aufgelistet hatte, und erhob sich. Sie legte ihm die Notizen auf den Tisch.

»Bist du mit allem durch, Shelley?« Seine Augen klebten an ihren Brüsten, die sich hastig hoben und senkten.

»Ja, ich bin fertig. Falls du mit meinen Notizen nicht zurechtkommst, bin ich gern bereit, sie dir zu erläutern.« Seine Schulterpartie wirkte faszinierend in der weichen Beleuchtung. Der Lichtschein tauchte die gut definierte Muskulatur seiner nackten Oberarme in ein Spiel aus Licht und Schatten. Sie hätte ihn so gern berührt, zärtlich gestreichelt, ihn bewundert wie ein Bildhauer seine Arbeit, die er aus einem edlen Marmorblock geschaffen hatte.

»Ich bin sicher, sie sind verständlich und präzise formuliert.« Er erhob sich. »Zahle ich dich in bar?«

Er war ihr so nah, dass sie vorsichtshalber einen Schritt in Richtung Tür zurückwich. Um ihn nicht ansehen zu müssen, hantierte sie umständlich mit ihrem Cape herum. »Nein. Du kannst mir alle zwei Wochen oder so einen Scheck geben.«

»Gut.«

Grants kratzig-raue Stimme trieb ihr ein heißes Prickeln über den Rücken. Sie sah ihn unter gesenkten Lidern hinweg an. »Gute Nacht.« Ihre Hand auf der Türklinke zögerte noch. Sie wünschte, er würde irgendetwas sagen, irgendetwas tun, vorschlagen, dass sie mit dieser unwürdigen Farce aufhören sollten. In diesem Moment, da jede Faser ihres Körpers nach Erlösung schrie, hätte sie sich zu allem bereit erklärt und ihre letzten Zweifel in den Wind geschrieben. Wieso umarmte er sie nicht zärtlich? Und küsste sie ungestüm?

Seine versteinerte Miene verriet nichts von dem inneren Kampf, den er mit sich ausfocht. Er verabschiedete sich mit einem kurzen, knappen »Gute Nacht«.

Bei ihrem nächsten abendlichen Treffen ging Shelley Examensarbeiten durch. Grant hatte ihr eine Liste mit Punkten gegeben, die jede Klausur erfüllen sollte. »Markier sie lediglich. Ich rechne die Punktzahl nachher selbst aus.«

Wie schon einmal begannen sie mit ihrer Tätigkeit. Das Schweigen wurde erst von dem klingelnden Telefon unterbrochen. Grant schwang sich vom Sofa, wo er sich lang hingestreckt hatte, und presste das Buch, das er gerade las, vor die Brust.

»Hallo«, sagte er, sobald er den Hörer aufgenommen hatte. »Nein, Miss Zimmerman, ich bin noch nicht so weit … Nein, Sie erfahren Ihre Note mit den anderen … Sicher, das kann ich verstehen, aber … nein. Auf Wiederhören.« Wütend legte er auf. »Dieses unsägliche Mädchen gibt wohl nie auf!«

»Pru?«

Er wandte sich mit einem fragenden Stirnrunzeln zu Shelley um. »Pru?«

Sie hielt die Arbeit ihrer Kommilitonin hoch, die sie gerade durchgesehen hatte. »Die Kurzform für Prudence. Hier steht's schwarz auf weiß: P-R-U-D-E-N-C-E. Und die ersten drei Buchstaben sind mit Anführungsstrichen hervorgehoben.«

Er warf den Kopf zurück und lachte schallend. »Junge, Junge, der Name passt wie die Faust aufs Auge. Also zurückhaltend ist unsere scheue Pru nun wirklich nicht!«

»Ruft sie oft hier an?«, fragte Shelley betont beiläufig, während sie sorgfältig die Klausuren zusammenschob, die sie schon gelesen hatte.

»Eifersüchtig?«

»Nein«, sagte sie scharf. Das grimmige Aufblitzen ihrer blauen Augen zeigte ihm jedoch, dass sie schwindelte.

Er grinste scheinheilig. »Sie ruft an den Tagen an, an denen sie einmal nichts im Vorlesungsraum vergessen hat, was sie unbedingt noch holen muss. Oder wenn sie mich nicht *zufällig* auf dem Campus getroffen hat. Sie ist so subtil wie eine Dampfwalze.«

Shelley verkniff sich den spitzen Hinweis, dass seine Studentinnen nicht privat bei ihm anrufen sollten, aber was hatte sie damit zu tun? Im Grunde genommen war sie doch nicht viel anders als Pru Zimmerman, oder? »Sie ist auf ordinäre Weise attraktiv«, sagte sie stattdessen.

»Ist ›ordinär‹ eine Umschreibung für einen mordsmäßigen Busen?«

Ihr blieb vor Verblüffung der Mund offen stehen, und er lachte über ihr entgeistertes Gesicht. Angesäuert presste sie die Lippen zusammen. »Das hast du also auch schon bemerkt«, stieß sie zwischen zusammengebissenen Zähnen hervor.

Er lachte noch lauter. »Ich hab doch keine Tomaten auf den Augen.«

»Du Ärmster«, gab sie süffisant zurück. »Du kannst wirklich nichts dafür, wenn dir sämtliche Studentinnen auf dem Campus nachstellen, nicht?«

Schlagartig verhärteten sich seine Züge. »Das musst du gerade sagen. Ich hab genau gesehen, wie dich dieser Typ anschmachtet, der in der Vorlesung neben dir sitzt.« Seine Miene entspannte sich kaum merklich. »Vermutlich muss ich dir auch noch dankbar sein, dass er deswegen wach bleibt und nicht die ganze Stunde verpennt.« Er schlenderte auf sie zu. Kaum Zentimeter von ihr entfernt, blieb er stehen. Sie legte den Kopf in den Nacken und fokussierte ihn. »Im Übrigen ist das durchaus nachvollziehbar. Ich finde nämlich auch keinen Schlaf, weil meine Fantasien ständig um dich kreisen.«

Ihr Mund war schlagartig trocken. Sie senkte den Blick und stand hastig vom Sofa auf. »Ich muss jetzt gehen«, meinte sie matt. Sie umrundete ihn und stieß sich in ihrer Eile die Hüfte am Tisch.

Merkwürdigerweise hielt er sie nicht auf, sondern verfolgte sie wie ein lauernder Jäger, während sie durch den Raum lief, Handtasche, Mantel und ein mitgebrachtes Buch einsammelte.

»Shelley?«

»Ja?« Sie wirbelte zu ihm herum, noch ehe er die zweite Silbe ihres Namens über die Lippen gebracht hatte.

Seine Augen streiften ihr Gesicht, verweilten unendlich lange auf ihren Lippen. »Ach, nichts«, seufzte er. »Kannst du ausnahmsweise auch am Freitag? Ich muss nämlich am Donnerstagabend zu einer Fachschaftssitzung.«

»Ja.«

»Gut, bis dann.«

»Regnet es etwa?«

Grant erhob sich aus seinem weichen Polstersessel, ging zum Fenster und zog den Lamellenvorhang ein Stück zurück. »Ja, tatsächlich. Wie aus Eimern.«

»Es war ganz schön kühl, als ich heute Abend herkam.«

Sie hätte sich fast verspätet. Am Nachmittag war sie mit einigen ihrer Kommilitoninnen bei der Studentinnenvereinigung zum Tee eingeladen gewesen. Nachher hatte sie noch beim Aufräumen geholfen. Und da die Zeit drängte, war sie zu Fuß zu Grants Apartment gelaufen. Das ging schneller, als das Auto vom Parkplatz zu holen.

Völlig außer Atem hatte sie bei ihm geklingelt. Da

sich keine Gelegenheit zum Umziehen geboten hatte, war sie in grauer Georgettebluse und einem schmal geschnittenen, nachtblauen Hosenanzug bei ihm aufgekreuzt. »Hat jemand geheiratet?«, hatte er sie an der Tür gnadenlos aufgezogen. Er trug wie üblich eine ausgefranste Jeans, vermutlich sein Lieblingsoutfit zu Hause, und einen ockerfarbenen Pullover mit V-Ausschnitt.

Stundenlang hatten sie schweigend gearbeitet. Jetzt, nachdem sie den Stapel Klausuren fast komplett durchgesehen hatte, hob Shelley den Kopf. Hörte, wie der Regen zwei Stockwerke höher monoton auf das Dach prasselte.

»Was hältst du von einem schönen Kaminfeuer? Dir ist bestimmt kühl, nachdem du eine geschlagene Stunde lang mit untergeschlagenen Beinen hier gesessen hast.«

Das war eine eindeutige Erinnerung an ihre kalten Füße, die er ihr an jenem Nachmittag in der Bibliothek gewärmt hatte. Ihre Blicke trafen sich für einen kurzen Augenblick, bevor sie sehnsüchtig zum Kamin schaute. »Mach dir keine Mühe. Wir haben nur noch ein paar Arbeiten zu bewerten, und dann muss ich sowieso gehen.«

»Es macht mir überhaupt keine Mühe«, gab er zurück. Er kniete bereits vor dem Kamin und schichtete fachmännisch Feuerholz auf.

Während er das Holz anzündete, las Shelley zwei weitere Klausuren und machte Notizen am Rand. Sie konzentrierte sich eben auf eine unleserliche Passage, als plötzlich die Deckenbeleuchtung verlosch. Bis auf die brennenden Scheite im Kamin war der Raum plötzlich in Dunkel getaucht.

Sie hob den Kopf und stellte fest, dass Grant gerade die Hand vom Lichtschalter nahm. Der flackernde Feuerschein ließ ihn noch größer und stattlicher, noch maskuliner als sonst wirken. Diffuse Schatten geisterten über sein kantiges Gesicht. Machten es Shelley unmöglich, seine Miene zu deuten. Als er sich jedoch geschmeidig wie ein Panter näherte, schwante ihr, was er im Schilde führte.

Sie schob ihre Beine aus dem tiefen Sessel und stellte die Füße in Startposition auf den Boden, so als wollte sie jeden Augenblick losrennen. »Ich muss noch eine Arbeit durchsehen«, sagte sie fahrig.

»Das kann warten. Ich nicht. Ich hab zehn Jahre lang gewartet.«

Er stand vor dem bequemen Polstersessel, in dem sie den ganzen Abend verbracht hatte. Die tanzenden Flammen reflektierten in seiner dunklen Iris, als er ihren Kopf anhob, damit sie ihn ansehen musste. Mit einer Hand schob er ihr eine vorwitzige Haarsträhne aus der Stirn. Seine Finger umschlossen ihr Kinn; sein Daumen streichelte über ihre Wange, die ungemein warm und rosig war.

Shelley schloss die Augen, während sein Daumen über ihren Mund glitt. Ihre Lippen teilten sich, als sich seine Daumenspitze sanft zwischen ihre Zähne schob und ihre Zunge berührte. Um ihre Unterlippe dann mit dem süßen Nektar zu befeuchten.

Sie hielt den Atem an, als seine Hände über ihren Hals glitten und auf ihren Schultern verharrten. Mit seinen Fingerspitzen kraulte er ihre Halsbeuge, massierte behutsam ihr Schlüsselbein.

Eine angenehme Lethargie erfasste ihren Körper,

während sie sich genussvoll seinen Liebkosungen hingab. Was sollte sie auch groß tun? Sie wähnte sich hilflos ob der sinnlichen Magie seiner kosenden Hände.

Gleichwohl zuckte sie kaum merklich zusammen, als sein Zeigefinger zu ihrem Blusenkragen glitt. Sie hatte die oberen Knöpfe geöffnet, und er zeichnete spielerisch das V-förmig geöffnete Revers nach. Plötzlich öffnete sie die Lider und sah ihn milde bestürzt an. Ein Blick in sein Gesicht, und ihre Skepsis, Widerstand und Hemmungen waren wie weggewischt.

In seinen Zügen spiegelte sich unbändiges Begehren. Aus seinen Augen blitzte die Leidenschaft. Der aufgewühlte Atem, der seinen Lippen entströmte, war wie eine leise gehauchte Liebeserklärung an Shelley. Eine Hand umschloss zärtlich ihren Hinterkopf, als sie ihn anschaute, die andere verwöhnte die seidenzarte Haut ihres Dekolletés.

Ihr Herzschlag setzte aus, um jählings zu beschleunigen, als seine Finger an ihrem obersten Blusenknopf nestelten. Er wartete, kostete den Augenblick aus, den Feuerschein, das entfernte Plätschern des Regens, ihren entrückten Gesichtsausdruck. Schließlich schob er behutsam den stoffbezogenen Knopf aus der Öse. Presste seine Hand auf ihr Herz, als wollte er jedes rhythmische Pulsieren in sich aufnehmen.

Der zweite Knopf löste sich unter der Heftigkeit seiner Bewegung, und beide standen wie gelähmt. Starrten einander nur an.

Anfangs ahnte sie nur die Spitze seines Zeigefingers, die federleicht die Spitzenbordüre ihres champagnerfarbenen Seidenunterrocks entlangglitt. Dann ertastete er mit seiner Hand ihre runden Brüste unter der duftigen Spitze. Sein aufgewühlter Atem vermischte sich mit ihrem. Sie lächelte entrückt, und er erwiderte ihr Lächeln, während er sie weiterhin intensiv fixierte.

Seine Finger schoben sich unter eine Brust, wogen die aufreizende Fülle in seiner Handfläche. In seiner Umklammerung bog sie den Kopf zurück. Ein verhaltenes, lustvolles Stöhnen entfuhr ihren Lippen. Eine Einladung für Grant, sie zu erlösen.

Er streifte die Seidenträger von ihren Schultern, schob den zarten Spitzenstoff über ihren Busen. Für eine lange Weile betrachtete er die matt schimmernde Haut mit den dunklen Spitzen. Als ihm ein anerkennendes Raunen entwich, schlug sie die Augen auf.

Mit ungeahnter Hingabe berührte er sie, bewunderte die perfekte Rundung, die unter der locker sitzenden Bluse kaum aufgefallen war, jetzt indes seine Hand ausfüllte. Er umkreiste die erigierte Spitze, erregte sie noch mehr, indem er sie behutsam zwischen seinen Fingern rieb. Ein Seufzen entrang sich ihrer Kehle, als Shelley sich impulsiv aufbäumte, hektisch nach ihm tastete, als suchte sie einen Halt, um nicht in einem wilden Wirbel über den Rand des Universums hinauskatapultiert zu werden.

Sie brachte ihre Hand unter seinen Pullover und krallte ihre Finger in den Bund seiner Jeans. Schmiegte ihren Kopf an seinen Bauch, derweil er ihre Brust einer süßen Folter unterzog. Seine Hand an ihrem Hinterkopf presste sie fester an sich.

»Grant, Grant«, stöhnte sie immer wieder im Takt seiner kosenden Fingerspitzen. Der Unterrock war bis tief unter ihre Brüste gerutscht. Seine stimulierende Massage jagte ihr lustvolle Schauer über den Rücken.

»Bitte…«, drängte sie. Ihre Hand zerrte an seiner, versuchte sie nach unten zu ziehen.

Irgendwann kniete er vor ihr. Umschloss ihr Gesicht mit seinen Handflächen und brachte es dicht an seins. »Shelley, ich liebe dich.« Sein süßer, heißer Atem streifte ihre Lippen. »Und ich will jetzt nicht aufhören.«

Sie schüttelte verträumt den Kopf. »Ich möchte auch nicht, dass du aufhörst.«

Selbstbewusst zog sie sein Gesicht auf ihren Busen. Gierig koste er die weiche, duftende Fülle, hauchte feurige, feuchte Küsse auf ihr verlockendes Fleisch. Indem sein Mund ihre Knospe umschloss und lasziv saugte, bog sie sich ihm unwillkürlich entgegen. Er umschlang sie, presste eine Hand auf ihre Wirbelsäule und drückte sie leidenschaftlich an sich.

Als sein erster, animalischer Hunger gestillt war, wurde er sanfter, er knabberte behutsam mit seinen Lippen, leckte sie mit seiner Zunge. Ihre Hände zerwühlten sein dichtes, dunkles Haar, fächelten es zwischen ihren Fingern. Streichelten seine Schläfen und Wangenknochen.

Grant bahnte sich mit federnden Küssen den Weg zu ihrem Mund und besiegelte ihn mit einem stürmischen Kuss. Ihre Zungen kämpften, eroberten, kapitulierten.

»Darf ich dich jetzt ausziehen?«, fragte er an ihrer samtigen Ohrmuschel.

»Ja.«

Er streifte ihr die zerwühlte Bluse über die Schultern und den Unterrock über die Hüften. Langsam stand er auf und zog sie hoch. Er öffnete den Knopf ihres Rockbundes, zog den Reißverschluss herunter, worauf Rock und Unterkleid zu Boden glitten. Seine Augen wanderten über ihren nackten Oberkörper, gefolgt von seinen forschenden Händen.

Beinahe ehrfürchtig umschloss er ihre Brüste und küsste Shelley sanft auf den Mund, ehe er sich erneut vor sie kniete. Ihre Strumpfhose war graphitgrau mit einem transparenten Spitzenslip. Er küsste sie durch die Spitze hindurch.

Er rollte ihr das zarte Seidenetwas herunter, streifte mit seinen Lippen ihre Haut. Dann wurde sein Begehren so maßlos, dass er das hauchfeine Material beinahe zerrissen hätte.

Mühsam seine Lust kontrollierend, sog er ihren Anblick in sich auf. Sie streichelte zärtlich seine Schläfen, derweil er jeden Zentimeter ihres Körpers verschlang – schauend, küssend, schmeckend. Wie im Fieber beugte er sich vor und nippte an dem Delta ihrer Weiblichkeit.

»Grant«, japste sie leise. Woraufhin er aufsprang, sie in seine Arme hob und die gewundene Treppe hinauftrug, als wäre sie leicht wie eine Feder.

Er setzte sie behutsam auf dem Bettrand ab und schlug die Tagesdecke zurück. Schwelende Lust und zärtliche Liebe spiegelten sich in seinem Blick, als er sie sanft auf die riesige Spielwiese drückte. Mit einer Schamlosigkeit, die sie nie im Leben bei sich vermutet hätte, stützte Shelley sich auf einen Ellbogen und schaute ihm zu, wie er sich auszog.

Sobald er seinen sexy Minislip abgestreift hatte, starrte sie fasziniert auf die pulsierende Fülle zwischen seinen muskulösen Schenkeln. Er schlenderte zu ihr, hatte keine Eile, wollte sie nicht verschrecken.

Umso erstaunter war er, als sie leise lächelnd zugab:

»Du siehst fantastisch aus, Grant. Traumhaft gut.« Mit zaghaften Fingern berührte sie seine erigierte Männlichkeit. Beugte sich vor, um sie zu küssen, unsicher zunächst, aber dann mit einer Leidenschaft, die ihm schier Atem und Verstand raubte.

»Grundgütiger, Shelley.« Keuchend fiel er neben sie auf das Bett, drängte verlangend an ihren Körper. Umschloss mit den Händen ihren Po und presste sie ungestüm an sich. Spürte lustvoll ihre weiche, glatte Haut, während sie sich eng aneinandergeschmiegt auf dem Laken wälzten.

Grant streichelte lasziv über ihren Oberschenkel, bis Shelleys Lippen ein leises, sehnsüchtiges Flehen entwich. Worauf er sie mit seinen versiegelte. Dabei spreizte er mit verheißungsvollen Fingern ihre Schenkel und verwöhnte das Herz ihrer Weiblichkeit.

Seine Berührungen waren zärtlich, hingebungsvoll. Berauscht von dem herrlich intensiven Gefühl, umschlang Shelley ihn impulsiv fester. Ihr Atem war wie ein warmer Lufthauch an seinem Ohr, als sie ihm entrückt zuflüsterte: »Ich wusste ja gar nicht, dass es so etwas gibt. Ist das nur ein Traum? Oh, Grant, ich möchte, dass es wahr ist.«

»Es ist real, mein Schatz. Du bist real. Liebenswert und leidenschaftlich und mit jeder Faser deines Herzens Frau.«

Ein spitzer Schrei entfuhr ihrer Kehle, als er sie in einer Weise berührte, wie sie noch nie berührt worden war. Ihr Herz, ihre Seele, ihr Verstand explodierten in einem Kaleidoskop schillernder Farben. »Grant…«, hauchte sie. Hektisch versuchte sie, ihn auf sich zu ziehen.

»Nein, Liebes«, raunte er an ihrer Halsbeuge. »Wir teilen alles – von Anfang an.«

Sinnlich berauscht, wie sie war, ergaben die Worte für Shelley keinen Sinn. Sie realisierte nur noch, wie sich seine starke Hand unter ihren Steiß schob, ehe seine Liebesstöße ihren Körper erbeben ließen. Sie nahm ihn ganz in sich auf, umspannte mit den Schenkeln seine Lenden und drängte ihn tief in ihre feuchte Grotte. Entbrannte von seinem Feuer. Und was ihr Sekunden zuvor widerfahren war, wiederholte sich, intensiver, befreiender als das erste Mal, weil er in ihr war.

Eng umschlungen lagen sie reglos, atemlos vor Erschöpfung. Shelleys vom Schweiß feuchtes Haar wie ein seidener Fächer ausgebreitet über seiner Brust. Seine Hand massierte behutsam ihre Wirbelsäule.

»Grant«, wisperte sie, ängstlich, den Zauber des Augenblicks zu zerstören, »glaubst du, dass Märchen wahr werden können?«

Er atmete tief durch, und sie fühlte, wie er in ihr erneut erigierte, ihren Körper in Schwingungen versetzte. »Ja, seit dieses Wunder heute Abend mit uns geschehen ist.«

7

Nachdenklich betrachtete Grant den Bissen Rührei auf seiner Gabel und meinte nachdenklich: »Du hast mich nie mit Fragen gelöchert.«

Shelley neigte kaum merklich den Kopf und sah ihn mit großen Augen an. »Was meinst du damit? Fragen wonach?«

Er kaute bedächtig, schluckte, nippte an seinem Kaffee, bevor er erwiderte: »Nach meiner Beziehung mit Missy Lancaster.«

Shelley blickte auf ihren leeren Teller. Sie konnte sich nicht entsinnen, wann sie das letzte Mal so ausgiebig gefrühstückt hatte. Es schmeckte köstlich wie schon lange nicht mehr. Nachdem sie ausgiebig zusammen geduscht hatten, hatte sie sich in Grants königsblauen Bademantel gewickelt. Die kurze Frotteejacke reichte ihr immerhin bis zu den Knien. Er trug nur seine Schlafanzughose.

Jetzt, da sie ihn über den gemeinsamen Frühstückstisch hinweg anstrahlte, fand sie es wieder ungemein faszinierend, wie attraktiv er aussah. Seine Haare waren noch feucht vom Duschen. Seine Wangen glatt von der frischen Rasur. Ihr Blick fiel auf seine kräftige Brustbehaarung, die sie in der Nacht endlos lange gestreichelt hatte, bis sie erschöpft eingeschlummert waren. Sie erinnerte sich noch genau an den salzigen

Geschmack von dem feinen Schweiß, den sie ihm zärtlich von der Haut geleckt hatte, während sie sich wieder und wieder geliebt hatten. Dabei hatte er ihr heiße Liebesschwüre ins Ohr gehaucht und das Haar wild zerwühlt.

Sie bedachte ihn mit einem zärtlich entrückten Blick. »Es war mir nicht wichtig. Egal, was du gemacht hast, es hätte nichts an meinen Gefühlen für dich geändert. Außerdem denke ich, wenn du meinst, dass ich es wissen sollte, wirst du es mir bestimmt erzählen.«

Er stellte seine Kaffeetasse auf den Unterteller und fasste über den Tisch hinweg ihre Hände. »Ich hab keine Ahnung, wie Missy Lancaster im Bett war. Ich war nie – nie, Shelley – ihr Geliebter. Sie war in einen anderen verliebt.«

Shelley ließ das Gesagte auf sich wirken. »Hast du sie denn geliebt?« Unvermittelt empfand sie eine bohrende Eifersucht – wie einen Stich mitten ins Herz. Sie wollte es gar nicht wissen, trotzdem rutschte ihr die Frage spontan heraus.

Er grinste matt und schüttelte den Kopf. »Nein. Wir waren lediglich befreundet. Aber du kannst mir glauben, ich hab mir inständig gewünscht, ich wäre nicht ein so guter Freund gewesen. Vielleicht wäre sie dann noch am Leben.« Als er Shelleys fragenden Blick bemerkte, fuhr er fort: »Also gut, zu deiner Information: Missy hatte eine heimliche Affäre mit einem Kongressabgeordneten. Er war jung, attraktiv, prominent und politisch erfolgreich…« Grant seufzte. »Aber er war verheiratet und hatte drei Kinder.«

Shelleys hochgezogene Brauen verrieten ihre Meinung von dem großen Unbekannten.

»Ganz meinerseits.« Grant interpretierte ihre Miene korrekt. »Ich hielt ihr Verhalten für völlig falsch, aber sie war verrückt nach diesem Typen. Wie dem auch sei« – er seufzte abermals –, »nachdem ich in Senator Lancasters Stab berufen worden war, lernte ich Missy besser kennen, und wir freundeten uns an. Zähneknirschend stimmte ich zu, sie zu einem Empfang zu begleiten, wo sie ihren Lover treffen wollte. Nachdem er seine Frau nach Hause hatte chauffieren lassen, weil ›ihm irgendwas Dringendes dazwischengekommen war‹, stahl er sich zu seinem Rendezvous mit Missy davon.«

»Und diesem ersten Mal folgten weitere«, kombinierte Shelley spontan.

»Genau. Sie war jung, ledig, bildhübsch. Und ich in Washington schon bald ihr Dauerbegleiter. Eine ungemein praktische Konstellation für ihren Geliebten. Entweder holte ich sie dann von ihren Rendezvous ab und brachte sie in den frühen Morgenstunden nach Hause, oder sie nahm sich ein Taxi. Na ja, jedenfalls sah es für die Leute nach außen hin so aus, als wäre ich ihr Lover. Und nicht der Kongressabgeordnete mit der reizenden Frau und den drei Kindern.«

Grant machte keinen Hehl aus seiner Abneigung gegen den Politiker. Offenbar ärgerte er sich aber auch über seine eigene Fehlbarkeit. »Und was ist dann passiert?«, fragte Shelley sanft. »Wieso hat Missy sich umgebracht?«

»Ach, das Übliche. Sie war schwanger und der Kongresstyp stinkwütend, als sie es ihm erzählte. Törichterweise war sie natürlich davon ausgegangen, dass er ihretwegen seine Frau verlassen würde. Ich hatte sie monatelang gewarnt, dass sie mit dem Feuer spielte, aber sie wollte nichts davon hören. Eines Tages rief sie mich von ihrem geheimen Liebesnest aus an und stammelte wirres Zeug. Ich fuhr hin, fand sie am Boden zerstört. Er hatte sie zu einer Abtreibung gedrängt und wollte sich um eine Klinik kümmern. Das war alles, was sie von ihm erwarten durfte. Als ich sie zu Hause absetzte, hab ich sie inständig gebeten, sich hinzulegen und die ganze Sache zu überschlafen. Am nächsten Morgen war sie tot.«

Shelley legte ihre Hand auf seine. »Wieso hast du die Sache nicht aufgeklärt, als man dich fälschlich beschuldigte und schließlich feuerte? Wenn du unter vier Augen mit dem Senator geredet hättest, hätte er dir doch sicher geglaubt, oder?«

»Mag sein. Keine Ahnung. Wenn ich keine Namen genannt hätte, hätte er das Ganze vermutlich für reine Schutzbehauptungen gehalten. Und wenn ich die Identität des Kongressabgeordneten preisgegeben hätte, hätte der Senator ihn vermutlich damit konfrontiert. Dem Typen hätte ich gegönnt, dass er sein Fett abbekommen hätte, aber ich wollte seine Frau und seine unschuldigen Kinder dort nicht mit hineinziehen. Letztlich hatten sie mit dem ganzen Schlamassel doch gar nichts zu tun und waren völlig ahnungslos. Wohingegen Missy alt genug war, um zu wissen, worauf sie sich da einließ.«

»Die Wenigsten hätten so reagiert wie du. Schuld auf sich zu nehmen für etwas, wofür man gar nicht verantwortlich war.«

Er lachte freudlos. »Du musst mich jetzt nicht in den Himmel heben, Shelley. Damals war meine Reaktion von Frustration und nicht von Integrität motiviert. Ich hatte diese unsägliche Doppelmoral satt, dieses Nach-unten-Treten-und-nach-oben-Katzbuckeln. Nachdem meine Kollegen mir so etwas zugetraut und sich nicht gescheut hatten, mir diese Geschichte anzuhängen, wollte ich nichts mehr mit ihnen zu tun haben. Sie waren nur allzu gern bereit, mich als Sündenbock abzustempeln, der das Leben dieses Mädchens auf dem Gewissen hatte. Letztlich war es mir verflucht egal, was sie über mich dachten.« Er stockte, und seine Verletzlichkeit rührte Shelleys Herz.

»Ich bin mit völlig verklärten Vorstellungen nach Washington gegangen – ich hatte nämlich einen fast blinden Respekt vor der Regierung und den Männern, die die Fäden zogen. Doch dann musste ich schon bald feststellen, dass sie auch nur Menschen waren, mit Fehlern und Unzulänglichkeiten wie jeder von uns. Und ich wähnte mich anmaßenderweise darüber erhaben.« Er fixierte sie aus graugrünen Tiefen und sagte weich: »Aber ich bin auch nicht besser als sie.«

Er zog sie von ihrem Stuhl hoch und um den kleinen Tisch herum, bis sie vor ihm zu stehen kam. Nahm ihre Hände in seine. »Selbst wenn du noch verheiratet gewesen wärst und wir uns in einem meiner Seminare wiedergetroffen hätten, hätte ich vermutlich kaum anders reagiert. Ich hätte keine Rücksicht darauf genommen, ob ein Ehemann zwischen dir und meinen Gefühlen gestanden hätte. Das war mir sofort klar, als ich dich nach zehn Jahren Trennung wiedersah, reifer und schöner denn je. Ich hätte alles getan, dich so lange bekniet, bis du mir nachgegeben hättest.«

Sie streichelte seine silbergrauen Schläfen. In ihrer

Stimme schwangen tiefe Emotionen. »Da hättest du vermutlich leichtes Spiel gehabt. Zum Glück befand ich mich nicht in dem Dilemma, zwischen dir und meiner Ehe entscheiden zu müssen. Ich bin mir nicht einmal sicher, ob ich moralisch korrekt gehandelt hätte.«

»Dein Mann hat deine erotische Sinnlichkeit nie zu schätzen gewusst, Shelley. Aber ich. Deine Leidenschaftlichkeit letzte Nacht war der beste Beweis dafür.«

Mit einem nachsichtigen Lächeln quittierte sie seine männliche Eitelkeit. »Wenn du damit andeuten willst, dass er mich nie im Sturm erobert hat, dann hast du voll ins Schwarze getroffen. Sicher, er hat hin und wieder meine Brüste geküsst, aber nie so intensiv, wie ich gerne wollte oder wie du es machst.« Sie wusste zwar nicht, wieso sie das auf einmal so freimütig ausplauderte, aber vor Grant kannte sie anscheinend keine Tabus. »Er hat nie meine Kniekehlen mit seiner Zunge gekitzelt oder beim Liebesakt Zärtlichkeiten geflüstert. Kuscheln war auch nicht drin. Er konnte mich nicht befriedigen und hat es mir angekreidet, statt den Fehler erst einmal bei sich zu suchen. Bei dir habe ich sexuelle Erfüllung gefunden. Immer wieder, die ganze Nacht.«

Er fasste ihre Hand, führte sie an seine Lippen und küsste zärtlich ihre Fingerspitzen. »Danke, dass du so aufrichtig zu mir bist, Shelley. Grundgütiger, ich habe mir verzweifelt gewünscht, dass du dich zu mir bekennst. Nach deiner überwältigenden Reaktion schien es mir auch so. Ich *hoffte* es jedenfalls inständig. In dieser Hinsicht bin ich ungeheuer egoistisch. Wenn ich schon nicht der Erste sein durfte, dann will ich eben der Beste sein.«

Sanft zeichnete sie mit ihrem Finger den vollen

Schwung seiner Lippen nach. »Als er mir die Unschuld nahm, war das lediglich schmerzhaft für mich, ein Akt ohne Liebe oder Zärtlichkeit. Die letzte Nacht dagegen war…« Ihre Augen glitten über die Wände der winzigen Küche, während sie fieberhaft nach einer treffenden Beschreibung suchte. »… meine Metamorphose zur Frau.«

Aus seinem Blick sprach tiefe Zuneigung. »Ich liebe dich.«

»Ich liebe dich«, wiederholte sie leise seine Worte. Und dann lauter, befreiter, nachdem sie zehn Jahre lang in ihrem Herzen eingeschlossen gewesen waren.

Er zog sie an sich und vergrub das Gesicht in ihren Brüsten. Sie umschlang seinen Kopf und presste ihn an sich. Für einen langen Augenblick verharrten sie so, ergötzten sich an dem Bekenntnis ihrer gegenseitigen Liebe. Als er den Kopf hob, blitzten seine Augen übermütig. »Ähm… dieses ganze Gerede von Zärtlichkeiten, Kuscheln und so hat mich… äh…« Ungestüm löste er den Gürtel des Bademantels von ihrer schlanken Taille. Worauf das Kleidungsstück auseinanderklaffte und ihm einen freizügigen Blick auf ihre Nacktheit bot.

Seine Hände glitten unter den Frotteestoff und streichelten die Innenseiten ihrer Schenkel. Wieder senkte er den Kopf, umkreiste mit der Zunge ihren Nabel. Tauchte in die sanfte Mulde ein und hauchte: »Und? Hast du Lust?« Shelley, die vor Begehren erbebte, ließ sich von seinen heißen, feuchten Lippen gern verzaubern. Seine Hände umschlossen ihren Po, kneteten, massierten.

»Ich muss dir etwas gestehen«, murmelte sie. »Ich hab schon vor dir daran gedacht.«

»Da wär ich mir an deiner Stelle nicht so sicher.«

»Lass uns nach oben gehen.«

»Lass uns hierbleiben.«

Er fackelte nicht lange. Bevor sie begriff, was er mit ihr vorhatte, zog er sie kurzerhand auf seinen Schoß.

»Grant«, hauchte sie ziemlich perplex. »Ich hab noch nie …«

Er zwinkerte ihr verschlagen zu, zufrieden mit seinem Überraschungscoup. Dann knotete er grinsend seine Schlafanzughose auf.

»Du warst immer schon … äh, Shelley … eine ausgezeichnete Schülerin, mit einer … ja, so ist es gut … schnellen Auffassungsgabe«, stöhnte er, als sie ein ungewöhnliches Talent für diese neue Stellung bewies. Sie umschloss ihn mit ihrem heißen Tau und bewegte sich rhythmisch.

»Und du bist … ein ausnehmend guter … Lehrer.«

Sie konnte sich einfach nicht auf das öde, uninteressante betriebswirtschaftliche Fachbuch konzentrieren. Eine geschlagene Stunde lang hatte sie versucht, sich den Inhalt einzutrichtern, aber sie war mit den Gedanken woanders. Ihre Augen schweiften ständig hinüber zu dem Mann, der mit ihr im Zimmer saß und ebenfalls in seine Lektüre vertieft schien.

Es war unbeschreiblich, wie sehr sie ihn liebte. Grants Liebesspiel und ihre Reaktion darauf erstaunten sie immer wieder. Daryl hatte sich als Mediziner zwar theoretisch bestens ausgekannt mit der menschlichen Sexualität, aber keinen Schimmer gehabt von Romantik und erfüllenden Liebespraktiken. Er hätte die Frau nicht wiedererkannt, die unter ihm lustlos und steif wie ein Brett gelegen hatte, den Sex mit Grant jedoch ausgiebig genoss. Wenn er wüsste, was für eine Niete er im Bett war, wäre er bestimmt schwer geknickt. Die Vorstellung erfüllte Shelley mit einer perversen Genugtuung.

»Du starrst die ganze Zeit auf eine Seite.« Grants leise Anmerkung holte sie aus ihren Träumereien. Sie sah von ihrem Buch auf und schnitt Grant eine Grimasse.

»Ich lese.«

»Äh… hmmm«, räusperte er sich ungläubig.

»Und ich fände es gut, wenn du mich dabei nicht ständig stören würdest«, setzte sie betont spitz hinzu. Woraufhin er sich grinsend wieder seiner Lektüre widmete.

Wegen der nasskalten Witterung hatten sie beschlossen, keinen Fuß vor die Tür zu setzen. Nachdem sie die Frühstücksreste weggeräumt hatten, waren sie wieder ins Bett gegangen. Hatten eine Weile geschlafen und den restlichen Tag faulenzen wollen. Beide wachten eifersüchtig darüber, dass ihre kostbare gemeinsame Zeit von niemandem gestört wurde.

Irgendwann hatte sie ihm missmutig gestanden, dass sie eigentlich noch für eine betriebswirtschaftliche Klausur üben müsse. Da er seine Vorlesungen für die folgende Woche vorbereiten musste, hatten sie sich auf einen Kompromiss geeinigt: Jeder sollte sich zwei Stunden lang auf seinen Stoff konzentrieren. Leichter gesagt als getan. Unschlüssig standen sie mitten im Zimmer und lieferten sich eine bühnenreife Szene, die jeder Komödie Konkurrenz gemacht hätte.

»Komm, wir setzen uns zusammen auf die Couch.«

Er küsste ihren Nacken, seine Zunge kitzelte ihr Ohrläppchen.

»Nein. Dann kommen wir nie zum Arbeiten, und das wäre eine mittlere Katastrophe für mich.«

»Ich versprech dir, ich rühr dich auch nicht an.«

»Also, ich kann dir da nichts versprechen.« Ihre Hände glitten unter sein Hemd und spreizten sich über seinem Bauch.

»Ich setze mich ganz weit weg von dir«, murrte er. »Trotzdem werde ich dich vermissen.«

»Hör auf, es funktioniert nicht.« Seufzend knöpfte sie sein Hemd auf und küsste seine Brust.

»Hast du Bedenken, ich könnte dich ablenken? Auf dumme Ideen kommen wie die hier?« Er senkte den Kopf, ließ seine Zunge über ihre Brustspitze gleiten. Sie trug ein altes T-Shirt von ihm, nachdem er ihr den unbequemen Rock samt Bluse ausgeredet hatte. Sie hatte die langen Hemdsärmel hochgerollt und ein paar weiße Sportsocken von ihm übergezogen, die ihr fast bis zu den Knien gingen. Das schlabbrige Hemd umspielte ihre Schenkel und war an Frivolität kaum zu überbieten.

Als er den Kopf hob, war die weiche Baumwolle an der Stelle feucht, wo er sie geküsst hatte. »Oder das hier?« Seine Finger krabbelten über ihren Bauch und unter das T-Shirt, fanden das dunkle Vlies zwischen ihren Schenkeln.

»Oh, Grant«, stöhnte sie und schob ihn mit äußerster Willenskraft von sich. »Verschwinde!«

»Spielverderberin«, maulte er. Er verzog sich jedoch auf die andere Zimmerseite, wo er in einen Sessel sank.

Jetzt, eine gute Stunde später, war sie hinsichtlich

ihrer Klausur kein bisschen schlauer als vorher. Trotz des »Sicherheitsabstands« zwischen ihnen lenkte er sie ab. Ihre Gedanken kreisten ständig um sein Liebesspiel, wie er sie mit seinen Händen und Lippen zum Höhepunkt sexueller Erfüllung brachte – einfach phänomenal. Sie hätte es sich denken können, überlegte Shelley im Stillen. Hatte der Kuss vor zehn Jahren, der verbotene Kuss, den sie nie wirklich aus ihrem Gedächtnis hatte auslöschen können, nicht bewiesen, dass er sie mit allen Sinnen liebte?

Wehmütig dachte sie an die Vergangenheit. Nicht aber an eine gemeinsame Zukunft. Diesbezüglich war sie skeptisch. Wohin sollte das auch führen? Sicher, sie begehrte ihn. Aber sie hatte sich ein für alle Mal geschworen, sich nie wieder einem Mann unterzuordnen. Zumal sie sich dafür hasste, dass sie nach der Heirat mit Daryl ihre Eigenständigkeit völlig verloren hatte. Sie war nur noch ein Schatten ihrer selbst gewesen, ein Nichts, geistlos, ohne eigenen Willen. Nein danke, nie wieder.

Grant hatte ihr seine Liebe gestanden. Aber für wie lange? Von einer engeren Beziehung hatte er nämlich keinen Ton gesagt. War sie für ihn nur eine Art Therapie, die er nach seinem Debakel in Washington brauchte? Würde er auch noch zu ihr halten, wenn er sich wieder besser fühlte?

»Jetzt starrst du schon wieder Löcher in die Luft«, zog er sie auf.

Sie blinzelte verwirrt, fokussierte ihn und lächelte entschuldigend. Wenn sie schon keine gemeinsame Zukunft hatten, sollte sie doch wenigstens das bisschen Zeit nutzen, das ihnen vergönnt war. Anstatt sich den Kopf über irgendwelche Eventualitäten zu zerbrechen!

»Schöner Mist!«, seufzte sie und klappte ihr Buch zu. »Ich habe mir gerade überlegt, dass ich bei dieser Klausur hundsmiserabel abschneiden werde, und das nur wegen dir.«

Die ganze Zeit hatte er sehnsüchtig auf einen Wink von ihr gewartet. Er schnellte aus dem Sessel hoch und streckte sich neben ihr auf dem Sofa aus. »Ach, red nicht, eine Zwei schaffst du doch immer.« Er besiegelte ihren Mund mit einem heißen Kuss.

»Hast du deine Vorlesungen denn schon vorbereitet?«, brachte sie stammelnd hervor, als er endlich von ihren Lippen abließ.

Er ignorierte sie und bedeckte stattdessen ihren Hals mit federnden Küssen. Sie bog bereitwillig den Kopf zurück, während er sie verwöhnte. »Ich hab mir was überlegt. Ich sattle um auf Anatomie und Physiologie. Dann haben wir mordsmäßig viel Zeit, um Feldforschung zu betreiben. Und du würdest nur noch Einsen absahnen.«

»Was du nicht sagst«, meinte sie kehlig. Er öffnete die Knopfleiste des T-Shirts und streichelte zärtlich ihre Brüste. Umschloss eine, hob sie sacht an und presste seine Lippen auf die dunkle Rispe.

»Ummmh«, entfuhr es ihm genießerisch, derweil sein Mund ihre faszinierende Süße auskostete.

Ihre Hände glitten über seinen Rücken, umspannten seine Hüften in der knallengen Jeans. Als sie ihn an sich schmiegte, schob er ein Knie zwischen ihre Schenkel. Hektisch fingerte sie an dem Reißverschluss seiner Jeans. »Grant…?«

»Ja, mein Schatz, ja …«

Ein lautes Klingeln riss sie aus ihrer Ekstase. Sie erstarrten.

Grant lehnte seine Stirn an ihre und seufzte tief. Wieder klingelte es an der Tür. Er musterte Shelley mit einem zerknirschten Blick. »Bleib einfach so, wie du bist«, murmelte er, während er sich vom Sofa schwang und auf dem Weg zum Eingang den Reißverschluss seiner Hose hochzog. Er öffnete die Tür nur einen Spaltbreit.

»Ja?«, knurrte er ungehalten.

Nicht die Spur beeindruckt, giggelte Pru Zimmerman unverfroren und schob sich an ihm vorbei ins Zimmer. »Begrüßt man so eine … gute alte Bekannte?«

Sie wandte sich einem völlig entgeisterten Grant zu, ehe sie Shelley entdeckte, die sich in eine Sofaecke gedrückt und die Beine unter sich gezogen hatte. Sie hatte hastig das Hemd zugeknöpft und den T-Shirt-Stoff halbwegs züchtig um ihre Schenkel drapiert.

Grant hatte in der Aufregung vergessen, seine Hemdknöpfe zu schließen. Prus Zeigefinger glitt vielsagend über die Knopfleiste, dann meinte sie: »Ich wollte Sie fragen, ob Sie mir nicht Nachhilfe geben können. Mein letzter Test war lange nicht so gut, wie ich gehofft hatte.«

Shelley wollte ihren Ohren nicht trauen. Das Mädchen hatte Nerven. Unter ihrem knallengen Pulli malten sich obszön die Spitzen ihrer Brüste ab. Pru trug eindeutig keinen BH. Mit laszivem Hüftschwung stöckelte sie auf Grant zu und neigte aufreizend den Kopf zur Seite. Als ihre Hand in sein aufklaffendes Hemd glitt, wurde Shelley von einer heftigen Eifersucht gepackt. Es fehlte nicht viel, und sie hätte sich wie eine Furie auf ihre Kommilitonin gestürzt.

Aber dazu kam es erst gar nicht. Grants Finger umschlossen nämlich schraubstockartig Prus Handgelenk. Er riss ihre Hand weg.

Pru wirbelte zu Shelley herum und traf auf wutblitzende blaue Tiefen. Mit einem Blick hatte sie Shelleys dürftige Bekleidung registriert. Ärgerlich presste sie die rot bemalten Lippen zusammen, ihre Augen verengten sich zu Schlitzen.

»Miss Zimmerman, ich möchte Sie höflich bitten, nicht mehr hierherzukommen oder mich privat anzurufen. Wenn Sie etwas zu klären haben, regeln wir das an der Uni.« Grant baute sich einschüchternd vor Pru auf. Es sah ganz so aus, überlegte Shelley, als wollte er sie gewaltsam vor die Tür setzen, falls sie nicht freiwillig den Abflug machte.

»Aber *Mr. Chapman*. Sie wissen doch genau, weshalb ich hergekommen bin.«

»Dann finde ich Ihr Verhalten nicht nur unhöflich, sondern höchst unverfroren. Ich brauche Sie sicher nicht ausdrücklich darauf hinzuweisen, dass Sie meine Studentin sind – und sonst nichts.«

»Und sie?«, kreischte Pru. Sie deutete mit dem Zeigefinger vorwurfsvoll auf Shelley, die sich am liebsten auf die junge Frau gestürzt und ihr die Augen ausgekratzt hätte. Allein dafür, wie sie mit Grant umsprang, hätte Shelley sie erwürgen mögen. »Was macht sie denn hier, halbnackt auf Ihrem Sofa?«

»Das geht Sie verdammt nichts an«, erregte sich Grant. Er fasste sie hart an den Schultern, schob sie in Richtung Flur. Mit einer Hand öffnete er die

Tür, während er sie mit der anderen ins Freie bugsierte.

»Ich werde mich höchstpersönlich darum kümmern, dass Rektor Martin erfährt, was Sie heimlich mit Ihren Studentinnen treiben. Da können Sie Gift drauf nehmen!«, drohte sie, bevor Grant ihr die Tür vor der Nase zuschlug und demonstrativ den Schlüssel im Schloss drehte.

»Ist es denn zu fassen?«, brüllte er und raufte sich die ohnehin schon zerwühlten Haare. »Was ich heimlich mit meinen Studentinnen treibe, tsts … Shelley?«

Er schnellte zu ihr herum und gewahrte ihr kreidebleiches, angespanntes Gesicht. Ihre spontane Verärgerung war Niedergeschlagenheit gewichen. »Was hast du?«, erkundigte er sich und lief zu ihr.

Sie schluckte. »Ach, nichts, Grant. Bring mich doch bitte nach Hause.« Sie wollte aufstehen, aber er drückte sie zurück auf das Polster. Zwang sie, ihn anzusehen.

»Schau mich an«, drängte er, als sie das Gesicht abzuwenden suchte. »Warum? Warum willst du, dass ich dich nach Hause bringe? *Warum*, verdammt noch mal?«

»Weil … weil … sie hat Recht, Grant. Ich sollte nicht hier in deiner Wohnung sein. Die Leute werden denken …«

»Es interessiert mich nicht, was irgendwelche Idioten denken«, brüllte er.

»Aber mich«, brüllte sie zurück.

»Shelley …« Seine Hände umspannten ihre Schultern so fest, dass sie schmerzvoll aufstöhnte. Daraufhin lockerte er seinen Griff schuldbewusst. »Aus Erfahrung weiß ich, dass die Leute immer einen Prügelknaben suchen. Sie nehmen sich dreist das Recht heraus, den Stab über andere zu brechen. Und der Versuch, nicht anzuecken, führt letztlich zu nichts. Das ist auch unmöglich, illusorisch. Du musst zu dir selbst und zu deinen Entscheidungen stehen, Shelley.«

»Nein, Grant. Für das menschliche Miteinander existieren Regeln, die es einzuhalten gilt. Ob dir das passt oder nicht. Wir widersetzen uns diesem Moralkodex. Ich bin jetzt sechsundzwanzig Jahre alt und habe mich bislang daran gehalten. Dergleichen streift man nicht einfach ab wie ein altes Hemd.« Sie musste sich dazu zwingen, ihn fest anzusehen. Dann sagte sie: »Mein Auto steht auf dem Unigelände. Wenn du mich nicht hinfahren möchtest, gehe ich eben zu Fuß.«

Er fluchte inbrünstig. »Also gut. Geh nach oben und zieh dich um.«

Minuten später verließen sie das Haus. Er schob sie ins Freie, schloss hinter ihnen ab. Half ihr im strömenden Regen in seinen Wagen und setzte rückwärts aus der Auffahrt.

»Mein Auto steht hinter Haywood Hall«, sagte sie, als er in die entgegengesetzte Richtung vom Campus steuerte.

»Ich hab Hunger. Und da dachte ich, wir gehen heute Abend noch zusammen essen.«

»Wozu? Als Bezahlung für meine Liebesdienste?«

Sein Kopf schnellte zu ihr herum. Sein gereizter Blick sprach Bände. »Nenn es, wie du willst«, schnaubte er.

Ihr wäre lieber gewesen, er hätte sie geschlagen. Dann hätte wenigstens nur ihre Wange geschmerzt.

Tränen schossen ihr in die Augen, nahmen ihr die Sicht, genau wie der Regen, der unablässig gegen die Windschutzscheibe trommelte. Sie drehte den Kopf weg. Er sollte nicht merken, wie sehr er sie gekränkt hatte. Frustriert setzte sie sich kerzengerade auf.

Grant verließ die Innenstadt und fuhr zu einem beliebten Steakhaus. Das verwitterte Backsteingebäude mit der dunkel gestrichenen Holzveranda passte irgendwie harmonisch in die verregnete Landschaft. »Ich hoffe, du magst Steaks.«

»Ach, geh doch zum Teufel«, fauchte Shelley. Sie riss die Beifahrertür auf und rannte durch den Regen auf die Tür des Restaurants zu. Wenn es seiner Vorstellung von Etikette entsprach, dass zu einem One-Night-Stand ein gemeinsames Essen gehörte, wollte sie es möglichst schnell hinter sich bringen. Dann konnte sie wenigstens nach Hause zurückkehren und sich in Selbstmitleid ergehen.

Insgeheim war sie erschrocken über seine düstere Miene, als er zu ihr unter das Vordach trat und gereizt die Tür aufstieß. »Geh rein«, blaffte er sie an. Ihr vernichtender Blick schoss zu ihm, ehe sie hinter ihm das Restaurant betrat.

Eine Kellnerin führte sie an einen Tisch in Kaminnähe. »Möchten Sie schon etwas trinken?«, wollte sie wissen.

»Nein. Ja«, antworteten beide gleichzeitig.

»Für mich nicht«, wiederholte Shelley steif.

»Ein Bier, bitte«, meinte Grant.

Die Kellnerin brachte ihnen die Speisekarten, und Shelley vertiefte sich in den Inhalt, bis Grants Bier kam und ihre Bestellung aufgenommen wurde.

»Shelley?«, erkundigte er sich höflich.

»Ich möchte nur einen Salat. Mit Vinaigrette-Dressing.«

»Und ein Steak dazu. Ein Filetsteak, medium gebraten. Und eine Ofenkartoffel mit Sauerrahm. Ich nehme ein T-Bone-Steak, rosa, und auch eine Ofenkartoffel. Thousand-Islands-Dressing.« Er klappte die Speisekarte zu und reichte sie der verdutzten Kellnerin. *Wag es ja nicht, mir zu widersprechen*, signalisierte der Blick, mit dem er Shelley taxierte.

Nach einem wegwerfenden Achselzucken starrte sie schweigend in die Kaminflammen. Sie blieb während des gesamten Essens sehr still, antwortete lediglich einsilbig auf seine Fragen und ließ sich auf keine Unterhaltung ein. Wenn das hier lediglich eine subtile Form von Liebeslohn war, dann konnte er sie mal kreuzweise! Sollten ihm die Bissen seines blutigen T-Bone-Steaks doch im Hals stecken bleiben!

Wieder im Wagen, trat er das Gaspedal durch und preschte über den regennassen Highway. Seine zunehmende Gereiztheit wirkte ansteckend. Wie weggeblasen war der rücksichtsvolle Lover der vergangenen Nacht, stattdessen saß ein ärgerlicher, verstimmter Fremder neben ihr. Diese Seite kannte sie noch gar nicht an ihm.

Ein paar Blocks vor dem Campus bog er in ihre Straße ein. »Mein Wagen …«

»Ich weiß, ich weiß. Er steht in der Nähe von Haywood Hall. Ich möchte aber nicht, dass du bei diesem Mistwetter fährst, schon gar nicht …«

»Ich kann auf mich selbst aufpassen!«, bemerkte sie bissig.

»Das weiß ich«, brüllte er zurück. »Trotzdem möchte ich dich heimfahren.«

Vor ihrem Haus trat er voll auf die Bremse. Noch ehe sie die Beifahrertür öffnen konnte, packte er sie am Arm. »Lass das«, knurrte er missmutig. Halb widerwillig, halb bestürzt gehorchte sie und wartete, bis er den Wagen umrundet hatte und ihr die Tür aufhielt.

»Danke für alles«, sagte sie. Ihre Stimme troff vor Sarkasmus. Hektisch steckte sie den Haustürschlüssel ins Schloss und drehte ihn um.

»Moment mal, nicht so hastig.« Geistesgegenwärtig schob er eine Stiefelspitze zwischen die zuschlagende Tür und folgte ihr ins Innere. »Ich lass dich doch nicht allein in ein leeres Haus gehen, nachdem du über Nacht weg warst, ganz egal, wie gut du auf dich selbst aufpassen kannst.« Er schloss die Tür hinter sich und machte Licht.

Während sie im Flur stand und innerlich kochte, inspizierte er ihr kleines Domizil seelenruhig bis in den letzten Winkel. Er hatte es offensichtlich nicht eilig, wieder wegzukommen. Im Gegenteil, als er zu ihr zurückkehrte, hatte er sein Jackett ausgezogen und lässig über die Schultern gehängt. Sie hingegen zischte kurz angebunden »Gute Nacht«.

Verschlagen grinsend hängte er das Sakko über einen Stuhl. »Gute Nacht sagt man für gewöhnlich im Schlafzimmer, Shelley.« Wie vom Blitz getroffen blieb sie stehen, während er zu ihr trat und sie an sich riss. Eine Hand umschlang ihre Taille unnachgiebig wie ein Schraubstock. Die andere vergrub sich in ihren Haaren und zog ihren Kopf nach hinten, derweil Grant sich dicht über sie beugte. »Und dann gibt man sich einen Kuss.«

»Nein …«, brachte sie noch heraus, bevor sich seine Lippen auf ihre senkten. Er küsste sie ungestüm, seine Zunge plünderte die Süße ihres Mundes. Obwohl sie sich in seiner Umklammerung wand und wehrte, hob er sie scheinbar mühelos auf und trug die wütend strampelnde Shelley in ihr Schlafzimmer.

Sie landete so schwungvoll auf dem Bett, dass es ihr den Atem aus den Lungen presste. Dann warf er sich auf sie.

»Lass mich sofort los.« Heiße, wütende Tränen traten ihr in die Augen, während sie auf seine Brust eintrommelte. Es war zwecklos.

»Du hast nicht die Spur einer Chance.« Sprach's und umschloss rigoros ihre Handgelenke. Er fingerte an den Knöpfen ihrer Bluse, und zum zweiten Mal innerhalb von vierundzwanzig Stunden schob er ihr den seidig schimmernden Unterrock herunter und entblößte ihre Brüste. »Sag mir, dass dir das nicht gefällt. Dass du es nicht willst. Nicht brauchst.« Mit seiner freien Hand streichelte er sie zärtlich. Ganz anders als seine stählerne Umklammerung ihrer Handgelenke.

»Nein, bitte, lass das«, seufzte sie, da sie die verräterische Reaktion ihres eigenen Körpers registrierte. Sie bäumte sich auf den Kissen auf, musste jedoch kapitulieren. Der Versuch war zwar ehrenwert, aber gescheitert. Ihr lauter Protest verebbte zu leisem, lustvollem Stöhnen, zumal er sie mit seiner Zunge verwöhnte. Sanft wie der Flügelschlag eines Schmetterlings schwebte diese über ihrer Brustknospe.

Als er sah, dass sie sich geschlagen gab, ließ er ihre

Handgelenke los. Sogleich gruben sie sich ekstatisch in sein Haar, als befürchtete sie, dass er jetzt plötzlich flüchten könnte.

»Shelley, Shelley«, hauchte er an ihrem flachen Bauch, während er ihren Rock hochschob und ihr die Strumpfhose herunterstreifte. Er verfluchte das hauchzarte Material und seine Ungeschicklichkeit. Da er sie mit seiner pulsierenden Lust nicht verschrecken wollte, kontrollierte er sich mühsam, gleichwohl krallten sich ihre Hände besitzergreifend in seine Lenden. Während seine Lippen mit den ihren verschmolzen, bestätigten ihm seine forschenden Finger, was er bereits vermutet hatte. Sie war erregend feucht – bereit für ihn.

Hastig riss er sich die störenden Sachen vom Leib und drängte an die Grotte ihrer Weiblichkeit. Er nahm ihr Gesicht in seine Hände, schaute ihr tief in die Augen. »Meinst du im Ernst, ich lasse zu, dass sich dieses impertinente Mädchen zwischen uns stellt? Nach zehn zermürbenden Jahren für dich und mich hast du doch sicher nicht geglaubt, dass ich mir unser gemeinsames Glück je wieder zerstören lasse, oder?«

Sie schüttelte den Kopf, Tränen der Erleichterung rollten über ihre Wangen und auf seinen Handrücken. »Ich hab dir ein für alle Mal erklärt, dass ich dich nie wieder loslasse, wenn ich dich erst einmal für mich gewonnen habe«, fuhr Grant fort. »Wenn du allerdings willst, dass ich gehe, musst du es nur sagen. Dann verlasse ich dich. Auf der Stelle. Aber ich möchte es aus deinem Mund hören.«

Ihre Finger vergruben sich in seinen zerwühlten Haaren, zogen seinen Kopf auf das Kissen. Dann hauchte sie an seinen Lippen: »Nein, Grant. Ich will nicht, dass du gehst.«

»Was ich beim Abendessen gesagt habe, hab ich nicht so gemeint, Shelley.«

»Ich auch nicht. Es war dumm von mir, davon anzufangen.«

»Ich war wütend. Wenn ich dich verletzt habe...«

»Nein, nein«, stöhnte sie. »Nimm mich jetzt.«

Er ließ sich auf sie sinken, hart und pulsierend füllte er sie aus. Zugleich fanden sie zu einem schwindelerregenden Höhepunkt. Als er sich in sie ergoss, murmelte er rau: »Nichts und niemand kann uns je wieder trennen.«

Und sie glaubte ihm.

Sie erwachte in inniger Umarmung mit ihm. Seine gleichmäßigen Atemzüge bauschten ihr Haar und zeigten ihr an, dass er friedlich schlief. Sie löste sich aus dem Gewirr von Armen und Beinen, deckte ihn behutsam wieder zu und tappte zum Kleiderschrank, um sich einen Bademantel zu holen.

Sie kuschelte sich darin ein, schlüpfte geräuschlos in die Küche, stellte die Kaffeemaschine an. Wenn er wach war, wollte sie ihm einen Kaffee ans Bett bringen. Verschmitzt lächelnd überlegte sie, was so alles passieren könnte, sobald das Koffein Wirkung zeigte, als sie ein Klopfen an der Haustür wahrnahm. Wer konnte das um diese nachtschlafende Uhrzeit sein, fragte sie sich verwundert und strebte in Richtung Flur.

Sie spähte durch den schmalen Fensterspalt in der Tür, und ihr Herz sank ins Bodenlose. »Daryl«, murmelte sie bestürzt.

8

Er klopfte erneut, diesmal nachdrücklicher. Damit das hartnäckige Klopfkonzert endlich aufhörte, beschloss sie zähneknirschend, ihm zu öffnen.

Für eine lange Weile starrten sie einander nur an. Shelley wunderte sich, dass ihr Ex-Mann sie völlig kaltließ. Kurz nach ihrer Scheidung war das noch anders gewesen. Da hatte ihr Herz verrückt gespielt, sobald er irgendwo aufgetaucht war. Sie war nervös gewesen, hatte sich klein und mickrig gefühlt. Damals konnte er sie noch verunsichern. Aber inzwischen gottlob nicht mehr.

Ermutigt durch ihr neu gewonnenes Selbstvertrauen, wartete sie souverän, bis er sich äußerte. »Shelley«, meinte er mit einem kühlen, herablassenden Nicken. Er war immer noch attraktiv auf eine jungenhaft-unverbrauchte Art. »Hab ich dich aus dem Bett geholt?«

»Ja«, schwindelte sie. Seltsamerweise möbelte es ihr Selbstbewusstsein gehörig auf, dass sie unter dem Bademantel nackt war und er sie kein bisschen erregte – das hatte er nämlich nie vermocht. Am liebsten hätte sie ihm das an den Kopf geworfen und ihn als Versager beschimpft. Ihn brüskiert und gedemütigt, wie er es mit ihr an jenem Abend gemacht hatte, als er sie völlig emotionslos darüber informiert hatte, dass sie aus seinem Leben verschwinden müsse.

»Kann ich reinkommen?«

Schulterzuckend trat sie beiseite. Als er sich ungehalten an ihr vorbeischob, ahnte sie bereits, dass ihm eine Laus über die Leber gelaufen war. Er war erkennbar wütend. Und das, obwohl er seine Gefühle für gewöhnlich hinter einer unnahbaren Fassade verbarg.

Nach einem kurzen Blick in ihren Wohnraum drehte er sich zu ihr um. »Setz dich«, knurrte er, die Hände in den Taschen seiner Jeans geballt, ein weiteres Signal für seine Verärgerung.

»Nein«, erwiderte sie und verschränkte die Arme vor der Brust. Wieso er an einem Sonntagmorgen in aller Herrgottsfrühe von Oklahoma City hergefahren kam, war ihr ein Rätsel. Na, wenn schon, sinnierte sie, ich gebe jedenfalls nicht klein bei. Und herumkommandieren lasse ich mich von Daryl schon gar nicht. Sie war bloß neugierig, was er von ihr wollte. Gleichwohl würde sie ihm nicht die Genugtuung geben und sich nach dem Anlass seines Überraschungsbesuchs erkundigen. Stattdessen taxierte sie ihn kalt.

Seine Miene angespannt, mahlte er mit den Zähnen, eine Angewohnheit, die er sich schon seit Jahren hatte abgewöhnen wollen. Er hatte die Hände aus den Hosentaschen genommen. Sie baumelten an den Seiten herunter, verkrampften und lockerten sich nervös. »Zum Teufel, was für einen Mist hast du dir da wieder eingebrockt? Mädchen, Mädchen, was machst du bloß immer?«

Sie blinzelte irritiert, lachte kurz auf. »Ich wollte eben Kaffee machen.«

Drohend trat er einen Schritt auf sie zu. »Verflucht, spiel hier nicht die Dumme, Shelley. Du weißt, worauf ich hinauswill. Auf diesen Chapman. Siehst du ihn häufiger?«

Unterbewusst fragte sie sich, wie er die Worte über die Lippen brachte, die sich dabei scheinbar gar nicht bewegten. »Ja«, antwortete sie schlicht. »Ich besuche zwei Mal pro Woche sein Politikseminar.«

»Das meine ich nicht«, brüllte er, seinem mühsam unterdrückten Zorn unvermittelt nachgebend. »Einer meiner Freunde hat dich zusammen mit ihm bei einem Football-Spiel gesehen und nachher noch auf einer Party des Rektors. Abends fährst du zu seinem Apartment. Was denkst du dir eigentlich dabei?«, wollte er wissen.

»Das geht dich nichts an«, meinte sie patzig und warf trotzig den Kopf zurück.

So kannte er Shelley gar nicht, überlegte Daryl verdutzt. Und das temperamentvolle Aufblitzen in ihren blauen Augen war genauso neu für ihn.

Sobald er sich wieder gefasst hatte, zischte er: »Verflucht, und ob es mich etwas angeht. Du bist meine …«

»*Ex-Frau*, Dr. Robins. Und auf dein Betreiben hin, falls du das vergessen haben solltest. Ich weiß nicht, warum du hier bist, und es interessiert mich offen gestanden auch nicht die Bohne. Tu mir den einen Gefallen und mach schleunigst wieder den Abflug, ja?«

Er ignorierte ihre herbe Retourkutsche. »Er war immer schon dein Traumtyp, nicht?« Daryl schnaubte abfällig. »Dir war vermutlich nicht mal bewusst, wie oft du ihn erwähnt hast, was? Meine Güte, wer erinnert sich sieben oder acht Jahre nach der Highschool noch an seine Lehrer? Kein Mensch außer dir! ›Mr. Chapman hätte das so und so gemacht‹«, äffte er sie nach. »Damals dachte ich, du wärst bloß enthusiastisch, weil er nach Washington berufen worden war. Aber inzwischen ist mir alles klar. Allerdings, an deiner Stelle und bei Chapmans zweifelhaftem Ruf würde ich mir die Sache mit deinem Teenieschwarm noch einmal reiflich überlegen. Oder gibt dir die Geschichte mit diesem Mädchen in Washington erst den richtigen Kick?«

Sie würde diesem Komiker nicht den Gefallen tun und Grant verteidigen, entschied sie. Was ging ihn ihre Beziehung an? Stattdessen schnellte sie herum, strebte zur Tür und riss sie weit auf. »Und komm ja nicht auf die Idee, dich hier noch einmal blicken zu lassen, Daryl. Leb wohl.«

Er schritt durch den Flur und knallte die Tür zu. Packte sie an den Schultern und schüttelte sie grob. »Schläfst du mit ihm?«

»Ja«, sagte sie betont. Sie musterte ihn triumphierend. »Und ich genieße jede Minute davon.«

»Du Schlampe«, stieß er wütend hervor. Bingo, sie hatte ihn an seiner empfindlichsten Stelle getroffen! Nämlich sein Ego angekratzt – und das nach all den Jahren. Das nahm er bestimmt nicht einfach so hin. »Weißt du, dass du dich zum Gespött der Leute machst? Hä, raffst du das überhaupt?« Er schüttelte sie noch heftiger, doch Shelley verzog keine Miene.

»Du meinst wohl eher, Daryl, dass *du* dich bis auf die Knochen blamierst, und das stößt dir empfindlich auf. Und, was hat dein mitteilsamer Freund dann gemacht? Ist er in die Stadt gefahren und hat überall herumerzählt, dass deine unscheinbare, verschüchterte Ex-Frau gar nicht mehr so unscheinbar und verschüchtert wirkte? Hat er auch ausgeplaudert, dass sie dir nicht mehr nachtrauert? Dass sie heute glücklicher ist, als du sie in fünf Jahren gemacht hast? Wenn dem so ist, hat er völlig Recht.«

»Halt die Klappe«, brüllte er. »Ist mir doch scheißegal, was du mit deinem Leben anstellst! Mich interessieren nur die Konsequenzen, die sich daraus für mich ergeben. Ich habe mir einen Namen gemacht. Ich werde in Kürze die Tochter des Chefarztes heiraten. Kannst du dir vorstellen, was das für meinen beruflichen Aufstieg bedeutet? Aber wenn diese peinliche Affäre mit deinem *Professor* publik wird, kann ich meine Karriere in den Wind schreiben. Dann kann ich einpacken, kapierst du? Also beendest du umgehend diese unrühmliche Geschichte, hast du mich verstanden? Wenigstens so lange, bis ich wieder geheiratet habe.«

Sie lachte ihn aus und machte damit alles nur schlimmer.

»*Dein* Name, *deine* Heirat, *deine* Karriere. Meinst du, dass mich das auch nur im Entferntesten juckt?«

»Weil du dich nie für mich interessiert hast!«

»Oh doch, das hab ich«, brauste sie unbeherrscht auf. »Ich habe mir einen Job gesucht, Überstunden gemacht, damit Geld ins Haus kam und du deinen Doktor machen konntest. Ich habe dir den Rücken frei gehalten und deine öden, seitenlangen Berichte abgetippt. Aber als du mit dem drittbesten Prüfungsergebnis abgeschnitten hattest, hast du dich nicht etwa bei mir bedankt, indem du mit mir ausgegangen oder übers Wochenende weggefahren wärst. Nein, von wegen, du bist mit deinen beiden Freunden drei Tage nach Mexiko geflogen.«

»Ich hatte mir ein bisschen Erholung verdient.«

»Ich auch!«

»Und jetzt ziehst du dein kleines Abenteuer mit diesem Chapman durch, hm? Quasi um mir den ganzen Frust heimzuzahlen, den du mit mir hattest, ist es nicht so?«

Shelley schüttelte fassungslos den Kopf. »Dein Ego haut einen glatt um«, lachte sie. »Mal ganz ehrlich, die Mühe würde ich mir nicht machen. Von mir aus kannst du eine Koryphäe auf deinem Gebiet werden oder bei lebendigem Leib verfaulen, Daryl Robins. Du hast mich in die Wüste geschickt, und das war das Beste, was mir passieren konnte.«

Er brachte sein Gesicht dicht an ihres. »Mir auch. Wenn ich nur daran denke, dass ich auf einen Eisblock wie dich hereingefallen bin, treibt es mir wahrlich eine Gänsehaut über den Rücken. Du hast ein Scheißspiel mit mir getrieben, Süße. Mich erst scharf machen, damit ich dich heirate, und mir dann die kalte Schulter zeigen. Ich wette, dein Professor war mordsmäßig schockiert, mmh? Oder hattest du ihn vorgewarnt, dass der Sex mit dir so aufregend ist wie mit einer aufblasbaren Gummipuppe?«

Shelley wurde eine Spur blasser im Gesicht nach seinen infamen Beleidigungen. Ehe sie jedoch eine bissige Antwort parat hatte, wurde Daryl mit Wucht von ihr weggerissen und an die Wand geschleudert. Grants muskelbepackter Arm legte sich stählern um Daryls Nacken.

Nur mit einer Jeans bekleidet, sein Oberkörper nackt, war Grant eine furchteinflößend archaische Erscheinung. Die ungekämmten Haare fielen ihm wollig in die

Stirn. Unrasiert wirkte seine Kinnpartie noch markiger. Provozierend, beinahe blutrünstig klebten seine Augen auf Daryls Gesicht. »Wenn Sie noch ein einziges Mal in diesem Ton mit ihr reden, schlage ich Ihnen das selbstgefällige Grinsen aus dem Gesicht«, ätzte er.

Daryl schluckte nervös. Versuchte, den lässigen Typen herauszukehren. Zu seinem Leidwesen wirkte das nicht sonderlich überzeugend. »Soll das eine Drohung sein? Körperverletzung wäre doch mal was Neues in Ihrem Vorstrafenregister.«

Grant lachte, ein Grinsen, das seine Augen nicht erreichte. »Was wollen Sie eigentlich damit bezwecken? Mich beleidigen? Nur zu, wenn Ihnen davon wohler wird. Glauben Sie mir, mich haben einflussreichere und kompetentere Leute angepinkelt als Sie, Robins. Sie können mir gar nichts. Aber ich könnte Sie mit Leichtigkeit um Ihren Ruf bringen für das, was Sie Shelley vorhin an den Kopf geworfen haben.«

»Was ich gesagt habe, stimmt«, geiferte Daryl.

»Was Sie gesagt haben, ist ein Haufen Müll. Ich möchte Shelley nicht kompromittieren, indem ich aus dem Nähkästchen plaudere, nur so viel: Mit Shelley habe ich den besten Sex in meinem ganzen Leben. Und wenn Sie nach Ihrer Karriereheirat in Ihrem kalten, sterilen Ehebett liegen, sollten Sie mal darüber nachdenken, was Ihnen entgeht, was Sie alles für Ihr fehlgeleitetes Ego achtlos weggeworfen haben.«

Unvermittelt nahmen Shelleys Wangen wieder Farbe an, aber nicht etwa aus Scham über Grants Äußerung, sondern vor Liebe und Dankbarkeit. Daryls stechender Blick in ihre Richtung kümmerte sie nicht. Er musterte sie interessiert, aber sie hatte nur Augen für Grant.

»Dann wollen Sie Ihre schäbige, kleine Affäre also fortsetzen?«, fragte ihr Ex-Mann in herablassendem Ton.

»Nein«, antwortete Grant milde belustigt.

Shelleys Traum von der großen Liebe schien wie eine Seifenblase zu zerplatzen, ihre Augen weiteten sich vor Schreck. Ohne Daryls Umklammerung zu lockern, drehte Grant sich zu ihr um. »Nichts da Affäre. Wir werden heiraten.«

Verblüfft öffnete sie die Lippen, sagte aber keinen Ton. Daryl war ebenfalls sprachlos, als Grant sich ihm wieder zuwandte.

»Und ich bin cleverer als Sie, Robins. Anders als Sie liebe ich Shelley für das, was sie ist. Ich respektiere ihre Intelligenz und ihren Ehrgeiz. Ihre Karriere liegt mir genauso am Herzen wie meine eigene. Unsere Ehe ist eine Partnerschaft. Dann vergisst Shelley vielleicht irgendwann die Jahre, in denen sie bloß Ihr Fußabtreter war.«

Mit einem mordlustigen Blick gab Grant ihn frei. »Verschwinden Sie aus diesem Haus. Sie haben mir den Sonntagmorgen schon genug versaut.«

Daryl sackte nahezu erleichtert auf die Flurfliesen. Er rappelte sich hastig auf, strich seinen Mantel glatt und bedachte Shelley mit einem mörderischen Blick. »Meine Glückwünsche«, sagte er unbeschreiblich großspurig. Dann machte er den Riesenfehler, Grant den Rücken zu kehren.

»Ach ja, Robins?«, meinte Grant freundlich.

»Was noch?« Der Arzt drehte sich fragend zu ihm um.

»Das hier ist für den ganzen Frust, den sie mit Ihnen

hatte. Und damit Sie nicht ganz umsonst hier waren.« Grants Faust schoss vor und landete mit einem dumpfen Geräusch in Daryls Magengrube.

Der aalglatte Mediziner knickte in der Mitte ein, hielt sich den Bauch. Ungnädig packte Grant ihn an der Schulter, riss ihn hoch und zerrte ihn zur Tür. Er schob ihn bis zum Gartentor, wo er ihn mit spitzen Fingern losließ wie eine tote Ratte.

Nachher, als er die Tür hinter sich abschloss, fluchte Grant wie ein Kesselflicker. Erst als er sich zu Shelley umdrehte, entspannten sich seine Züge. Die Arme weit ausgebreitet, ging er auf sie zu. Augenblicke später kuschelte sie sich an seine behaarte Brust.

Mit dem Zeigefinger hob er ihr Gesicht an und betrachtete sie verliebt. »Leider war es nicht bei Kerzenschein und Champagner, und ich hab auch nicht auf Knien um deine Hand angehalten, trotzdem kam mein Antrag von Herzen. Heirate mich, Shelley«, flüsterte er eindringlich. Zärtlich schmiegte er ihren Kopf an seine Halsbeuge.

Sie umarmte ihn stürmisch, hielt ihn ganz fest. Presste die Lider zusammen, in dem Bemühen, Daryls bösartig grinsendes Gesicht auszublenden, seine kränkenden Äußerungen aus ihrem Gedächtnis zu verdrängen. Schließlich sagte sie aufgewühlt: »Ich weiß nicht, Grant. Ich bin mir offen gestanden unschlüssig.«

Er nahm die Unsicherheit in ihrer Stimme wahr, begriff, dass sie einen Fehler wie mit Daryl nicht wiederholen wollte. Um sie abzulenken, schlug er vor: »Komm, wir machen einen Spaziergang durch den Wald. Hier drinnen geistert noch immer dieser unsägliche Robins herum. Bist du erst einmal an der frischen

Luft, siehst du die Dinge anders. Vielleicht hab ich ja Glück und du entscheidest dich für mich.«

»Du bist so still«, stellte er fest. Der launische Herbstwind hatte ihr ein rotgoldenes Blatt auf die Wange geweht. Grant wischte es mit seinem kleinen Finger weg und streichelte über ihre Haare, die in seinem Schoß ausgebreitet lagen.

»Ich denke nach.«

Sie waren auf der Landstraße stadtauswärts gefahren und hatten beide geschwiegen, bis Grant seinen Wagen am Rand eines schmalen Feldwegs geparkt hatte. »Lass uns zu Fuß weitergehen«, hatte er gemeint. Nachdem er eine alte Decke aus dem Kofferraum geholt hatte, hatte er ihr über einen kleinen Bach geholfen und sie in einen herbstlich bunt gefärbten Wald geführt.

Der dicke Laubteppich unter ihren Füßen raschelte bei jedem Schritt. Schweigend breitete er unter dem gewaltigen Blätterdach einer alten Eiche die Decke aus. Er wollte Shelley in dieser Situation nicht bestürmen oder ihr ein Gespräch aufdrängen.

Sie hatte den Kopf in seinen Schoß gebettet und in die dicken Äste gestarrt. Sie dachte nicht mehr an den verkorksten Morgen, sondern genoss das einvernehmliche Schweigen, seine straffen Schenkel unter ihrem Kopf, seinen Atemhauch auf ihrem Gesicht.

»Und? Sind es angenehme Gedanken?«, erkundigte er sich über sie gebeugt.

»Überwiegend ja.«

»Möchtest du mir davon erzählen?«

»Ich habe gerade gedacht, dass ich mich noch nie so

wohl gefühlt habe wie mit dir.« Sie bog den Kopf zurück, um ihn genauer betrachten zu können. »Verstehst du, was ich meine?«

»Ja.«

»Ich möchte immer mit dir zusammen sein.«

»Da sehe ich überhaupt kein Problem«, beruhigte er sie, zumal er die Skepsis in ihrer Stimme bemerkte. Er strich mit den Fingern über ihr Haar. »Schließlich hab ich dich gebeten, meine Frau zu werden, Shelley.«

»Ich weiß. Ich weiß«, seufzte sie. Sie setzte sich auf. Lehnte ihren Kopf an seine angewinkelten Knie. »Aber ich bin mir so unschlüssig, ob wir wirklich heiraten sollen.«

»Verstehe«, sagte er ruhig. »Und warum? Kannst du mir den Grund nennen? Hat es vielleicht mit dem Skandal in Washington zu tun?«

»Nein, nein.« Sie schüttelte heftig den Kopf. »Ich hab dir bereits erklärt, dass diese Sache für mich erledigt ist.«

Er schob seine Hand in den Rücken ihres Sweatshirts, glitt mit kreisenden Bewegungen zu ihrem Nacken und zurück zu ihrer Taille. Ein spielerisches Auf und Ab. »Hast du Bedenken, dass ich dich nicht respektieren könnte? Dich ausnutze – so wie dein Ex-Mann?« Als sie mit der Antwort zögerte, war ihm klar, dass er relativ richtig getippt hatte.

Er zog die Hand unter ihrem Shirt weg. »Ich hab dir schon erklärt, was ich mir unter einer gleichberechtigten Partnerschaft vorstelle. Du denkst doch nicht etwa, dass ich ein unterwürfiges Dummchen suche, oder? Ich möchte eine Frau und eine Geliebte und kein Dienstmädchen mit Familienanschluss. Wir führen eine moderne Ehe. Du gehst selbstständig deinen Weg. Und darauf bin ich stolz. Ich will dein Leben bereichern und dich nicht in deiner Unabhängigkeit beschneiden.«

Zärtlich hob er mit seinen Fingerspitzen ihr Kinn an. Als er seinen Blick in den ihren senkte, schimmerten Tränen in ihren Augen. »Wie kommt es eigentlich, dass du so verständnisvoll bist?«, meinte sie rau.

»Ich bin eben viel älter und lebensklüger als du«, zog er sie auf. Als sich ihre Mundwinkel zu einem leisen Lächeln verzogen, setzte er sachlich hinzu: »Außerdem gehöre ich nicht zu den Männern, deren Frauen immer im Hintergrund stehen müssen, damit sie deren Ego bloß nicht ankratzen. Ich finde es nämlich durchaus positiv, wenn du erfolgreich bist, egal, auf welchem Gebiet. Immerhin bereichert das auch mein Leben.«

»Was, wenn ich mich zur Präsidentin einer Bank hocharbeiten möchte?«

»Dann stehe ich hinter dir und gebe dir einen kleinen Klaps auf der Karriereleiter, damit du nicht vorher schlappmachst.« Seine Hand glitt zu ihrem Po und kniff sie spielerisch. »Die Vorstellung gefällt mir.«

Sie errötete, nicht wegen seiner aufreizenden Geste, sondern wegen der Frage, die sie ihm stellen wollte. »Und wenn ich zu Hause bleiben möchte und … und … na ja, kann doch sein, dass ich vielleicht Kinder haben möchte?«

»Da werde ich natürlich mein Bestes geben«, sagte er feierlich. In seinen Augen blitzte der Schalk. »Was ich damit sagen will, Shelley, ist, dass ich alles tun werde, um dich zufrieden zu stellen. Ich möchte, dass du glücklich bist mit mir. Dass *wir* miteinander glücklich sind.«

Zu seiner Verblüffung verzog sie gequält das Gesicht und drehte sich unvermittelt von ihm weg. »Shelley, um Himmels willen, was hab ich…«

»Ich möchte ja auch, dass wir glücklich sind, aber ich hab Angst, dass ich versage«, stöhnte sie leise.

»Wie kommst du denn darauf?« Er schwankte zwischen Verblüffung und Bestürzung.

»Was Daryl von mir behauptet hat, stimmt. Sobald wir verheiratet waren, war… war ich wirklich wie ein Eisblock. Ich weiß nicht, was in den letzten Tagen mit mir los ist, ich war früher nie so. Einmal angenommen, wir heiraten und ich… ich enttäusche dich? Das könnte ich mir niemals verzeihen. Du hast etliche Frauen gehabt und…«

»Shelley, Shelley«, murmelte er. Er drehte sie zu sich um und zog sie an seine Brust. Seine Finger glitten unter ihre Haare, massierten hingebungsvoll ihren Nacken. »Du glaubst diesem unsäglichen Aufschneider doch nicht etwa, oder? Meine Güte, kapierst du denn nicht, dass er dich damit nur verletzen wollte?«

Zärtlich betrachtete er ihr Gesicht, verlor sich in ihren tränenfeuchten Augen, die ihn unschlüssig musterten. »Er wusste genau, dass in seiner zurückhaltenden Ehefrau eine leidenschaftliche, sinnliche Geliebte schlummert. Ich weiß es seit jenem Kuss vor zehn Jahren, Shelley.

Was Robins ärgert und was ihm weiterhin übel aufstoßen wird, ist, dass es ihm nie vergönnt war, diese Sinnlichkeit in dir zu wecken. Vermutlich ist er heute weniger deswegen hergekommen, um dir ins Gewissen zu reden. Nein, es war eher aus reiner Neugier. Irgendein masochistischer Impuls hat ihn dazu animiert, sich selber ein Bild zu machen, ob du dich verändert hast, sexuell reifer geworden bist. Und siehe da, er brauchte dich nur anzuschauen, um deine Wandlung zur Frau zu realisieren. Als mieser Typ, der er nun einmal ist, wusste er in seiner Frustration natürlich nichts Besseres zu tun, als auf dir herumzuhacken und dir Gefühlskälte vorzuwerfen.«

»Und wenn er Recht hat?«

Ein wissendes Grinsen zuckte um Grants Mundwinkel. »Ich beweise dir, dass er völlig danebenliegt«, raunte er, seine tiefe Stimme voller Emotionen.

Shelley sah ihn mit großen, vertrauensvollen Augen an, als er sich vorbeugte und ihr einen sanften Kuss auf die Wange hauchte. Seine Lippen glitten von ihrem Wangenschwung zu ihrer Schläfe, küssten ihre Stirn.

Er rückte ein wenig zurück, um sie kritisch zu begutachten. »Deine Augen schimmern sündhaft verklärt, wenn du erregt bist. Du magst es abstreiten, aber deine rauchblaue Iris wird dich immer verraten.«

Währenddessen rieb er ihr Ohrläppchen behutsam zwischen Daumen und Zeigefinger. Neigte sich vor, um es zärtlich zu küssen. Hielt inne, streifte es spielerisch mit der Zunge, bevor er es zwischen seine blendend weißen Zähne nahm und sinnlich daran knabberte.

Sie erschauerte und schlang impulsiv die Arme um seine Schultern. Er hatte es nicht eilig. Verwöhnte ausgiebig das andere Ohr, bis sie den Kopf drehte, um seinen begnadeten Mund mit ihrem zu besiegeln.

Schließlich kam er ihrer verlockenden Aufforderung nach. Er presste seine Lippen auf ihre, und nichts und niemand hätte sie voneinander trennen können. Seine

Zunge drang tief in den feuchten Nektar ihres Mundes ein, erkundete hemmungslos, rief Erinnerungen an ihr letztes Liebesspiel wach.

»Ich liebe deinen Mund«, hauchte er gierig, unter feurigen Küssen. »Grundgütiger, und wie! Jedes Mal, wenn ich dich küsse, ist es, als ob ich ein köstliches Dessert nasche.« Beim nächsten glutvollen Kuss sanken sie zurück auf die Decke. Seine Hände glitten unter ihr Sweatshirt und erschauerten ob der Wärme ihrer seidenzarten Haut. Erregend lasziv streichelten seine Finger über ihren Rippenbogen bis zu dem Ansatz ihres Busens. Er umschloss ihre Brüste, berührte sie wie ein sanfter Hauch.

Ihr Atem beschleunigte sich, und er schmunzelte wissend. Er schob ihr Sweatshirt hoch und betrachtete ihre verlockenden Reize. »Wie konntest du je an deiner Weiblichkeit zweifeln? Bei diesen Brüsten?«, schalt er sie milde. »Sie sind wunderschön. Wie für die Liebe geschaffen. Und für mich.« Mit seinem Zeigefinger umkreiste er eine ihrer vollendeten Rundungen. Wieder und wieder. Und die Kreise wurden immer kleiner, bis sie sich stöhnend unter ihm wand.

»Küss mich«, schnurrte sie und tastete entrückt nach ihm, grub die Hände in seine Haare.

Mit seiner Zungenspitze zeichnete er die Knospen ihrer Brüste nach. Irgendwann hob er den Kopf, inspizierte die erigierten Spitzen, nahm eine zwischen seine Finger und rieb sie zärtlich, während er die andere in seinen Mund einsog. Wie in Trance zuckten und wogten Shelleys Hüften dabei auf der Decke, gleich einem erotischen Ballett.

Seine Hand bahnte sich den Weg zu ihrem Oberschenkel, massierte ihn durch den Stoff ihrer abgewetzten Jeans hindurch. Ein erstickter Schrei kam über ihre Lippen. »Grant«, japste sie.

Es lag ihm fern, sie lustvoll zu foltern. Nein, er wollte sie verwöhnen und reagierte daher spontan auf ihre stumme Bitte. Er glitt auf sie, blickte in ihre sehnsuchtsvoll verlangenden Tiefen, während er Shelleys Jeans öffnete und seine Hand hineinschob, den zarten Spitzensaum ihres Höschens hob und mit den Fingern in das dunkelseidene Dreieck eintauchte.

»Grant …?« Ihre Stimme leise und gebrochen, derweil er behutsam ihre Schenkel spreizte.

»Du bist eine Frau, Shelley. Ich werde dir zeigen, wie sehr Frau du bist.«

Einen Herzschlag lang widerstand sie dem Verführungsgeschick seiner Finger, dann sah sie ein, dass es zwecklos war. Sie kapitulierte vor der erotisierenden Magie und dem Zauber, den sie heraufbeschworen. Hingebungsvoll, heißblütig, stimulierte er das Zentrum ihrer Weiblichkeit. Löste einen wahren Feuersturm in ihr aus.

Entfesselt bäumte sie sich unter ihm auf. Legte impulsiv ihre Hand auf seine und presste sie auf ihre pulsierende Grotte. Das innere Feuer drohte sie zu verzehren.

»Shelley, sieh mich an«, drängte er. Er nahm ihre andere Hand, verflocht seine Finger mit den ihren. Sie schlug die Augen auf, blinzelte wie durch watteweichen Nebel, bis sie ihn genau fokussiert hatte.

»Grant … du bist … ah, mein Geliebter …« Der brodelnde Vulkan in ihr explodierte mit einer Intensität, dass sie sich wieder und wieder zuckend unter ihm aufbäumte, bis die Wogen ihrer rauschhaften Lust verebbten.

Ihr Kopf sank auf die Decke zurück, ihr Brustkorb hob und senkte sich unter ihren aufgewühlten Atemzügen. Als ihr Puls sich schließlich beruhigte und sie wieder gleichmäßiger atmete, klappte sie erneut die Lider auf.

Sie blinzelte in das herbstliche Sonnenlicht, worauf er seinen Kopf schattenspendend über ihr Gesicht brachte. »Ich weiß nicht, ob ich jetzt begeistert oder beschämt sein soll.« Schläfrig lächelte sie ihn an, ihre Stimme kaum mehr als ein Flüstern.

»Deswegen brauchst du dich doch nicht zu schämen, außerdem mag ich es, wenn du dein Vergnügen hast. Du bist meine absolute Traumfrau. Ich will keine andere, nur dich.«

Plötzlich fand sie sich ungeheuer egoistisch. Sie spähte verstohlen zu der erkennbaren Ausbuchtung in seiner hautengen Jeans. Ohne groß zu überlegen, fasste sie ihm in den Schritt. »Schande über mich. Ich war nicht ganz fair zu dir.«

Er grinste und begann seinen Gürtel zu öffnen. »Wir sind noch nicht fertig.«

Sie lachte, ausgelassen wie ein Kind, das etwas Verbotenes tat. »Grant, das können wir doch nicht machen!«, stammelte sie, als er auf sie glitt. »Stell dir mal vor, man erwischt uns zufällig dabei?«

»Ach, Unsinn.« Er senkte den Kopf, hauchte heiße Küsse auf ihren Hals. »Entspann dich einfach.«

»Entspannen? Du hast vielleicht Nerven«, seufzte sie atemlos unter seinen fordernden Lippen. »Ich hab es noch nie im Freien gemacht.«

»Nein?«

»Nein, noch nie.«

»Ich auch nicht«, gestand er, »und es wird höchste Zeit, dass wir das ändern.«

9

»Und?«

Sie liebte seinen heißen Atem auf ihren Haaren. »Und was?« Sie kuschelte sich fester an ihn, genoss die Wärme seiner Haut nach dem frivolen Liebesspiel, das eben seinen fulminanten Höhepunkt gefunden hatte.

»Willst du mich heiraten?« Seine Hand krabbelte unter das Sweatshirt, streichelte ihren Busen. Minuten zuvor hatte er sie noch stürmisch geküsst, und sie hatte sich gierig seinen fordernden Lippen geöffnet. Jetzt entspannte sie sich unter seinen zärtlichen Berührungen.

»Ich werd's mir überlegen.«

Sein Daumen kreiste vorwitzig um ihre Brustspitze. »Bitte, tu das und lass dir nicht zu lange Zeit damit. Spann mich nicht unnötig auf die Folter. Ich liebe dich. Dieses Wochenende war unbeschreiblich schön. Und ich hoffe, wir können noch Tausende solcher Wochenenden gemeinsam genießen. Aber eine Affäre reicht mir nicht, Shelley. Ich möchte mit dir zusammen sein, mein Leben mit dir teilen, in guten wie in schlechten Zeiten zu dir stehen. Du bist wahrlich nicht der Typ für eine lockere Bindung, und ich glaube an die Ehe. Heirate mich, Shelley.«

Sie drehte den Kopf zu ihm, schaute ihn eindringlich an. »Bist du dir da auch ganz sicher, Grant? Ich komme aus kleinen Verhältnissen und bin nicht so welterfahren und parkettsicher wie die Frauen, die du sonst kennen lernst.«

Er schüttelte den Kopf. »Nach Missys Tod hat die Presse ein vollkommen falsches Bild von mir gezeichnet. So war ich nie und werde ich nie sein. Und selbst wenn – ich will nur dich.«

»Schätze, dann sind wir uns ja einig.« Sie lächelte matt. Seine Brauen zogen sich fragend zusammen. »Weil ich dich, seit ich mich entsinnen kann, auch will«, wisperte sie.

Als Grant am nächsten Morgen in Rektor Martins Büro stürmte, hatte er keinen Blick für das gediegene Ambiente. Er sah sich nicht einmal in dem holzvertäfelten Vorraum um, sondern stapfte schnurstracks zu dem Schreibtisch der Vorzimmerdame. Stützte die Hände darauf und beugte sich einschüchternd zu der Angestellten vor.

»Ich habe einen Termin mit Rektor Martin«, sagte er scharf.

Die Sekretärin blinzelte ihn hinter dicken Brillengläsern an und befeuchtete sich die schmalen Lippen. »Wenn … wenn Sie sich bitte noch einen Moment gedulden. Mrs. Robins war vor Ihnen hier.«

Mit einem knappen Nicken ihrer platinsilbrig getönten Hochsteckfrisur deutete sie auf die einzig weitere Person im Raum. Shelley saß an der Wand auf einem der unbequem aussehenden Holzstühle.

Grant wirbelte herum und sah die junge Frau. Ärgerlich presste er die Lippen zusammen. Nach einem missmutigen Blick zu der Empfangsdame strebte er durch den tristen Raum zu Shelley. Ganz selbstverständlich fasste er ihre Hand, hielt diese fest und setzte sich auf den Stuhl neben ihr.

»Dann hast du also auch einen bekommen«, meinte er leise zu ihr. Er blickte auf den Umschlag mit Monogrammprägung auf ihrem Schoß. So einen hatte man ihm am Morgen auch per Boten zugestellt. Mit der Aufforderung, um zehn Uhr im Büro des Rektors aufzuscheinen. Wegen einer dringenden Besprechung.

»Ja. Ein junger Mann brachte ihn heute Morgen vorbei. Ich hab noch versucht, dich anzurufen, aber du warst schon weg.«

»Alles in Ordnung mit dir?« Mit seinem Daumen streichelte er tröstlich über ihren Handrücken. Seine tiefgrünen Augen glitten prüfend über ihr Gesicht.

»Ja«, räumte sie mit einem matten Lächeln ein. »Ich hab nur nicht besonders gut geschlafen.«

Als Grant sie nach ihrem luftigen Erotikexkurs nach Hause gebracht hatte, war er gleich nachher in sein Apartment gefahren. Sie waren nämlich beide der Ansicht, dass es taktisch unklug sei, wenn er bei Shelley oder sie bei ihm übernachtete. Jedenfalls solange sie noch nicht verheiratet waren. »Ging mir genauso. Ich hatte niemanden, den ich umarmen konnte. Nichts, womit ich meine Hände zu beschäftigen wusste.«

»Pssst«, zischte sie errötend.

»Ich konnte es kaum abwarten, dich heute Morgen wiederzusehen, und dann *das*.« Er nahm ihr den Umschlag ab und knallte ihn wütend auf seine Handfläche.

»Hast du … ähm …« Shelley warf einen schnellen Blick zu der Vorzimmerdame, die nicht einmal ansatzweise versuchte, ihre Neugier zu überspielen. »Hast du eine Ahnung, weshalb wir hier sind?«, flüsterte sie ihm zu.

Er musterte Shelley halb belustigt, halb bestürzt. »Grundgütiger, du weißt genauso gut wie ich, wieso er uns herzitiert hat.«

Sie nickte betreten. »Meinst du, Pru Zimmerman hat ihre Drohung wahr gemacht und geplaudert?«

»Scheint so. War mir auch ziemlich klar, dass sie uns in irgendeiner Form eins auswischen würde.« Er schlug sich mit der Faust auf den Schenkel. »Verdammt noch mal. Ist mir egal, was sie über mich denken. Aber ich lass mich doch nicht so behandeln, als hätte ich eine Minderjährige verführt.« Als sie unvermittelt blass wurde, murmelte er: »Entschuldige. War nicht so gemeint, Liebes.«

Während sie einander anschauten und die gemeinsam erlebten Augenblicke Revue passieren ließen, taten sie etwas völlig Unerwartetes: Sie lachten befreit auf. Lachten über ihre Liebe und ihr junges Glück. Und über die sichtlich konsternierte Miene der Empfangsdame.

Die beäugte sie weiterhin skeptisch, als die Sprechanlage summte. »Ja?«, antwortete sie, während das Gerät hektisch aufblinkte. »Ja, natürlich.« Ihr wässriger Blick haftete auf Shelley. »Rektor Martin möchte zuerst mit Ihnen sprechen.«

Die junge Frau stand auf, und Grant erhob sich ebenfalls. »Wir gehen zusammen rein«, widersetzte er sich den Anweisungen der Sekretärin. Er steuerte auf die wenig einladende Tür zu.

»Grant!« Shelley packte ihn am Ärmel. »Es macht mir nichts aus. Wirklich nicht.«

»Aber mir. Ich lasse nicht zu, dass er dich unter Druck setzt. Das stehen wir gemeinsam durch.« Entschlossen ging er weiter, aber sie hielt ihn fest.

»Ach, Grant, Aggressivität ist sicher nicht die beste Taktik.«

Mit einem ertappten Seufzen drehte er sich zu ihr um. Dann grinste er jungenhaft schuldbewusst und schob sie etwas sanfter zu der Tür. »Du bist in jeder Hinsicht gut für mich. Optimal.«

Rektor Martin, der hinter seinem Schreibtisch thronte, erhob sich, sobald Shelley das Büro betrat. Er hatte eine betont nachgiebig-einsichtige Miene aufgesetzt, die sich bei Grants Auftauchen indes schlagartig verhärtete.

»Ich hatte doch darum gebeten, dass ich Mrs. Robins unter vier Augen sprechen möchte.«

»Sie möchte das Gespräch aber lieber mit mir gemeinsam führen, Rektor Martin«, versetzte Grant. Verblüfft musterte Shelley ihn aus den Augenwinkeln. War das noch der Mann, mit dem sie eben im Vorraum gesessen hatte? Grant klang plötzlich so respektvoll und unterwürfig.

Bei allem demütigen Respekt schien der Rektor der Universität aber augenscheinlich nicht willens, die zwei gnädig davonkommen zu lassen. »Nehmen Sie doch bitte Platz«, sagte er lakonisch.

Grant rückte Shelley einen Stuhl zurecht und setzte sich neben sie. Sie schlug die Beine übereinander, zog sittsam den Rock über die Knie. Höflich-beflissen fixierte Grant die steinerne Miene des Rektors.

»Ich hatte gehofft, diese Diskussion würde sich vermeiden lassen«, holte Martin mit einlenkender Stimme aus – wie ein Monarch, der sich bei einem Missetäter entschuldigte, bevor er ihn köpfen ließ. »Da wir eine kirchennahe Einrichtung sind, hat man uns naturgemäß stärker im Visier als eine staatliche Universität. Ihr – ähm – gegenseitiges … Interesse würde anderswo möglicherweise toleriert, aber hier bei uns unterliegt es Kritik und Ablehnung.

Sie, Mr. Chapman, kamen an unsere Institution, obschon Sie keine blütenweiße Weste hatten, wenn ich das einmal so nennen darf. Offen gestanden haben Sie uns enttäuscht. Wir –«

»In meiner Arbeit als Dozent?«

Der Rektor schien verärgert, dass Grant seinen Redefluss unterbrach. »Äh … nein. Ich müsste lügen, wenn ich das behaupten wollte. Der Vorsitzende Ihrer Fakultät ist durchaus zufrieden mit Ihrer Leistung.«

Grant grinste breit und seufzte erleichtert auf. »Das ist immerhin gut zu wissen.«

»Allerdings«, fuhr Martin unbeirrt fort, »ist uns Ihr moralisches Verhalten hier an dieser Universität genauso wichtig wie Ihr Lehrerfolg.« Er musterte beide mit durchdringendem Blick, ein eindeutiges Signal, dass er sich dem Kern der Sache näherte. »Einer unserer großzügigsten … Sponsoren … hat Kenntnis davon erlangt, dass Sie in einem eheähnlichen Verhältnis zusammenleben. Wir finden das schockierend und nicht tolerierbar. Besagter Mentor hat damit gedroht, eine hohe Summe zurückzuziehen, die uns bereits für den Bau eines neuen Forschungszentrums zugesagt war, wenn wir Mrs. Robins nicht zwangsexmatrikulieren. Den Vertrag mit Ihnen, Mr. Chapman, müssten wir selbstverständlich zum Semesterende auflösen.«

»Aber –«

Grant drückte vielsagend Shelleys Hand, um ihren ärgerlichen Einwurf zu stoppen. »Darf ich fragen, wer dieser Informant ist?«

»Das tut hier zwar nichts zur Sache, aber gut, es handelt es sich um einen überaus prominenten Mediziner in Oklahoma City. Seine Tochter studierte hier, und er absolvierte seinerzeit das Grundstudium bei uns.«

Schlagartig ging Shelley ein Licht auf. Sie spähte zu Grant, um seine Reaktion zu testen. Ob er ihren Verdacht teilte? Seine aufgebrachte Miene sprach Bände. Irgendwie schaffte er es dennoch, sich zu kontrollieren. »Ich denke, ich weiß, von wem Sie sprechen und wieso ein viel beschäftigter, prominenter Mediziner, wie Sie ihn beschreiben, ein Interesse am Liebesleben zweier Menschen haben könnte, die er nicht einmal persönlich kennt. Ich hatte nämlich das zweifelhafte Vergnügen, seinen zukünftigen Schwiegersohn kennen zu lernen.«

Der Rektor schlug entrüstet mit der Faust auf den Schreibtisch. »Mr. Chapman…«

»Verzeihen Sie, wenn ich Sie unterbreche.« Grant hob beschwörend die Hände. »Aber Mrs. Robins und ich werden nächsten Sonntag heiraten, Dr. Martin. Deutlicher kann man seine Gefühle füreinander sicher nicht zeigen. Weder in meinem Vertrag noch in den Statuten der Universität steht, dass ein Dozent nicht die Frau heiraten darf, die er liebt. Die Tatsache, dass meine zukünftige Ehefrau gleichzeitig Studentin an dieser Institution ist, sollte dabei keine Berücksichtigung finden.

Dr. Martin, erklären Sie Ihrem ›großzügigen Spender‹, dass, wenn er sich weiterhin in unser Privatleben einmischt, ich einige einflussreiche Presseleute kenne, die sich mit Wonne auf diese Geschichte stürzen werden. Ein paar von denen sind ohnehin der Meinung, dass sie mir noch etwas schulden. Man ist in Washington verdammt hart mit mir umgesprungen – und das völlig zu Unrecht. Etliche Journalisten bereuen inzwischen ihre Verleumdungsstorys und wären froh, wenn sie sich in Wiedergutmachung üben könnten.

Ein Telefongespräch, und die Sache mit unserer Hochzeit und der diskriminierenden Haltung dieser Universität würde die Titelseiten sämtlicher Zeitungen und Magazine schmücken. Sie haben Bedenken, dass unsere Beziehung dem Ruf Ihrer Uni schaden könnte? Machen Sie sich lieber Sorgen darum, was mein Anruf alles bewirken könnte.

Lassen Sie sich das in aller Ruhe durch den Kopf gehen«, schloss Grant mit Nachdruck. Er stand auf und fasste Shelleys Hand. »Komm, Shelley.« Er schenkte ihr ein warmes, zuversichtliches Lächeln.

Er zog sie zur Tür. Auf halbem Wege stoppte der Rektor sie. »Warten Sie!«, rief er mit Panik in der Stimme.

Widerstrebend drehten sie sich zu ihm um. Martin befeuchtete sich nervös die Lippen und fächelte mit den Handflächen über sein Jackett, als müsste er unsichtbaren Staub entfernen. »Mir war nicht bekannt, dass Sie heiraten wollen. Und das so … so bald schon. Das wirft natürlich ein völlig anderes Licht auf die Situation. Ich bin mir ganz sicher, sobald Dr. – ähm – unser großzügiger Sponsor davon erfährt, wird er Verständnis zeigen.«

Er hielt inne, als erwartete er ihren Dank. Grant musterte ihn nachdenklich schweigend. Martin zwang sich zu einem Lächeln, was aber irgendwie nicht richtig klappen wollte. »Ihr Vorgesetzter ist sehr zufrieden mit Ihrer Dozententätigkeit, Mr. Chapman. Unter Umständen können wir Ihnen bei Vertragsverlängerung sogar ein höheres Gehalt anbieten.« Wieder strich er fahrig über sein Jackett. »Und was Mrs. Robins betrifft, so sind ihre Leistungen dermaßen herausragend, dass eigentlich nie die Rede von einer Zwangsexmatrikulation sein konnte.«

»Das sehe ich auch so. Wäre auch für niemanden nachvollziehbar gewesen, oder? Auf Wiedersehen, Rektor.«

»Rektor Martin«, setzte Shelley beiläufig hinzu, als Grant ihr die Tür aufhielt. Nachdem er sie leise hinter ihnen geschlossen hatte, sank sie mit einem gehauchten »Uff« an seine Schulter.

»Also war es Daryl. Wie konnte er so was tun?«, flüsterte sie.

»Weil er ein egoistischer Scheißtyp ist, deshalb.«

Ein pikiertes Hüsteln brachte sie auf den Boden der Tatsachen zurück. Die ältliche Vorzimmerdame starrte sie fassungslos an, einen Stapel Akten schützend vor ihre flache Brust geklemmt.

»Heilige Mutter Gottes«, grummelte Grant. »Lass uns verschwinden, bevor ich irgendetwas Unüberlegtes tue.«

Die Tage vergingen wie im Fluge, da beide schwer beschäftigt waren. Shelley besuchte weiterhin regelmäßig die Vorlesungen, und Grant musste Seminare vorbereiten und durchführen. In seinem Veranstaltungsraum setzte sie sich weiterhin auf ihren unauffälligen Platz in der hinteren Reihe.

Tagsüber waren sie fast ständig zusammen. Grant fuhr nur wegen der Post und zum Schlafen in sein Apartment. Spätabends, wenn er von Shelley kam.

»Ich weiß gar nicht, warum ich noch Miete zahle«, erklärte er ihr. »Mein Wohnungsnachbar erzählte mir heute, es sei jemand für mich dagewesen. Irgendein Paketzusteller oder so.«

Sie hatten beschlossen, sein Apartment unterzuvermieten und bis zu Shelleys Examen in ihrem Haus zu wohnen. »Bei dir ist erheblich mehr Platz«, räumte Grant ein. »Ich kann mir das Gästezimmer als Arbeitsraum einrichten.«

»Und was ist mit einem Arbeitszimmer für mich, hm?«

»Wir benutzen den Raum gemeinsam.«

»Aber es passen nur ein Schreibtisch und ein Stuhl rein.«

»Du setzt dich auf meinen Schoß.«

»Denkste.«

»Okay, dann setze ich mich halt auf deinen Schoß.«

Sie versuchte angestrengt, ernst zu bleiben. »Wenn du so weitermachst, muss ich mich allmählich fragen, was für einen Sexprotz ich mir da geangelt habe.«

Prompt packte er sie und riss sie an sich. Schmiegte sie an seinen Körper, der nie genug von ihr bekam. »Ich hab echt ein Mordsglück.«

Ihre Eltern wurden über die Blitzheirat informiert, und nach dem Anfangsschock und einem langen, klärenden Telefongespräch mit Grant versprachen sie, pünktlich zur Trauung am Sonntagnachmittag zu erscheinen.

Mittlerweile hatte Shelley keine Zweifel mehr, dass ihr Entschluss, Grant zu heiraten, goldrichtig war. Grant hatte zwar ein impulsives Naturell mit einem unverbesserlichen Hang zur Bockigkeit, aber – so räumte sie gern ein – das machte ihn umso liebenswerter. Überdies war sie mittlerweile davon überzeugt, dass ihre Gefühle nicht auf irgendeiner albernen Teenieschwärmerei gründeten. Sie liebte diesen Mann wirklich, und das hatte nichts mit verklärenden Erinnerungen aus der Highschool-Zeit zu tun. Und sie erreichten sogar, dass ihre Bindung von oberster Instanz akzeptiert wurde – immerhin schickte ihnen der Verwaltungsrat der Uni zur Hochzeit ein sündhaft teures Silbertablett.

Nichts konnte ihrem Glück noch im Wege stehen.

»Oh, Grant!«, kreischte sie und stampfte wütend mit dem Fuß auf.

Er sank gegen den Türrahmen und schüttelte sich vor Lachen.

»Ich dachte, es wären meine Eltern«, murrte sie verstimmt.

»Sehe ich so viel älter aus als du?«

»Red keinen Mist. Du darfst gar nicht hier sein. Es ist nämlich verboten, die Braut vor der Hochzeit zu sehen.« Sie versperrte ihm den Durchgang, indem sie sich mit gespreizten Beinen vor ihm aufbaute. Ein kurzes Nachthemd umspielte ihre Oberschenkel. Sie trug Lockenwickler im Haar und hatte eine pfefferminzgrüne Maske auf ihr Gesicht gespachtelt.

»So ein Humbug«, knurrte er und schob sich an ihr vorbei. Er trug einen Karton mit Büchern im Arm und in der anderen Hand einen Koffer. »Ich muss schließlich noch mein ganzes Zeug herbringen. Schon vergessen, dass ich bei dir einziehe?«

»Ach, tatsächlich?«, versetzte sie immer noch etwas grummelig. »Und wenn ich mir das noch anders überlege?«

Statt einer Antwort lachte er nur. »Ich bring die Bücherkiste in das Gästeschlafzimmer, okay?«

»Ich wasch mir eben die Pampe vom Gesicht, obwohl sie eigentlich noch fünf Minuten draufbleiben müsste«, muffelte sie. Um dann schnippisch hinzufügen: »Und wehe, du beschwerst dich, dass mein Teint nicht so strahlend schön ist, wie es sich für eine Braut gehört! Daran bist allein du schuld!«

»Deine Haut ist makellos«, meinte er nach einer Weile. Er war ihr ins Bad gefolgt, nachdem er seine Bücher in ein Regal gestellt hatte, das sie am Vorabend aufgebaut hatten. Sie hatte sich das Gesicht gewaschen, dezent Make-up aufgetragen und befreite ihre Haare gerade von den Lockenwicklern.

Als sie ihn im Spiegel beobachtete, bemerkte sie, dass er ihr nicht ins Gesicht, sondern auf die nackten Schenkel schaute. Das sehnsuchtsvolle Verlangen in seinen Augen jagte ihr ein glutheißes Prickeln über den Rücken, fachte das Feuer ihrer Lust spontan an. »Vielleicht gehst du besser ins Nebenzimmer und machst meinen Eltern und meinem Bruder die Tür auf, wenn sie klingeln.«

»Das ist vermutlich das Beste«, stimmte er ihr wenig begeistert zu. Er verfolgte aufmerksam, wie sie mit energischen Bürstenstrichen die dichten, dunklen Wellen bearbeitete. Registrierte jedes Wippen ihrer spitzen Brüste unter dem Negligé, sobald sie die Arme hob. »Andererseits kommen sie mit Sicherheit erst am frühen Nachmittag. Wir haben noch jede Menge Zeit.«

Sie riss den Blick von ihm los. Seit einer Woche lebten sie jetzt enthaltsam, und wenn er genauso scharf war wie sie, überlegte Shelley, dann lauerte ein wahres Sexmonster in ihm. »Du siehst gut aus«, sagte sie lahm. Sie griff nach der Haarspraydose und besprühte ihre Frisur, um ihr etwas Halt zu geben.

Sein dunkler Anzug, das hellblaue Hemd und die elegante Krawatte wirkten ungeheuer förmlich in der intimen Atmosphäre des Badezimmers. »Danke«, meinte er abwesend. Er betrachtete ihr Schlüsselbein, verfolgte jedes Pulsieren der winzigen bläulichen Halsvene. »Du auch.«

»Ich… ich bin doch noch gar nicht angezogen«, sagte sie atemlos. Dabei wirbelte sie zu ihm herum.

»Eben deshalb.« Seine tiefe Stimme klang erregend sinnlich. Die Pupillen waren winzig klein wie Stecknadelköpfe, seine Iris riesig. Shelley, die sich darin spiegelte, gewahrte, wie sie die Arme hob und um seinen Nacken schlang.

»Ich darf nicht herumtrödeln. Ich muss mich anziehen.«

Er umarmte sie, verbarg den Kopf in ihrer Halsbeuge. »Ja. Himmelherrgott, zieh dich an. Tu, was du nicht lassen kannst. Ich halte dich bestimmt nicht davon ab.«

Währenddessen schoben seine Hände ihr Nachthemd hoch. Seine Finger glitten unter das gepaspelte

Band ihres Seidenhöschens, umschlossen ihre Hüften und zogen Shelley an seine Erektion.

Wie im Fieberrausch suchten ihre Lippen seine, verschmolzen mit seinem Mund. Sie rieb sich aufreizend an ihm, bestürmte ihn, sie zu nehmen, bevor ihre Sehnsucht sie noch umbrächte.

Er hob sie in seine Arme und trug sie ins Schlafzimmer, wo er sie behutsam auf dem Bettvorleger absetzte. Sie nestelte an der Schnalle seines schmalen Reptilledergürtels, bis dieser endlich aufging, dann öffnete sie seinen Hosenbund. Mit bebenden Fingern befreite sie sich von dem zarten Seidenetwas, durch das er sie stimulierend gestreichelt hatte.

Er lockerte den Knoten seiner Krawatte, zog sie sich über den Kopf und warf sie mitsamt Jackett auf den Boden. Er stieg aus seiner Hose, zog Schuhe und Strümpfe aus. Sein Blick klebte unablässig an ihr, derweil sie sich auf den Teppich zurücksinken ließ und lasziv die winzigen Nachthemdknöpfe öffnete. Sein Oberhemd halb geöffnet, kniete er sich vor sie.

Er schlang ihre Schenkel um seine, verzehrte Shelley zunächst mit bewundernden Blicken, um sie dann mit seinen Händen und seinen Lippen zu verwöhnen. Offenbarte seine ganze Liebe in dem süßen Flehen seines Mundes.

Bestürmte ihre Lippen mit der rauschhaften Passion, die ihn durchströmte. Haltlos vor Begehren kapitulierte sie, als er sich auf sie warf, sich in ihre willige Mitte schraubte. Und jeder Stoß war eine Ode an die Liebe, die sein verlangender Körper für sie komponiert hatte. Grant explodierte in dem Augenblick, als Shelley den Höhepunkt ihrer Lust erreichte und in sein ekstatisches Stöhnen einstimmte.

Erschöpft sank er auf sie, bettete den Kopf auf ihre Brüste. Sie streichelte sein Haar, zeichnete mit kosenden Fingerspitzen die markanten Linien seines Gesichts nach.

Er richtete sich so weit auf, dass er ihre Brust küssen konnte. Saugte hingebungsvoll ihre Spitze, ein Tribut an ihre Weiblichkeit. Dann schaute er sie an. Sie erwiderte seinen Blick aus schläfrig entrückten Augen, erfüllt von der Macht der Liebe.

Mit seiner Fingerspitze glitt er über ihre sinnlich volle Unterlippe und ihre Grübchen. »Ich weiß zwar noch nicht, was ich von der Ehe erwarten darf«, flüsterte er. »Die Flitterwochen werden jedenfalls fantastisch.«

Während sie durch den Flur ins Wohnzimmer lief, kontrollierte Shelley hastig den Sitz ihrer Perlenohrstecker. Grant war bereits vorgegangen, um ihre Eltern zu begrüßen. Er schüttelte ihrem Vater die Hand und plauderte angeregt mit ihrer Mutter.

Als es draußen klingelte, war er gerade dabei gewesen, sich die Krawatte neu zu binden. Er hatte Shelleys Blick im Spiegel aufgefangen, da er sich kurzerhand hinter sie gestellt hatte. »Noch ein Kuss, und wir hätten es nicht mehr rechtzeitig geschafft«, zog er sie auf. Er schlüpfte in sein Jackett und hauchte ihr einen flüchtigen Kuss auf die Wange. »Deine Wimperntusche ist unter dem linken Auge verschmiert.«

»Und du hast eine Teppichfluse auf dem rechten Revers«, flüsterte sie theatralisch. Darauf wischte er sich hektisch über das Sakko und spurtete aus dem Schlafzimmer.

Sie korrigierte ihr Make-up, richtete die zerdrückte Frisur, überprüfte, dass sie in der Hektik auch alle Knöpfe geschlossen hatte, und rannte nach unten.

Im Wohnzimmer war jede Menge Trubel, die Unterhaltung angenehm locker. Shelley wurde von ihren Eltern liebevoll umarmt, die ihr perlweißes Kostüm mit passender Spitzenbluse bewunderten und ihr einen Berg Geschenke von den daheimgebliebenen Verwandten und Bekannten in den Arm drückten.

»Mein Bruder Bill verspätet sich wie üblich«, meinte Grant. »Er kommt mit seiner Frau aus Tulsa.«

Shelley fiel ein Stein vom Herzen, dass ihre Eltern ihren Zukünftigen akzeptierten und sich auf Anhieb blendend mit ihm verstanden. »Möchtet ihr einen Kaffee?«, erbot sie sich.

»Da sag ich bestimmt nicht nein nach der langen Fahrt«, lachte ihr Vater.

In diesem Augenblick schrillten gleichzeitig das Telefon und die Türglocke.

»Ich erledige das mit dem Telefon und dem Kaffee«, rief Grant. »Du machst auf. Vermutlich ist es Bill, da kannst du dich gleich vorstellen.« Auf dem Weg in die Küche umarmte er Shelley kurz.

Als Shelley die Tür schwungvoll aufriss, schlug ihre strahlende Miene schlagartig in Bestürzung um. Vor ihr unter dem Vordach stand ein uniformierter Beamter. »Ja, bitte?«, fragte sie ziemlich perplex.

»Ist Mr. Grant Chapman bei Ihnen?«

»Ja. Sie sind …«

»Mein Name ist Carter, ich bin der stellvertretende

Bezirkssheriff, Ma'am. Kann ich bitte mit Mr. Chapman sprechen?«

»Das war Bill am Telefon«, meinte Grant, als er in den Wohnraum zurückkehrte. »Sie haben sich verspätet … Was ist denn jetzt los?«

»Mr. Chapman?«, forschte der Beamte.

»Ja, der bin ich.«

Er drückte Grant eine Vorladung in die Hand. »Was ist das?«, wollte Grant ziemlich perplex wissen.

»Eine Vorladung. Finden Sie sich bitte am kommenden Freitagmorgen um zehn Uhr im Bezirksgericht ein. Es liegt eine Klage gegen Sie vor.«

»Gericht … Klage?«, stieß Grant hervor. »Was für eine Klage?«

Der Blick des Beamten schweifte durch den Raum. Er registrierte die hübsche, junge Frau in Weiß und den Mann in dem eleganten, dunklen Anzug, zweifellos der Bräutigam. Ein hübsch verpacktes Hochzeitsgeschenk lag auf dem Kaffeetisch neben einer Floristenschachtel mit Zellophandeckel, worin sich ein Orchideengebinde befand.

Er konnte Grant nicht in die Augen sehen, als er mit einer Mischung aus Betroffenheit und Pflichtbewusstsein antwortete: »Eine Vaterschaftsklage, Sir.«

10

»Eine… eine Vaterschaftsklage!« Grant entfuhr ein kurzes, bellendes Lachen. »Soll das ein Witz sein? Sagen Sie mal, haben die Jungs vom Squashclub Sie hergeschickt?« Breit grinsend drehte er sich zu Shelley um. »Meine Vereinskollegen sind nämlich…«

»Da muss ich Sie enttäuschen, Mr. Chapman«, unterbrach ihn Carter, »aber es ist leider kein Witz.«

Grant musterte den Beamten mit einem gedankenvollen Blick, während er das Schriftstück öffnete. Er überflog es hastig, um sich vom Inhalt zu überzeugen.

»Zimmerman«, knirschte er. »Dieses hinterhältige, kleine Biest.« Er sagte dies zwar nur leise, doch seine Worte hingen unheilschwanger im Raum.

»Die Zustellung erfolgt leider sehr kurzfristig, da ich Sie nie persönlich angetroffen habe. Ich war nämlich mehrmals in Ihrem Apartment. Sie wären gut beraten, wenn Sie sich einen Anwalt nähmen.«

»Ich vertrete mich selbst. Zehn Uhr am Freitag?« Der Beamte nickte. »Dass ich nicht in Freudengeheul ausbreche, versteht sich von selbst, nicht wahr?«

»Es tut mir aufrichtig leid, Sir«, wiederholte der Uniformierte. Er tippte höflich an seine Mütze, nickte zu Shelley und murmelte »Ma'am«, bevor er sich abwandte und elanvollen Schrittes in Richtung Straße marschierte, wo er seinen Dienstwagen geparkt hatte.

Grant schloss die Tür und ließ den Atem in einem langen Stoßseufzer aus seinen Lungen entweichen. »Verflucht gelungenes Hochzeitsgeschenk«, sagte er bitter. »Grundgütiger, Shelley, ich bin …«

Ihre betroffene Miene traf ihn wie ein Schwinger in den Magen. Sie sah ihn aus riesigen, fassungslosen Augen an. Ihr strahlend schönes Gesicht, das er vor nicht einmal einer Stunde bewundert hatte, hatte eine ungesunde Blässe angenommen. Ihre Lippen zu einer kalkweißen Linie zusammengepresst, wirkte ihr korallenrot schimmernder Lippenstift wie Clownschminke. Sie stand stocksteif, obwohl sie jämmerlich zitterte, so als hielte ihre Haut den Körper zwanghaft zusammen, damit er nicht in tausend Stücke auseinanderbarst.

»Shelley«, meinte er mit stockender Stimme. »Du denkst doch nicht … du glaubst doch nicht etwa, dass ich dieses Mädchen geschwängert hätte?«

Wie in Trance schüttelte sie den Kopf, erst langsam und dann mit aller Entschiedenheit. »Nein«, sagte sie schnell – eine Idee zu schnell. »Nein.« Sie blinzelte mehrmals, ließ den Blick ziellos durch den Raum schweifen, fühlte sich sterbenselend.

Mit zwei Schritten war er bei ihr, fasste sie entschlossen an den Schultern. »Schau mich an«, drängte er. In seiner unnachgiebigen Umklammerung fühlte sie sich wehrlos wie eine Puppe. »Ich hab nie was mit diesem Mädchen gehabt«, stieß Grant zwischen zusammengebissenen Zähnen hervor. »Das musst du mir glauben!« Er schüttelte sie leicht. Ihre Arme schlenkerten apathisch an den Seiten hin und her, gleichwohl klebten ihre tränenfeuchten Augen an seinem wütenden Gesicht.

Sie wollte ihm so gern glauben. Natürlich hatte er nichts mit Pru Zimmerman gehabt, aber… Immerhin war sie damals ebenfalls ein junges Mädchen gewesen, als er sie das erste Mal geküsst hatte. Und Missy Lancaster… schwanger. Er hatte steif und fest beteuert, das Kind sei nicht von ihm und er auch nie Missys Geliebter gewesen. Er log sie nicht an. Nein, niemals. Er liebte sie. Sie, Shelley. Und trotzdem…

Er nahm die Hände von ihren Schultern, ließ sie so schlagartig los, dass sie um ein Haar zusammengeklappt wäre. Einen Moment lang fixierte er ihre bewegte Miene, die eine Vielzahl von Gefühlen reflektierte. Enttäuschung, Unsicherheit, tiefe Zuneigung. Sie wusste selber nicht richtig, was sie glauben sollte.

Grant riss sich von ihrem Anblick los und meinte zu ihrem Vater: »Bill meinte am Telefon, dass sie uns direkt an der Kirche treffen wollen. Ich fahre kurz hin und sag bei der Gelegenheit auch die Trauung ab.«

Als er sich erneut zu Shelley umwandte, hielt sie betroffen den Kopf gesenkt. In diesem Moment empfand sie nur noch tiefe innere Leere – weder Ärger noch Schmerz, Enttäuschung oder Frustration. Sie war völlig ausgebrannt. Ihre ganze Lebensfreude war einer tiefen Depression gewichen, ihr Herz eine einzige Ödnis.

Grant zog behutsam die Tür hinter sich zu. Und dennoch, das leise Klicken klang so endgültig, dass Shelley unwillkürlich zusammenzuckte.

»Shelley, Liebes.« Ihre Mutter brach als Erste das lähmende Schweigen im Raum. Shelley hätte nicht zu sagen vermocht, wie lange sie schon so dagestanden und auf die geschlossene Tür gestarrt hatte. »Shelley«, wiederholte ihre Mutter leise.

Shelley hob den Kopf und bemerkte, dass ihre Eltern sie unschlüssig beobachteten. Was erwarteten sie denn jetzt von ihr? Dass sie einen Tobsuchtsanfall bekäme? Zähneklappernd losheulte, sich die Haare einzeln ausriss oder die Möbel zertrümmerte? Ihre Bedenken waren gerechtfertigt. Shelley beschlich nämlich das ungute Gefühl, zum Äußersten fähig zu sein. »Schätze, ihr seid völlig umsonst hergefahren.« Sie lachte gekünstelt. »Sieht nicht so aus, als gäbe es heute noch eine Hochzeit.«

Ihre Eltern musterten sie mitfühlend. Offen gestanden konnte Shelley ihre Leidensmienen nicht mehr ertragen. Zumal sie sich wieder genauso verhielten wie in den ersten Tagen nach ihrer Scheidung von Daryl. »Ich glaube, ich leg mich ein … ein bisschen hin.« Langsam steuerte sie in Richtung Flur und lief fluchtartig los, sobald die Wohnzimmertür hinter ihr zugefallen war.

Sie ließ sich auf das Bett fallen, drückte ihr Gesicht in die Kissen und heulte wie ein Schlosshund. Ihr Körper gekrümmt von dem quälenden Schmerz, der in ihrer Seele wütete. Weinend und fluchend trommelte sie mit den Fäusten auf die Matratze ein. Noch nie war sie so aufgebracht gewesen! Aber das war doch nur verständlich, oder? Immerhin war ihre gesamte Lebensperspektive, alles, woran sie hing, von jetzt auf gleich zusammengestürzt wie ein Kartenhaus.

Als der Zorn verrauschte, fühlte sie sich unsäglich erschöpft. Und mit der Erschöpfung kam die Verzweiflung, tief und lähmend und schier erdrückend.

Sie rollte sich auf den Rücken. Ihr schickes Hochzeitskostüm war ihr völlig egal. Durch einen dichten Tränenschleier hindurch starrte sie an die Decke.

Wieso hatte sie überhaupt an Grants Integrität und Ehrlichkeit gezweifelt? Und sich statt von ihrem gesunden Menschenverstand von nagendem Misstrauen leiten lassen? Wieso hatte sie Pru Zimmermans blöde Spielchen nicht durchschaut und Grant moralisch unterstützt? Bestimmt hätte er das von ihr erwartet.

Aber sie hatte ihm kein bisschen zur Seite gestanden. *Warum?*

Weil sie nicht über ihren eigenen Schatten springen konnte. Weil sie unterschwellig glaubte, dass an der Sache vielleicht doch etwas Wahres dran sein könnte. Sie hatte wiederholt beteuert, dass sie der Skandal um Missy Lancaster nicht tangierte, aber anscheinend tat er das doch. Die Saat des Misstrauens, die in ihrem Kopf gesät war, war bei der kleinsten Ungewissheit aufgegangen.

Konnten sich denn alle anderen so dramatisch irren? Das war eher unwahrscheinlich. Was, wenn die Liebe zu Grant sie dermaßen verblendet hätte, dass sie es nicht würde wahrhaben wollen, wenn er ein intrigantes Doppelspiel mit ihr trieb, überlegte Shelley bestürzt. War sie etwa noch immer der schwärmerische Teenie, der bedingungslos glaubte, was er sagte, mithin jede seiner Äußerungen zum Dogma erklärte?

Shelley schüttelte unwillkürlich den Kopf. Dass er mit Pru Zimmerman ein Techtelmechtel gehabt haben sollte, wollte ihr nicht einleuchten. Immerhin hatte er *sie* als Assistentin genommen und nicht ihre Kommilitonin. Vermutlich versuchte Pru im Nachhinein, ihm eins auszuwischen, ihre Drohung wahr zu machen, die sie in seinem Apartment großspurig ausgestoßen hatte. Heilige Mutter Gottes, sein Apartment! Pru war so selbstverständlich bei ihm hereingeplatzt, als wäre es das Natürlichste auf der Welt …

»Oh Gott«, stöhnte Shelley und vergrub ihr Gesicht erneut in den Kissen.

Trotzdem – irgendwie konnte sie sich keinen Reim darauf machen. Grant trug sie förmlich auf Händen, seit jenem Tag, da er sie wiedererkannt und das erste Mal mit ihr geplaudert hatte. Und ihr zärtliches, bedingungsloses Liebesspiel an jenem Nachmittag war ein weiterer Beweis dafür, dass er sie vergötterte. Kein Zweifel, er liebte sie. Seine tiefe Zuneigung war bestimmt nicht nur vorgetäuscht.

Wie ein makabrer Tanz schwirrten ihr solche Überlegungen über Stunden durch den Kopf. Sie schwankte hin und her, ob sie ihm nachfahren und ihn um Verzeihung bitten sollte, weil sie ihm nicht genügend vertraut hatte. Dann kam ihr wieder in den Sinn, dass er sie ja geküsst hatte, als sie erst sechzehn gewesen war. Missy Lancaster war ebenfalls mindestens zehn Jahre jünger gewesen als er. Und Pru auch.

Entsprach sie selbst also nur einem ganz bestimmten Klischee bei ihm? *Nein, ganz bestimmt nicht.*

»Shelley?«

Ein leises Klopfen an der Tür ließ sie zusammenfahren. Benommen setzte sie sich auf den Bettrand. »Ja, Mom.«

Die Tür wurde geöffnet, ein schmaler Streifen Licht flutete ins Zimmer. War es draußen schon dunkel? »Du möchtest doch sicher eine Tasse Tee.«

Shelley nickte abwesend. »Danke, ja. Tee ist genau das Richtige.«

Ihre Mutter stellte das Tablett auf dem Nachttischschränkchen ab. »Komm, Liebes, zieh das Kleid aus und mach es dir bequem.«

Wenige Minuten später lag sie wieder im Bett, diesmal in einem hochgeschlossenen Nachthemd. Für ihre Hochzeitsnacht hatte sie sich wahrlich etwas anderes vorgestellt. Sie spähte neben sich zu dem Kissen – das hätte Grant eigentlich benutzen sollen. Eine stumme Träne rollte über ihre Wange. Spontan fasste Mrs. Browning die Hand ihrer Tochter und drückte sie mitfühlend.

»Schlaf jetzt, Kleines. Du brauchst deinen Schlaf.«

Das Geschirr klapperte leise, als ihre Mutter das Tablett wieder hochnahm und aus dem Zimmer trug. Nachdem der Raum erneut in Dunkelheit getaucht lag, sank Shelley bald darauf in einen unruhigen, traumlosen Schlaf.

Schweren Herzens reisten ihre Eltern am nächsten Morgen wieder ab. Sie hatten angeboten, noch ein paar Tage zu bleiben, aber Shelley wollte unbedingt allein sein. Sie hatte das Gefühl, dahinzuvegetieren, eine kraftlose Hülle, der man Herz und Seele und sämtliche Eingeweide herausgerissen hatte. Da verbrachte sie die nächsten Tage lieber einsam und zurückgezogen, bis sie sich wieder unter Menschen wagen konnte.

Am dritten Tag ihrer selbst gewählten Einsamkeit aß sie zum ersten Mal wieder etwas. Sie telefonierte mit einigen Kommilitonen und bat um Kopien der Notizen, die sie sich in den Vorlesungen gemacht hatten.

Das Leben ging nun einmal weiter, und sie durfte mit dem Unterrichtsstoff nicht zu sehr ins Hintertreffen geraten. Musste an ihre berufliche Zukunft denken – das Einzige, was sie momentan noch aufrecht hielt.

Als ihre Kommilitonen mit den erbetenen Mitschriften vorbeikamen, bat Shelley sie nicht herein, sondern hielt sie mit der Ausrede auf Distanz, sie habe sich einen hochansteckenden Virus eingefangen.

Ihre Eltern riefen jeden Abend bei ihr an. Dann schlug Shelley einen bewusst unbefangenen Plauderton an, damit sie sich nur ja keine Sorgen machten. Nicht ahnend, wie bedrückt sie am Telefon klang.

Mit der üblichen Lethargie krabbelte Shelley am Freitagmorgen aus den Federn. Mechanisch schleppte sie sich in die Küche und machte sich lustlos einen Kaffee. Als das Telefon klingelte, griff sie eher genervt nach dem Hörer.

»Shelley«, drängte ihre Mutter am anderen Ende der Leitung, »dein Vater und ich finden, dass du für ein paar Tage zu uns nach Hause kommen solltest. Glaub mir, du brauchst einen kleinen Tapetenwechsel.«

Shelley sank gegen den Küchentresen. »Nein, Mutter. Zum letzten Mal: Mir geht es gut. Es dauert eben seine Zeit, bis ich über ihn hinweg bin.«

»Das kannst du mir doch nicht erzählen. Du hattest schon immer ein besonderes Faible für diesen Mann, nicht, Shelley?«, fragte ihre Mutter sanft.

»Ja, Mom. Immer schon«, gestand ihre Tochter.

Mrs. Browning seufzte. »Das dachte ich mir. Das ganze Jahr – wenn ich nicht irre, war es dein letztes an der Highschool – hast du ständig von ihm erzählt. Als er die Schule verließ, warst du wie ausgewechselt, hast an allem das Interesse verloren. Zunächst bin ich nicht darauf gekommen, aber als du ihn weiterhin erwähntest, hab ich zwei und zwei zusammengezählt. Ich war so erleichtert, als du wieder etwas gefestigter schienst und das College besuchtest. Ich hatte ihn total verdrängt, bis er an jenem Tag bei uns anrief. Und war freilich völlig baff, als er sich aus heiterem Himmel meldete und sich vorstellte…«

Aufgeregt presste Shelley den Hörer ans Ohr. »Er hat angerufen?«, hauchte sie. »Bei euch? Wann war das? War er in Poshman Valley?«

Shelleys plötzlich ungeduldiger Wortschwall blieb ihrer Mutter natürlich nicht verborgen. »Nein, er rief aus Oklahoma City an. Erwähnte irgendwas von einem Kongress in der Hauptstadt. Ich…«

»Was wollte er denn?«

»Er… er hat sich nach dir erkundigt, wollte wissen, was du machst und wo du wohnst.«

Shelleys Herz jagte wie ein Trommelwirbel. Er hatte sie nicht vergessen! Er hatte bei ihnen zu Hause angerufen! Sie schluckte hörbar. »Mom, weißt du noch ungefähr, wann das war? Was hab ich denn zu dem Zeitpunkt gemacht? Und wo war ich?«

»Meine Güte, Shelley, du stellst Fragen! Keine Ahnung. Ich schätze, es war im Frühjahr, kurz nach deiner Heirat mit Daryl. Ach ja, richtig, jetzt entsinne ich mich wieder. Daryl sprach damals davon, dass du die Schule an den Nagel hängen solltest, um arbeiten zu gehen…«

»Ich war also schon verheiratet. Und das hast du Grant auch gesagt?«

»Doch, ja. Ich hab im Übrigen auch beiläufig erwähnt, dass ihr in Norman wohntet. Komisch, dass er dir das nie erzählt hat.«

Shelley war am Boden zerstört. Sie ließ den Kopf hängen, presste die Augen zusammen, um den bohrenden Schmerz hinter den Lidern auszublenden. Grant hatte versucht, Kontakt mit ihr aufzunehmen, und sie war bereits vergeben gewesen. Er war in Oklahoma City gewesen. In unmittelbarer Nähe des Ortes, wo sie damals gewohnt hatte. Ein paar Monate nach ihrer Hochzeit! Dann war er nach Washington zurückgekehrt, und sie hatte nie von seinem Anruf erfahren. Er war ganz in der Nähe gewesen! Wäre sie nicht verheiratet gewesen, hätten sie sich treffen können und … So nah und doch so fern. Wäre sie doch bloß nicht … Aber derartige Überlegungen wären damals überflüssig gewesen. Dafür war es zu spät … *Damals!*

Sie riss die Augen auf, ihr Kopf schnellte hoch, und der diffuse Nebel in ihrem Hirn lichtete sich. »Wie spät ist es eigentlich?«, fragte sie und spähte hektisch zu der Wanduhr. »Zwanzig vor zehn. Auf Wiedersehen, Mom. Ich ruf dich später noch mal an. Ich hab's verdammt eilig. Oh … und danke!«

Sie warf den Hörer auf die Gabel und fegte wie ein Tornado aus der Küche. Auf dem Weg in ihr Schlafzimmer schüttelte sie hastig den Bademantel ab.

»Ich muss zu ihm. Diesen Schritt hätte ich schon längst machen sollen«, sagte sie zu sich selbst, während sie blitzartig in ihre Stiefel stieg und ein Kleid überstreifte. Grant hatte Pru gewiss nicht geschwängert. »Außerdem liebt er mich. Hundertprozentig.«

Sie wirbelte ins Bad und legte schnell Make-up auf.

Zum Glück hatte sie noch am Abend geduscht und sich die Haare gewaschen.

»Ich liebe ihn seit zehn Jahren«, erklärte sie ihrem Spiegelbild. »Und das hätte ich ihm gleich nach dem Highschool-Abschluss sagen müssen. Und wenn ich dafür nach Washington gefahren wäre oder ihn angerufen oder ihm geschrieben hätte. Aber nein, ein anständiges Mädchen tut so was nicht. Sie verhält sich so, wie man es von ihr erwartet, und heiratet irgendeinen akzeptablen Typen. Ob sie ihn liebt oder nicht, ist nicht so wichtig. Sie schwimmt mit dem Strom und *niemals* dagegen an.«

Sie liebte Grant seit einer halben Ewigkeit, hatte aber nie den Mut gefunden, sich dazu zu bekennen. Zeit ihres Lebens hatte sie Angst gehabt, irgendwo anzuecken. Aber das war jetzt vorbei. Wenn es sein musste, würde sie sogar einen Mordswirbel veranstalten. Und über Leichen gehen für diesen Mann!, schwor sie sich.

»Junge Dame, ich hoffe doch sehr, dass Sie einen plausiblen Grund dafür haben, dass Sie hier hereinplatzen und diese Verhandlung unterbrechen«, sagte der Richter streng.

»Den hab ich«, gab Shelley unbeirrt zurück. Sie blickte direkt zu Pru Zimmerman. »Sie lügt. Mr. Chapman kann nicht der Vater ihres ungeborenen Kindes sein. Vorausgesetzt, dass sie überhaupt schwanger ist.«

Nach ihrer Ankunft im Gerichtsgebäude hatte Shelley erfahren, dass die Anhörung im Büro des Richters stattfand. Offenbar versuchten die Parteien, sich außergerichtlich zu einigen.

Shelley war an den Gerichtsdiener herangetreten, hatte ihm einen Zettel in die Hand gedrückt und steif und fest beteuert, dass er sie vorlassen müsse, weil sie wichtige Informationen zur Klärung des Falles habe. Der Justizangestellte hatte zunächst gezögert, auf ihr Drängen hin aber schließlich nachgegeben und die Notiz an den Richter weitergereicht.

Sie hatte Grants lautstarken Widerspruch gehört und Pru Zimmermans Proteste, aber immerhin hatte man sie schließlich vorgelassen. Beim Anblick des äußerst gereizt wirkenden Richters hatte Shelley sich lediglich ein müdes Lächeln abgerungen. Und nachdem sie ihre Aussage gemacht hatte, fühlte sie sich erleichtert und richtig stolz.

Zum ersten Mal, seit sie die Räumlichkeiten des Richters betreten hatte, wagte sie einen Blick in Richtung Grant. Seine Augen signalisierten ihr tiefe Zuneigung. Sie wäre fast in Ohnmacht gefallen vor Erleichterung, dass er ihr den vorübergehenden Vertrauensverlust nicht ankreidete.

»An Miss Zimmermans Schwangerschaft besteht definitiv kein Zweifel«, erklärte der Richter. »Uns liegt die Bestätigung eines renommierten Gynäkologen vor, Mrs. Robins. Worauf gründen Sie Ihre Behauptung?«

Shelley straffte die Schultern. »Mr. Chapman hat bei verschiedensten Gelegenheiten demonstriert, dass er kein Interesse an diesem Mädchen hat. Miss Zimmerman kam einmal in sein Apartment, als ich gerade dort war, und ließ sich nur schwerlich abwimmeln. Mr. Chapman bat sie höflich, seine Wohnung auf der Stelle zu verlassen und ihn nicht wieder zu behelligen. Seinerzeit drohte sie ihm damit, dass er sein Verhalten noch bereuen werde. Ich denke, das hat sie hiermit versucht.« Sie erwähnte auch, wann Pru bei ihm angerufen habe. »Mr. Chapman war keineswegs glücklich über den Anruf. Er wollte gar nicht mit ihr reden.«

»Das ist Ihre Interpretation der Sachlage, aber lassen wir das zunächst unkommentiert«, entgegnete der Richter. »Wenn Sie in Mr. Chapmans Apartment waren« – der Richter räusperte sich – »waren Ihre Besuche da rein platonischer Natur?«

Angespanntes Schweigen legte sich über den Raum. »Nein.«

Die Augenbrauen des Richters schossen nach oben. Einige brisante Momente verstrichen, währenddessen tippte er nervös mit einem Bleistift vor einen Stapel Unterlagen, die sich auf seinem Schreibtisch türmten. Er blickte zu dem Tisch, wo Pru Zimmerman saß und sich leise flüsternd mit ihrem Anwalt austauschte. Dann glitten seine kalten Raubvogelaugen zu Grant.

»Mr. Chapman, ich habe durchaus Kenntnis von jener unseligen Geschichte in Washington. Ob Sie in dieser Sache unschuldig waren oder nicht, spielt hier keine Rolle. Wer jedoch einmal in einen Skandal verwickelt war, ist erheblich leichter Falschbeschuldigungen ausgesetzt. Ich darf Sie daran erinnern, dass Sie unter Eid stehen. Haben Sie jemals intime Kontakte zu Miss Zimmerman gepflegt?«

»Nein, das habe ich nicht.« Grants Antwort kam leise, eindringlich, entschieden, unmissverständlich.

Pru Zimmerman sprang von ihrem Stuhl auf, als der Richter sie mit ernstem Blick fokussierte. »Und, was haben Sie dazu zu sagen?«

Spontan sank sie in sich zusammen. Schlug die

Hände vors Gesicht. »Mein Freund hat mich verlassen. Ich wusste nicht mehr, was ich tun sollte. Es tut mir leid. Bitte verzeihen Sie mir.«

Ein allgemeiner Aufruhr war die Folge. Als Prus Anwalt die junge Frau aus dem Raum führte, flehte sie Grant und Shelley an, ihr die Lüge nachzusehen. Schließlich verkündete der Richter offiziell, dass die Klage gegen Grant fallen gelassen werde.

Sobald er geendet hatte, spurtete Grant durch den Raum, fasste Shelleys Arm und zog sie in eine ruhige Ecke neben dem Fenster. Seine Hände umschlossen ihr Gesicht, hoben es zärtlich an, und sie spähte in Augen voller Liebe. »Wieso hast du dir das angetan? Die Wahrheit wäre sowieso in ein paar Minuten ans Licht gekommen.«

»Ich hab es gemacht, weil du auf diesem Wege erfahren solltest, dass ich dir vorbehaltlos vertraue. Und wie sehr ich dich liebe. Verzeih mir, dass ich dich im Stich gelassen habe, als du die Unterstützung und den Rückhalt durch mich am dringendsten brauchtest.«

Er küsste sie zärtlich auf den Mund. »Ich gebe zu, ich war fuchsteufelswild, als ich dein Haus verlassen hatte, aber immerhin hatte ich fast die ganze Woche Zeit, um darüber nachzudenken. Letztendlich kann man es einer Braut nicht zum Vorwurf machen, wenn sie ausrastet, weil ihr Zukünftiger am Tag ihrer Hochzeit eine Vaterschaftsklage präsentiert bekommt.« Er lachte, aber es klang eher zerknirscht. »Grundgütiger, es tut mir so leid, Shelley. Selbst in hundert Jahren kann ich das nicht wiedergutmachen bei dir.«

»Das hast du schon. Indem du mich liebst.«

»Aber vielleicht war es nicht das letzte Mal. Du hast

ja gehört, was der Richter sagte. Meine Person und mein Ruf werden noch eine ganze Weile im Fadenkreuz stehen.«

»Damit komme ich klar, solange ich weiß, dass du mich liebst.«

»Da kannst du sicher sein.« Er schmiegte sich an sie, als wollte er mit ihr verschmelzen.

»Grant, wieso hast du mir eigentlich nie erzählt, dass du vor einigen Jahren bei meinen Eltern angerufen hast?«

Er drückte das Rückgrat durch und betrachtete sie. »Woher weißt du das?«

»Mutter hat es heute Morgen zufällig am Telefon erwähnt. Warum hast du mir das verschwiegen?«

»Ich hatte Skrupel. Vermutlich weil ich dachte, du könntest mich für einen gnadenlosen Selbstdarsteller halten. Oder glauben, ich würde der Vergangenheit nachhängen und in dir nicht die Frau sehen, die du jetzt bist. Und als ich wusste, wie du für mich empfindest, war ich mir erst recht unschlüssig. Du hattest schon genug an deiner Ehe zu knabbern. Da wollte ich nicht auch noch herumlamentieren, was alles hätte sein können und so.«

»Ich werde diese verkorksten Jahre immer bereuen, das darfst du mir glauben. Dass ich mich dir nicht mitgeteilt habe, als ich alt genug war, um zu begreifen, dass es nicht bloß eine Teenie-Schwärmerei ist.«

»Dann lass uns nicht noch mehr Zeit verschwenden«, flüsterte er verführerisch an ihren Lippen.

»Wie meinst du das?«

»Richter«, rief Grant dem Mann zu, der eben seinen Schreibtisch aufräumte. Der Jurist sah auf, verblüfft, die beiden zu sehen, nachdem alle den Raum verlassen hatten. »Würden Sie uns einen Gefallen tun, und uns auf der Stelle trauen?«

»Du siehst völlig anders aus als alle Bankmanagerinnen, die ich bisher kennen gelernt habe«, scherzte Grant. Er stand in der Badezimmertür, als sie aus der Dusche stieg.

»Und das reibst du mir mit wachsender Begeisterung unter die Nase«, antwortete Shelley. Sie brachte ihre nassen Finger dicht an sein Gesicht und bespritzte ihn mit Wasser.

Er nahm ihr das Badetuch aus der Hand und warf es auf den Boden. »Sagen wir mal so, ich hatte nie Lust auf einen heißen Flirt mit der Leiterin einer Kreditabteilung. Um das hier zu tun.« Er umschloss ihre Brust und massierte mit einer Hand die knospende Spitze. »Und ich kenne auch keine Bankerin mit einem so süßen, kleinen Bauch.« Seine andere Hand glitt vielsagend über ihren zunehmenden Leibesumfang.

»So klein ist der gar nicht mehr«, murmelte sie an seiner warmen, maskulin duftenden Halsbeuge.

»Gibt es eigentlich Schwangerschaftsgarderobe mit eleganten, grauen Nadelstreifen?«

»Ich hasse Nadelstreifen genauso wie du. Und bislang hat sich keiner über meine Kleidung beschwert. Im Gegenteil, meine weibliche Klientel ist zuversichtlich, dass eine Frau Kind und Karriere unter einen Hut bringen kann.«

Vier Monate Schwangerschaft hatten ihren Körper kaum verändert, einmal abgesehen davon, dass das Ungeborene sich wohl prächtig entwickelte und ihre

Brüste voller geworden waren – beides freute den werdenden Vater. Grants Hände untersuchten ihren Bauch täglich, ob das Baby vielleicht schon strampelte.

»Ich liebe es schon jetzt«, sagte er und küsste Shelleys Bauchnabel. »Aber natürlich nicht so leidenschaftlich wie die Mutter«, flüsterte er. Er richtete sich behutsam auf, um die aufreizende Mulde zwischen ihren Brüsten zu küssen.

»Und das noch nach drei Jahren Ehe?«

»Sind wir schon so lange verheiratet?« Ihm war offenkundig nicht nach Konversation zumute. Stattdessen umkreiste seine Zunge lasziv eine ihrer Brustspitzen.

Sie schnurrte wie ein Kätzchen. Ihre Hand glitt in den Bund seiner Hose. »Ja, und immer noch muss ich mich gegen die Konkurrenz durchsetzen und Schwärme von Studentinnen abwimmeln, die es auf dich abgesehen haben.«

»Ganz bestimmt nicht«, raunte er ziemlich außer Atem.

»Oh doch. Und die können ganz schön hartnäckig sein. Zudem weiß ich aus eigener Erfahrung, wie es ist, wenn man in einer Vorlesung sitzt und heimlich in den Dozenten verknallt ist.«

»Tatsächlich?«

»Mmmmh.«

Nach Shelleys Studienabschluss waren sie von Cedarwood nach Tulsa gezogen, wo sie eine lukrative Position in einer Bank innehatte. Grant hatte einen Lehrauftrag an einem renommierten College angenommen und war innerhalb von zwei Jahren zum Fakultätsleiter für Politische Wissenschaften und Staatsrecht aufgestiegen. Er sah noch genauso umwerfend gut aus wie früher, schlank und athletisch. Die silbernen Fäden in seinen dunklen Haaren unterstrichen seine maskuline Ausstrahlung.

An ihrem ersten gemeinsamen Weihnachtsfest hatte sie ihm eine Pfeife und ein Tweedsakko mit Lederbesatz an den Ellbogen auf den Gabentisch gelegt. Er hatte das Geschenk nach dem Auspacken sichtlich enttäuscht inspiziert. »Ein Professor braucht so was«, hatte sie verlegen gekichert. Am Tag nach Weihnachten hatte er dann das Sakko umgetauscht und dafür eine lederne Fliegerjacke und eine figurbetonte Jeans genommen. Zähneknirschend musste Shelley einräumen, dass ihm dieses Outfit bei weitem besser stand. Allerdings funkelte sie seitdem jede Frau auf dem Campus bitterböse an, die es wagte, einen zu intensiven Blick auf Grants Luxuskörper zu riskieren.

Gelegentlich wurde der Lancaster-Skandal noch erwähnt, die Details gerieten jedoch zunehmend in Vergessenheit. Inzwischen war Grant ein angesehener Wissenschaftler in seinem Fachgebiet. Gottlob hatten die Schatten der Vergangenheit letztlich kaum Einfluss auf seine berufliche Karriere genommen. Im Gegenteil, parteiintern schlug man ihm sogar vor, er solle sich für die nächsten Wahlen nominieren lassen.

»Und, wie stehst du dazu?«, hatte Shelley begeistert gefragt, als er sie informierte, dass seine Partei an ihn herangetreten sei.

»Ich glaube, ich hätte nichts dagegen, auf Kommunal- oder auch auf Bundesebene zu kandidieren. Wenn wir der Politik wieder zu mehr Integrität verhelfen können, lässt sich der Parteienfilz, den ich in

Washington erleben musste, vielleicht langfristig aushebeln.«

Er hatte seine endgültige Entscheidung noch nicht getroffen. Shelley gab ihm jedoch ausdrücklich zu verstehen, dass sie ihm in jeder Hinsicht den Rücken stärken werde. Ihr Leben war erfüllt, glücklich, wie sie es sich immer erträumt hatte. Anders als die Zeit mit Daryl, der mittlerweile auch von seiner zweiten Frau wieder geschieden war. Ihr Leben hatte mit dem Tag begonnen, als Grant Chapman sie nach seinem Seminar auf einen Kaffee eingeladen hatte. Oder vielleicht auch schon damals, als er sie das erste Mal geküsst hatte, als Schülerin auf der Highschool. Zumal Shelley die grässlichen Jahre, die dazwischenlagen, kurzerhand aus ihrer Erinnerung ausradiert hatte.

Jetzt, in seiner zärtlichen Umarmung, legte sie ihre ganze Liebe in ihre verheißungsvolle Liebkosung. »Shelley«, stöhnte er. »Da du dich überhaupt nicht wie eine gediegen-distanzierte Bankerin verhältst, muss ich notgedrungen den Reißverschluss meiner Hose aufmachen.«

»Warum ziehst du sie nicht gleich ganz aus?«, schlug sie mit kehliger Stimme und einem koketten Wimpernschlag vor. Kurz entschlossen assistierte sie ihm, bis er genauso nackt war wie sie.

»Hast du noch weitere solche phänomenalen Ideen auf Lager?«, raunte er ihr ins Ohr. Fordernd glitt seine Hand zwischen ihre Schenkel.

»Mmmmh«, murmelte sie. Sie stimulierte ihn, indem sie sich lasziv an seinem Körper rieb.

Leise ihren Namen flüsternd, hob er sie in seine Arme und trug sie ins Schlafzimmer. Er legte sie behutsam auf das Bett, rutschte neben sie und betrachtete sie verliebt. Sie vergrub ihr Gesicht in seinem rauen Brusthaar. Spitzte verführerisch die Lippen. Ließ ihre Zunge spielerisch über seine muskelbepackte Haut gleiten.

»Shelley, du bist … ja … so süß …«

Sie hob den Kopf, ergab sich seinem wilden, hemmungslosen Kuss. Grant raubte ihr noch jedes Mal den Atem, den Verstand. Versetzte ihren Körper in Schwingungen wie die Saiten einer perfekt gestimmten Harfe. Sie umschloss mit den Lippen seine Zunge, die kreisend ihren Mund eroberte, sie schmeckte, ihren himmlisch süßen Nektar aussaugte.

Seine Hände umfassten ihre Brüste, hoben sie an und pressten die weiche Fülle zusammen. Dann senkte er den Kopf und verwöhnte die empfindsamen Spitzen, dunkel überhaucht durch die Schwangerschaft.

»Grant, nimm mich«, bettelte sie, woraufhin sein Körper mit dem ihren verschmolz.

Tief in ihr vergraben, brachte er sie beide mit dem leisen Vibrato seiner Stöße zum Höhepunkt. »Genau so habe ich dich auch das erste Mal geliebt«, wisperte er ihr ins Ohr. »Weißt du noch, Shelley?«

»Ja, ja, ja«, hauchte sie an seinen Lippen, während sie dem wilden Taumel sinnenhafter Glückseligkeit entgegenfieberte. »Wie könnte ich das je vergessen?«

SANRA BROWN

Verliebt in einen Fremden

Roman

Liebe Leserinnen und Leser,

bevor ich mich der allgemeinen Unterhaltungsliteratur zuwandte, habe ich unter mehreren Pseudonymen Liebesromane geschrieben. »Verliebt in einen Fremden« *erschien ursprünglich vor über zwanzig Jahren (unter meinem ersten Autorennamen Rachel Ryan).*
Die Handlung reflektiert Trends und Lebensart, wie sie seinerzeit aktuell waren – doch bleibt das Thema immer populär und allgemein gültig. Wie in jedem Liebesroman stehen die unglücklich Liebenden im Mittelpunkt. Wir erleben Augenblicke der Leidenschaft und Zärtlichkeit, zwischenmenschliche Spannungen – kurzum sämtliche Facetten der Liebe.
Es macht mir riesigen Spaß, romantische Liebesgeschichten zu schreiben. Sie bestechen durch ihre optimistische Grundhaltung und den unvergleichlichen Charme, der ihnen innewohnt. Probieren Sie es einfach aus. Ich wünsche Ihnen jedenfalls viel Vergnügen bei der Lektüre.

Sandra Brown

Für Michael –
You are the sunshine of my life …

1

Als Bridal Wreath vor ihr auftauchte, brachte Camille ihren kleinen Wagen abrupt zum Stehen. Sie war den Hinweisen des Tourismusbüros gefolgt, das seinen Sitz in der altehrwürdigen Stanton Hall hatte, und über die Homochitto Street aus der Innenstadt von Natchez gekommen. Die Dame am Infoschalter hatte ihr erklärt, dass die Allee zu dem alten Herrensitz linker Hand liege, kurz bevor die Landstraße den Highway 65 kreuze.

Das verwitterte und von wilden Ranken überwucherte Schild, das auf den unbefestigten Weg hinwies, war so unscheinbar, dass sie es fast übersehen hätte. Während sie über tiefe Schlaglöcher ruckelte, bestaunte sie die riesigen, moosbewachsenen Eichen zu beiden Seiten, die späten Magnolien mit ihren duftenden, pastellfarbenen Blüten und die üppigen Spiersträucher, die der Plantage ihren Namen gegeben hatten. Die schneeweißen Blüten waren in der sommerlichen Hitze längst verblüht, die Zweige jedoch wogten von zartgrünem Laub.

Camille stieg aus dem Wagen, während sie den Motor weiterlaufen ließ. Fachmännisch betrachtete sie die großzügige Anlage, die sich vor ihr erstreckte. Das Haus war 1805 im Kolonialstil erbaut worden und hatte zwei Stockwerke. Die Räume in der ersten Etage gingen auf einen Balkon hinaus, der auf sechs majestätisch weißen Säulen ruhte und das Erdgeschoss auf drei Seiten wie ein Vordach umgab. Das rote Ziegelmauerwerk war im Laufe der Jahre zu einem matten Rosaton verblichen. Drei hohe Fenster mit jagdgrünen Läden schlossen sich jeweils links und rechts des eindrucksvollen weißen Hauptportals an. Und über der Tür hing an einer schweren Kette eine Messingleuchte.

Camille Jameson schwang sich hellauf begeistert wieder auf den Autositz. Während sie erneut Gas gab, rief sie laut lachend: »Scarlett O'Hara, zieh dich warm an!«

Einfach himmlisch, dass man ausgerechnet sie zur Restaurierung des Herrensitzes engagiert hatte. Sie hoffte nur, dass sie der Aufgabe gewachsen wäre und die frühere Schönheit wieder herstellen könnte. Für ihre Karriere als Innenarchitektin wie für ihre finanzielle Zukunft war das immens wichtig.

Camille und ihrer Mutter Martha gehörte in Atlanta ein Einrichtungshaus. Martha Jameson hatte es nach dem Tod ihres Mannes weitergeführt. Zu der Zeit jedoch, als ihre Tochter schließlich das Universitätsdiplom in der Tasche hatte, war das Geschäft auf das Niveau eines Geschenkladens mit preiswertem Kunsthandwerk und ziemlichem Krimskrams herabgesunken. Camille begann umgehend, moderne und qualitativ hochwertige Ausstattungsstücke ins Sortiment aufzunehmen. Sie beriet Kunden bei der Wahl der Tapeten, Teppiche, Gardinen, Möbel und Wohnaccessoires. Ihr guter Geschmack und ihr umgängliches, freundliches Auftreten brachten ihr einen ausgezeichneten Ruf und eine anspruchsvolle Klientel ein. Inzwischen beschäftigte sie zwei weitere Mitarbeiterinnen in ihrem »Studio«, ihre Mutter kümmerte sich um den Ladenverkauf und die Buchhaltung.

Als Mr. Rayburn Prescott aus Natchez, Mississippi, an die junge Innenausstatterin herangetreten war, hatte sie ohne lange zu überlegen zugesagt. Die Renovierung seiner Luxusvilla war ihr bislang lukrativster Auftrag. Sie kannte die historischen Bauten von einem gemeinsamen Urlaub mit ihrer Mutter. Schon damals, als ganz junges Mädchen, war Camille von den prachtvollen Anwesen schwer beeindruckt gewesen.

Rayburn Prescott, ein typischer Südstaaten-Gentleman, behandelte Camille und Martha mit ausgesuchter Höflichkeit. Die beiden Mitarbeiterinnen im Studio hatten heimlich über seinen ungewohnt gedehnten Akzent geschmunzelt. Er war groß, stattlich und unterhaltsam. Dichtes, weißes Haar wellte sich über seiner breiten, hohen Stirn. In den blauen Augen lag ein übermütiges Funkeln, obwohl er um die siebzig sein musste.

Nachdem sie eine Weile miteinander geplaudert hatten, erzählte er Camille von seinem Haus in Natchez. »Ich muss mich schämen, Miss Jameson. Nach dem Tod meiner Frau«, er seufzte tief, »und das ist jetzt über zwanzig Jahre her, habe ich das Anwesen regelrecht vernachlässigt. Es ist zu einem Junggesellenhaushalt verkommen. Mein Sohn verbringt die meiste Zeit auf der Plantage, ist aber mit mir einer Meinung, dass Bridal Wreath wieder ein Schmuckstück werden muss.«

»So ein schöner Name«, sinnierte Camille, die sich im Geiste bereits ein Bild machte. »Ich nehme Ihren Auftrag natürlich gerne an.«

»Aber wir haben doch noch gar nicht über Ihr Honorar oder andere Details gesprochen!«, rief er.

»Das ist nicht so wichtig. Für mich steht einfach fest, dass ich es machen möchte.« Sie lächelte über sein erstauntes Gesicht, das sich daraufhin in winzige Lachfältchen legte. Sie war ihm von einem Freund empfohlen worden, für den sie ein Restaurant in Peachtree Plaza gestaltet hatte. Rayburn Prescott war von ihren Fähigkeiten überzeugt. Als sie schließlich ihr Honorar verhandelten, war sie verblüfft über die Höhe der Summe. Er stellte ihr ein nahezu unbegrenztes Budget für die Renovierung zur Verfügung. Ganz offensichtlich sah er nicht auf den Pfennig. Er bestand allerdings darauf, dass sie während der Arbeiten in Bridal Wreath wohnte, und versprach, sich um alles Weitere zu kümmern. Sie hatten einen Ankunftstermin festgesetzt, und jetzt war sie hier und stand vor dem Hauptportal. Die Handtasche unter den Arm geklemmt, wartete sie darauf, dass jemand auf ihr Klingeln reagierte. Bei genauer Betrachtung bemerkte sie die abblätternde Farbe, die dunkel angelaufenen Messingbeschläge und die losen Türbretter. Wenn es im Innern genauso schlimm aussähe, hätte sie noch eine Menge Arbeit vor sich.

Heimlich musste Camille lächeln. Immerhin bedeutete die Arbeit ihr alles. Ihr Leben drehte sich um die Karriere, sehr zum Leidwesen ihrer Mutter und enger Freundinnen, die inzwischen verheiratet waren und Kinder hatten. Martha beschwor sie des Öfteren, doch einmal mit den jungen Männern auszugehen, mit denen Camille dienstlich zu tun hatte. Sie blieb jedoch immun gegen sämtliche Flirtversuche, und Martha Jameson war zunehmend frustriert über das fehlende Interesse ihrer Tochter am anderen Geschlecht.

Dieser Umstand bedrückte Camille zwar, sie brachte es aber nicht über sich, ihrer Mutter den wahren Grund für ihre Beziehungsunlust einzugestehen. Sie konnte doch nicht einfach sagen: »Mutter, ich habe mich einmal mit einem Mann eingelassen, und nachher fühlte ich mich verletzt und missbraucht. Das passiert mir nie wieder!« So etwas erzählte man einer Mutter einfach nicht. Camille atmete tief ein, wie um die schmerzvolle Erinnerung auszublenden, als die Tür geöffnet wurde. Sie blickte in ein sympathisch grinsendes Gesicht.

»Guten Tag. Ich bin Camille Jameson.« Lächelnd schüttelte sie ihre dunkel gewellten Haare, auf die das Sonnenlicht schimmernde Reflexe zauberte.

»Hallo, Miss Jameson«, hieß der Mann sie willkommen. »Mr. Prescott erwartet sie bereits. Er ist so aufgeregt wie ein Schuljunge vor dem ersten Tanz. Bin ich froh, dass Sie sicher hierher gefunden haben. Er hat sich schon Sorgen gemacht, dass eine junge Dame wie Sie den ganzen Weg von Atlanta allein fahren musste.«

»Das war völlig problemlos. Ich freue mich schon darauf, Mr. Prescott wiederzusehen.« Der Mann trat beiseite, und sie betrat die Eingangshalle. Beinahe ehrfurchtsvoll schaute sie sich um. Es war genau so wie in ihrer Vorstellung!

»Mein Name ist Simon Mitchell, Miss Jameson. Wenn Sie etwas brauchen, wenden Sie sich ruhig an mich«, fuhr der Mann fort, womit er sie aus ihren intensiven Betrachtungen riss.

»Danke, Mr. Mitchell.« Sie strahlte aufrichtig.

»Nennen Sie mich ruhig Simon. Bitte, nehmen Sie doch Platz. Inzwischen hole ich Mr. Prescott. Vermutlich ist er draußen und gießt seine Pflanzen.«

»Lassen Sie sich Zeit. Es macht mir nichts aus zu warten.« Nach einem kurzen Nicken verschwand er durch die ausgedehnte Halle im hinteren Teil des Hauses. Camille hätte zu gern einen Blick in die Räume geworfen, die rechts und links des langen Ganges abzweigten, fand aber, dass sie warten sollte, bis ihr Gastgeber und vorübergehender Chef sie überall herumführte. Südstaatler wie Rayburn Prescott legten großen Wert auf Stil und Etikette.

Sie setzte sich auf einen Stuhl in der Halle und nahm die damenhafte Haltung an, die Martha ihr förmlich eingeimpft hatte: Rücken gerade, Knie zusammen, Hände locker im

Schoß. Unvermittelt wünschte sie sich ein aparteres Aussehen. Sie war mit dunklem, lockigem Haar geschlagen, das sie mittellang trug und an feuchten Tagen zu einem Knoten frisierte, da es sich sonst ungebändigt um ihren Kopf kringelte. Dazu diese frische Pfirsichhaut, nicht dunkel genug, um olivfarben zu sein, aber auch nicht richtig hell. Sie beneidete ihre Freundinnen um den matten Teint, der zart bräunte. Ihrer hingegen wurde im Sommer schmutzig braun. Und dann diese Augen! Wieso konnten sie nicht strahlend blau, meergrün oder dunkelbraun sein oder einfach braun ohne diese albernen goldenen Sprenkel? Andere hatten geheimnisvoll dunkle Augen, aber ausgerechnet in ihren musste dieses vorwitzige Funkeln liegen. Wie sie dies hasste! Lange, dunkle Wimpern, sinnlich volle Lippen und eine kleine Stupsnase gaben ihrem Gesicht etwas Exotisches. Ihr Vater hatte sie oft scherzhaft seine kleine Vagabundin genannt.

Da sie an ihrem natürlichen Äußeren nichts ändern konnte, legte sie großen Wert auf ihre Kleidung. Ihr Faible für Farben und Muster offenbarte sich auch in ihrer Garderobe. Eben zog sie den Rock des sonnengelben Leinenkostüms über die Knie. Am liebsten hätte sie die Jacke ausgezogen und nur in der zart bedruckten Seidenbluse dagesessen. Die Luftfeuchtigkeit von Natchez ließ ihre Kleidung knittern, gar nicht daran zu denken, was sie mit ihren Haaren anstellte, die Camille am Morgen mühsam gebändigt hatte. Vermutlich kräuselten sie sich mal wieder wild um ihren Kopf.

Das Geräusch quietschender Reifen drang von der Auffahrt zu ihr herein, dann knallte eine Autotür. Schritte knirschten über den Kies, die Haustür wurde schwungvoll aufgerissen, prallte vor die Wand. Ein riesiger Schatten schob sich über die sonnendurchflutete Schwelle und tastete nach der Klinke hinter sich. Er stapfte in die Eingangshalle und hinterließ schmutzige Schuhabdrücke auf dem Eichenparkett. Der geschmeidige Gang kam Camille irgendwie vertraut vor, aber sie war so verärgert über das rücksichtslose Verhalten, dass sie ohne nachzudenken herausplatzte: »Kein Wunder, dass das Haus in einem so schlechten Zustand ist. Wenn sich jeder so benehmen würde wie Sie, wäre es wahrscheinlich längst zusammengekracht!«

Der Mann blieb abrupt stehen und warf einen hastigen Blick durch die Halle, verblüfft über die Frauenstimme, die ihn da zusammenstauchte. Da er eben aus dem strahlend hellen Licht hereingekommen war, blinzelte er einen kurzen Moment, bis er sie in dem dämmrig kühlen Raum entdeckte. Wortlos nahm er seinen breitrandigen Strohhut ab und wischte sich mit dem Ärmel die schwitzende Stirn. Den Hut weiterhin umklammernd, stemmte er die Hände in die Hüften und musterte sie eindringlich.

»Verzeihung«, sagte er, bemüht, seine Verärgerung zu überspielen. Er trat auf sie zu und blieb kurz vor ihrem Stuhl stehen. Ihre Blicke trafen sich, und beide atmeten scharf ein, während sie einander betreten anstarrten.

Es konnte und durfte nicht sein! Was machte er hier? War er es wirklich? Ja! Nein! Eine Katastrophe! Camilles Mund war plötzlich staubtrocken, und sie schluckte krampfhaft. Ihr rasendes Herzklopfen war vermutlich sogar durch den dünnen Blusenstoff hindurch erkennbar. Ihr wurde heiß und kalt. In ihren Ohren rauschte es, als wäre dicht neben ihr eine Bombe explodiert. Seine schockierte Miene verriet, dass es ihm nicht anders erging.

Er sah noch genauso aus wie damals in Utah, beinahe zwei Jahre zuvor. Vielleicht ein paar spinnwebfeine Fältchen mehr um die Augen, die Iris jedoch strahlend blau, funkelnd, stechend, hypnotisierend. Camille wusste um die hypnotisierende Wirkung dieser Augen! War er größer als in ihrer Erinnerung? Nein. Vermutlich kam ihr das nur so vor, weil sie wie festgeklebt auf ihrem Stuhl saß. Wäre sie aufgestanden, hätte sie ihm allerdings auch nur bis ans Kinn gereicht. Er war breitschultrig, mit schmalen Hüften, sein athletischer Körperbau hatte sie noch monatelang in ihren Träumen verfolgt. Das braune Haar war von der Sonne gebleicht, die sportlich gebräunte Haut unterstrich das irisierende Blau seiner Augen, die Camilles fassungsloses Starren nicht minder entgeistert erwiderten.

Diesmal trug er keine engen Skihosen und weiche Wollpullover, sondern schmal geschnittene Bluejeans und Cowboystiefel – lehmverkrustete Stiefel, die auf dem Parkett unübersehbare Spuren hinterlassen hatten. Sein blaues Baumwollhemd war bis zum Brustbein aufgeknöpft, die Ärmel hochgerollt. Schweißspuren zeichneten sich unter den Achseln ab. Die Haare auf Armen und Brust waren zu einem hellen Blond ausgebleicht, in seinem gelockten Brustflaum schimmerte ein goldener Anhänger, an den sich Camille wehmütig erinnerte. Das fein ziselierte Kreuz hatte seiner verstorbenen Mutter gehört, wirkte an der schweren Goldkette aber überhaupt nicht feminin.

»Zack Prescott?«, brachte sie mühsam hervor. Als Mr. Rayburn Prescott sich ihr seinerzeit vorgestellt hatte, hatte sie bei der Erwähnung des Namens automatisch einen schmerzhaften Stich in der Herzgegend verspürt, wie jedes Mal, wenn sie wieder an jenen Skiurlaub erinnert wurde, den sie sich im Anschluss an ihr Studium gegönnt hatte. Trotzdem hätte sie sich nicht vorstellen können, dass diese beiden Männer miteinander verwandt wären. Zack hatte ihr nie von seiner Heimat erzählt. Hatte sie je danach gefragt? Hatte es sie interessiert?

»Kennen wir uns nicht von irgendwoher?« Für seine filmreife Darstellung des zynischen Hollywood-Cowboys hätte er einen Oscar verdient, überlegte Camille zähneknirschend.

Das Engegefühl in ihrer Kehle ließ nach, und sie sagte beiläufig: »Du hast mir zwar erzählt, dass du Farmer bist, aber ich dachte, das wäre ein Scherz.« Der Versuch eines Lächelns misslang, da ihre Lippen leicht zitterten. Ihre Gesichtsmuskulatur ließ sich nicht kontrollieren.

Um seine Mundwinkel legte sich ein harter Zug. »Was hast du denn noch so von mir ›gedacht‹? Würde mich brennend interessieren.«

Der ironische Unterton irritierte Camille, und sie zuckte kaum merklich zusammen. Augenblicklich fühlte sie wieder den Schmerz und die Demütigung, die sie mühsam überwunden hatte. Ihre goldgesprenkelten Tiefen funkelten ärgerlich auf, als sie ihn anfauchte: »Was soll ich schon von einem Mann denken, der ein unschuldiges Mädchen leichtfertig verführt?«

»Das Gleiche, was ein Mann von einer *Frau* denkt, die sich leichtfertig verführen lässt.« Seine Reaktion verursachte ihr körperliche Schmerzen. Sie schoss hoch und baute sich vor ihm auf.

»Du … du bist abscheulich und unmoralisch, absolut gewissenlos. Ich hasse dich für das, was zwischen uns gewesen ist …«

»Das glaub ich dir nicht, Camille«, fiel er ihr ins Wort, und sie hätte ihm liebend gern in sein überhebliches Gesicht geschlagen. Doch beim Klang ihres Namens aus seinem sinnlich geschwungenen Mund überlegte sie es sich anders. Es fehlte nicht viel, und sie hätte ihm über die kantige, gebräunte Wange gestreichelt. Sie ballte jedoch die Fäuste, um den Impuls zu unterdrücken. Während sie einander unablässig fixierten, vernahmen sie Simons Schritte im Gang. Camille wirbelte herum, krampfhaft um Haltung bemüht.

»Miss Jameson, Mr. Prescott möchte Sie begrüßen. Hallo, Zack. Hast du dich Miss Jameson schon vorgestellt?« Camille stand mit dem Rücken zu ihm, vermutlich hatte Zack bejahend genickt, denn er sagte nichts. »Na, dann kommen Sie mal mit, Miss Jameson. Zack kann später auf einen Drink zu Ihnen stoßen. Mr. Prescott hofft, dass es Ihnen nichts ausmacht, mit ihm auf der Terrasse zu plaudern.«

»N... nein, das ist mir durchaus angenehm.« Um von diesem grässlichen Typen wegzukommen, wäre ihr alles recht gewesen. Ohne Zack noch eines Blickes zu würdigen, folgte sie Simon durch die Halle.

Sie durchquerten eine lange, überdachte Veranda, die auf der Rückseite des Hauses verlief und den Blick auf die herrliche Aussicht freigab. Simon hielt ihr galant eine der Schatten spendenden Blenden auf, woraufhin Camille auf die geflieste Terrasse trat. Mr. Rayburn erhob sich höflich aus seinem Schaukelstuhl und kam mit ausgestreckten Armen auf sie zu.

Er fasste ihre Hände. »Miss Jameson, ich freue mich, Sie wiederzusehen. Willkommen auf Bridal Wreath.« Seine Stimme klang so sanft und melodisch, wie sie in ihrer Erinnerung immer wieder geklungen hatte. Sie erwiderte sein aufrichtiges Lächeln und vergaß dabei sogar fast die niederschmetternde Begegnung mit Zack.

»Danke, Mr. Prescott, aber nennen Sie mich doch Camille. Ich liebe Ihr Haus. Es ist noch schöner, als ich es mir vorgestellt habe.«

Er schüttelte bedenkenvoll den Kopf. »Wenn meine verstorbene Frau Alice das hier sehen könnte, wäre sie bestimmt sehr böse mit mir. Nach ihrem Tod litt ich jahrelang unter Depressionen. Zachary, mein Sohn, war mir zwar ein Halt im Leben, trotzdem konnte er sie mir nicht ersetzen. Ich habe meine ganze Kraft auf die Plantage konzentriert und war damit schließlich erfolgreich, aber darüber wurde das Haus vernachlässigt. Deshalb sollen Sie es jetzt für mich restaurieren. Es verfügt natürlich über alle modernen Annehmlichkeiten, es müsste nur neu gestaltet werden. Und da vertraue ich Ihrer Erfahrung und Ihrem Geschmack.«

Lächelnd führte er sie zu einem Glastisch, auf dem ein eisgekühlter Krug Limonade und ein paar Gläser standen. Sie schimmerten im Sonnenlicht, das durch die Zweige der alten Bäume fiel. Er rückte ihr einen Stuhl zurecht und bot ihr ein Glas Limonade an. Camille nickte zustimmend.

Während sie den hübschen Garten betrachtete – er war bei weitem gepflegter als die Grünflächen vor dem Haus –, sann sie fieberhaft auf eine plausible Erklärung, um den Auftrag im Nachhinein noch abzulehnen. Unter gar keinen Umständen mochte sie auf Bridal Wreath leben und arbeiten, ausgerechnet in der Nähe der Person, die sie um nichts in der Welt hatte wiedersehen wollen. Allein die Vorstellung, Zack mehrfach täglich über den Weg zu laufen und jedes Mal schamesrot zu werden, weil die gemeinsame Affäre wieder in ihr hochkochte. Nein, niemals! Aber wie brachte sie es diesem netten alten Herrn bei, dass sie ihn ihres unversehrten Seelenlebens wegen enttäuschen müsste? Je eher sie diesem Haus und seinem unsäglichen Sohn den Rücken kehrte, umso besser. Der Gedanke war niederschmetternd. Was würde dann aus ihrer Karriere? Wie konnte sie diese einmalige Chance ausschlagen?

»Gefällt Ihnen mein Garten?« Mr. Prescotts Frage holte

sie aus ihren brütenden Überlegungen, indem er eine ausladende Geste in Richtung der großflächig angelegten Beete machte. »Ich bin sehr stolz auf meine Pflanzen. Da ich nicht mehr auf den Feldern der Plantage arbeiten kann – Zack hat es mir ausdrücklich verboten –, verbringe ich die meiste Zeit mit meinen Pflanzen. Schauen Sie mal, da hinten stehen ein paar prachtvolle Tomaten.« Er deutete auf einige riesige Holzkübel an einer Ecke der Terrasse, und Camille nickte bekräftigend.

»Das sind ja richtige Prachtexemplare. So große Tomaten habe ich noch nie gesehen. Vermutlich schmecken sie auch so gut, wie sie aussehen.«

Er strahlte. »Zum Abendessen gibt es Tomatensalat. Es macht mir Spaß, Gemüse anzupflanzen, aber an meinen Blumen hänge ich genauso.«

Camille bestaunte die vielen Blumenbeete, Hängeampeln und Töpfe mit ihrer Blütenfülle. Es schimmerte in sämtlichen Regenbogenfarben. Von den Baumästen hingen an langen Ketten Drahtkörbe mit Farnen herab, sattgrün und so üppig, dass Camille sie mit den Armen nicht hätte umspannen können. Es sah aus wie in einem Tropenparadies.

»Sie vermissen die Arbeit im Freien doch sicher, wenn es kälter wird, nicht?«, fragte sie behutsam.

Der alte Herr nickte. »Ja, aber dann kümmern Simon und ich uns im Haus um die Pflanzen. Wir bringen die meisten Farne und Tropengewächse in die warmen Räume. Zack droht mir dauernd mit Auszug, weil überall Kübel herumstehen.« Mr. Prescott wollte ihr nachgießen, aber sie lehnte dankend ab. Er war so aufmerksam und nett. Wie konnte sie es ihm nur schonend beibringen?

Seitdem sie dort zusammensaßen, redete er pausenlos von Zack. Wieso hatte er ihn nicht schon in Atlanta erwähnt? Da wäre sie sofort hellhörig geworden und hätte bestimmt einen triftigen Grund gefunden, den Auftrag abzulehnen.

Auf ihrer Stirn bildeten sich winzige Schweißperlen, die mit Unmengen Haarspray gebändigte Frisur löste sich allmählich in Wohlgefallen auf. Zweifellos sah sie entsetzlich aus. Und ihre Nervosität machte es nur schlimmer. Sie befeuchtete sich die Lippen und hob zaghaft den Blick. »Mr. Prescott, ich muss Ihnen leider etwas sagen …«

»Da bist du ja, Zack! Komm, ich stell dich unserem Hausgast vor.« Rayburn Prescott spähte über ihren Kopf hinweg, woraufhin sie das unverkennbare Schlurfen von Cowboystiefeln hinter sich vernahm.

»Camille Jameson, ich darf Sie mit meinem Sohn Zack bekannt machen.«

Camille, intensiv ihre Handtasche fixierend, die sie auf dem Schoß umklammert hielt, hob den Blick und stellte fest, dass der Mann dicht vor ihrem Stuhl stehen blieb.

»Wir haben uns bereits kennen gelernt, Dad.« Zack machte eine viel sagende Pause und setzte dann hinzu: »Vorhin in der Halle.«

»Schön, schön. Möchtest du ein Glas Limonade?«

»Ja bitte. Es ist glutheiß, verfl …«

»Zack! Vergiss nicht, dass wir ab jetzt eine Dame im Haus haben«, schalt Rayburn ihn scherzhaft.

»Soll nie wieder vorkommen. Ich bitte um Vergebung.« Zack verbeugte sich spöttisch vor Camille. »Ist Ihnen nicht zu heiß, Miss Jameson? Darf ich Ihnen die Jacke abnehmen?«

Bevor sie etwas sagen konnte, glitt er hinter sie und legte seine großen, kraftvollen Hände auf ihre Schultern. Sie erschauerte unter der Berührung und hätte beinahe vor unterdrücktem Ärger aufgestöhnt, weil sie so sensibel auf ihn reagierte. Seine Finger umspannten den Jackenstoff und verharrten länger als nötig, bevor er ihr das Kleidungsstück herunterstreifte. Dabei glitten seine Hände über ihre Arme, bis sie aus den Ärmeln geschlüpft war. Er hing die Jacke auf ihre Stuhllehne und setzte sich ihr gegenüber. Nach einem gemurmelten Danke beobachtete sie ihn verstohlen durch ihre gesenkten Wimpern hindurch.

Zack hatte geduscht, die noch feuchten Haare fielen ihm in die Stirn. Die Bluejeans hatte er gegen ein Designermodell getauscht, das seine schmalen Hüften und die trainierten Schenkel unterstrich. Er fixierte sie mit heimlicher Schadenfreude. Er machte sich lustig über sie! Ihre Unsicherheit amüsierte ihn. Er war ein echt mieser Typ, der Frauen nur benutzte und sich ganz offensichtlich an seinen zweifelhaften Erfolgen hochzog. Sie straffte die Schultern und blitzte ihn giftig an, bevor sie sich erneut Rayburn zuwandte, der die Spannungen zwischen seinem Sohn und seiner Innenarchitektin gar nicht realisierte.

Geistesgegenwärtig schnappte Camille eben noch das Ende von Rayburns Satz auf: »...weiß ich, dass Sie einen ausgezeichneten Geschmack haben und Ihre Sache gut machen, und von daher wäre ich bestimmt der Letzte, der Ihnen Vorschriften machen würde.«

»Was Daddy damit sagen will, Miss Jameson«, warf Zack ein, »ist, dass das Haus nachher auf gar keinen Fall wie ein aufgemotztes Bordell an der Bourbon Street aussehen darf.«

»Zachary, so redet man nicht mit einer Lady! Du warst wohl zu lange draußen auf den Pflanzungen«, protestierte sein Vater.

»Verzeihen Sie, Miss Jameson.« Zacks Entschuldigung klang aufrichtig, doch signalisierte ihr sein Blick, dass er sie bestimmt nicht für eine Lady hielt. Schließlich setzte er dem Ganzen noch die Krone auf, indem seine Augen auf ihrer Brust verharrten. Camille kam sich in ihrer durchschimmernden Seidenbluse regelrecht nackt vor. Wusste er noch, wie sie darunter aussah? Oder hatte er seitdem so viele Frauen gehabt, dass er ihren Körper längst vergessen hatte? Wenn er sie doch bloß nicht mit diesem herablassenden Kennerblick anstarren würde! Sie musste den verzweifelten Wunsch niederkämpfen, ihre Kostümjacke von der Lehne zu reißen und diese wie einen Schutzschild vor ihren Busen zu klemmen.

Sie wurde rot im Gesicht, was Mr. Prescott senior wohl auf die sommerliche Hitze schob. »Können Sie uns noch einmal verzeihen, Camille? Sie sind sicher schrecklich müde und erschöpft nach der langen Autofahrt. Wir besprechen alle weiteren Modalitäten nach dem Abendessen. Jetzt müssen Sie sich erst einmal ausruhen. Sie logieren in unserem so genannten Witwendomizil.« Er deutete auf ein kleineres Haus gegenüber der Terrasse. »Zugegeben – eine anmaßende Bezeichnung, aber meine Schwiegermutter lebte nach unserer Hochzeit einige Jahre bei uns. Sie hatte darauf bestanden, unter ihrem eigenen Dach zu wohnen, und den Droschkenverschlag kurzerhand in ein gemütliches Apartment umfunktioniert. Zumindest hoffe ich, dass Sie sich dort wohl fühlen werden. Der hochtrabende Name stammt übrigens von ihr.«

Camille wich Zacks Blick geflissentlich aus. Ihr Herz hämmerte, und ihr graute vor den nächsten Minuten, dennoch musste sie es hinter sich bringen. Je eher, desto besser. Sie durfte diesen liebenswürdigen, alten Herrn nicht länger in dem Glauben wiegen, dass sie auf seiner Plantage bliebe und besagten Auftrag ausführte. Sie war heilfroh, dass sie bislang weder einen Honorarvorschuss bekommen noch Materialien für die Umgestaltung bestellt hatte.

Sie spähte auf ihr leeres Glas und beobachtete, wie die

abperlende Feuchtigkeit auf dem Boden eine Pfütze bildete. »Mr. Prescott, ich weiß nicht, wie ich es Ihnen erklären soll…«

»Miss Jameson, ich bin von der Idee genauso begeistert wie mein Vater. Er möchte das Projekt schon seit Monaten in Angriff nehmen und kann es kaum erwarten, anzufangen. Dad ist wahnsinnig gespannt auf das Ergebnis, und ich bin mir ganz sicher, dass Sie umgehend mit der Restaurierung anfangen möchten. *So bald als möglich.*« Zacks letzte Bemerkung durchbohrte sie wie ein Messer. Aus dem Augenwinkel beobachtete sie, wie sein kantiges Gesicht einen gereizten Ausdruck annahm. Er ahnte bereits, dass sie einen Rückzieher machen wollte, und jetzt warnte er sie vor einem überstürzten Entschluss. Wieso eigentlich? »So bald als möglich.« Als sie zu dem älteren Mr. Prescott spähte, dämmerte es ihr. Er blickte verträumt in seinen Garten und schwieg. Obwohl er schon eine ganze Weile entspannt auf der Veranda saß, atmete er schnell und flach, sein Gesicht war gerötet, als wäre er gerannt. Camille schluckte, um das Engegefühl in ihrer Kehle loszuwerden, und wandte sich erneut zu Zack um. Als sie fragend die Augenbrauen hob, nickte er bejahend. Resigniert darüber, dass sie ihre Befürchtungen bestätigt sah, rutschte die junge Frau auf ihrem Stuhl herum. Was sollte sie tun? Hier bleiben und sich damit Zacks arroganter Geringschätzung aussetzen? Sie hatte einen Auftrag von Mr. Rayburn Prescott angenommen. Und wenn sein Gesundheitszustand bedenklich war, hatte sie zweifellos die moralische Verpflichtung, diesen auch auszuführen. Was zwischen ihr und Zack gewesen war, berührte ihre Geschäftsbeziehung mit seinem Vater absolut nicht. Sie musste sich freilich jeden Gedanken an Zack aus dem Kopf schlagen und immun gegen seine sarkastischen Bemerkungen werden. Camille seufzte im Stillen. Vielleicht sahen sie sich ja auch gar nicht so häufig, wie sie vermutete. *Vielleicht.*

Rayburn bemerkte das anhaltende Schweigen und räusperte sich. »Zack, wo sind deine Manieren geblieben? Ich begleite Camille zu ihrem Apartment, und du bringst ihr Gepäck dorthin.«

Man hatte ihr die Entscheidung geradewegs abgenommen.

Sie fischte die Wagenschlüssel aus der Handtasche und ließ sie in Zacks Hand fallen, um ihn nur ja nicht berühren zu müssen. Sein ironisches Grinsen kümmerte sie dabei wenig. »Im Auto liegen auch noch mehrere Musterbücher. Aber die kann ich später selbst holen.«

Sein Grinsen wich Verärgerung. »Wo soll ich sie deponieren?«

»Wen?«

»Die Musterbücher?«

»In… in der Eingangshalle, denke ich.«

Nach einem knappen Nicken schritt er hastig über die Terrasse und verschwand um die Hausecke. Rayburn bot ihr seinen Arm, und sie hakte sich bei ihm unter, als sie zum Witwendomizil schlenderten. Ihr gefiel der merkwürdige Name. Mr. Prescott öffnete ihr die Tür und bat sie einzutreten. Statt einer Klimaanlage drehte sich ein riesiger Ventilator unter der Decke und sorgte für angenehme Kühle im Raum. Das leise Summen war bestimmt herrlich einschläfernd, überlegte Camille. Der Hauptraum war zwar nicht groß, aber wie angekündigt sehr gemütlich eingerichtet. Die altmodischen Möbel und Wohnaccessoires fand Camille bei weitem anheimelnder als die sterile Atmosphäre eines Hotels. Das aus Rosenholz geschnitzte Bett hatte einen Himmel aus zartem Baumwollbatist, die langen, seidigen Fransen der ringsherum drapierten Vorhänge reichten bis zum Boden. Blütenweiße Gardinen hingen vor den Fenstern, die nachts mit Blenden verschlossen wurden.

»Gefällt es Ihnen?«, erkundigte sich Rayburn milde besorgt. Seine Gastfreundschaft war ungemein rührend.

Sie legte ihm eine Hand auf den Arm und antwortete: »Es ist wirklich bezaubernd, danke.«

Sofort strahlte er erleichtert. »Dort ist eine kleine Küche« – er deutete in eine Ecke –, »allerdings fänden wir es schön, wenn Sie die Mahlzeiten mit uns im Haupthaus einnehmen würden. Der Kühlschrank ist mit Säften und Erfrischungsgetränken gefüllt. Wenden Sie sich ruhig an Simon, wenn Sie noch etwas anderes möchten. Das Bad ist weiter hinten, und hier ist ein begehbarer Kleiderschrank.«

Er durchquerte den Raum und schob die Tür auf. Ein angenehm würziger Duft durchströmte das Zimmer. Camille trat hinter ihn und spähte über seine Schulter. Er lachte.

»Der Schrank ist aus Zedernholz gefertigt. Meine Schwiegermutter hat das Holz eigens für dieses Apartment ausgesucht.«

Er schloss die Schranktür, fasste Camilles Hände und umklammerte diese mit seinen faltigen Fingern. »Ich bin froh, dass Sie hier sind, Camille. Sie ahnen ja gar nicht, wie stark ich mich für dieses Projekt engagiere. Zack hält das Ganze für überflüssigen Luxus, den ich mir als alter Mann endlich einmal gönnen will, aber letztlich tue ich es für ihn. Ich hatte so gehofft, dass mein Sohn endlich heiratet und hier in diesem großen, alten Haus irgendwann einmal Kinder herumtoben. Wie es aussieht, werde ich meine Enkel wohl nicht mehr erleben. Aber wenn das Anwesen wieder gut in Schuss ist, habe ich mir überlegt, denkt er womöglich doch an eine Familiengründung. Sobald ich weiß, dass mein Haus bestellt ist, fällt es mir leichter … abzutreten.« Er zwinkerte ihr zu.

»Selbstverständlich«, meinte sie gepresst.

Er tätschelte ihr die Hände. »Und jetzt verschwinde ich, damit Sie sich noch ein bisschen ausruhen können. Das Abendessen wird um acht Uhr serviert. Zack bringt Ihnen sicher gleich das Gepäck vorbei. Fühlen Sie sich ruhig wie zu Hause.« Er lächelte ihr noch einmal freundlich zu, bevor er die Tür hinter sich schloss.

Nacheinander inspizierte Camille die kleine Küche und das Bad. Der kreisende Deckenventilator warf zuckende Schatten auf die pastellfarben getünchten Wände. Die zarten Gardinen blähten sich in dem sanften Windhauch. Sie streifte die Schuhe ab und warf ihre Handtasche auf die Rosenholzkommode. Uhr und Armband legte sie daneben. Beim Herausnehmen glitt ihr einer der Ohrstecker aus der Hand und rollte unter das Bett. Notgedrungen kroch sie auf allen vieren hinterher, ihre Kehrseite der Tür zugewandt. Während sie angestrengt in die Dunkelheit unter dem Bett blinzelte, hörte sie Zack hinter sich sagen: »Ein reizender Anblick.«

Wie von einer Tarantel gestochen schoss sie hoch und wirbelte zu ihm herum, rasch schob sie sich die wilden Locken aus ihrem tiefroten Gesicht. »Ein Gentleman klopft an, bevor er eintritt«, fauchte sie.

Völlig unbeeindruckt von ihrer Empörung zuckte er die Schultern. »Ich hatte die Hände voll.« In jeder Hand hielt er ein Gepäckstück.

»Das ist noch lange keine Entschuldigung. Du hättest rufen können.«

»Stimmt«, räumte er unumwunden ein. Sein scheinheiliges Grinsen vermittelte Camille das unangenehme Gefühl, ihm schutzlos ausgeliefert zu sein. Sie ließ ihn nicht aus den Augen, als er die größere Tasche in den begehbaren Schrank und die kleinere ins Bad stellte, weil er völlig korrekt darauf tippte, dass diese ihre Kosmetika enthielt. *Er tut so lässig, als wäre er hier zu Hause,* dachte Camille. Sie hätte ihn würgen mögen. Er schien die Ruhe selbst, während sie innerlich rotierte. Sein bis zur Brust aufgeknöpftes Freizeithemd spannte über der Schulter- und Oberarmmuskulatur, sobald er die schweren Taschen hob, stellte sie missmutig fest. Der langsam kreisende Deckenventilator zauste seine sonnengesträhnten, braunen Locken.

»Immer zu Diensten, Ma'am«, meinte er gedehnt, als er aus dem Bad kam. Er warf ihre Schlüssel auf die Anrichte. »Ich frag mich nur, wer dir die Koffer geschleppt hat, als du mitten in der Nacht aus dem Snow Bird abgehauen bist. Die müssen doch mordsmäßig schwer gewesen sein, mit deinen Skiklamotten. Hattest du es so eilig, dass du sie sogar selbst getragen hast? Ich hätte gedacht, dass du dazu nach so viel Anstrengung zu müde gewesen wärst.« Er grinste, aber seine Stimme klang bitter, sein Blick war eisig.

»Bitte, Zack, lass uns doch nicht wieder davon anfangen, was ... damals zwischen uns gewesen ist«, seufzte sie. »Es ist bestimmt besser für alle Beteiligten.«

»Du meinst wohl besser für dich, du Feigling. Du wolltest doch schon wieder kneifen, stimmt's nicht? Draußen auf der Terrasse hattest du schon eine nette kleine Ausrede parat, um den Auftrag meines alten Herrn nachträglich abzuschmettern.«

»Ja«, gestand sie. »Die Möglichkeit, dass Mr. Rayburn Prescott mit ... mit dir ... verwandt sein könnte, habe ich nie in Betracht gezogen. Ich dachte ... hoffte, ich würde dich nie wiedersehen. Unter den gegebenen Umständen hatte ich verständlicherweise keine Lust zu bleiben. Ich sehe aber ein, dass ihm die Renovierung ungeheuer viel bedeutet. Und außerdem hatte ich ihm bereits zugesagt.«

»Deine Gründe sind mir egal, Hauptsache, du bleibst«, knurrte er, ohne allerdings zuzugeben, dass er ihre Entscheidung begrüßte.

Was mochte dieser Mann bloß von ihr halten? Sie durfte gar nicht darüber nachdenken. Die nagenden Schuldkomplexe ignorierend, fragte sie: »Ist er krank, Zack?«

»Ja«, erwiderte er dumpf. Abrupt kehrte er ihr den Rücken zu und starrte aus einem der hohen Fenster. »Er hatte letztes Jahr einen Herzinfarkt, und seitdem ist er nicht mehr richtig fit. Die Diagnose der Ärzte ist nicht gerade berauschend. Als er davon anfing, das Haus renovieren zu wollen, hab ich ihn unterstützt. Er braucht eine Aufgabe, Camille, und dieses Haus bedeutet ihm wahnsinnig viel. Geld spielt dabei keine Rolle. Wenn es ihn glücklich macht und ausfüllt, zahle ich gern.«

Es ist sein Vermächtnis an dich, Zack, lag es ihr auf der Zunge, aber das durfte sie natürlich nicht laut sagen.

Zack fuhr fort: »Dad erzählte mir hellauf begeistert, dass er in Atlanta eine Innenarchitektin gefunden habe. Er schwärmte in den höchsten Tönen von deiner Qualifikation und von deinem Charakter. Deinen Namen erwähnte er nie, und ich hab auch, ehrlich gesagt, nicht danach gefragt. Es schien mir nicht wichtig, solange er glücklich war.« Weiterhin von ihr abgewandt, setzte er leise hinzu: »Ich war genauso überrascht wie du, als ich dich heute hier sah und du mich in meinem eigenen Haus beschimpft hast.« Schulterzuckend drehte er sich zu ihr um, ein angespanntes Grinsen auf dem Gesicht.

»Er wird mit mir zufrieden sein, Zack, versprochen. Trotz unserer vergangenen … Beziehung.« Das letzte Wort brachte sie vor lauter Verlegenheit nur im Flüsterton heraus.

In dem zunehmenden Dämmerlicht wirkte seine ernste Miene plötzlich weicher, aber vielleicht meinte sie das auch nur. Er murmelte: »Danke, Camille«, dann war er verschwunden.

2

Camille duschte und schlüpfte in einen dünnen Bademantel. Sie hatte die Läden nicht geschlossen, zumal sie den leichten Luftzug angenehm fand, der von draußen hereinströmte. Jetzt lag sie auf dem Bett und hoffte, dass niemand im Vorbeigehen durchs Fenster hineinschaute. Die duftenden Laken schmiegten sich wohltuend kühl an ihre Haut. Sie reckte und streckte sich, wackelte mit den Zehen. Allmählich entspannte sich ihre Muskulatur. Seit ihrer Ankunft, seitdem Zack wie aus heiterem Himmel in der Halle des Haupthauses aufgetaucht war, hatte sie unter zunehmender Anspannung gestanden.

Selbst in ihren wildesten Horrorvorstellungen hätte sie sich nie ausgemalt, diesem Mann jemals wieder zu begegnen. Dass er der Plantagenerbe war und zudem auf Bridal Wreath wohnte, brachte Camille in eine heikle Lage. Wie sollte sie damit umgehen? Am einfachsten wäre es natürlich gewesen, davonzulaufen, wie Zack es ihr spöttisch untergejubelt hatte. Zugegeben, ihr erster Impuls war Flucht gewesen, inzwischen war ihr jedoch klar, dass sie nicht so überstürzt reagieren durfte. Es wäre tödlich für ihre Karriere, wenn sie einen bedeutenden Auftrag wie diesen sausen ließe. Sie brauchte ein solches Großprojekt für künftige Referenzen. Und das Honorar war schließlich auch kein Pappenstiel. Rayburn Prescott vertraute ihr und hielt offenbar große Stücke auf sie. Daher mochte sie ihn nicht enttäuschen, vor allem auch vor dem Hintergrund der Tatsache, dass er ernsthaft erkrankt war. Wie hätte sie ihrer Mutter schließlich erklären sollen, dass sie das Handtuch geworfen hatte? Bestimmt nicht damit, dass sie ihr die Wahrheit beichtete. Und im tiefsten Inneren wollte Camille Mr. Zack Prescott die Genugtuung nicht gönnen, sie verscheucht zu haben. Es würde ihn königlich amüsieren, wenn sie schon wieder Reißaus nähme. Und er würde vermuten, dass sie dem Druck nicht gewachsen wäre, dass sie vor jeder kritischen Situation zurückscheute. Nein! Den Gefallen wollte sie ihm nicht tun. *Ich bleibe und mache meine Arbeit und ignoriere ihn so gut es geht.*

Frustriert aufstöhnend vergrub Camille das Gesicht in den Kissen; sie war sich lebhaft der Tatsache bewusst, dass man einen Mann wie Zachary Prescott nicht einfach ignorierte. War sie es denn gewesen, die ihm damals in Utah einen Korb gegeben hatte?

Bedauerlicherweise nicht. Sie bereute diese Episode in ihrem Leben und schob sie weit von sich, dennoch meldete sich die Erinnerung wie ein bohrender Schmerz. Camille seufzte und dachte an Utah … an Snow Bird … an Zack …

Der Skiurlaub war ein Überraschungsgeschenk ihrer Mutter zur bestandenen Diplomprüfung gewesen. Camille hatte Gewissensbisse, weil eine solche Reise teuer war, und mochte sie erst gar nicht annehmen, aber Martha bestand trotz ihrer finanziell angespannten Situation darauf. Sie hatte bereits alles arrangiert. Außerdem war Camille in Begleitung von zwei ihrer Freundinnen. Die Eltern hatten den Winterurlaub heimlich für ihre Töchter gebucht, zumal die Examen im Spätherbst stattgefunden hatten.

Kathy Grayson und Jan Murphy wohnten im selben Studentenwohnheim wie Camille. Nächtelang hatten sich die drei aufregende Unternehmungen für diesen Skiausflug ausgemalt. Kathy und Jan waren erfahrene Skiläuferinnen und mehr an netten jungen Männern interessiert als an diversen Skipisten. Camille, die noch nie auf Skiern gestanden hatte, war versessen darauf, es endlich zu lernen.

Das Snow Bird Resort, eine Stunde Fahrzeit von Salt Lake City entfernt, übertraf ihre sämtlichen Erwartungen. Die drei jungen Frauen bezogen hellauf begeistert ihre Zimmer in der Skihütte, während sie durch die Verbindungstüren hindurch einander ihre Pläne für den Abend zuriefen – vor allem, was sie anziehen wollten.

Kathy und Jan lernten gleich beim ersten Abendessen zwei Kalifornier kennen. Camille war in Beziehungsangelegenheiten eher zurückhaltend. Sie hatte viele Freunde am College und auch ein paar Romanzen gehabt, aber nie etwas Ernstes. Im Gegensatz zu vielen ihrer Studienkolleginnen war sie nicht der Typ, der sich ruckzuck in einen Mann verliebte und ihm dann ebenso blitzartig wieder den Laufpass gab.

Die ersten beiden Tage konzentrierte sie sich voll aufs Skifahren, bekam Unterricht auf den Anfängerpisten und kam sich vor wie der letzte Tollpatsch, während Kathy und Jan gemeinsam mit ihren sportgestählten Kaliforniern die verschneiten Berge hinunterrasten.

Jeder Muskel in ihrem Körper rebellierte gegen die ungewohnte Anstrengung, Schenkel und Schienbeine waren voller blauer Flecken. Gefiel ihr dieser Sport überhaupt? Seltsamerweise schwärmten alle anderen davon. Womöglich war sie ein hoffnungsloser Fall.

Als sie sich am zweiten Abend an einen Tisch in der Skihütte setzte, stöhnte sie leise auf. Sie hatte einen mordsmäßigen Muskelkater. Kathy und Jan waren mit ihren Eroberungen nach Salt Lake City gefahren, um dort zu Abend zu essen. Die jungen Frauen hatten Camille bekniet mitzukommen, doch sie hatte abgelehnt. Sie wollte nicht fünftes

Rad am Wagen sein, sondern nur schnell etwas essen und sich danach in ihr Zimmer zurückziehen. Ein heißes Bad tat ihrem geschundenen Körper bestimmt gut.

Gedankenversunken schreckte sie hoch, als Zack sie von hinten ansprach und fragte, ob er ihr beim Essen Gesellschaft leisten dürfe. Sie drehte sich zu der angenehmen Stimme um und war schlagartig fasziniert von seinen strahlend blauen Augen. Mit seinem weichen, anziehenden Lächeln und der sportlich-legeren Kleidung sah er hinreißend aus. Hatte sie sich womöglich verhört? Oder hatte dieser Mann – er war einige Jahre älter als sie – sie soeben gefragt, ob sie nicht zusammen essen sollten?

Sie stammelte irgendeine dämliche Antwort, und er setzte sich ihr gegenüber. Was in den darauf folgenden Minuten passierte, vermochte sie nicht mehr zu erinnern. Sie war so hingerissen von diesem Adonis und dachte nur noch: Hoffentlich rede ich nicht allzu viel Unsinn. Irgendwann jedoch hatten sie angeregt über Bücher, Filme und den Skisport geplaudert.

Er sprach mit Südstaatenakzent, und als Camille ihn fragte, was er beruflich mache, erzählte er ihr lachend, dass er Farmer sei. Sie hielt es für einen Scherz, über den sie sich köstlich amüsierte. Er war nicht näher auf das Thema eingegangen und hatte stattdessen vorgeschlagen, Camille noch irgendwohin zum Tanzen einzuladen. Sie lehnte das Angebot ab mit dem Hinweis, dass sie jeden Muskel spüre und gerade noch halbwegs in der Lage sei, eine Gabel zum Mund zu führen. Nachher tranken sie noch einen Cappuccino vor dem gemütlichen Kaminfeuer im Speisesaal, dann begleitete er sie zu ihrem Zimmer.

»Bist du morgen auf der Piste?«

»Na klar«, lachte sie, ihre steife Muskulatur dehnend. »Ich hoffe doch schwer, dass ich dann wieder fit bin.«

Alles an ihm war anziehend, sein Äußeres, sein Lachen, seine gepflegten Manieren. Camille strahlte. »Danke für den schönen Abend, Camille. Bestimmt sehen wir uns morgen bei den Abfahrten.« Nach einem kurzen Händedruck drehte er sich um und schritt lässig durch den Flur in Richtung Aufzug.

Am nächsten Morgen trug Camille ihren schicksten Skianzug und war fürchterlich nervös. Sie hätte sich ohrfeigen mögen, dass sie sich wie ein verschossener Teenager aufführte. Trotzdem spähte sie beim Frühstück durch den Speisesaal, auf der Suche nach seinem Gesicht.

Erst am späten Vormittag entdeckte sie ihn auf der Piste. Er fuhr mit atemberaubendem Tempo an ihr vorbei, legte kurzerhand eine Vollbremsung hin und wartete auf sie. Es war ihr unsäglich peinlich, dass er Zeuge ihrer ungeschickten Anfängermanöver wurde.

»Guten Morgen«, rief er strahlend. Seine windzerzausten Haare schimmernd im hellen Sonnenlicht, baute er sich lässig vor ihr auf. Ein eng anliegender Skianzug betonte seine sportliche Silhouette, seine saphirblauen Augen spiegelten die Farbe des Himmels über Utah.

Den Rest des Tages blieb er in ihrer Nähe. Er beobachtete sie verstohlen, verfolgte jede ihrer Bewegungen und nickte anerkennend, worauf Camille zurücklächelte. Als er beim Mittagessen an ihren Tisch kam, verschluckten sich Jan und Kathy beinahe an ihren Sandwiches.

»Ist der beim Film? Grundgütiger, sieht der Typ klasse aus. Camille, raus mit der Sprache. Was war gestern Abend? Wir wollen alles wissen!«

Camille druckste herum, weil es ja eigentlich nicht viel zu erzählen gab. Er sei höflich und unterhaltsam gewesen, und das sei's dann auch gewesen, enthüllte sie.

Sie aß mit zwei frustrierten Freundinnen zu Abend, da die

beiden Kalifornier am Nachmittag nach Hause geflogen waren. Als nach dem Essen die kleine Musikband zu spielen begann, tauchte Zack auf und forderte Camille zum Tanzen auf. Sie glitt in seine Arme, versuchte das fragende Stirnrunzeln ihrer Reisebegleiterinnen zu übergehen und hoffte inständig, dass Zack ihre neugierigen Blicke nicht bemerkte.

Er vermittelte ihr eine Sicherheit wie noch kein anderer Mann vor ihm. Sie fühlte sich geborgen in seinen starken Armen – hingerissen, berauscht. Wie bei allem Übrigen zeigte er sich auch als Tänzer von seiner besten Seite, und Camille ließ sich wie in Trance von ihm führen. Einmal lehnte er sein Kinn an ihr dunkles Haar, und sie meinte fast, dass er ihr etwas zuraunte, aber vielleicht irrte sie sich ja. Als er sie an den Tisch zurückbrachte, verbarg sie ihre Enttäuschung hinter einer strahlenden Miene.

Am nächsten Morgen schlenderte er nach dem Frühstück zu ihr und begrüßte Kathy und Jan mit einem umwerfenden Lächeln.

»Für heute Abend wird eine Schlittenfahrt angekündigt. Hast du Lust mitzukommen, Camille?«

»Ja.« Camille strahlte. »Klingt super.« Sie klang ganz locker, doch das Herz klopfte ihr bis zum Hals.

»Gut. Dann hole ich dich um kurz vor neun in deinem Zimmer ab.«

Tagsüber winkten sie einander häufiger zu, wenn sie zufällig bei den Abfahrten aneinander vorbeifuhren. Beim Abendessen konnte sie ihn im Speisesaal nirgends entdecken, trotzdem aß sie hastig und lief auf ihr Zimmer, um sich für die Schlittenfahrt umzuziehen. Sie entschied sich für schmale, figurbetonte Jeans, die sie in ihre kniehohen Stiefel steckte, und einen weichen, gelben Angorapullover. Auf die wärmende Thermounterwäsche, die sie unter der Skikleidung trug, verzichtete sie geflissentlich.

Als Zack sie abholte, musterte sie ihn auf dem Weg zum Aufzug heimlich von der Seite. Er trug ebenfalls Jeans, die er über abgetragene Cowboystiefel gestreift hatte. Unter seiner Lammfelljacke schimmerte ein naturweißer Strickpullover. Als er den Liftknopf drückte, bemerkte sie seinen sehnigen, gebräunten Finger. Auf seinem Handrücken sprossen blonde Härchen.

Bevor sie ins Freie traten und auf den Pferdeschlitten kletterten, trat Zack vor sie hin, schob fürsorglich die Kanten ihres kaninchengefütterten Parkas zusammen und zog ihr den Reißverschluss bis zum Kinn hoch.

»Wir wollen doch nicht, dass du dir eine Erkältung holst«, flüsterte er rau, worauf Camille wohlig erschauerte.

Unter Decken gekuschelt saßen sie in dem nach Heu duftenden Schlitten. Als jemand zu singen begann, stimmte Zack mit weichem Bariton in das Lied ein, dabei streichelte sein warmer Atemhauch Camilles Wange.

Er legte einen Arm um sie und zog sie enger an sich, nachdem sie ihre Beine bereits wärmend aneinander geschmiegt hielten. Als er jedoch den Reißverschluss ihres Parkas ein paar Zentimeter hinunterzog, wurde sie nervös. Er schob die Hand von ihrer Schulter in den wärmenden Mantel und streichelte zärtlich über ihr Schlüsselbein. Ihr Puls raste, während seine Finger spielerisch zu ihrem Nacken glitten. Ihren skeptisch-fragenden Blick quittierte er mit einem jungenhaften Grinsen und einem gehauchten Kuss auf ihre Stirn.

Als der Wagen zur Hütte zurückkehrte, hatte heftiger Schneefall eingesetzt. Zack hob sie herunter, woraufhin Camille die Stufen zur Hütte hochstapfen wollte. Seine Finger umschlossen ihren Ellbogen und hielten sie mit sanftem Druck fest.

»Ich mache einen sagenhaften Cappuccino. Möchtest du

nicht noch auf eine Tasse mit in mein Zimmer kommen? Bitte, ja?«

Seine Stimme war ungemein verführerisch, sein Lächeln zärtlich, und Camille überlegte nicht lange, obwohl in ihrem Kopf sämtliche Alarmglocken schrillten. Sie nickte schweigend und hakte sich bei ihm unter. Sie schlenderten über die verschneiten Wege zu einem weiteren Gebäudekomplex. Das seien Apartments, erklärte Zack ihr. Einer seiner Freunde habe eins gekauft und ihm für ein paar Tage überlassen. Er schloss die Tür zu einer der Wohnungen auf und geleitete Camille hinein. Der großzügige Raum mit seiner dunkel vertäfelten Holzdecke besaß ganz klar eine maskuline Note. Auf einer Seite des Zimmers bot ein riesiges Fenster einen Panoramablick auf die Berge. Hinter einer Lamellentür versteckte sich eine kleine Küche, und Camille tippte darauf, dass die andere Tür ins Bad führte. Ein gefliester Kamin nahm eine weitere Wand ein, direkt gegenüber stand ein breites, mit einem weichen Fellüberwurf bedecktes Bett.

Um ihre Nervosität zu überspielen, bemerkte Camille: »Das war bestimmt nicht billig. Mein Zimmer in der Lodge ist zwar ganz nett, aber kein Vergleich mit dem hier.«

Er half ihr aus dem Parka und legte ihn über einen Stuhl. »Mag sein, aber mein Freund hat Geld wie Heu. Vermutlich war er nur ein paar Mal hier. Komm, setz dich ans Feuer, ich mach uns schnell was Heißes zu trinken.«

Pfeifend schlenderte er in die Küche. Er schien nichts dabei zu finden, sich allein mit einer Frau in diesem quasi überdimensionierten Schlafzimmer aufzuhalten. Camille lief zum Fenster und betrachtete die herrliche Landschaft, während aus der Küche geschäftiges Klappern drang.

»Es schneit wieder stärker. Bin ich froh, dass es während der Schlittenfahrt trocken war.« Geistesabwesend spielte sie mit der Vorhangkordel, woraufhin sich die Portieren schlossen.

Im selben Augenblick trat Zack mit zwei dampfenden Bechern aus der Küche und verkniff sich ein Grinsen. Camille kam sich prompt wie eine Idiotin vor. Wie konnte sie bloß die Vorhänge schließen! Er dachte doch wohl hoffentlich nicht, dass sie jetzt zum gemütlichen, sprich intimen Teil des Abends übergehen wollte? War sie eigentlich von allen guten Geistern verlassen?

Er zog sie neben sich auf den Teppich vor dem prasselnden Feuer, streifte ihr die nassen Stiefel ab und massierte ihre eiskalten Zehen. Kurze Zeit später streckte er seine nackten Füße vor dem Kamin aus.

Sie plauderten über alles Mögliche und amüsierten sich köstlich über einen Mann, der während der Schlittenpartie lauter als alle anderen gesungen hatte, dafür aber grottenschlecht.

Als sie ihren Cappuccino getrunken hatten, nahm er ihre Tasse und stellte diese neben seine. Ihre ungezwungene Unterhaltung stockte, eine eigenartige Spannung entstand zwischen ihnen. Zack beugte sich zu ihr vor, umschloss mit beiden Händen ihren Nacken und brachte ihr Gesicht an seins.

Seine weichen Lippen waren ungeheuer verheißungsvoll und so lasziv fordernd, dass sie ihm nachgab. Als ihre Zunge die seine berührte, überlief Camille ein erotisierendes Prickeln, und sie schlang impulsiv die Arme um seine Taille. Sie hatte sich zwar im Stillen vorgestellt, wie es sein mochte, ihn zu küssen, aber darauf war sie nicht vorbereitet. Sein Kuss war sanft und dennoch leidenschaftlich. Sie fühlte sich nicht überrumpelt, sondern vielmehr zärtlich überzeugt.

Glutvolle Küsse bedeckten ihr Gesicht, ihre Halsbeuge,

und sie hatte keinen blassen Schimmer, wie es ihm gelang, ihr den Pullover auszuziehen. Er spähte provozierend auf ihren seidig glänzenden Push-up-BH, der mehr enthüllte, als er verbarg.

»Der stört doch nur, oder?«, grinste er, während er geschickt den vorderen Verschlussclip öffnete.

Seine Hände wussten zu verwöhnen und erregten sie, ganz anders als das ungeschickte Rumgefummel ihrer Studentenfreunde. Er vergrub das Gesicht zwischen ihren Brüsten und hauchte: »Camille, Camille, du bist so süß. Und schön. Und ich möchte dich verführen.«

Hatte sie genickt oder irgendetwas gesagt, oder hatte er ihr Schweigen als Zustimmung gewertet? Sie wusste es nicht. Er trug sie zum Bett und warf die Felldecke zurück. Vermutlich hatte sie ihre Jeans heruntergestreift, als er sich umdrehte, um sich auszuziehen, denn das Nächste, was ihr bewusst wurde, war, dass sie beide nackt unter den glatten Laken lagen. Er hatte einen grandiosen Körper. Der zuckende Flammenschein schimmerte golden auf seinem Brusthaar, dem Flaum auf Armen und Beinen.

»Camille«, hauchte er, zärtlich ihre Brüste streichelnd. Seine Lippen verschmolzen mit den ihren, und sie kapitulierte vor seinem Begehren. Er verführte sie mit sinnlicher Wildheit, zog sie mit sich in einen Sog der Leidenschaft, und ihr schwindelerregender Höhepunkt übertraf Camilles hemmungsloseste Fantasien.

Als er schließlich von ihr hinunterglitt, schob er ihr die schweißfeuchten Locken von den Wangen. Seine Augen versanken in ihren goldbraunen Tiefen. »Du hättest es mir sagen müssen, Camille. Es tut mir wahnsinnig Leid.«

Sie lag entspannt in seinen Armen, lauschte dem gleichmäßigen Herzschlag unter seinem Brustkorb. »Wirklich?«, flüsterte sie.

»Nein.« Leise lachend zog er sie an sich, streichelte zärtlich ihren Körper, vergrub das Gesicht in ihren Haaren. »Aber warum hast du denn nichts gesagt?«

Sie richtete sich auf und sah ihn ungläubig an. »Na ja, so was lässt man doch nicht beiläufig in ein Gespräch einfließen, oder? ›Schönes Wetter heute. Ach, übrigens, ich bin noch Jungfrau.‹ Hättest du dich dann anders verhalten?«

»Wahrscheinlich nicht.« Sein Blick glitt zu ihren Brüsten. »Ich hätte dir bestimmt nicht widerstehen können.« Nach einem langen Kuss schob er sie neben sich, schmiegte sie eng an seine Brust. »Schlaf jetzt.« Er rutschte mit dem Gesicht auf ihr Kopfkissen und knabberte hingebungsvoll an ihrem Ohrläppchen.

In dieser Nacht machte Camille kein Auge zu. Sie lauschte auf seine gleichmäßigen Atemzüge, als er kurz darauf einschlief. Sie selber war jedoch viel zu aufgewühlt, um Ruhe zu finden. Sein warmer Atemhauch zauste ihr Haar. Seine Hand lag besitzergreifend auf ihrem Becken. Sie fühlte sich sicher und geborgen. Glücklich. Entspannt. Befriedigt.

Sein lustvolles Stöhnen klang noch in ihren Ohren nach. Obwohl sie so unerfahren war, hatte er durch sie Befriedigung gefunden.

Unvermittelt lähmte sie ein deprimierender Gedanke. War das alles gewesen, was er von ihr wollte? Ein Sexabenteuer? Mit Sicherheit war Zack ein erfahrener Liebhaber. Vermutlich konnte er sich vor Verehrerinnen kaum retten. Und sie hatte nicht mal andeutungsweise Widerstand geleistet, sondern war bereitwillig zu ihm ins Bett gehüpft! Fieberhaft überlegte sie, was sie über diesen Mann wusste. So gut wie gar nichts! Nur seinen Namen und dass er einen reichen Freund hatte, dem dieses Bett gehörte, das sie so leichtfertig mit Zack teilte. Er hatte sich auch nicht lange mit Fragen nach ihren persönlichen Verhältnissen aufgehalten. Vermutlich wollte er gar nichts über sie erfahren, weil es ihn nicht die Bohne interessierte! Er verbrachte ein paar erholsame Tage im Schnee und eine Nacht mit einer Frau, die zehn Jahre jünger war als er und reizvoll unerfahren. Camille fühlte sich beschmutzt und beschämt. Der Liebesakt war so zärtlich und gefühlvoll gewesen, als bedeutete sie ihm wirklich etwas, aber das war bestimmt nur Teil seiner ausgeklügelten Verführungstaktik.

Eine weitere Horrorvorstellung trieb ihr einen eisigen Schauer über den Rücken. Schwangerschaft! Gute Güte! Sie nahm keine Kontrazeptiva, und er hatte auch nicht verhütet. Was, wenn sie von diesem Unbekannten ein Kind bekäme?

Ein aufwühlender Gedanke jagte den nächsten. Irgendwann befiel sie Panik. Sie konnte es nicht mehr aushalten.

Sie löste sich aus seiner innigen Umarmung, verzweifelt bemüht, ihn nicht aufzuwecken. Hastig suchte sie ihre Sachen zusammen und zog sich mit hektischen Bewegungen an. Nachdem sie geräuschlos durch die Tür geglitten war, rannte sie durch den Schneesturm zur Lodge. Am Empfang bat sie den verschlafenen Mitarbeiter, ihre Rechnung auszudrucken und ihr ein Taxi zum Flughafen nach Salt Lake City zu bestellen. Als er darauf hinwies, dass es riskant sei, den Bergpass bei einem Schneesturm zu passieren, schob sie einen dringenden Notfall vor. Dabei wich sie seinem neugierig forschenden Blick aus.

In ihrem Zimmer angelangt, packte Camille weinend ihre Reisetaschen. Für ihre Freundinnen, die über ihre plötzliche Abreise bestimmt bestürzt waren, kritzelte sie rasch eine Nachricht auf ein Stück Papier. Darin schwindelte sie ihnen irgendetwas von einem Anruf ihrer Mutter vor und von einem engen Freund der Familie, der im Sterben lag.

Das klang selbst für sie haarsträubend, aber etwas Besseres fiel ihr in der Hektik nicht ein.

Sie flüchtete in die verschneite Nacht und traf bei Sonnenaufgang am Flughafen von Salt Lake City ein, froh und dankbar, dass sie heil angekommen war. Kurz entschlossen nahm sie die erste Maschine, die nach Osten flog, mit Anschlussflug nach Atlanta.

Jetzt war es Mitte September, und sie befand sich in Natchez, Mississippi. Die Episode mit Zack hatte zwei Jahre zuvor im Dezember in den verschneiten Bergen von Utah stattgefunden. Trotzdem spukte er seitdem unablässig in ihrem Kopf herum.

Im Nachhinein fiel ihr ein, dass sie vor ihrem Verschwinden noch einen letzten Blick auf das Bett geworfen hatte. Dort hatte er friedlich schlummernd gelegen, das zerwühlte Haar auf dem Kissen, seine Wangen von dichten, dunklen Wimpern beschattet, sein Astralkörper von dem dünnen Laken spärlich verhüllt. In diesem Augenblick hatte sie einen nagenden Schmerz gespürt, ein brennendes Verlangen, und ihren Entschluss um ein Haar geändert.

Denselben Schmerz empfand sie auch jetzt.

3

Für das Abendessen wählte Camille ihre Kleidung mit besonderer Sorgfalt aus. Sie hatte ein weißes Sommerkleid eingepackt, das sie vermutlich nur noch wenige Male tragen könnte und dann bis zum kommenden Frühjahr weghängen müsste. Es war eines ihrer Lieblingskleider, zumal es ihr hervorragend stand. Rückenfrei, wurde es mit zwei breiten Trägern im Nacken gebunden und zeigte viel gebräunte Haut. Das Oberteil lag eng an, ein breiter, jadegrüner Seidengürtel betonte die Taille.

Camille hatte ihre Figur nie gemocht und war in ihrer Jugend heimlich verzweifelt, als andere Mädchen weibliche Rundungen bekommen hatten. Bei ihr hatte sich erst als junge Frau ein üppiger Busen entwickelt, ihre schmalen Hüften und die schlanken Schenkel hatten sich jedoch nicht verändert. Mittlerweile wurde sie von den meisten ihrer Freundinnen beneidet, die nach einem oder zwei Babys Probleme mit dem Gewicht hatten.

Sie besprühte sich mit Parfüm und beobachtete, wie der duftende Nebel ihre weichen Locken einhüllte, die ihre Schultern umschmeichelten. Sie hatte beschlossen, ihr Haar offen zu tragen. Warum sollte sie seine Natürlichkeit bändigen? Zudem war die Luftfeuchtigkeit in Natchez so hoch, dass derartige Versuche ohnehin kläglich scheiterten.

Ihr Herzschlag beschleunigte sich, als sie Zacks Silhouette im Spiegel bemerkte. Er stand an der Fliegengittertür hinter ihr. Camille hatte angenommen, dass sie allein zum

Haupthaus schlendern würde. Dass man ihr einen Begleiter schicken könnte, auf die Idee wäre sie nie gekommen.

Er hob die Hand und klopfte überflüssigerweise an. Über so viel dreiste Frechheit errötete sie ärgerlich.

»Du kannst genauso gut reinkommen, Zack. Wie lange stehst du schon da draußen?«

»Das möchtest du wohl gerne wissen, was? Ich muss immerhin zugeben, dass ich mich nicht gelangweilt habe.« Er grinste süffisant, worauf Camille zum Spiegel herumwirbelte und kleine Perlenstecker in ihren Ohrläppchen befestigte.

»Ich bin fertig«, murmelte sie. Warum sah er bloß so umwerfend aus? Ein beigefarbener Leinenanzug und ein blassblaues, am Hals offenes Hemd unterstrichen seinen dunklen Teint und die strahlenden Augen. Wenn er lächelte, blitzten zwei Reihen makellos weißer Zähne in einem braun gebrannten Gesicht.

»Noch nicht ganz. Mein Vater schickt der Lady einen Schmuck mit Blüten aus seinem eigenen Rosenbeet. Ich soll mich darum kümmern, dass du ihn auch trägst.«

Er reichte ihr ein hübsches Gebinde aus gelben Rosen mit einer weißseidenen Schleife. »Wie lieb von ihm«, rief Camille mit der typischen Begeisterung einer Frau, die Blumen geschenkt bekommt.

»Genau genommen hat Simons Frau es für ihn gebunden, aber er hat die Rosen selbst ausgesucht. Dad ist absolut überwältigt von dir.«

Camille sog den süßen Blumenduft ein und hob dann die Augen. Verblüfft stellte sie fest, dass er sie intensiv musterte. Was emotional in ihm vorging, hätte sie nicht zu sagen vermocht, seine Miene nahm jedoch sofort wieder einen reservierten Ausdruck an, als er ihren Blick bemerkte.

»Am besten, ich trage sie im Haar«, entschied sie. »Ich

habe nämlich keine Anstecknadel, um sie an meinem Kleid festzumachen.«

Mit der triumphierenden Handbewegung eines Zauberers, der ein Kaninchen aus dem Hut zieht, wühlte Zack in seiner Reverstasche und brachte eine perlenbesetzte Krawattennadel zum Vorschein. »Ich war mal Pfadfinder und bin deshalb auf sämtliche Eventualitäten vorbereitet.«

Er nahm ihr das Sträußchen aus der Hand und – Grundgütiger! – glitt mit den Fingern kurzerhand in den Ausschnitt ihres Kleides. Sie hielt den Atem an, als sie die Wärme seiner Hände auf der Haut spürte. Ihr Herz hämmerte spontan wie ein Trommelwirbel, ein ungeahntes Prickeln durchflutete von ihrer Magengrube ausgehend den ganzen Körper. Bildete sie es sich etwa nur ein, dass Zacks Finger leicht zitterten, als sie die Nadel oberhalb ihrer Brust in den Stoff steckten? Nachdem die Blumen befestigt waren, machte er jedoch keinerlei Anstalten, die Hand wegzuziehen, stattdessen spürte sie seinen leicht keuchenden Atem auf ihrem Scheitel. Zaghaft hob sie den Blick, registrierte seinen Brustflaum, die kräftige Halspartie, das kantige Kinn, den sinnlichen Mund, die griechische Nase und schließlich die stechend blauen Augen, die sie gefährlich intensiv musterten. Ihr Gesicht kaum Zentimeter von seinem entfernt, fühlte sie die unsichtbare Barriere, die keiner von ihnen zu durchbrechen wagte. Hastig senkte sie die Lider und wich unwillkürlich zurück.

Zack fluchte leise. Impulsiv riss er die Hand aus ihrem Oberteil und vergaß in seiner Hektik die Nadelspitze. Er stach sich schmerzhaft in den Finger.

»Verdammt«, fluchte er, während er die Einstichstelle untersuchte, aus der ein hellroter Tropfen Blut quoll.

Camille handelte instinktiv und packte seine Hand. »Oh Zack«, rief sie. Sie brachte seinen Finger an ihre Lippen und saugte sanft daran, wie sie es auch gemacht hätte, wenn sie selbst verletzt gewesen wäre. Sein scharfer Atemzug brachte sie auf den Boden der Tatsachen zurück. Sie nahm seinen Finger aus dem Mund und untersuchte die winzig kleine Wunde. Plötzlich ließ sie seine Hand los, so als hätte sie sich verbrannt. »Ich … ich denke, es geht schon wieder … oder?«, stammelte sie. Dabei mied sie seinen Blick.

Er durchquerte den Raum und hielt ihr die Tür auf, woraufhin sie mit gesenktem Kopf hinter ihm hertrottete.

Nach einem Aperitif im Salon genossen Camille und ihre Gastgeber ein ungezwungenes Dinner im Speiseraum. Das Essen wurde von einer lebhaften kleinen Frau serviert, die Rayburn ihr als Dearly Beloved Mitchell vorstellte. Besagte Haushälterin und ihr Mann Simon, der Butler, arbeiteten schon seit Rayburns Hochzeit auf Bridal Wreath.

Als er Camilles verblüffte Reaktion auf den ungewöhnlichen Vornamen bemerkte, erklärte Rayburn, dass Dearlys Mutter auf den ausgefallenen Namen gekommen sei. »Ich bin heilfroh, dass ich ein Mädchen geworden bin!«, scherzte die Haushälterin. Sie war füllig und Simon hager, aber beide hatten das gleiche sonnige Naturell. Camille mochte das Ehepaar auf Anhieb.

»Miss Jameson, Sie sind genau so hübsch, wie Mr. Prescott mir vorgeschwärmt hat«, fuhr Dearly Beloved fort. »So, wie er von Ihnen erzählte, hab ich mich allmählich schon gefragt, ob seine Absichten überhaupt ehrenhaft wären und die Renovierungspläne nicht nur ein Vorwand, um Sie hierher zu lotsen.« Sie amüsierte sich blendend, als Rayburn einen roten Kopf bekam. Die Haushälterin war sich ihrer Stellung ganz offensichtlich sicher und nahm kein Blatt vor den Mund: »Also, wenn er gesagt hätte, er holt Sie wegen

Zack her, hätte ich das natürlich voll und ganz verstehen können.« Sie gackerte noch einmal fröhlich und verschwand durch eine Tür, die, so vermutete Camille, in die Küche führte. Die junge Frau riskierte einen Blick zu Zack, der finster in sein Cocktailglas starrte.

»Camille, Sie müssen entschuldigen, aber Dearly hat nun einmal eine spitze Zunge. Nach all den Jahren sind wir ihre schonungslose Offenheit gewohnt.« Rayburn grinste betreten, worauf Camille ihm eilig versicherte, dass sie sich kein bisschen bloßgestellt fühle.

Dearly kehrte mit Tabletts beladen zurück, auf denen von silbernen Hauben bedeckte Teller standen, die sie auf den Tisch stellte. Sie nahm die Deckel ab und servierte Camille ein köstlich aussehendes Stück Roastbeef.

»Ich muss Sie vorab warnen, Camille, dass ich Diät lebe. Dearly würzt deshalb nur sparsam. Salzen Sie ruhig nach, wenn Sie möchten.« Rayburn Prescott begann erst zu essen, als Zack Salz- und Pfefferstreuer an Camille weitergereicht und sie nachgewürzt hatte. Sie nahm einen kleinen Bissen, sah zu dem skeptisch dreinblickenden älteren Herrn hinüber und lächelte.

»Einfach köstlich, Mr. Prescott. Sie brauchen sich wirklich keine Sorgen zu machen, dass ich hier verhungern könnte.« Sie lachte. »Im Gegenteil, wenn alles so gut schmeckt wie das hier, nehme ich vermutlich sogar zu.«

»Könnte nicht schaden«, grummelte Zack mehr zu sich selbst. Camille spähte zu ihm, doch sie schien Luft für ihn zu sein.

Ganz Herr alter Schule, verwickelte Rayburn sie in ein zwangloses Gespräch. Er erkundigte sich nach ihrer Heimatstadt Atlanta, nach ihrer Familie und ihren Interessen. Zack blieb einsilbig und reagierte nur, wenn sein Vater ihn direkt ansprach. Falls Rayburn das brütende Schweigen seines Sohnes bemerkte, so äußerte er sich jedenfalls nicht dazu.

»Laufen Sie Ski?« Die Frage kam so unerwartet und völlig außerhalb des Gesprächszusammenhangs, dass Rayburn und Camille sich entgeistert zu Zack drehten. Ganz offensichtlich galt die Frage ihr, und um ihre Bestürzung zu verbergen, antwortete sie strahlend: »Ja. Ein Freund von mir hat ein Boot, und ich fahre öfters Wasserski mit ihm.«

»Nein, nein, ich meinte Abfahrtski.« Zack blieb hartnäckig. Wieso schnitt er dieses brisante Thema an? Musste er es unbedingt darauf anlegen, dass Rayburn von ihrer Katastrophenbeziehung erfuhr?

»Vor ein paar Jahren habe ich einmal einen Skiurlaub gemacht«, räumte sie beiläufig ein.

»Bestimmt sind Sie seitdem wieder *Ski gefahren*. Ich tippe darauf, dass Sie häufiger *Ski fahren*.« Wutschäumend funkelte Camille ihn an. So, wie er die Betonung wählte, bezog er sich mit Sicherheit nicht auf die Sportart. Vermutlich wollte er ihr damit zu verstehen geben, dass sie sich häufiger auf dünnem Eis bewegte und von Männern an der Nase herumführen ließ. Dieses Ekelpaket!

»Nein, ich habe es einmal ausprobiert. Der Sport gefiel mir nicht. Und ich war… ich war auch nicht besonders gut«, stieß sie zwischen zusammengebissenen Zähnen hervor. Dann senkte sie den Kopf und blickte auf ihren leeren Teller, zumal Zack sie anzüglich musterte.

»Ach, kommen Sie«, meinte er gedehnt. »Sie haben den idealen… Körperbau… für diese Sportart. Ich wette, mit ein bisschen Übung könnten Sie richtig gut werden.«

Sie fühlte sich bloßgestellt von ihm und stand abrupt auf. »Wenn… wenn Sie mich bitte entschuldigen wollen, Mr. Prescott. Ich… ich bin gleich zurück, um mit Ihnen den Rundgang durchs Haus zu machen.« Sie stürzte förmlich aus dem Raum und hörte noch, wie Rayburn fragte: »Hab ich etwas falsch gemacht, Zachary? Wieso war sie denn auf einmal so aufgebracht?«

Camille wartete Zacks Antwort nicht ab, sondern rannte durch das Haus und über die Terrasse zum Witwendomizil.

Zack mit den blumigsten Verwünschungen verfluchend, spritzte sie sich kaltes Wasser ins Gesicht. Wollte er sie in den nächsten Monaten, die sie hier verbrachte, etwa unablässig quälen? Gab er denn nie Ruhe mit seinen bohrenden Andeutungen über das, was fast zwei Jahre zuvor zwischen ihnen vorgefallen war? Sie konnte es unmöglich hinnehmen, dass er sie ständig an einen peinlichen Fehltritt und an eine Episode in ihrem Leben erinnerte, die sie am liebsten verdrängte. Sie hätte diesen Zack Prescott ermorden können!

Schließlich fasste Camille einen Entschluss. Ihre Mutter hatte ihr als Heranwachsende den Tipp gegeben, die aufdringlichen Jungen zu ignorieren, die ihr in der Schule nachstellten. Und diesen Rat wollte sie auch bei Zack beherzigen: Sie nahm sich fest vor, künftig über seine schlüpfrigen Kommentare und Bloßstellungsversuche hinwegzugehen. Wenn er erst einmal merkte, dass sie darauf nicht ansprang, würde er bestimmt den Spaß daran verlieren und mit dem Blödsinn aufhören.

Halbwegs wiederhergestellt, ging sie zurück ins Haupthaus. Rayburn saß allein im Salon. Er informierte sie ungefragt darüber, dass Zack ausgegangen sei. Sie hauchte ein Dankgebet zum Himmel, insgeheim jedoch leicht enttäuscht, dass er von ihrem frisch aufpolierten, selbstbewussten Image nichts mitbekam.

Rayburn begann den Rundgang in den zwei Salons. Wuchtige Holzschiebetüren trennten die beiden Räume. Einer wurde als Wohnzimmer genutzt, in dem anderen stand ein riesiger Flügel. Mr. Prescott erklärte ihr, dass Alice sehr gut gespielt habe, und war hoch erfreut, dass Camille ebenfalls Klavier spielte. Das Musikzimmer solle so erhalten bleiben, fand er.

Während sie durch das Haus schlenderten, machte Camille sich Notizen. Sie erfasste die Möbelstücke, die restauriert oder aufgepolstert oder komplett entfernt werden sollten. Sie notierte die Anzahl der Fenster pro Raum, machte Vorschläge, wie sich das Mobiliar geschickter platzieren ließe und welche Farben sich harmonisch einpassten. Zwecks weiterer Anregungen wollte sie später ihre Musterbücher hinzuziehen. Die schweren Kataloge waren bereits in der Halle deponiert. So höflich war Zack immerhin doch gewesen, dachte sie.

Sie durchquerten die riesige Halle, von der aus Rayburn sie in das Speisezimmer führte, das Camille schon während des Abendessens fachmännisch inspiziert hatte. Er zeigte ihr einen kleineren Frühstücksraum und schließlich die Küche, die, wie sie positiv überrascht feststellte, bereits mit supermoderner Technik ausgestattet war. Die Veränderungen hier wären rein kosmetischer Natur und nicht grundlegend. Dearly war noch beim Abwasch und freute sich, als Camille sie um ihr persönliches Geschmacksempfinden bei verschiedenen Farbmustern bat. Sie diskutierten mehrere Farbgebungen, und Camille merkte es der begeisterten Haushälterin an, dass sie ihr auf Anhieb sympathisch war.

Rayburn und Camille gingen die breite Treppe hinauf, die sich an einer Seite der riesigen Eingangshalle zum ersten Stock hochschwang. Das Eichenschnitzwerk war bezaubernd, bedurfte aber dringend einer fachmännischen Aufarbeitung. Und das erforderte Fingerspitzengefühl, sinnierte Camille.

Oben angekommen, geleitete Rayburn sie entlang der ausgedehnten Galerie, die ebenfalls in neuem Glanz erstrahlen sollte. Von dort zweigten die Räume ab. Es gebe vier Schlafzimmer, zwei davon seien durch ein Bad miteinander verbunden, führte Rayburn aus. Das seien die so genannten Herrschaftsräume, die Zack bewohne.

»Zack kann sich zu gegebener Zeit selbst Gedanken machen, was ihm ausstattungsmäßig vorschwebt«, sagte er abwesend, worauf Camille erleichtert aufseufzte.

Rayburn war nach dem Tod seiner Frau aus der Riesensuite in einen der großzügigen Schlafräume gegenüber der Galerie umgezogen. Bett, Schrank und Anrichte waren aus massivem Rosenholz gefertigt. Camille klatschte spontan in die Hände, als sie die bezaubernden Antiquitäten sah. Über ihre Begeisterung grinste Rayburn wie ein Schuljunge.

»Ich hatte so gehofft, ich könnte den anderen Schlafraum in ein Kinderzimmer umfunktionieren lassen«, räumte er seufzend ein. »Aber zunächst einmal lassen wir ihn so, wie er ist. Gegen neue Tapeten hätte ich allerdings nichts einzuwenden. Wenn Ihnen sonst noch etwas einfällt, auf dem Speicher haben wir Teppiche, Möbel und eine Menge Krimskrams eingelagert. Schauen Sie die Sachen ruhig einmal durch und nehmen Sie sich, was Sie brauchen.«

Camille nahm sich fest vor, von dieser Möglichkeit in allernächster Zukunft Gebrauch zu machen.

»Dearly und Simon haben ihre Wohnung über der Garage. Sie haben mir versichert, dass sie mit dem derzeitigen Zustand zufrieden sind. Vielleicht überzeugen Sie die beiden, dass ein neuer Anstrich nicht schaden könnte. Und wenn Sie einmal dabei sind, dann überreden Sie sie doch auch gleich zu einer neuen Möblierung«, schmunzelte er.

Rayburn wirkte sichtlich erschöpft. Der Rundgang hatte

länger gedauert, als Camille einkalkuliert hatte, und es war spät geworden. Um ihn nicht zu brüskieren, täuschte sie ein herzhaftes Gähnen vor und entschuldigte sich dann überschwänglich. »Verzeihen Sie vielmals, aber der heutige Tag war doch anstrengender, als ich dachte. Wenn Sie nichts dagegen haben, gehe ich jetzt wohl besser zu Bett.«

»Aber natürlich, natürlich«, pflichtete er ihr hastig bei.

Als sie die Stufen hinuntergingen, erklärte sie ihm das weitere Vorgehen. »Morgen werden wir uns die Musterbücher anschauen und die von Ihnen gewünschten Veränderungen besprechen. Wenn wir alles ausgewählt haben, rufe ich in meinem Studio an und bestelle dort sämtliche Materialien. Bis die Lieferung eintrifft, können wir mit den weniger schönen Aufgaben beginnen – Böden abziehen, Anstreichen, Ausbesserungsarbeiten und so weiter. Für die schwereren handwerklichen Arbeiten brauche ich vermutlich einige Hilfskräfte. Ist es Ihnen Recht, wenn ich mir hier vor Ort ein paar Leute suche?«

»Aber keine Frage, meine Liebe. Nehmen Sie sich, wen Sie wollen.« Er hatte sie bis zum Ende der Halle begleitet, wo sie stehen blieb.

»Das letzte Stück schaffe ich allein, Mr. Prescott. Wir sehen uns morgen früh. Schlafen Sie gut.«

»Sie auch, Camille. Wenn Sie irgendetwas brauchen, rufen Sie kurz bei Simon oder Dearly an. Sämtliche Kurzwahlen sind auf der Telefontastatur gekennzeichnet.«

»Danke. Gute Nacht.«

»Gute Nacht.« Er stockte, bevor er leise hinzufügte: »Ich bin froh, dass Sie hier sind, Camille. Vermutlich ist das gut für uns alle.«

Lächelnd wandte sie sich ab, obwohl sie ihm nicht wirklich glaubte. Wie konnte irgendetwas Gutes dabei herauskommen, wenn sie mit dem Mann unter einem Dach zusammenlebte, den sie mehr fürchtete als eine ansteckende Krankheit?

Kopfschüttelnd lief sie durch die Dunkelheit zu ihrem Apartment.

Ein leichter Windhauch blähte die dünnen Vorhänge vor ihrem Fenster, als Camille schläfrig blinzelnd zur Uhr schaute und feststellte, dass es noch sehr früh war. Am Vorabend, beim Ausziehen, hatte sie die Läden geschlossen. Nachdem sie das Licht ausgemacht und sich in das Himmelbett geschwungen hatte, hatte sie jedoch festgestellt, dass es in ihrem Zimmer unerträglich stickig wurde. Also war sie noch einmal aufgestanden, hatte die Läden zurückgeklappt und war im Dunkeln wieder ins Bett gekrabbelt. Das Summen des Deckenventilators und die kühle Brise lullten sie trotz ihrer aufgewühlten Gedanken bald darauf in den Schlaf.

Energisch warf Camille das Laken zurück, zog das Nachthemd über ihren Tanga und stakste ins Bad. Sie stand über das Waschbecken gebeugt, wo sie ein Glas mit Wasser füllte, als sie plötzlich die Schlange erspähte, die sich hinter den Armaturen schlängelte.

Ihr Schrei zerriss die Luft, das Glas fiel ihr aus der Hand ins Waschbecken, wo es klirrend zersplitterte. Für Augenblicke stand sie wie versteinert, dann sprang sie hektisch in die Badewanne. Eine Schlange konnte doch niemals hier hereinkommen, oder? Camille kreischte panisch auf, da das lange, geringelte Etwas sich vorwärts bewegte. Währenddessen hörte sie, wie die Eingangstür geöffnet wurde und wieder zuschlug. Schwere Schritte stürmten in den Wohnraum.

»Camille, Camille, alles in Ordnung mit dir?« Zacks besorgte Stimme drang kaum bis zu ihr vor, da sie in starrem Entsetzen die Schlange fixierte.

Zacks hoch gewachsene Statur füllte den Türrahmen aus. Er trug Arbeitskleidung, verwaschene Jeans und ein blaues Baumwollhemd. Sein strohgeflochtener Cowboyhut hing ihm im Nacken, ein paar Lederhandschuhe steckten in seinem Gürtel.

Er bemerkte das kreideweiße Gesicht von Camille, die in der Badewanne kauerte und sich ihres anrührenden Anblicks nicht einmal bewusst war. Die junge Frau war viel zu verängstigt, um wahrzunehmen, wie intensiv er sie betrachtete. Das pinkfarbene Nachthemd war wie ein Herrenoberhemd geschnitten und umspielte ihre Oberschenkel. Die dunklen Locken ringelten sich wirr um ihren Kopf.

»Was, zum Teufel, ist denn passiert?«, erkundigte er sich. Als er das zerbrochene Glas im Waschbecken sah, fragte er: »Hast du dich geschnitten?«

Camille deutete mit fahrigen Fingern auf die Schlange, die inzwischen unter das Waschbecken gekrochen war. »Schlange«, krächzte sie rau.

Zack bückte sich und entdeckte das Objekt ihrer Panik. Mit einer Mischung aus Faszination und Schadenfreude versetzte er: »Keine Bange.«

Ungläubig verfolgte Camille, wie er die Schlange hinter dem Kopf packte und den sich windenden Körper hochnahm. Zack blickte von dem Tier zu ihr, schüttelte verständnislos den Kopf und verschwand aus dem Bad. Wieder schlug die Tür. Er war weg und die Schlange zum Glück auch, aber sie stand weiterhin bibbernd in der Wanne.

Nach ein paar Minuten sprang die Tür erneut auf, und Zack kam zurück ins Bad. Die Hände in die Hüften gestemmt, stand er da und starrte sie wütend an.

»Mit deinem hysterischen Geschrei hast du mir einen Wahnsinnsschrecken eingejagt.«

»Sie … sie war nicht … giftig?«, stammelte sie mit bebenden Lippen.

»Wohl kaum. Sie ist quasi ein Haustier und lebt in Dads Garten. Eine harmlose Vipernatter.«

Seine sachliche Erklärung ärgerte sie maßlos. Für Camille spielte es letztlich keine Rolle, um was für eine Schlange es sich handelte. Für sie waren alle Arten gleich ekelhaft. Wütend verteidigte sie sich: »Es hätte aber auch eine Wassermokassin sein können.«

»Eine Wassermokassin ist schlammig braun. Sie ist nicht so hübsch gestreift wie unsere Freunde, die Vipernattern.« Er redete mit ihr wie mit einem törichten Kind, und der gönnerhafte Ton in seiner Stimme war Gift für ihre ohnehin schon blank liegenden Nerven. Sie konnte die Tränen nicht mehr zurückhalten. Von Schluchzern geschüttelt, stammelte sie: »Ich … ich hasse Schlangen … Ist mir ganz egal, was für eine das ist. Ich … ich hatte solche Angst … Ich konnte … ich konnte nicht …«

Unvermittelt umschlang er sie und hob sie aus der Wanne. Ein Arm unter ihren Knien, den anderen um ihre Schultern gelegt, trug er sie aus dem Bad und setzte sich auf das Bett, wo er sie behutsam auf seinen Schoß zog.

»Du hast richtig Angst gehabt, nicht wahr?«, flüsterte er, eine Haarsträhne von ihrer Wange zurückstreichend. »Tut mir Leid, dass ich mich über dich lustig gemacht habe. Schscht, jetzt ist sie ja weg. Alles ist wieder gut.«

Camille verbarg das Gesicht an seiner Brust und weinte hemmungslos. Er tätschelte ihr den Rücken, streichelte ihre Wange und redete tröstend auf sie ein. Schließlich fasste sie sich wieder. Sie schauderte bei dem Gedanken, dass er sie wieder einmal für einen Mordsfeigling hielt. Zaghaft hob sie den Kopf und sah ihn zerknirscht an. »Entschuldige, dass ich dich aufgehalten habe. Du wolltest bestimmt ganz früh auf der Plantage sein. Aber ich bin froh, dass du mich gehört hast, sonst stände ich jetzt bestimmt immer noch in der Badewanne.« Unschlüssig lächelnd wandte sie den Blick von seinen stechend blauen Augen ab. »Hast du eine Ahnung, wie die... die Schlange hier hereingekommen ist?«

Zack lachte. »Sie wollte vermutlich wissen, wer hier eingezogen ist. Wahrscheinlich ist sie durch den Ausguss hereingeschlüpft. Zerbrich dir darüber nicht den Kopf. Simon kümmert sich nachher darum, dass alles abgedichtet wird. Sie kommt dich bestimmt nicht wieder besuchen. Sie hat sich sicher genauso erschreckt wie du.« Unwillkürlich erschauerte Camille an seiner Brust.

Seine sehnigen Finger hoben ihr Kinn an, so dass sie ihn ansehen musste. »Du hast mir das ganze Hemd nass gemacht«, witzelte er. Verdutzt starrte sie auf die feuchten Stellen, die ihre Tränen hinterlassen hatten.

»Tut mir echt Leid«, sagte sie leise und rieb mit den Fingern über den Stoff, der seine trainierte Brust bedeckte. Zack zuckte kaum merklich zusammen, und als sie aufsah, bemerkte sie ein sonderbares Leuchten in seinen Augen. Schlagartig war sich Camille ihrer intimen Nähe bewusst. Sie spürte den weichen Baumwollstoff seiner Jeans unter ihren nackten Schenkeln und realisierte, dass er ihr rasendes Herzklopfen an seiner Haut fühlte.

Starke, sonnengebräunte Finger umschlossen ihren Hinterkopf, fordernde Lippen senkten sich auf die ihren. Sein Kuss war warm und weich... und zunächst ungemein zärtlich. Sie empfand wieder die tiefe Sinnlichkeit seines Mundes, während sie dem sanften Drängen seiner Zunge nachgab. Sie hielt den Atem an, als er ihren Mund zunehmend heißblütig erforschte.

Für eine kurze Atempause lösten sich seine Lippen von

ihren, um federnde Küsse auf ihre Wangen und ihre Stirn zu hauchen. Sie glitten weiter zu ihrer Schläfe, kosten erregend ihr Ohr. Camille seufzte an seiner frisch duftenden Halsbeuge. Wer außer Zack hätte frühmorgens vor der Arbeit auf den Feldern schon ein Eau de Cologne benutzt?

Sogleich widmete er sich wieder ihren Lippen, neckte diese mit zärtlich saugenden Küssen. Leise stöhnend gewahrte Camille, wie er ihre Arme um seinen Nacken schlang, während sein Mund den ihren besiegelte. Sein inniger Kuss war so leidenschaftlich, dass er ihr die Sinne raubte. Erst als ein kühler Lufthauch ihre bloße Haut streifte, wurde sie sich bewusst, dass seine Hand zu den obersten Knöpfen ihres Nachthemdes glitt. Leise protestierend entzog sie sich ihm, sobald seine Finger in den Ausschnitt glitten und ihre Brust umschlossen.

»Zack… bitte…«, hauchte sie. Er war mit den Lippen von ihrem Hals zu ihrem Dekolleté geglitten, wo er mit der Zunge die aufreizende Spalte ihres Busens stimulierte.

»Bitte was? Was, Camille?«, fragte er rau an ihrer prickelnden Haut, während er lasziv ihre Brust massierte.

»Nein Zack, bitte…«

Abruptes Türenschlagen unterbrach sie mitten im Satz. Simons Stimme drang von der Terrasse herüber, wo er mit Dearly plaudernd auf das Haupthaus zusteuerte, wo sie ihrer täglichen Arbeit nachgingen.

Hektisch sprang Camille von Zacks Schoß und raffte ihr Nachtkleid zusammen. Von Scham überflutet, schloss sie verlegen die Knopfleiste. Verflixt, konnte das Hemdchen nicht ein bisschen länger sein? Sie war sich durchaus bewusst, dass ihre lange Beine nackt waren und dass Zack ihren Körper begehrlich von oben bis unten betrachtete.

Ein spöttisches Grinsen umspielte seine Mundwinkel. »Wovor hast du eigentlich Angst? Doch nicht etwa, dass du deine Unschuld verlieren könntest?«, meinte er gedehnt.

Sie funkelte ihn an und reckte hochmütig das Kinn. »Diese absurde Frage musst ausgerechnet *du* mir stellen!«

Geschmeidig wie ein Panter erhob Zack sich vom Bett und zog den Cowboyhut tief in die braungebrannte Stirn. Er trat auf sie zu, während Camille wie angewurzelt stehen blieb, zumal sie den Eindruck hatte, dass er sie mit seinen glutvollen blauen Augen splitterfasernackt auszog.

Er baute sich lässig vor ihr auf und murmelte: »Du siehst wunderschön aus heute Morgen.« Spielerisch zog er an einer ihrer gelockten Strähnen und kraulte sie unter dem Kinn, bevor er sich umdrehte und durch die Fliegengittertür verschwand. Pfeifend passierte er die Terrasse. Er pfiff, dieser Widerling! Camille kochte innerlich vor Wut. Offensichtlich hatte er bereits verdrängt, was soeben zwischen ihnen vorgefallen war, während das Blut wie glühende Lava durch ihre Venen pulsierte und ihre Gefühle mit ihr Achterbahn fuhren.

4

Am nächsten Morgen setzten Camille und Rayburn ihre Besprechung fort. Sie diskutierten Farben, Stoffe und Muster für die Verschönerung von Bridal Wreath. Camille war verblüfft über den erlesenen Geschmack des alten Mannes und erleichtert, dass sich ihre Vorstellungen hinsichtlich des Stils deckten. Camille plädierte für klare, schnörkellose Formen mit einem Hauch von Eleganz. Sie bevorzugte sachlich gestaltete Räume, die Ruhe ausstrahlten und einen beim Betreten mit überfrachteten Dekoren nicht erschlugen. Rayburn schien weitestgehend einverstanden mit den Wandanstrichen, Tapetenmustern, Polsterstoffen und Farbakzenten, die sie bereits stilsicher ausgesucht hatte. Sie probierten mögliche Kombinationen in den einzelnen Zimmern, bis sie das optimale Ergebnis ermittelt und sichergestellt hatten, dass die Räume geschmackvoll aufeinander abgestimmt waren. Sie notierte sich die Bestellnummern von den Rückseiten der jeweiligen Muster. Schließlich wollte sie bei der Bestellung keinen Fehler machen.

Nach dem Mittagessen setzten sie ihre Arbeit fort und machten auf Simons Vorschlag hin am Spätnachmittag eine ausgedehnte Pause. Simon hatte als Grund vorgeschoben, dass Camille sich im Witwendomizil ausruhen müsse, aber sie wusste genau, dass er dabei an Rayburns Gesundheit dachte und darauf drängte, dass der alte Herr sich bis zum Abendessen hinlegte.

Den jüngeren Prescott sah Camille kein einziges Mal.

Immer wieder geisterte ihr der morgendliche Vorfall durch den Kopf, und sie war wütend auf sich selbst, dass sie seinen leidenschaftlichen Küssen nachgegeben hatte. Er amüsierte sich bestimmt köstlich darüber, dass sie ihm förmlich in die Arme gefallen und seinem zweifelhaften Charme erlegen war. Allein bei der Vorstellung der vielen Frauen, die wohl zu seinem reichen Erfahrungsschatz in Sachen Verführungskünste beigetragen hatten, empfand Camille einen bohrenden Schmerz in der Magengrube.

Sie hasste sich für diese Eifersucht. Kaum berührte er sie, wusste sie nichts Besseres zu tun als mit schamloser Intimität darauf zu reagieren. Es war genau wie zwei Jahre zuvor im Winterurlaub. Wieder sah sie sich hingegossen in seiner schützenden, wärmenden Umarmung. Er hatte zärtlich fordernd ihre Lippen erkundet und war nicht enttäuscht worden. Seine Hände hatten sie mit einer sanften Vertrautheit gestreichelt, die ihr den Atem stocken ließ. Keinem anderen Mann hatte sie sich sexuell hingegeben. Warum ausgerechnet Zack? Welche Anziehung übte er bloß auf sie aus? Ihre Vernunft und ihre Moralvorstellungen waren ausgeschaltet, sobald er sie in die Arme nahm. Eine höchst brisante Situation. Sie hatte schon einmal vor seiner erotischen Ausstrahlung kapituliert, und seitdem waren die nagenden Schuldgefühle ihre ständigen Begleiter. Diesen folgenschweren Fehler wollte sie auf gar keinen Fall wiederholen.

Zum Abendessen trug Camille ein schlichtes Baumwollkleid. Es hatte einen sanften Goldschimmer, passend zu den goldenen Sprenkeln in ihren Augen. Als sie den Salon betrat, saß Rayburn in einem gemütlichen Ohrensessel, der neu aufgepolstert werden sollte. Es sei eines seiner Lieblingssitzmöbel, hatte er Camille gestanden und sie zaghaft gefragt, ob er das Stück behalten dürfe. Sie hatte glockenhell gelacht und zustimmend genickt. Zack stand an einem langen Sideboard und mixte sich einen Drink.

Die marineblaue Bügelfaltenhose betonte seine langen, trainierten Beine perfekt, das hellseidene Oberhemd schmiegte sich bei jeder Bewegung an seine muskulöse Schulter- und Rückenpartie. Er drehte sich um, sobald Camille den Raum betrat, und sie gewahrte das gelockte Brusthaar unter dem geöffneten Hemdkragen. Sie schluckte, bemüht, den Kloß in ihrer Kehle loszuwerden, und murmelte ein leises »Guten Abend«.

»Hallo, Camille. Möchten Sie einen Drink?« Sogar seine Stimme klang verführerisch.

»Ein Glas Weißwein bitte. Mit Eis.«

»Genau das richtige Getränk für eine Dame«, meinte Rayburn beipflichtend. »Ich mag es nicht, wenn Frauen harte Getränke bevorzugen. Ich habe Zack eben über unsere Pläne unterrichtet. Sie haben mein Vertrauen in Ihr Können voll und ganz bestätigt.«

»Danke für das Kompliment, Mr. Prescott. Ich hoffe, dass Ihr Sohn mit dem Resultat ebenfalls zufrieden sein wird.« Ihr Blick glitt zu Zack, der weiterhin stehen blieb, nachdem er ihr das Glas überreicht hatte. »Wenn Sie die von uns ausgewählten Muster sehen möchten, zeige ich Ihnen diese natürlich gern, bevor ich die Bestellung aufgebe.«

»Wirklich nett von Ihnen, Camille, aber auch ich vertraue Ihrem Geschmacksurteil. Sie kennen ja bereits meine Einstellung, wie das Haus nachher *nicht* aussehen soll. Dad hat mir versichert, dass Sie schlichte Formen bevorzugen. Ich überlasse die Umgestaltung Ihnen beiden und lasse mich von dem Ergebnis überraschen.«

Er war offenbar bester Stimmung. Nach der morgendlichen Szene in ihrem Apartment hatte sie mit seinem galligen Sarkasmus gerechnet, aber nichts dergleichen geschah.

Dieser Zack war wieder der Charmebolzen, den sie im Snow Bird kennen gelernt hatte. Und so war er ihr noch gefährlicher. Sie müsse höllisch aufpassen, redete sie sich eindringlich ins Gewissen.

Bei Tisch drängte Rayburn seinen Sohn, Camille von ihrer Plantage zu erzählen. Sie war beeindruckt von den Fakten, die sie dem ansonsten schweigsamen Zack schließlich entlockte. Es schien ihm fast ein bisschen peinlich, über seinen gigantischen Landbesitz und die Gewinne zu berichten, die er jedes Jahr erzielte. Ihre wichtigste Anbaupflanze war natürlich Baumwolle, daneben kleinere Mengen Getreide, und sie züchteten Pferde, ein Hobby von Zack, das er professionell auszubauen gedachte.

»Natchez hat eine facettenreiche Geschichte«, bemerkte Camille, als eine Gesprächspause eintrat. »Ich habe etliche Bücher darüber gelesen.«

»Es ist interessant, dass die meisten Gründungsväter vornehmlich an den steilen Uferhängen über dem Mississippi River gesiedelt haben, während sie ihre Pflanzungen auf der anderen Seite, in Louisiana, anlegten. Schätze, das waren die ersten Amerikaner, die richtig gearbeitet haben.« Zack grinste, und seine Miene hellte sich auf, sanfter Kerzenschein spiegelte sich in seinen azurblauen Tiefen. Camille war zum ersten Mal seit ihrer Ankunft gelöst und entspannt.

»Ich möchte, dass du Camille in allernächster Zeit einmal mit auf die Pflanzungen nimmst und ihr alles zeigst. Macht euch einen schönen Tag«, schlug Rayburn vor.

Über den Tisch gewahrte Camille Zacks Blick. Ihr Herz schlug höher bei der Vorstellung, einen ganzen Tag mit ihm allein zu verbringen. Sie senkte die Lider, da er sie gedankenvoll fixierte. »Gern«, erwiderte er dann und erhob sich vom Tisch. »Aber jetzt entschuldigt mich bitte. Ich bin heute Abend verabredet.«

Seine beiläufige Äußerung durchzuckte Camille wie ein Blitzstrahl aus heiterem Himmel, gleichwohl ärgerte sie sich maßlos über ihre Reaktion. Was war denn schon dabei, wenn er sich am Abend mit einer Frau traf? Es ging sie schließlich gar nichts an! Trotzdem war ihre Lockerheit wie weggeblasen, als er seinem Vater und ihr eine gute Nacht wünschte und mit federnden Schritten den Raum verließ. Sein spöttisch-überheblicher Blick beim Hinausgehen veranlasste Camille, ihre angestaute Empörung restlos auf ihn zu übertragen. Sie würde ihm schon zeigen, dass es ihr piepegal wäre, selbst wenn er ein Dutzend Dates pro Nacht hätte!

Innerlich aufgewühlt stimmte sie einer Partie Bridge zu. Rayburn war ihr Partner, und sie spielten gegen Simon und Dearly. Nach außen hin gab Camille sich gelassen und gut gelaunt, aber in ihrem Innern brodelte es. Sie fühlte sich hundeelend und hätte nur zu gern gewusst, mit wem Zack den Rest des Abends verbrachte.

Die Tage vergingen wie im Flug. Rayburn und Camille hatten sich nach ungefähr einer Woche für alle Gestaltungsmaterialien entschieden. Camille rief in Atlanta an und ging Stück für Stück die Liste mit ihrer Assistentin durch, die schließlich die Bestellung aufgeben würde. Camille bat darum, umgehend benachrichtigt zu werden, falls etwas nicht zu bekommen wäre oder es Probleme bei der Auftragsabwicklung gäbe. Dann wollte sie mit ihrer Mutter sprechen. Sie plauderten kurz miteinander, Camille versicherte der allein lebenden Frau, dass mit ihr alles in Ordnung sei und dass die Prescotts ganz reizend seien. *Der Senior jedenfalls*, setzte sie im Stillen hinzu.

Tagsüber sah sie Zack so gut wie nie. Er brach frühmorgens zu den Pflanzungen auf und kehrte erst zum Abendessen zurück. Oft fehlte er bei Tisch, und Rayburn meinte dann lapidar, dass sein Sohn andere Pläne habe. Camille hätte es zwar nie zugegeben, aber seine Abwesenheit ärgerte sie, zumal sie ständig an ihn dachte und sich abends darauf freute, ihn als Tischnachbarn zu haben. Und obwohl er gelegentlich doppeldeutige Bemerkungen machte, die nur sie verstand, mochte sie seine Gesellschaft. Seine Arroganz und sein Zynismus verletzten sie zwar, aber das war ihr immer noch lieber, als ihn gar nicht zu sehen.

Mit wem er sich verabredete, enthüllte Zack mit keinem Wort, und Camille hätte vielleicht nie Näheres erfahren, wenn Rayburn nicht irgendwann einmal die »Witwe Hazelett« ins Gespräch gebracht hätte. Camille bemühte sich um Gelassenheit, als der Senior das erste Mal ihren Namen einstreute. An jenem Abend war Zack wieder einmal ausgegangen.

»Die Witwe Hazelett?«, erkundigte sich Camille betont beiläufig.

»Ja. Zack trifft sie öfter, obwohl ich sehr dagegen bin. Diese Frau ist … aufgesetzt, falsch. Wenn sie mit Zack zusammen ist, wacht sie über ihn wie eine Löwin über ihr Junges, damit ihr nur ja keine andere in die Quere kommt. Zudem vertritt sie neumodische Ansichten hinsichtlich Kindererziehung. Sie hat selber zwei – es sind nette und intelligente Kinder. Die jagt sie in den Sommerferien vom Internat ins Camp oder schickt sie zu ihren Großeltern. Ich hoffe inständig, dass Zack zu viel Verstand hat, um sich auf Dauer mit so einer Person einzulassen.«

Camille lächelte stillvergnügt, ließ sich aber gegenüber Rayburn nichts anmerken. Immerhin wusste sie jetzt, in welcher Gesellschaft Zack sich befand und dass sein Vater diese Frau nicht ausstehen konnte. Das war doch ein Pluspunkt für Camille.

Ärgerlich blies sie die Backen auf. Was ging sie Zacks Liebesleben an? Sie wollte ihn nicht, so viel stand fest! Welche Art Mann würde wohl ein unschuldiges, junges Mädchen verführen und nicht einmal Gewissensbisse darüber empfinden, dass er ihr das genommen hätte, was ihm erst als Ehemann zustünde? Nein, nein und nochmals nein! Einen Mann wie Zachary Prescott wollte sie auf gar keinen Fall!

Sie war beinahe selbst davon überzeugt.

Mithilfe der lokalen Gelben Seiten suchte Camille Dachdecker, Maler, Tapezierer, Polsterer und Gardinennäherinnen. Den Namen Prescott und Bridal Wreath kannte man überall im Ort. Und sie war daher froh, dass sie problemlos Handwerker für die Renovierung fand.

Die Tage verliefen beschaulich ruhig, eine angenehme Routine stellte sich ein. Langsam hielt der Herbst Einzug. Statt der Sommerblumen blühten jetzt Astern und Chrysanthemen in den Terrassenkübeln und schmückten Bridal Wreath mit einer Palette herbstlicher Farben.

Eines Morgens öffneten sich die Wolken, die tagelang als bleigraue Decke über den Feldern gehangen hatten, und heftiger Regen setzte ein. Simon gab Camille telefonisch durch, dass Rayburn nicht zum Frühstück käme und ihr den Tag frei gäbe. Der alte Herr hatte sich entschieden, in seinem Zimmer zu bleiben und die Bücher durchzugehen. Camille wusste, dass Zack die Plantage leitete, und rechnete es ihm hoch an, dass er seinem Vater das Gefühl vermittelte, gebraucht zu werden, indem er ihm Einsicht in die kaufmännischen Unterlagen bot.

Während sie eine bequeme Jeans und eine sportliche Bluse anzog, beschloss sie, an diesem Regentag auf dem Speicher herumzustöbern. Womöglich entdeckte sie noch irgendwelche Schätze, die Rayburn irgendwann dorthin verbannt hatte.

Als sie nach draußen spähte, wo die sintflutartigen Regenfälle die Terrasse in einen schmutziggrauen See verwandelten, fiel ihr siedendheiß ein, dass sie keinen Schirm besaß. Sie ging ins Bad, wickelte sich kurzerhand ein flauschiges Handtuch um den Kopf und stopfte das zu einem Pferdeschwanz zusammengebundene Haar darunter.

Widerwillig trat sie unter das Vordach des Witwendomizils, holte tief Luft, duckte sich und rannte im Zickzack über die glitschige Terrasse.

Jählings stieß sie mit einer unnachgiebigen Muskelwand zusammen und hörte Zacks raues, kehliges Lachen, während er einen Arm um ihre Taille schlang.

»He, pass auf, wo du hintrittst. Schnell, hier drunter.« Sie spähte unter dem Handtuchturban hervor und stellte fest, dass er einen großen Schirm über sie hielt. Weiterhin von ihm umklammert, steuerten sie gemeinsam um die zusehends größer werdenden Pfützen herum in Richtung Hintereingang.

Als sie das Haupthaus betraten, schüttelte Zack den nassen Schirm aus, lehnte ihn gegen die Wand und fuhr sich mit den Fingern durch das feuchte Haar. »Junge, Junge, wie das schüttet. Simon fiel ein, dass du keinen Schirm hast, deshalb wollte ich dich abholen. Du hättest auf mich warten sollen.« Er strahlte sie gewinnend an. Camilles Herz raste wie ein Trommelwirbel nach dem engen Körperkontakt mit ihm. Seine abgewetzte Jeans schien superbequem zu sitzen und betonte seine schmalen Hüften, als er in die Küche schlenderte.

»Komm mit. Die Brötchen sind schon im Backofen. Wie möchtest du dein Frühstücksei?«

»Du machst das Frühstück?«, fragte Camille ungläubig.

»Na klar«, meinte er schulterzuckend. »Meinst du, ich kann das nicht?« Er klang fast ein bisschen beleidigt. »Also, wie möchtest du dein Frühstücksei?«, wiederholte er schroff.

»Ich möchte Rührei«, erwiderte Camille lächelnd. Sie ging zum Küchentresen und goss sich eine Tasse Kaffee aus der Warmhaltekanne ein.

Er wandte sich zum Herd und fragte über die Schulter: »Fest oder weich?«

»Fest«, gab sie zurück. »Sehr fest.« Er zog die Brauen zusammen und sah sie mit aufgesetztem Widerwillen an.

»Dann nehme ich meins zuerst aus der Pfanne«, grummelte er, unterdes schlug er Eier in einer Schale auf. »Tut mir Leid, aber heute Morgen musst du auf Maisgrütze verzichten. Ich lasse sie immer anbrennen. Und dann schimpft Dearly mit mir, weil sie den Topf ausscheuern muss.« Camille konnte nicht anders, sie musste lachen.

Der Duft von gebratenem Speck und frischen Brötchen strömte durch die Küche, als Camille den Tisch deckte. Zack erklärte ihr, dass Dearly einen Krankenbesuch mache und dass Simon oben bei Rayburn sei. Die Stille im Haus und das monotone Prasseln des Regens draußen umhüllten sie wie ein schützender Kokon, überlegte Camille lächelnd. So wäre es vermutlich, wenn sie sich ineinander verliebt und geheiratet hätten. Dann könnten sie immer gemeinsam frühstücken. Gut möglich, dass sie inzwischen sogar ein Baby hätten. Sie war sich gar nicht bewusst, wie hingebungsvoll sie Zacks Rücken anstarrte, bis der sich mit einem Teller Rührei umdrehte und sie dabei ertappte.

Unverschämt grinsend stellte er den Teller auf den kleinen Tisch, schwang sein Bein über den Stuhl und setzte sich. »Ich weiß zwar nicht, wovon du gerade geträumt hast, aber ich würde höllisch gern daran teilhaben. Scheint mir ein verdammt angenehmer Traum.«

Camille strich umständlich Butter auf eine Brötchenhälfte und wich seinem Blick aus. »Ich … äh … ich hab mir bloß so vorgestellt, was ich heute auf dem Dachboden finden werde.«

»Lügnerin«, flüsterte er weich. In seiner Stimme lag so viel Intimität, dass ihre Finger zitterten und sie das Messer mit lautem Klirren auf den Teller fallen ließ.

Minutenlang aßen sie schweigend, irgendwann räusperte sich Camille und lobte Zack für seine Kochkünste. Als sie mit dem Frühstück fertig war und Teller und Besteck abräumen wollte, verblüffte er sie mit den Worten: »Ich mach das schon. Ich brauche sowieso noch eine Tasse Kaffee. Viel Vergnügen auf dem Speicher.«

Sie verließ die angenehme Atmosphäre der Küche, Zack blieb noch am Tisch sitzen und schlürfte abwesend seinen Kaffee.

Der Zugang zum Dachboden befand sich in dem Raum, den Rayburn mit hartnäckigem Optimismus als Kinderzimmer bezeichnet hatte. Camille blieb vor seiner Tür stehen und klopfte zaghaft. Als Simon ihr öffnete, warnte sie die beiden vor, dass sie sich nicht aufregen sollten, wenn es durch das Möbelverschieben über ihren Köpfen ein wenig lauter würde. Rayburn rief ihr von der anderen Seite des Zimmers ein freundliches »Guten Morgen« zu. Sobald Simon die Tür wieder geschlosssen hatte, schlenderte Camille ins Nebenzimmer.

Die Treppe zum Dachboden verbarg sich in einer Nische. Entschlossen kletterte Camille die Stufen hoch, wobei sie das eine oder andere Spinnennetz beiseite wischen musste. Sie öffnete die Speichertür und streckte die Hand nach der Stelle aus, an der Simon ihr den Lichtschalter beschrieben hatte. Sie ertastete ihn, denn dort oben gab es keine Fenster, und sie stand in völliger Dunkelheit. Als sie den Schalter betätigte, flammte das Licht einer nackten Glühbirne auf, die an einem herunterhängenden Stromkabel baumelte.

Der Raum nahm nahezu die gesamte Länge des Hauses ein. Koffer und andere Gepäckstücke stapelten sich an einer Wand bis unter den Dachfirst, Kisten sämtlicher Größen standen halbwegs ordentlich verteilt. Eine andere Wand säumten Regale mit Kartons, die meisten mit Etiketten versehen, auf denen der Inhalt vermerkt war. Etliche Möbelstücke waren mit Schutzhüllen bedeckt, und Camille konnte nur raten, was sich darunter verbarg. Ganz offensichtlich lag eine Riesenaufgabe vor ihr.

Energisch schob sie sich ein paar Haarsträhnen aus dem Gesicht und begann mit der Arbeit. Nachdem sie mehrere Kisten aus den unteren Regalen gezogen hatte, hing ihr die Bluse aus dem Jeansbund. Kurzerhand knotete sie die Enden unter ihrem Busen zusammen.

Die ersten Kartons enthielten ein unbedeutendes Sammelsurium, aber beileibe keine verborgenen Schätze. Sie stieß auf einige staubblinde Kristallschalen, die sich – gespült und poliert – im Esszimmer verwenden ließen. Sie stellte die Verpackung beiseite.

Als sie nach einem weiteren Karton griff, gewahrte sie, dass das Unwetter stärker geworden war. Der Regen trommelte dicht über ihrem Kopf auf das Dach, in der Nähe donnerte es unheilvoll. Sie tastete eben nach einer Schachtel auf einem der oberen Regalbretter, als sie eine Stimme hinter sich vernahm.

»Ich mach das für dich. Nachher verletzt du dich noch«, meinte Zack und durchquerte den Raum.

»Meine Güte, hast du mir einen Mordsschrecken eingejagt!«, rief sie. Wie war er bloß die Treppe hinaufgekommen, ohne ein Geräusch zu machen?, sinnierte sie, aber dann fiel ihr der tosende Sturm ein. Er sollte unter gar keinen Umständen merken, wie sehr sie durch sein Auftauchen verunsichert war. »Wieso spionierst du mir eigentlich nach? Und außerdem kann ich mir die Kiste selber herunterholen!«, versetzte sie schnippisch und griff erneut nach dem Karton. Die Arme über den Kopf gereckt, ertasteten ihre Finger eben den Rand des Regals, als sie Zacks breiten Brustkorb im Rücken spürte. Er beugte sich vor und griff an ihr vorbei nach dem Behältnis. Statt es zu packen, wie Camille vermutete, umschlossen seine Hände die ihren und zogen Camille an sich. Mit erhobenen Armen und ihm unausweichlich nah, fühlte sie sich völlig hilflos. Sie öffnete den Mund, um ihm gehörig die Meinung zu sagen, als ein zuckender Blitzstrahl irgendwo in der Nähe einschlug und der Speicher plötzlich stockfinster war, weil das Licht verlosch.

Camille unterdrückte einen spitzen Schrei.

»Keine Panik. Es ist nichts passiert. Ich bin ja bei dir.«

Zack klang beinahe mitfühlend, und Camille hätte am liebsten laut losgeprustet über seinen beschwichtigenden Kommentar. Er wusste wohl nicht, dass sie ohne ihn wesentlich gefasster wäre! Dass sie so aufgelöst war, lag ja wohl nur an seiner überwältigend maskulinen Präsenz hinter ihr in der Dunkelheit.

Der Druck seiner starken Hände löste sich, stattdessen streichelten sie langsam ihre Arme hinauf zu ihren Schultern. Er massierte behutsam Camilles Nackenmuskulatur, glitt mit den Fingern verführerisch über ihren Rücken, schlang sie um ihre Taille und faltete sie auf ihrem entblößten Bauch.

Sein stoßweise gehender Atem streifte ihr Haar, seine Lippen hauchten erotisierende Küsse auf ihre Halsbeuge. Eine Hand flach auf ihrem Bauch, glitt die andere in den Bund ihrer Jeans, wo sein Daumen erregend lasziv ihren Nabel umkreiste.

»Camille«, stöhnte er, während er den Knoten der Bluse öffnete, die sich eng an ihre Brust schmiegte. Seine Lippen huschten von ihrem Ohr zu ihrer Wange, küssten sie auf einen Mundwinkel, während er leise Zärtlichkeiten murmelte. Camille, die ein erregendes Prickeln im Unterleib spürte, drehte sich zu ihm und hauchte seinen Namen. Impulsiv schlang sie die Arme um seinen Nacken und zog sein Gesicht auf ihres.

Eng umschlungen, suchten und fanden sich beider Lippen in der Dunkelheit. Sie gab Zacks Drängen nach, schmeckte ihn, sog den himmlischen Duft seiner Haut ein, fühlte sein seidig weiches Haar, in das sie verlangend die Finger grub.

Eine Hand auf ihren Steiß gepresst, drängte er sie so eng an sich, bis sie das ganze Ausmaß seiner Lust spürte. Innerlich erschauernd erkannte sie, dass ihre eigene ebenso groß war.

Er fasste sich in den Nacken und umschloss eine ihrer Hände. Camille fühlte seine Zunge auf ihren Fingerspitzen, gepaart mit seinem heißen Atem, bevor er ihre Hand auf seinen Waschbrettbauch presste und sie mit kehliger Stimme aufforderte: »Streichle mich, Camille.«

Nach kurzem Zögern schmiegte sie den Kopf an seinen Brustkorb und öffnete zaghaft die obersten Hemdknöpfe. Dann ließ sie eine Hand hineingleiten. Ihre Finger schwebten kaum merklich über seinen Brustflaum, wurden zusehends mutiger und erforschten die ausgeprägte Muskulatur.

»Oh Gott«, stöhnte er, während sein Mund den ihren suchte und in ihrer feuchten Süße versank.

Seine Hände glitten unter ihre Bluse und nestelten an dem Vorderverschluss ihres BHs.

Plötzlich ging das Licht wieder an.

Beinahe schuldbewusst fuhren sie auseinander und blinzelten irritiert in den hell aufleuchtenden Lichtschein, als hätten sie im Rausch ihrer Leidenschaft alles um sich herum vergessen.

Camille riskierte einen kurzen Blick zu Zack, doch der raufte sich so frustriert die Haare, dass sie keinen Ton zu sagen wagte. Hastig wandte sie ihm den Rücken zu und richtete ihre Kleidung, stopfte die Bluse züchtig wieder in den Hosenbund.

»Zack, ist alles in Ordnung mit Ihnen und Camille dort oben?«, drang Simons Stimme vom Ende der Treppe zu ihnen.

Zack lachte freudlos und erwiderte bitter: »Ja, ja, alles okay. Das Licht funktioniert wieder.«

»Gut, das wollte ich nur wissen.« Sie hörten, wie Simons schwere Schritte sich entfernten. Dann war es wieder still auf dem Dachboden, bis auf ihren aufgewühlten Atem und das Trommeln des Regens über ihren Köpfen.

Als Camille unschlüssig die Lider hob, stieß sie auf Zacks unbewegten Blick. »Meinen Glückwunsch, Camille. Du hast dich wieder einmal vor meinen Nachstellungen gerettet.« Die Kälte in seiner Stimme war verletzend, und sie schwieg beharrlich, als er sich in Richtung Treppe drehte. Er blieb stehen und musterte sie. »Dieses Mal noch«, setzte er hinzu, bevor sein Kopf hinter den obersten Treppenstufen verschwand.

5

Beim Abendessen erfuhr Camille, dass Zack für ein paar Tage nach Kentucky gefahren war, wo er sich ein Gestüt ansehen und mit einem erfolgreichen Züchter reden wollte.

Rayburn erklärte ihr: »Ich habe versucht, ihm das auszureden, aber er blieb hartnäckig. Und das bei dem Wetter! Manchmal ist er wirklich stur wie ein Maultier.« Der alte Herr schmunzelte. »Aber vermutlich konnte er bei dem Regen auf der Plantage auch nicht viel machen. Und, haben Sie auf dem Dachboden irgendetwas Brauchbares entdeckt?«, erkundigte er sich.

Um sich das frustrierende Erlebnis auf dem Speicher nicht anmerken zu lassen, lächelte Camille angestrengt. Innerlich wand sie sich bei der Erinnerung an Zacks aufgebrachte Miene und seine verletzenden Worte. Sie fasste sich jedoch rasch wieder und antwortete mit gespielter Begeisterung: »Oh ja. Ich habe einige Kristallschalen aufgestöbert, die sich hervorragend in Ihren Esszimmerschränken machen werden. Und eine Chaiselongue, die sich neu aufgepolstert für eines der Gästezimmer eignet. Dort oben steht auch noch ein Teetisch, der gut in den Salon passt. Bei ein paar anderen Dingen müssten wir vielleicht gemeinsam entscheiden.« Sie stocherte gelangweilt in ihrem Essen herum, wenig interessiert an der weiteren Unterhaltung, obwohl sie das natürlich nicht zeigen durfte.

Offenbar bemerkte Rayburn ihre Einsilbigkeit, denn er fragte: »Fühlen Sie sich nicht gut, Camille?«

»Oh, verzeihen Sie, Mr. Prescott. Vermutlich ist mir das schlechte Wetter aufs Gemüt geschlagen. Außerdem habe ich ein bisschen Heimweh«, schwindelte sie glaubwürdig. Ihre Antwort schien ihn zu beruhigen. Als sie jedoch zu ihm blickte, waren seine blauen Augen – kaum minder eindringlich als die von Zack – argwöhnisch forschend auf sie gerichtet. Ahnte er vielleicht mehr, als er zuzugeben bereit war?

Er griff über den Tisch hinweg und tätschelte ihre Hand. »Camille, das kann ich gut verstehen. Hoffentlich hebt sich Ihre Laune bald wieder. Kann ich irgendetwas für Sie tun?«

Seine freundliche Fürsorglichkeit war zu viel für Camilles Gefühlschaos, und sie fing zu ihrem Entsetzen an zu weinen.

»Es tut mir aufrichtig Leid«, entschuldigte sie sich, als sie sich hastig vom Tisch erhob. »Aber ich gehe jetzt besser schlafen.« Ehe er antworten konnte, stürzte sie aus dem Zimmer.

Sie verbrachte eine schlaflose Nacht, wälzte und warf sich von einer Seite auf die andere, während sie auf den erlösenden Schlaf wartete. Aber als sie schließlich einschlummerte, stahl sich Zack in ihre Träume. Wie konnte ein Mann so sanft und zärtlich sein und dann wieder kühl und unnahbar? Wenn er sie umarmte, war sie ihm sehnsuchtsvoll ergeben, und dann tat er noch so, als hätte sie ihn provoziert. Was für ein Glück, dass er für ein paar Tage verreist war! Aber wieso war sie dann kreuzunglücklich, dass er nicht in ihrer Nähe war?

Er verfolgte sie. Er quälte sie. Es war nicht fair! Fast zwei Jahre lang war es ihr geglückt, Zack in den hintersten Winkel ihres Bewusstseins zu verbannen, aber jetzt drängte er mit Macht in den Vordergrund, und die ständige Erinnerung an ihre Affäre im Snow Bird Resort grenzte an mentale Folter. Wieso küsste er sie so glutvoll, obwohl er sich doch absolut nichts aus ihr machte? Es war dumm von ihr zu bleiben und sich diesem Psychostress auszusetzen. Aber, so fragte sie sich skeptisch, wäre es nicht noch schlimmer, wenn sie jetzt abreiste und Zack Prescott nie wiedersähe? Wenn sie ehrlich war, musste sie diese Frage mit Ja beantworten.

Nach einem langen, zerrissenen Seufzer schlief sie erschöpft ein.

Am nächsten Morgen kommentierte Rayburn weder die dunklen Schatten unter ihren Augen noch das blasse, übernächtigte Gesicht. Camille entschuldigte sich für ihr kindisches Benehmen beim Abendessen und versuchte sogar noch, sich darüber lustig zu machen, trotzdem wusste sie, dass der sensible alte Herr sie durchschaute.

Gleich nach dem Frühstück widmete Camille sich der Verschönerung des Treppengeländers. Nachdem sie Staub und Schmutz abgebürstet hatte, der sich über die Jahre auf dem Schnitzwerk abgesetzt hatte, musste es wieder auf Hochglanz poliert werden. Das war ein aufwändiger Prozess, für den sie mehrere Stunden einkalkulierte. *Genau das Richtige*, sinnierte Camille, *um mich von meinen Problemen abzulenken.* In ihrer ältesten Jeans, das Haar unter einem Tuch verborgen, machte sie sich an die Arbeit.

Zwei volle Tage brachte sie damit zu, dann entsprach das Treppenhaus exakt ihren Vorstellungen. Rayburn hatte angeboten, ihr eine tatkräftige Hilfe zu besorgen, aber sie lehnte ab und machte alles allein.

Nachdem die Arbeit an dem Treppenaufgang beendet war und der warme Holzton wieder richtig zur Geltung kam, waren die Böden an der Reihe. Obwohl großflächig mit Teppichen bedeckt, entschied Camille, dass das Parkett in den jeweiligen Räumen abgezogen und neu versiegelt werden müsse. Dafür hatte sie die O'Malleys bestellt, Vater und Sohn, die diese unangenehme, schier undurchführbare Aufgabe übernahmen.

Als die O'Malleys am ersten Tag zur Arbeit erschienen, hatte Camille augenblicklich ein gutes Gefühl und war froh, dass Rayburn ihr die beiden empfohlen hatte. Sean O'Malley war beileibe nicht mehr der Jüngste, aber ungemein elanvoll und mit Begeisterung bei der Arbeit. Rick O'Malley mochte ungefähr in Zacks Alter sein. Aschblondes Haar, aufgeweckte hellbraune Augen und ein strahlendes Lächeln machten ihn auf Anhieb sympathisch. Er flirtete ungeniert mit Camille, aber so charmant, dass sie sich dem nicht entziehen konnte. Sie scherzte und schwatzte angeregt mit ihm, dabei vergingen die langen, anstrengenden Arbeitsstunden wie im Flug.

Rick, der etwas kleiner war als Zack und ein wahres Muskelpaket, arbeitete nicht minder zügig und effizient als sein Vater. Er plauderte launig mit Dearly, Simon und Rayburn, wenn sie ihm bei der Arbeit zusahen. Nach ein paar Tagen stellte Camille jedoch fest, dass er fast nie von sich erzählte. Manchmal fiel ihr eine leichte Melancholie an ihm auf, die sein sonst so fröhliches Gesicht überschattete und die er hastig überspielte, sobald er sich beobachtet fühlte.

Eines Nachmittags begleitete sie die O'Malleys nach der Arbeit zur Tür. Sean O'Malley lief schon voraus zu dem Lieferwagen, der in der Auffahrt parkte, doch Rick blieb noch kurz bei Camille stehen und fragte sie schüchtern, ob sie am Freitagabend mit ihm ausgehen wolle.

»An diesem Wochenende findet ein Footballturnier der Highschool statt. Eine richtig große Sache. Die ganze Stadt fiebert diesem Ereignis entgegen. Hätten Sie nicht Lust, mit mir hinzugehen?«

Sie zögerte kurz, zumal sie Zack und dessen Reaktion im Hinterkopf hatte. »Ja«, sagte sie dann lächelnd. Was ging es Zack an, mit wem sie sich verabredete? Sie war erwachsen. Und er hatte sie schließlich nicht gepachtet!

»Gut. Also dann bis morgen.« Rick sprang die Stufen hinunter und rannte fröhlich pfeifend zu dem Lieferwagen.

Am Freitagnachmittag, als Camille auf Händen und Knien in einer Ecke des Salons beschäftigt war, brachte Simon eine Kanne eisgekühlte Limonade.

Rick trat zu ihr und zog sie auf die Füße. »Machen Sie mal Pause, junge Dame«, frotzelte er, während er ihr beim Aufstehen behilflich war. »Sehen Sie sich dieses Gesicht an! Wir wollten doch den Boden streichen und nicht uns gegenseitig«, lachte er. Prompt zog er ein Taschentuch aus der Jacke und wischte ihr die Farbflecke vom Gesicht.

Exakt in diesem Augenblick, als Camille sich kichernd von Rick säubern ließ, trat Zack unter den Türbogen, der den Salon von der Halle trennte. Seine Miene versteinert, sein Blick finster wie ein Gewitterhimmel, musterte er die beiden. Dabei zuckte seine Wangenmuskulatur vor Anspannung. Camille bemerkte, wie er die locker herabhängenden Hände zu Fäusten ballte, als müsste er sich zur Beherrschung zwingen.

»Hallo, Zack«, sagte sie hastig und nicht zuletzt zur unterschwelligen Warnung für den ahnungslosen Rick. Der drehte sich um und blickte irritiert von Zack, der sich in provokanter Haltung im Türrahmen aufbaute, zu Camille.

Rick fasste sich rasch wieder, durchquerte den Raum und hielt dem jungen Prescott die Hand hin. »He, Zack, lange nicht gesehn, altes Haus! Ich arbeite schon die ganze Woche hier, und der Herr des Hauses lässt sich nicht blicken. Wie geht's denn so?«

»Bestens, Rick, und dir?«, meinte Zack frostig und schüttelte Rick die Hand. »Wie ich sehe, hast du dich bei der Arbeit nicht gelangweilt. Wenn ihr mich bitte entschuldigt.« Er nickte zu Rick und Sean O'Malley, Camille ignorierte er dagegen völlig. Dann drehte er sich abrupt in Richtung Halle und stieß mit Rayburn zusammen, der die ganze Szene verfolgt hatte.

»Hallo, mein Junge. Wie war deine Reise?«

»Viel versprechend, hoffe ich«, antwortete Zack kurz angebunden.

»Gut. Wir freuen uns, dass du wieder da bist.«

»Ach, wirklich? Ich habe eher den Eindruck, dass ich den Leuten hier den Spaß verderbe.« Nach diesen Worten stapfte er nach oben. Rayburns Blick folgte seinem übellaunigen Sohn und glitt dann zu Camille. Sie hätte vor Scham im Erdboden versinken mögen!

Dann jedoch ärgerte sie sich maßlos über Zack. Weshalb sollte sie eigentlich Gewissensbisse haben? Sie hatte überhaupt nichts Schlimmes gemacht, und selbst wenn, ginge es Zack Prescott einen feuchten Dreck an. Ihr Kinn selbstbewusst gereckt, erklärte sie: »Komisch, ich hätte ja doch gedacht, dass er sich freut, wieder zu Hause zu sein. Aber so kann man sich irren.«

Falls sie darauf irgendeine Kritik von Rayburn erwartete, hatte sie sich getäuscht. Ganz im Gegenteil, er warf sein weißhaariges Haupt zurück und lachte schallend.

Rick blickte hektisch in die Runde und wischte sich die verschwitzten Handflächen an der Arbeitshose ab. Er kannte Zack Prescott seit der gemeinsamen Schulzeit und wusste dessen Mienenspiel zu deuten. Dieses hier bedeutete Ärger, und falls man nicht lebensmüde war, ging man ihm lieber aus dem Weg, wenn seine blauen Augen diesen eisigen Glanz annahmen. »Ich mach mich jetzt besser wieder an die Arbeit«, grummelte er und mied betreten Camilles Blick.

Bevor er an diesem Tag ging, nahm Rick Camille beiseite und erkundigte sich leise skeptisch: »Hören Sie, Camille, ich wollte niemandem in die Quere kommen. Sind Sie und Zack… ich meine, ist da was…?«

Da er sich schwer tat mit seiner Frage, unterbrach Camille ihn. »Rick, ich freue mich auf unser Date heute Abend. Es gibt absolut keinen Grund, warum ich nicht mit Ihnen ausgehen sollte.«

Er wischte sich mit dem Hemdsärmel einige winzige Schweißperlen von der Oberlippe und seufzte. »Da bin ich aber froh. Ich möchte nämlich mit niemandem Ärger haben, verstehen Sie?« Er lachte nervös auf, zupfte sie neckisch am Ohrläppchen. »Ich komme gegen sieben. Okay?«

Nach ihrem zustimmenden Nicken lief er zum Wagen.

Während ihres vorgezogenen Abendessens war Zack mürrisch und verschlossen, wie Camille es nicht anders erwartet hatte. Rayburn schien hingegen geradezu versessen darauf, gute Stimmung zu verbreiten. Er erzählte Camille Geschichten aus seiner Jugend. Seine Abenteuer auf dem Mississippi River klangen genauso fesselnd wie die von Tom Sawyer und Huckleberry Finn. Trotz ihrer Verärgerung über Zacks miese Laune amüsierte sie sich köstlich über Rayburns Anekdoten. Und je mehr sie lachte, desto missmutiger wurde Zack. *Na und, soll er doch schmollen,* dachte sie schadenfroh und lachte noch lauter.

Nach dem Essen lehnte Rayburn sich gemütlich in seinem Sessel zurück und wischte sich Tränen der Heiterkeit aus den Augen. »Ja, die Sommer meiner Kindheit werde ich nie vergessen.« Nach einer kurzen Pause fuhr er fort: »Wann holt Rick Sie ab, Camille? Lassen Sie sich von uns nicht aufhalten! Sie geht nämlich heute Abend mit ihm zu einem Footballspiel«, setzte er als Erklärung für seinen

Sohn hinzu. Camille beobachtete Zack aus dem Augenwinkel, der nur lapidar mit den Schultern zuckte und einen Schluck Eistee nahm.

»Gegen sieben«, antwortete sie Rayburn, völlig perplex über Zacks Desinteresse an den Ausführungen seines Vaters.

»Na, dann machen Sie sich besser ausgehfertig – obwohl Sie auch jetzt schon bezaubernd aussehen.« Mr. Prescott schob den Sessel zurück und sagte, als wäre ihm nachträglich erst der Einfall gekommen: »Zack, was hältst du davon, wenn du Camille morgen auf die Plantage mitnimmst? Sie hat diese Woche intensiv gearbeitet, und ich möchte ihr das ganze Wochenende freigeben.«

»Ich weiß nicht…«, hob sie an, doch Zack fiel ihr ins Wort.

»Geht in Ordnung. Ich hab sonst nichts vor.« Er stand vom Tisch auf. »Also, dann bis morgen früh. Ziehen Sie was Bequemes an.« Ohne ein weiteres Wort stampfte er aus dem Esszimmer.

Der hat vielleicht Nerven! jaulte Camille im Stillen auf. Sie spähte zu Rayburn hinüber und stellte fest, dass er die schlohweißen Brauen wie zu einer stummen Frage hochgezogen hatte, während er die Tür fixierte, die sich gerade hinter seinem Sohn geschlossen hatte.

Camille entschuldigte sich bald darauf und lief ins Witwendomizil, wo sie sich für ihr Date mit Rick umzog. Sie war fest entschlossen, sich einen schönen Abend zu machen. Gleichwohl schwankte sie zwischen Vorfreude und Furcht vor dem kommenden Tag.

Ricks gute Laune wirkte so ansteckend, dass Camille Zacks miese Stimmung und seine wenig begeisterte Reaktion auf Rayburns Vorschlag, am nächsten Morgen mit ihr gemeinsam die Plantage zu besichtigen, im Nu verdrängte.

Es war ein kühler, klarer Abend, geradezu ideal für ein Footballspiel. Nachdem er seinen Wagen auf dem Parkplatz des Stadions abgestellt hatte, fasste Rick Camilles Arm, und sie schlenderten scheinbar endlos lange über felsigen, staubigen Boden, bis sie das hell erleuchtete, bunt geschmückte Spielfeld erreichten. Die Bands der einzelnen Schulen versuchten einander an Lautstärke zu übertreffen. Camille und Rick kicherten bei dem Bemühen, die Musikstücke auseinander zu halten, und gaben schließlich entnervt auf.

Camille trug einen Wollrock mit farblich abgestimmtem Pullover und wünschte sich schon bald sehnlichst, dass sie ihre Wildlederpumps zu Hause gelassen und stattdessen bequemere Schuhe mit flacherem Absatz angezogen hätte.

Kurz vor dem Anpfiff fanden sie ihre Plätze, und Rick machte sie unter dem lauten Gebrüll und Gejubel der Fans mit den anderen Paaren bekannt. Sie verstand nicht alle Namen, aber das schien auch unwichtig. Kurz darauf verfolgten alle Zuschauer gebannt das Spiel.

Rick machte keinen Hehl aus seiner glühenden Bewunderung für die strahlenden Cheerleaderinnen, die vor der Tribüne aufmarschierten. Er und Camille klatschten, stampften mit den Füßen und lachten wie zwei ausgelassene Teenager. Sie war entspannt wie seit Wochen nicht mehr und fühlte sich blendend.

Unvermittelt fiel ihr Blick auf Zack, der die steilen Stadionstufen hochgestiegen kam, einen Arm um die Schultern einer großen, schlanken Blondine gelegt. Die Zuschauer auf der Tribüne begrüßten das attraktive Paar laut johlend, während die beiden sich auf dem Weg zu ihren Plätzen durch die Reihen zwängten und zwischendurch immer wieder mit irgendwelchen Bekannten plauderten. Obwohl Zack sich angeregt zu unterhalten schien, fokussierte er unablässig die Menge, bis er Camille und Rick entdeckte. Rick, von einem der neben ihm sitzenden Zuschauer abgelenkt, bekam gar nicht mit, dass Zacks blaue Augen auf Camille geheftet waren und er sie mit einem spöttisch-herablassenden Lächeln bedachte. Hastig drehte sie den Kopf weg, bemüht, ihn und sein hinreißendes Date genauso zu ignorieren wie ihr rasendes Herzklopfen und die Woge der Eifersucht, die sie jählings durchflutete.

Es kam noch schlimmer: Zack nahm mit seiner Angebeteten nur zwei Reihen vor ihr und Rick Platz! *Oh nein!* Damit ruinierte er ihr schließlich den ganzen Abend! Frustrierend, aber wahr, wie Camille sich ehrlicherweise eingestehen musste. Sosehr sie sich über das Footballspiel in Ricks angenehmer Gesellschaft freute, sie konnte sich auf nichts anderes konzentrieren als auf Zacks Hinterkopf und den der Frau, an ihn geschmiegt, die blonde Mähne kaskadenförmig um seine Schultern gefächert. War das etwa die Witwe Hazelett, die Rayburn auf den Tod nicht ausstehen konnte?

In der Halbzeit versorgte Rick sie mit dampfend heißer Schokolade und frischem Popcorn. Der Enthusiasmus der Fans steigerte sich noch in der spannenden zweiten Hälfte des Spiels. Als die Heimmannschaft in der letzten Spielminute unerwartet den Ausgleich erzielte, gab es für die Zuschauer kein Halten mehr. Alles sprang auf, brüllte, pfiff und klatschte zu den anfeuernden Rhythmen der Schulband. Im Siegestaumel riss Rick Camille von ihrem Sitz hoch, umarmte sie schwungvoll und küsste sie mitten auf den Mund. Laut losprustend über seine glühende Begeisterung, traf sie über seine breiten Schultern hinweg unvermittelt Zacks Blick, der sie durch die johlende Menge hindurch beobachtete. Sein spöttisches Grinsen war wie weggewischt, seine Miene stattdessen grimmig erstarrt, wie in

Granit gemeißelt. Nur seine Augen sprühten Blitze. Wütend drehte er sich von ihr weg. Die Stimmung im Stadion erreichte unterdessen ihren Höhepunkt, und Camille war heilfroh, dass niemand ihre Verunsicherung bemerkte.

Bevor er sie nach Bridal Wreath zurückfuhr, lud Rick sie noch auf eine Pizza ein. An der Eingangstür zum Witwendomizil dankte Camille ihm für den schönen Abend, worauf er sie kurz an sich zog und sich mit einem zaghaften Gutenachtkuss von ihr verabschiedete. Als er sie losließ, bemerkte sie wieder den bekümmerten Ausdruck auf seinem kantigen, sympathischen Gesicht. Er streichelte sanft über ihre Wange, wünschte ihr eine angenehme Nacht und schlenderte davon. Er ließ die Schultern hängen und sein sonst elanvoller Gang wirkte irgendwie schleppend, fand Camille. *Aber haben wir nicht alle unsere privaten Probleme?* philosophierte sie auf dem Weg in ihr Schlafzimmer.

Am nächsten Morgen war das Wetter herbstlich kühl wie am Abend zuvor. Camille entschied sich für Designerjeans, die ihre schlanken Beine und Hüften hervorragend zur Geltung brachten. Dazu trug sie ein langärmeliges, beigefarbenes T-Shirt, eine dunkelblaue Strickjacke schlang sie sich lässig um den Hals. Dann streifte sie ein Paar bequeme Stiefel über, die ihr schon viele Jahre gute Dienste geleistet hatten und viel zu schade zum Wegwerfen waren.

Es war noch früh, als sie die Terrasse passierte und durch die hintere Verandatür die Küche betrat, wo Dearly bereits das Frühstücksgebäck vorbereitete und eine Kanne Kaffee aufgebrüht hatte.

»Guten Morgen, Camille. Haben Sie gut geschlafen? Wie ich höre, sind Sie heute den ganzen Tag mit Zack unterwegs. Passen Sie gut auf sich auf. Er hat nämlich den Ruf eines Herzensbrechers.« Fröhlich glucksend schob sie ein

Backblech in den Ofen. Camille wurde eine Spur blasser. Sie dachte an die Blondine, die sich bei dem Footballspiel besitzergreifend an Zack geklammert hatte. Hastig drehte sie sich zum Küchentresen und goss sich eine Tasse Kaffee ein. »Ja, ja, unser Zack ist der Schwarm aller Frauen«, fuhr Dearly fort. »Aber mit diesen blauen Augen, was soll man da anderes erwarten? Als er noch auf die Highschool ging, bin ich manchmal richtig ärgerlich geworden. Die Mädchen riefen giggelnd hier an und wollten Zack sprechen. Ständig klingelte das Telefon. Er mochte die Mädels zwar, aber der Sport und Autos waren ihm damals viel wichtiger. Auf dem College … na ja, darüber weiß ich nicht allzu viel, weil er seinerzeit nicht hier wohnte, aber als er wieder zu uns nach Hause zurückgekehrt war, musste er sämtliche Debütantinnen und ihre Mütter im Umkreis von zig Kilometern abwimmeln. In den Jahren danach war er mit etlichen Frauen befreundet, aber die haben alle kapituliert und einen anderen geheiratet. Das schien ihn nie sonderlich zu berühren.«

Camille unterbrach diesen aufschlussreichen Monolog nicht, sondern deckte schweigend den Tisch, während Dearly Grapefruits schälte und in Scheiben anrichtete. »Dann, vor etwa zwei Jahren, hatte er eine echt schlimme Phase. Holla! Er war ständig schlecht gelaunt und zog sich völlig in sich zurück, wollte mit keinem mehr reden. Und wenn, dann ließ er nur irgendwelche abfälligen Kommentare über Frauen fallen, bis wir schließlich annahmen, dass er sich unglücklich verliebt hätte. Vermutlich hatte die junge Dame es satt, nach seiner Pfeife zu tanzen, und ihm eins ausgewischt, indem sie einen anderen geheiratet hat. Natürlich hat er nicht darüber geredet. Wir erfuhren nie, wer die schöne Unbekannte war, aber sie muss ihn tief verletzt haben.«

Vor zwei Jahren. Demnach war er in Utah gewesen, um über eine gescheiterte Beziehung hinwegzukommen. Wie praktisch – er hatte sich seine Männlichkeit beweisen und sein Selbstbewusstsein stärken wollen, indem er Camille als Versuchskaninchen benutzt hatte. Mr. Zachary Prescott hatte sich mit ihr getröstet, nachdem sie ihm quasi wie eine reife Frucht in den Schoß gefallen und seinen Verführungskünsten willenlos erlegen war!

Wieder spitzte sie aufmerksam die Ohren, da Dearly fortfuhr: »Eine ganze Weile verabredete er sich mit keiner Frau, bis er diese Erica Hazelett kennen lernte – aber wenn Sie mich fragen: Sie ist nicht das Richtige für unseren Zack. Eine Frau, die ihre Kinder monatelang wegschickt, weil sie in ihrem ausgefüllten Terminkalender keinen Platz finden, ist in meinen Augen keine anständige Mutter. Und da Zack nie eine Mutter gekannt hatte und auch keine Geschwister, hat er immer beteuert, dass er mehrere Kinder haben wolle … *wenn* er denn jemals heiratete.« Dearly seufzte. »Wir haben die Hoffnung schon fast aufgegeben, dass in diesem Haus jemals Babys aufwachsen.«

Camille strich abwesend Butter auf eines der Gebäckstücke, die, frisch aus dem Backofen, in einem Brotkorb auf dem Tisch standen. Sie nippte an ihrem Kaffee und seufzte. Wer auch immer Zack gekränkt hatte, hatte ganze Arbeit geleistet. Camille wusste aus eigener Erfahrung um seinen Zynismus gegenüber dem weiblichen Geschlecht und wie skrupellos egoistisch er Frauen auszunutzen vermochte. Entsprang seine frauenfeindliche Haltung dem Wunsch nach Vergeltung an der gesamten Spezies, nur weil ihm eine übel mitgespielt hatte, in die er sich zufälligerweise verliebt hatte?

Das Objekt ihrer brütenden Überlegungen betrat die Küche. Zack trug Jeans und ein farblich abgestimmtes

Sakko, darunter einen weißen, hoch geschlossenen Wollpullover.

»Guten Morgen, meine Damen«, sagte er grinsend und drückte Dearly einen schmatzenden Kuss auf die Wange. Camille hatte eher damit gerechnet, dass er eingeschnappt wäre, wie bei dem Abendessen am Tag zuvor. Auf diesen strahlenden, weltgewandten Typen, der quer durch die Küche steuerte, dabei »Oh What a Beautiful Morning« summte und sich schließlich einen Kaffee einschenkte, war sie nicht gefasst. Vor ihrem geistigen Auge erstand wieder die wie in Granit gemeißelte Statue, die sie wütend angefunkelt hatte, während Rick sie in seinen starken Armen gehalten hatte. Hatte Zack überhaupt eine Ahnung, wie mordlustig er sie bei Ricks Kuss angesehen hatte?

»Reisefertig?«, erkundigte sich Zack. Er glitt auf einen Küchenstuhl und nahm sich ein dampfend heißes Brötchen, das er in den Händen jonglierte, bis es auf seinen Teller fiel.

»Ja«, erwiderte sie knapp, zu schockiert über seinen sprunghaften Stimmungswandel, um dem noch irgendetwas hinzuzufügen.

»Gut. Ich habe einige Aktivitäten für uns geplant. Beeilen Sie sich ein bisschen mit dem Frühstück.«

»Ja, Sir!«, sagte Camille rasch und salutierte scherzhaft. Das Funkeln in seinen strahlend blauen Tiefen ließ Camilles Herz höher schlagen. Wenn nur …

Zack half ihr auf den Beifahrersitz eines Pick-ups, der schon viele Jahre und etliche Kilometer Landstraße auf dem Buckel hatte. Die blaue Farbe war verwittert und zerkratzt, ein Fensterglas gesprungen und behelfsmäßig ausgebessert.

»Wenn wir ein richtiges Date hätten, würde ich mit meinem Wagen fahren, aber der hier passt weitaus besser zu einer Tour über die Plantage. Es macht dir doch nichts aus, oder?«

»Nein, überhaupt nicht«, erwiderte Camille betont gleichmütig. Gleichwohl raste ihr Puls von dem kurzen Körperkontakt mit ihm, als er ihr auf den Wagensitz half. Würde sie denn nie immun werden gegen seine Berührung?

Zack fuhr die holperige Auffahrt von Bridal Wreath entlang, bog dann nach links und passierte das kurze Stück zur Auffahrt des Highway 65. Sie fuhren nach Westen zum Fluss. Kurz vor der Brücke, die den Mississippi überspannte, zeigte Zack auf ein Haus, das links von ihnen auf einer Anhöhe stand. »Das ist The Briars. Von da hat man einen tollen Blick auf den Fluss. Das Haus wurde um 1812 erbaut. Dort im Salon gab Jefferson Davis seinerzeit Varina Howell das Jawort.«

Im Vorbeifahren erhaschte Camille einen Blick auf das schöne Haus und den gepflegten Park. Sie hatte sich über Zack gebeugt, um auf der Fahrerseite hinaussehen zu können, und sein Arm streifte unbeabsichtigt ihren Busen. Hastig ließ sie sich auf den Beifahrersitz zurücksinken, inständig hoffend, dass er nicht merkte, welche Wirkung seine Berührung auf sie hatte.

Verlegen schweigend starrte sie auf den Mississippi River, als sie die Brücke überquerten, allerdings war es auch ein faszinierendes Panorama. Die großen Schiffe wirkten auf dem breiten Fluss wie Spielzeugboote. Camille erspähte Natchez-Under-the-Hill, den historischen Altstadtkern. Gerade als sie das erwähnen wollte, kam Zack ihr zuvor: »Wir werden irgendwann mal abends nach Under-the-Hill fahren und dort ausgehen. Ich kenne ein Restaurant, wo man den besten gebratenen Wels bekommt. Aber verrat Dearly bitte nicht, dass ich das gesagt habe.« Seine Augen versanken in den ihren, er lächelte komplizenhaft und zeigte dabei seine blendend weißen Zähne. Wieso musste er auch so verdammt attraktiv sein?

Innerhalb von Minuten erreichten sie die Uferseite von Louisiana und fuhren durch die kleinen Ortschaften weiter nach Westen. Nach ein paar Kilometern steuerte Zack in nördliche Richtung, auf eine Landstraße, die von einem Eisenbogen überspannt war. »Prescott Plantage« war in riesigen Metalllettern darauf zu lesen.

Im Laufe des Vormittags stürmte eine Vielzahl von Eindrücken auf Camille ein. Zack fuhr mit ihr über gigantisch anmutende Felder, erklärte ihr die jeweiligen Anbaupflanzen, wann eine Ackerfläche brach liegen und wie sie kultiviert werden musste. Immer wenn sie auf seine Arbeiter trafen, verlangsamte Zack den Pick-up und grüßte freundlich. Erstaunlicherweise kannte er jeden mit Namen. Camille war verblüfft, wie viele Menschen auf den Pflanzungen beschäftigt waren.

Zacks ganze Leidenschaft galt jedoch der Pferdezucht, mit deren Aufbau er kurz zuvor begonnen hatte. Er zeigte ihr die Stallungen und ein paar Pferde, die ihm inzwischen gehörten. Einige waren junge Fohlen, die im Frühjahr zur Welt gekommen waren. Camille fand, dass sie hübsch und gesund aussahen, allerdings hatte sie von Pferden zugegebenermaßen so gut wie keine Ahnung. Zack räumte ein, dass es auch für ihn Neuland sei, trotzdem wolle er unbedingt in dieses lukrative Geschäft einsteigen.

Camille beobachtete ihn aus den Augenwinkeln, während er ihr die entsprechenden Pläne sowie die wirtschaftlichen Zukunftsaussichten der Plantage darlegte. Dabei geriet er richtig ins Schwärmen. Seine Miene hellte sich zunehmend auf, und Camille bemerkte, dass Zack sich ständig neue Ziele setzte. Er war nicht der Mensch, der es bei dem Erreichten bewenden ließ. Er suchte immer wieder neue Herausforderungen – diesen neuen Charakterzug hatte sie soeben an ihm entdeckt.

Langsam schwante ihr, dass sie sich in ihn verliebt hatte.

Es war eine bittersüße Erkenntnis. Am liebsten hätte sie die Hand nach ihm ausgestreckt und ihn berührt, ihm ihre heimliche Entdeckung gestanden, aber das ging auf gar keinen Fall. Fühlte er denn nicht die Heftigkeit ihrer Liebe? Merkte er etwa nicht, wie aufgewühlt sie innerlich war? *Zack, ich liebe dich,* beschwor sie ihn im Stillen.

Er hatte seinen ledernen Cowboyhut abgenommen, den er wegen der herbstlichen Witterung an Stelle des Strohhuts trug, und seine sonnengebleichten Locken wehten in der kühlen Brise. Eine Stiefelspitze auf der untersten Verstrebung, lehnte er an einem Gatter und ließ die Arme lässig über der obersten Holzlatte baumeln. Er war der Inbegriff männlicher Dominanz. Schon in Utah hatte Camille seine maskuline Aura gespürt und sich davon eingeschüchtert gefühlt, wie sie sich inzwischen eingestehen musste. Als sie vor ihm geflohen war … aus seinem Bett … hatte sie da schon in ihm den Mann erkannt, den sie mit alles verzehrender Leidenschaft lieben konnte? War sie letztlich gar nicht aus Beschämung und Selbsthass weggelaufen, sondern aus Furcht, von ihm zurückgewiesen zu werden? Unvermittelt besann sie sich auf das zarte Gefühl der Verliebtheit, die sie für ihn empfunden hatte, eng an ihn geschmiegt in der Stille jener verschneiten Winternacht. *Liebe?* fragte sie sich. *Nein! Auf gar keinen Fall.* Und doch war es aus heiterem Himmel geschehen. Sie mochte es nicht länger leugnen. Sie hatte sich auf Anhieb in ihn verliebt.

Zack drehte den Kopf und fing den entrückten Blick auf, mit dem sie ihn musterte. Sofort wurde sie knallrot im Gesicht. Konnte er Gedanken lesen? Ahnte er etwa, wie sehr sie ihn liebte?

Er strich ihr eine vorwitzige Locke aus der Stirn; seine Finger brannten auf ihrer Haut. »Ich finde deine Plantage fantastisch, Zack. Ganz im Ernst«, murmelte sie verlegen.

»Das weiß ich«, erwiderte er todernst. Dann erkundigte er sich ganz nebenbei, ob sie hungrig sei.

»Oh ja!«, entfuhr es ihr spontan. »Ich bin fast am Verhungern.«

Er lachte. »Gut, zumal ich dir zum Mittagessen etwas ganz Besonderes bieten werde.«

Nachdem er ihr beim Einstieg in den Pick-up geholfen hatte, verließen sie die Plantage und steuerten in Richtung Natchez.

Als sie durch die Stadt fuhren, erklärte Zack ihr zahlreiche historische Stätten, die Camille unmöglich alle behalten konnte. Er schien die Geschichte seiner Heimatstadt gut zu kennen, denn er spulte die Fakten herunter wie ein Fremdenführer. Es gab über zweihundert Bauten in Natchez, die noch aus der Zeit vor dem Bürgerkrieg stammten, und alle hatten sie eine gewisse Berühmtheit erlangt. Berühmte Persönlichkeiten wie Henry Clay, Aaron Burr, Lafayette, Andrew und Rachel Jackson, Mark Twain und Stephen Foster hatten Natchez besucht und einige Zeit in den wunderschönen Häusern verbracht.

Das Restaurant, das Zack für den Mittag ausgesucht hatte, war das Post House in der alten King's Tavern. Zack erklärte ihr, dass es das älteste Bauwerk von Natchez sei, noch vor 1798 erbaut. Indianische Boten hatten die erste US-Post zur King's Tavern gebracht, nachdem die Stadt in jenem Jahr unter nordamerikanische Verwaltungshoheit gekommen war. Das Haus stand am Ende der legendären Natchez-Route, einer gut markierten Strecke durch die wilde, unberührte Landschaft von Nashville, Tennessee. Als sie das altehrwürdige Posthaus betraten, deutete Zack auf die Einschusslöcher an den Wänden, Erinnerungen an einen frühen Angriff der Indianer.

Das Restaurant mit seiner niedrigen Decke war im Stil der frühen Siedler gehalten. Camille war hellauf begeistert. Und das nicht nur wegen seiner historischen Bedeutung und der wechselvollen Vergangenheit, sondern auch, weil Zachary Prescott bei ihr war; insgeheim sah sie ihn als heimgekehrten Trapper von der gefährlichen Natchez-Route vor sich, eine faszinierende Vorstellung.

Mit ihrer Einwilligung bestellte Zack das Mittagsmenü: Meeresfrüchte, Fisch, gebackenes Hühnchen mit Maisbrei, verschiedene Gemüse und Soßen.

Während des Essens beobachtete Camille ihn verstohlen. Er schien entspannt und gut gelaunt, obwohl er doch eigentlich nur mit ihr hergefahren war, weil sein Vater ihn dazu verdonnert hatte. Er plauderte nahezu mit jedem, der das Lokal betrat, und stellte ihr die Gäste vor, die zu einem kleinen Plausch an ihrem Tisch stehen blieben.

Beim Kaffee meinte Camille: »Deinem Vater scheint es wieder besser zu gehen, nicht wahr?«

»Ja. Seit du da bist und die Hausrenovierung betreust, lebt er richtig auf. Gesundheitlich wird er leider nie mehr so fit wie vor seiner Erkrankung, deshalb mache ich mir auch ständig Sorgen um ihn.«

»Das kann ich gut nachvollziehen, Zack.« Leise setzte sie hinzu: »Er liebt dich sehr.«

»Ja, das weiß ich.« Er lachte bedrückt. »Manchmal wünschte ich mir, ich hätte Geschwister, die ihn stolz und glücklich machen könnten. Ich habe ihn nämlich schwer enttäuscht.«

»Wie kannst du so etwas sagen?!«

Er rutschte unbehaglich auf dem Stuhl herum, bevor er

antwortete. »Dad ist von dem … zwanghaften Wunsch beseelt … die Linie fortzusetzen, also Bridal Wreath und die Plantage in die Hand eines weiteren Prescott zu übergeben.« Er nahm hastig einen Schluck Kaffee und setzte hinzu: »Es sieht jedoch nicht so aus, als würde das passieren.«

Camille wusste nicht, wie sie darauf reagieren sollte, und starrte stattdessen auf ein Bild an der Wand neben sich. Sie schwiegen, bis Zack bezahlt hatte und sie zu dem Pick-up zurückschlenderten, der vor dem Gebäude parkte.

»Das Essen war toll, Zack, genau wie das Post House. Danke«, sagte Camille, als er den Wagen ausparkte und sich in den fließenden Samtagsnachmittagsverkehr einfädelte.

»Hat es dir auch wirklich geschmeckt?«, erkundigte er sich grinsend.

»Sogar zu gut, fürchte ich. Wenn ich weiterhin so viel in mich hineinstopfe, werde ich noch kugelrund.« Sie lachte, dabei fiel ihr ein, was er irgendwann einmal über ihre Figur gesagt hatte. Er hatte angedeutet, dass sie ruhig ein bisschen zunehmen könnte. Sie ließ den Blick zu ihm schweifen und stellte verdutzt fest, dass er sich offensichtlich auch daran erinnerte.

»Ich würde mal sagen, dass die zusätzlichen Pfunde alle auf die richtigen Stellen verteilt sind«, flachste er anzüglich, und Camille errötete. Gutmütig lachend gab er ihr einen spielerischen Klaps aufs Knie, worauf sie den Atem anhielt, da seine Finger für Augenblicke auf ihrer Haut verweilten.

Sie fuhren durch andere Stadtteile von Natchez, vorbei an beeindruckenden Gutshäusern. Und jedes dieser vielen Anwesen trug entweder den Namen seines Besitzers oder eine andere wohlklingende Bezeichnung, wie beispielsweise Auburn, D'Evereux, Fair Oaks, Dunleith, Hawthorne,

Mount Repose und so fort. Jedes Haus war anders gestaltet und hatte seinen eigenen, persönlichen Charme. Manche ähnelten kleineren Landgütern, andere wiederum verströmten das Südstaatenflair der Kolonialzeit mit griechischer Säulenarchitektur, genau wie Bridal Wreath.

»Ich mag diese Häuser und die riesigen Parks ringsherum. Die Eichen, Magnolien, Weiden – einfach traumhaft. Es muss fantastisch aussehen, wenn im Frühling Azaleen, Hartriegel, Forsythien und Glyzinien blühen. Und natürlich auch die Spiersträucher!«, setzte sie begeistert hinzu.

»Ja, das stimmt.« Zack nickte. »Nur schade, dass die Blumen so schnell wieder verblühen. Aber vermutlich muss das so sein, sonst wäre es ja nichts Besonderes. Kennst du Longwood?«

»Dieses achteckige Herrenhaus?«

»Ja. Es wurde nie fertig gestellt. Nur das Parterre existiert. Es stand all die Jahre leer. Meiner Meinung nach wurde der Bau um 1858 begonnen, und 1861 waren die Arbeiten noch nicht beendet.«

»Eine frustrierende Vorstellung, dass jemand so viel Zeit und Mühe in ein Haus steckt, das nie bewohnt werden kann. Da hätte ich lieber ein kleines Haus mit jeder Menge Leute drin als so einen gottverlassenen Riesenpalast.«

»Endlich habe ich dich durchschaut, Miss Jameson. Du möchtest ein Haus voller Menschen, umgeben von einem Park mit altem Baumbestand.« Er zwinkerte ihr zu. »Stimmt's oder hab ich Recht?«, schmunzelte er.

»Ich hab mich selbst verraten, nicht?«, gab sie lächelnd zurück. »Das kommt wahrscheinlich daher, weil ich keine Geschwister habe. Als Einzelkind ist man gelegentlich recht einsam.«

»Dann haben wir doch etwas gemeinsam, Camille, oder?«, meinte er sanft, mit einfühlsamem, bewegendem Tonfall.

Camille, die ihn gedankenvoll musterte, nickte bekräftigend.

Sie fühlte sich wohl und rundum zufrieden. Es war ein herrlicher Tag gewesen. Sie genoss das Alleinsein mit ihm. Während sie in Richtung Bridal Wreath steuerten, kuschelte sich Camille tiefer in das abgewetzte Polster des Pick-ups, derweil ließ sie ihre frisch erblühte Liebe zu Zack auf sich wirken und wünschte sich sehnlichst, dass er seine Haltung ihr gegenüber bald änderte. Heute hatte er sich aufmerksam, freundlich, charmant, nahezu vorbildlich verhalten. Vielleicht gab es ja noch Hoffnung für sie beide. Immerhin hatte es in den beiden zurückliegenden Jahren kein Mann geschafft, die Erinnerung an Zack aus ihrem Kopf zu verscheuchen. War es auch nur entfernt denkbar, dass ihre gemeinsame Nacht mit Zack doch mehr hinterlassen hatte als einen bitteren Nachgeschmack? Vielleicht besann er sich ja noch auf die glücklichen Momente, die sie miteinander geteilt hatten...

Sie bogen in die Allee ein und ruckelten über das holprige Pflaster zu seinem Anwesen. »Wenn ich das einmal kritisch anmerken darf, Mr. Prescott, ich glaube, die Auffahrt muss dringend neu asphaltiert werden.«

»So, so, glauben Sie, Miss Jameson?«, erwiderte er in gespielt herablassendem Ton. Dann grinste er und zwinkerte ihr zu. »Du hast absolut Recht!«

Die Bremsen des Pick-ups quietschten geräuschvoll. Zack schaltete die Zündung aus, woraufhin der brummende Motor und das Radio verstummten. Die plötzlich eintretende Stille betonte die seltsam knisternde Atmosphäre. Die im Westen stehende Sonne warf lange Schatten auf den Rasen und färbte das orangerote Laub golden, ließ die Bäume herbstlich entflammen. Draußen wehte ein kühler Wind, im Innern des Wagens jedoch war es warm.

Weder Camille noch Zack rührte sich. Sie saßen schweigend und kaum Zentimeter voneinander entfernt in der engen Fahrerkabine. Es war Intimität ohne Worte, ohne Berührung. Jeder von ihnen genoss die atmosphärische Ruhe, die atemlose Nähe des anderen.

Zeitgleich drehten beide die Köpfe, um den anderen zu betrachten. Wie in Trance langte Zack durch den Fahrerraum und berührte ganz leicht ihr golden schimmerndes Haar, bevor seine Hand ihre Wange umfing. Ihre Augen versanken in seinen, während er sie intensiv betrachtete. Wie zwei himmelblaue Magneten hielten sie Camille fest, glitten von ihrem Schopf zu ihren riesigen, glänzenden Augen, über ihre wohlgeformte Nase zu ihren leicht geöffneten Lippen, wo sie kurz verweilten. Sie schweiften zu ihrer Kehle, zu der Halsbeuge, wo eine winzige Ader blau pulsierte, und ruhten dann auf ihren Brüsten. Ihre harten, prickelnden Knospen zeichneten sich verdächtig unter dem weichen Baumwollshirt ab.

Zacks Augen wanderten zurück zu ihrem Mund. Mit einem Daumen streichelte er über ihre bebenden Lippen, presste sanft ihre Unterlippe hinunter, sein warmer Atem an ihren Zähnen. »Ich hab es nicht vergessen, Camille. Ich weiß noch genau, wie es zwischen uns war.« Seine Stimme war ein zärtlich gehauchtes Flüstern und klang schonungslos ehrlich. Er legte die andere Hand auf ihre linke Brust und massierte diese leicht. »Ich fühle dein Herzklopfen. Du erinnerst dich auch noch daran, nicht wahr?«

Er riss sie an sich, seine Hand gefangen zwischen ihren Körpern. Sie erwartete, dass seine Lippen so besitzergreifend wären wie seine Umarmung, doch sie waren weich und liebkosten ihren Mund mit sinnlichen Küssen. Seine Zunge spielte mit ihren Lippen, doch als sie sich teilten, drang er nicht weiter vor. Stattdessen saugte er an ihrem

Mundwinkel, und sie flüsterte lustvoll, beinahe besessen seinen Namen.

Jede Zurückhaltung fiel von ihm ab, und er bedeckte ihren Mund mit stürmischen Küssen. Seine Zunge verschmolz samtig rau mit der ihren. Den zwischen ihren Brüsten versteckten Fingern gelang es, Camille ungeahnte Lustgefühle zu bescheren. Unbewusst bog sie sich Zack entgegen, bot ihm lasziv ihren Körper. Seine Hände folgten ihren verheißungsvollen Kurven, während beider Lippen das fordernde Spiel fortsetzten. Er vergrub das Gesicht in ihrer Halsbeuge und stöhnte: »Camille. Camille, du hast mich verzaubert. Seit Snow Bird …«

Lautes Autogehupe ließ sie verschreckt auseinander fahren. Zack stieß einen leise gemurmelten, vulgären Fluch aus, dass Camille ganz anders wurde. Als er merkte, wie ein schnittiger, silberfarbener Porsche neben den Pick-up glitt, öffnete er mit einem weiteren Kraftausdruck die Fahrertür und sprang hinaus. Sich selbst überlassen, versuchte Camille hektisch, ihre Sachen in Ordnung zu bringen, bevor sie aus dem Lieferwagen kletterte.

»Schätzchen, bin ich froh, dass du zu Hause bist«, sagte die hoch gewachsene Blondine, lässig an den Sportflitzer gelehnt. Plötzlich erkannte Camille in ihr die Frau, die Zack am Vorabend zu dem Footballspiel begleitet hatte. Sie trug ein rosafarbenes Strickkleid, passende Wildlederpumps und einen gemusterten Schal, den sie nachlässig-elegant um den Hals drapiert hatte.

»Hallo, Erica. Was führt dich zu mir?« Zacks Stimme klang zwar freundlich, aber Camille glaubte, einen gereizten Unterton herauszuhören.

»Erst möchte ich in aller Form begrüßt werden, und dann erzähl ich es dir«, schnurrte die Frau, worauf Zack sie an sich zog und ihr einen heißen Kuss auf den sinnlichen

Schmollmund drückte. Camilles Herz sank ins Bodenlose – am liebsten hätte sie sich unbemerkt in die schützenden vier Wände des Witwendomizils verdrückt. Das allerdings war ihr verwehrt, da Zack sich von Erica abwandte und mit einer Hand auf Camille deutete. »Erica, das ist Camille Jameson. Sie renoviert Bridal Wreath für uns. Camille, Erica Hazelett.«

»Hallo, Mrs. Hazelett«, sagte Camille wenig begeistert. In Ericas Gegenwart fühlte sie sich klein und unscheinbar, nicht zuletzt wegen ihrer einfachen Freizeitkleidung. Und ihre Locken kräuselten sich nach Zacks stürmischer Umarmung vermutlich wirr in alle Richtungen. Gute Güte, ihre Lippen schienen verdächtig spröde und geschwollen nach seinen Küssen. Zu allem Überfluss fühlte sie sich von dieser perfekt gestylten Frau auch noch kritisch unter die Lupe genommen.

Erica begrüßte sie freundlich und meinte dann: »Ist mir schleierhaft, wieso Zack unbedingt eine Innenarchitektin engagieren musste, um Bridal Wreath umzugestalten, zumal er seit langem weiß, dass ich das gern übernommen hätte. Schließlich hab ich ihm das sogar angeboten.«

»Ich bin sicher, dass Sie das hervorragend gemacht hätten, Mrs. Hazelett. Aber Zack hat damit letztlich nichts zu tun, sein Vater hat mich engagiert.«

»Und wie wir wissen, hält mein Dad nicht viel von deinem Geschmack«, flachste Zack, worauf Erica ihre schön geschwungenen Lippen zu einer schmalen Linie zusammenpresste.

»Na, na, wenn Miss Jameson sich nach dem Geschmack deines Vaters richtet, bin ich echt gespannt auf das Resultat«, gab Erica schnippisch zurück.

Verblüfft über die sarkastische Bemerkung, öffnete Camille den Mund. Ihre Augen verengten sich zu bernsteinfarbenen Schlitzen, schmal wie die einer Katze, die einen Gegner wittert. Ihr Nackenflaum stellte sich auf, voller Abneigung gegen Zacks Freundin.

Die junge Innenarchitektin musste neidlos einräumen, dass Erica Hazelett ein ungemein attraktives Geschöpf war. Die Details ihrer optischen Erscheinung, die Camille am Abend zuvor nur ungenau wahrgenommen hatte, sprangen ihr jetzt förmlich ins Auge. Ericas Haar war blond, zu blond, um nicht jede Woche mit den Errungenschaften der modernen Chemie aufgehellt zu werden. Ihre blauen Augen wirkten kühl, ohne Tiefe, ohne Ausstrahlung. Apart geschwungene Brauen erhoben sich über einer geradezu aristokratischen Nase, und ihr Mund war voll und sinnlich. Groß und knabenhaft schlank, hatte sie die Figur eines Models, ihre Bewegungen wirkten gelangweilt, wie vor dem Spiegel eingeübt. Diese Beauty hatte sich immer unter Kontrolle, bemerkte Camille, die heimlich beobachtete, wie Erica sich an Zacks Körper schmiegte und ihm imaginäre Stäubchen von dem dunklen Jackett wischte. Die offensichtliche Vertrautheit irritierte Camille, gleichwohl war sie fest entschlossen, sich von dieser Frau nicht unterkriegen zu lassen. Folglich blieb sie mit Todesverachtung bei den beiden stehen und beobachtete, wie Erica schamlos mit Zack flirtete.

Mit schmelzender Stimme redete die Witwe Hazelett leise auf ihn ein. »Zack, Schätzchen, du musst mich bitte, bitte heute Abend begleiten. Ich hab dich schon telefonisch zu erreichen versucht, aber der Dienstbote sagte mir, du seiest weggefahren, mit dieser Miss… wie heißt sie noch gleich? Ist ja auch egal. Ich verzeihe dir alles, wenn du mir versprichst, dass du mit mir zu der Party gehst.«

Camille schäumte innerlich vor Wut über Ericas herablassende Art. Und Simon oder Dearly als Dienstboten zu bezeichnen war schlicht der Gipfel! Diese arrogante Zicke! Sicher, sie war hübsch und zweifellos sexy, aber was mochte Zack sonst noch an ihr finden? Ihr oberflächliches Getue musste ihm doch schrecklich auf die Nerven gehen.

»Wo findet die Dinnerparty heute Abend statt?«, fragte Zack ohne großen Enthusiasmus.

»Oh, ich wusste, dass du mitkommen würdest, Zack!«, kreischte Erica. Sie stellte sich auf die Zehenspitzen und küsste ihn auf die Wange. »Im Melrose, Schätzchen. Und natürlich ist Abendgarderobe angesagt.«

»Natürlich«, erwiderte Zack trocken.

»Du musst mich gegen sieben abholen. Sorry, dass ich dich nicht früher informieren konnte, zumal die Gastgeberin erst heute Morgen bei mir anrief, völlig panisch. Einer der begehrtesten Junggesellen hat abgesagt, und jetzt fehlt ihr ein Tischherr. Ich hab ihr versprochen, dass ich dich dazu überrede, mich zu begleiten, sie aber gleichzeitig auch gewarnt, dass du definitiv nicht mehr zu haben bist.«

»Das entscheide immer noch ich«, knirschte Zack, aber Erica schien von seiner Humorlosigkeit unbeeindruckt.

»Oh, du Schlimmer, du machst dich lustig über mich«, giggelte sie, mit ihrem langen, perfekt manikürten Zeigefinger vorwurfsvoll auf seine Brust tippend. »Ich sehe dich um sieben, Schätzchen.« Nachdem sie Zack noch einen weiteren Kuss auf die Wange gehaucht hatte, stieg sie, Camille wie Luft behandelnd, in ihren Sportwagen und rauschte die Auffahrt entlang davon.

»Hübsches Auto«, bemerkte Camille noch spitz, bevor sie die Stufen zum Hauptportal hochging. Sie vernahm Zacks gedämpftes Fluchen, als er hinter ihr durch die renovierungsbedürftige Eingangstür stapfte.

Zack kam erst spät in der Nacht nach Hause. Camille hätte um nichts in der Welt zugegeben, dass sie nicht einschlafen konnte, bis sie endlich das leise schnurrende Motorgeräusch des Lincoln hörte, als er die Auffahrt hinaufglitt.

Was hatten er und Erica bis in die frühen Morgenstunden gemacht? Ihr selbst war der Spaß über die Nähe und Intimität des gemeinsam verbrachten Tages gründlich vergangen über den Anblick der selbstbewussten Erica und die Art, wie diese Frau Zack vor vollendete Tatsachen stellte. Ohne groß nachzudenken hatte er sich bereit erklärt, sie auf eine Party zu begleiten! Und das, nachdem er Camille Augenblicke zuvor mit atemberaubender Hingabe geküsst hatte! Gab er Ericas Forderungen immer so schnell nach? Was hatte er noch zu ihr, Camille, sagen wollen, bevor die Ankunft des silbernen Porsches ihn abgelenkt hatte? Liebte er diese oberflächliche, blöde Kuh etwa? Und wenn nicht, wieso war er dann bis halb vier morgens mit ihr zusammengeblieben?

Diese Überlegungen marterten ihr Hirn, bis sie schließlich erschöpft in einen unruhigen Schlaf fiel.

6

Am Sonntagvormittag begleitete Camille Rayburn zum Gottesdienst. Sie saß neben ihm in der Kirchenbank und versuchte krampfhaft, während der Predigt nicht einzunicken. Zack war natürlich nicht mitgekommen, und sie hätte sich ohrfeigen können, dass sie sich bis zu seiner Rückkehr schlaflos herumgewälzt hatte. Er lag jetzt friedlich schlummernd im Bett, und Camille war hundemüde, weil sie sich wegen seines nächtlichen Dates mit Erica Hazelett den Kopf zerbrochen hatte.

Als sie zurückkehrten, saß Zack im Salon, umgeben von abgedeckten Möbeln, abgeschmirgelten Holzpaneelen und nackten Wänden, an denen noch Tapetenreste klebten. Er hatte sich den einzigen intakten Stuhl genommen und las, die Beine übereinander geschlagen, die Sonntagszeitung, eine Tasse Kaffee neben sich am Boden.

»Guten Morgen«, rief er, als sie aus der Halle zu ihm steuerten. »Setzt euch, wenn ihr noch einen freien Stuhl findet.« Er lachte unbefangen, und Camille wäre ihm liebend gern an die Gurgel gegangen.

»Guten Morgen, mein Junge. Gibt es heute Nachmittag irgendeine gute Footballübertragung im Fernsehen?«, erkundigte sich Rayburn, nachdem er Hut und Mantel in der Halle abgelegt hatte.

»Ja, eine ganze Reihe. Nach dem Mittagessen muss ich noch kurz zur Plantage rausfahren, aber zur zweiten Halbzeit bin ich spätestens zurück.«

»Schön«, strahlte Rayburn, und Camille kam sich plötzlich ausgegrenzt und überflüssig vor in diesem Männerhaushalt. Was machte sie überhaupt hier? Wie hatte sich das Ganze so entwickeln können? Wann hatte sie die Kontrolle über ihr Leben verloren?

Dann traf ihr Blick erstmals an diesem Tag auf Zacks. Sie war schockiert, wie eindringlich er sie fixierte, seine blauen Augen voll unverhohlener Zuneigung.

»Wie geht's denn so, Camille?« Sein vertraulicher Ton ließ fast den Eindruck entstehen, als wären sie allein im Zimmer, allein auf der Welt. Er klang sanft und zärtlich weich. Dieser Idiot hatte wirklich Nerven, hier den Einfühlsamen zu spielen, nachdem er bis halb vier morgens mit Erica zusammen gewesen war!

»Ich fühle mich großartig«, beteuerte sie strahlend.

Zweifellos bemerkte er ihre Augenringe und die eingefallenen Wangen und konnte sich demnach denken, dass sie schwindelte.

Zack versuchte ein Schmunzeln zu unterdrücken, als er leichthin sagte: »Freut mich für dich.«

Sie kehrte seinem feixenden Gesicht den Rücken und schlenderte zu dem Flügel, der in der anderen Hälfte des Raums stand. Nachdem sie die Schutzhülle abgenommen hatte, setzte sie sich auf die Klavierbank und spielte aus dem Gedächtnis einige Melodien, bis Dearly sie zum Mittagessen rief.

Seit sie auf Bridal Wreath war, wusste Camille, dass dieses Menü immer ein Ereignis darstellte und außerdem die einzige große Mahlzeit des Tages war. Am Abend war man dann auf sich allein gestellt, aß Reste oder begnügte sich mit einem Imbiss. An diesem Sonntag war es nicht anders. Eine Palette dampfender Schüsseln stand auf dem Tisch: knuspriges Backhähnchen, Kartoffelpüree, verschiedene

Salate, zwei Gemüseaufläufe, diverse Soßen und zum Dessert eine Schokoladentorte.

Die Speisen waren köstlich, aber Camille konzentrierte sich weniger auf das Essen als auf den Mann, der ihr gegenübersaß. Zack war ihr auf dem Weg ins Esszimmer vorausgegangen – eine beeindruckende Erscheinung in schmaler, beigefarbener Hose mit kuschelweichem, marineblauem Pullover, vermutlich aus Kaschmirwolle. Während sie die zart schmelzende Schokoladentorte löffelte, kreisten ihre Gedanken um jenen nächtlichen Zwischenfall im Witwendomizil, wo sie mit den Fingerspitzen Zacks gestählte Brustmuskulatur gestreichelt hatte. Wenn sie jetzt die Hand unter seinen Pullover steckte, würde sie seine warme Haut spüren, das raue Brusthaar unter ihren Fingern und …

Sie schreckte aus ihrem Tagtraum hoch, als sie merkte, dass er sie beobachtete, um die Mundwinkel ein wissendes Grinsen. Vermochte er ihre Gedanken zu lesen? Errötend senkte sie hastig den Blick auf den Teller. Warum nur ließ sie sich ständig von ihm verunsichern?

Als Camille schließlich zaghaft die Lider hob, betrachtete Zack sie genauso anerkennend wie sie ihn zuvor. Für den Kirchenbesuch hatte sie einen schlichten braunen Hosenanzug mit apricotfarbener Seidenbluse gewählt. Vor dem Mittagessen hatte sie das Jackett ausgezogen und zu Rayburns Sachen in die Halle gehängt. Und Zack starrte wie gebannt auf die Seide, die natürlich leicht transparent war. Für gewöhnlich trug sie unter solchen Blusen einen speziellen BH, der viel verhüllte. Heute Morgen hatte sie jedoch kurzerhand nach einem durchschimmernden Modell gegriffen und sich nichts dabei gedacht, da sie ja ohnehin ein Jackett trug. Aber, oh Schreck! – nachdem sie dieses abgelegt hatte, gewährte sie Zack tiefe Einblicke.

Dessen Augen glitten eben zu ihrer Brust und verharrten

dort für einige Sekunden, während Camilles Gesicht die Farbe einer reifen Tomate annahm. Er hätte ebenso gut die Hand ausstrecken und sie tatsächlich berühren können, überlegte Camille. Sein intensiver Blick war so erregend und stimulierend, als streichelte er ihren Körper. Schließlich hob er den Kopf und versank in Camilles goldbraunen Augen, die von einer unkontrollierbaren inneren Glut erstrahlten. Auf gar keinen Fall sollten sie ihm ihre Liebe offen enthüllen, gleichwohl war Camille hilflos, wenn er sie so hingebungsvoll betrachtete.

Rayburn brach den Zauber des Augenblicks, indem er sich vom Tisch erhob und sie von Zacks womöglich folgenschwerer Hypnose erlöste.

»Ich gehe mich rasch umziehen, dann bin ich für eine Weile auf den Pflanzungen«, sagte Zack beiläufig und verließ pfeifend den Raum. Als ob er sie quasi auf Knopfdruck in seinem Bewusstsein auslöschen konnte, dieser Mistkerl!

Später, als sie auf ihrem Bett lag und minutenlang auf die gleiche Seite in ihrem Buch starrte, redete sie sich ein, dass sie Zack genauso aus ihren Überlegungen verdrängen könne wie er sie. Und wieso kreisten ihre Gedanken dann ständig um ihn? Warum hatte sie andauernd sein Bild vor sich? Zacks weiches, braunes Haar, von der Sonne ausgebleicht. Seine blauen Augen, die sie mit einem glutvollen Blick dahinschmelzen ließen. Seine Hände mit den schlanken, gebräunten Fingern, die so ungemein zärtlich streichelten. Zacks Lippen …

Sie war wohl eingenickt, denn als plötzlich das Telefon auf ihrem Nachttisch schrillte, schreckte sie hoch und brauchte ein paar Sekunden, um sich zu orientieren.

Beim dritten Klingeln nahm sie mit einem knappen »Hallo« ab.

»Bitte kommen Sie rasch ins Haupthaus, Camille.«

Es war Dearlys Stimme, sie klang atemlos und schrill. Gleich danach legte die Haushälterin auf.

Camille schlüpfte in die braune Hose, trat in die erstbesten Schuhe und warf sich einen Blazer um die Schultern, als sie zur Tür stolperte. Irgendetwas Schreckliches war passiert. Sonst wäre Dearly bestimmt nicht so kurz angebunden gewesen. Ein unangenehmes Gefühl breitete sich in Camilles Magengegend aus, während sie im Laufschritt über die Terrasse düste.

Das Fliegengitter schnappte blechern hinter ihr zu, als sie in Richtung Küche weiterlief und die Tür wegen der kühlen Witterung rasch hinter sich zuzog. Sie drehte sich um und musste einen entsetzten Aufschrei unterdrücken.

Rayburn lag auf dem Küchenboden. Er hatte die Augen geschlossen; die sonst von kleinen Fältchen umzogenen Lippen hingen schlaff herunter; das weiße Haar, für gewöhnlich akkurat gekämmt, stand ihm wirr um den Kopf; seine Gesichtshaut hatte eine kränklich-gelbgraue Färbung angenommen. Es sah aus, als hätte er einen Atemstillstand. Simon hatte ihm das Hemd aufgeknöpft, Gürtel und Hose gelöst, nun massierte er Rayburns Herzgegend. Mit den Handballen verabreichte er dem Brustkorb kräftige Stöße in regelmäßigen Intervallen. Dearly stand am Telefon, rang die Hände und weinte.

Camille erfasste die Situation mit einem Blick und erkundigte sich spontan: »Hat schon jemand den Notarzt angerufen?«

»Ja«, erwiderte Simon, ohne seine Wiederbelebungsversuche zu unterbrechen. »Versuchen Sie schleunigst, Zack zu finden. Er ist auf der Plantage. Fahren Sie direkt mit ihm in die Klinik. Der Krankenwagen wird in ein paar Minuten hier sein. Wir fahren mit – so oder so.«

»Und das Telefon…?«

»Er geht nicht ran.« Simons Stimme klang gefasst, obwohl ihm vor Anstrengung Schweißperlen auf der Stirn standen. Er seufzte erleichtert auf, als Rayburn nach Luft schnappte und er einen schwachen Puls fühlte. »Gott sei Dank«, murmelte er.

Heimlich schloss sich Camille seinem Dankgebet an, verlor jedoch keine Zeit und rannte zu ihrem Wagen, der neben Zacks Lincoln in der Garage stand.

Sie sprang hinein und startete. Sobald der Motor lief, steuerte sie das Auto sicher aus der Garage und die Auffahrt hinunter. Wusste sie noch den Weg zur Plantage? Sie musste einfach! Über die Mississippi-Brücke, durch Vidalia und dann nach Norden. Ja, jetzt erinnerte sie sich wieder. Aber wie lange würde sie brauchen und wo sollte sie Zack auf dem Riesengelände suchen? Bitte, lieber Gott, lass mich nicht zu spät kommen! Entschlossen umklammerte sie das Lenkrad und zwang sich zur Ruhe. Nur nicht nervös werden! Sie musste stark sein – für Zack. Das Ganze würde ihn fürchterlich mitnehmen, und sie musste ihm eine Stütze sein, ganz egal, was ihn im Krankenhaus erwartete. Was, wenn Rayburn… Nein! *Daran* durfte sie gar nicht denken! Immerhin hatte Simon mit seiner Herzmassage Erfolg gehabt. Der Krankenwagen war schon unterwegs gewesen und inzwischen bestimmt eingetroffen. Sicher würde alles getan, damit er die entsprechende medizinische Behandlung bekam.

Sie überquerte die Brücke und raste durch die Kleinstadt, heilfroh, dass an diesem friedlichen Sonntagnachmittag kaum Verkehr herrschte. Friedlich? Wie schnell konnte es geschehen, dass jemand krank, ein Menschenleben jählings ausgelöscht wurde. Bitte, lieber Gott, lass Rayburn nicht sterben!

Sie erreichte die Abzweigung zur Plantage schneller als erwartet und bog, ohne den Fuß vom Gas zu nehmen, in die von Bäumen gesäumte Allee. Und nun? Aufs Geratewohl steuerte sie den Wagen zu den Pferdeställen. Weit und breit war niemand, den sie nach Zack hätte fragen können. Gut möglich, dass seine Leute die Footballübertragungen im Fernsehen verfolgten. Konnten sie nicht selbst draußen an der frischen Luft spielen? Es war ungerecht von ihr, trotzdem ärgerte sie sich maßlos über solche Passivsportler. *Vor allem in dieser Situation*, dachte sie bitter. Okay, ihre Überlegungen entbehrten jeder Logik, halfen ihr aber, nicht ständig an Rayburns leblos daliegenden Körper auf dem Küchenboden zu denken.

Als sie den alten Pick-up vor einer der Scheunen erspähte, parkte sie ihren Wagen dicht daneben. Sie ließ den Motor laufen, schaltete die Warnblinkanlage ein und rannte zu dem Holztor. Laut Zacks Namen brüllend, lief sie mitten durch die Scheune und stieß im Dämmerlicht mit einem Mann zusammen.

»Was zum …«

»Wo ist Zack?« Aufgebracht baute sie sich vor dem Fremden auf. »Es ist dringend. Wo ist er?«

Offensichtlich las er die Panik in ihren Augen. Er antwortete wenig mitteilsam: »Er ist auf einer der Stuten ausgeritten.«

»Wohin?«

»In diese Richtung.« Er deutete auf eine riesige Weide, die sich in endlose Weiten erstreckte.

»Gibt es eine Möglichkeit, ihn irgendwie zu erreichen? Können Sie vielleicht Feueralarm auslösen oder so etwas?«

»Tja …« Er kratzte sich am Kopf, und Camille hätte ihn am liebsten ungeduldig angefahren. »Ich hab eine Pistole«, begann er skeptisch.

»Dann nehmen Sie die und schießen Sie das ganze Magazin leer«, wies sie ihn an.

Bereitwillig tat er ihr den Gefallen. Ganz offensichtlich war die Waffe geladen. Er hob sie in die Luft und feuerte ab. Sechs Schüsse zerfetzten mit ihrem ohrenbetäubenden Knall die Stille eines friedvollen Sonntagnachmittags.

Zunächst erspähte Camille nur einen winzigen Punkt am Horizont, der jedoch innerhalb von Sekunden Gestalt annahm. Sie konnte Zack ausmachen, dicht über das Pferd gebeugt, das in donnerndem Galopp über die Weide preschte.

Er erkannte Camille schon von weitem, und sie konnte seine fragende Miene wahrnehmen. Als er näher kam, gewahrte sie die qualvolle Gewissheit auf seinem Gesicht. Er schien sich schlagartig bewusst, dass es sich nur um einen dringenden Notfall handeln konnte, wenn sie ihn aufsuchte und sogar mit Warnschüssen auf sich aufmerksam machen ließ. Noch im Galopp sprang er ab und riss im Laufen an den Zügeln, bis die Stute ganz zum Stehen kam.

»Dad?«, fragte er. Er kannte die Antwort bereits.

»Ja, Zack. Wir müssen sofort zum Krankenhaus fahren.«

»Steig ein.« Er deutete auf den Beifahrersitz ihres Wagens. »Ernie, versorg das Pferd. Und dann besorg jemanden, der den Pick-up zu mir nach Hause bringt.«

Er kletterte hinter das Steuer, schob den Fahrersitz zurück, um seine langen Beine unterzubringen, und ließ den Motor an. Falls Camille gedacht hatte, sie wäre zur Plantage geeilt, so glaubte sie jetzt zu fliegen. Die Landschaft raste an ihnen vorüber. Auf dem Rückweg nach Natchez nahm er diesmal eine Abkürzung. Und wieder war die junge Frau froh über die wenig belebten Straßen.

»Was ist passiert?«, fragte er vor einer roten Ampel. Leise fluchend stellte er fest, dass vor ihnen ein Auto voller junger Leute und ein Kleinbus mit einer Großfamilie hielten.

»Ich weiß es nicht genau, Zack. Dein Vater hatte einen Herzanfall. Dearly rief mich in meinem Apartment an. Als ich in die Küche kam, lag er am Boden. Simon machte Wiederbelebungsversuche. Sie hatten bereits einen Krankenwagen bestellt, aber als ich losfuhr, war er noch nicht da. Ich bin sofort zu dir gefahren.«

»War er… Hast du gesehen, ob er…« Ihm versagte die Stimme, und Camille streckte impulsiv eine Hand aus, legte sie ihm beschwichtigend aufs Knie. Sie hatte sich vor dieser Frage gefürchtet, trotzdem musste sie sie wahrheitsgemäß beantworten.

»Als ich hereinkam, atmete er nicht mehr. Kurz bevor ich losgefahren bin, hat Simon seinen Puls gefühlt, und er röchelte leise.«

»Oh Gott«, stöhnte Zack. Er hämmerte mit den Fäusten nervös auf das Lenkrad ein.

Schließlich fuhren sie auf den Krankenhausparkplatz, wo Zack direkt neben der Tür einen freien Platz fand. Er und Camille schossen durch die Glastüren, die sich automatisch öffneten, sobald man den Eingangsbereich betrat. Dearly und Simon sprangen von einer grünen Kunststoffbank auf, als sie die beiden sahen. Zack lief unbeirrt weiter zu den Behandlungsräumen, doch Simon hielt ihn am Arm fest.

Er klang ruhig, aber entschieden. »Zack, es ist zwecklos. Man wird dich nicht zu ihm lassen, und du hilfst auch niemandem, indem du im Weg rumstehst. Die Ärzte wissen, was zu tun ist. Bitte warte hier mit uns. Dr. Daniels ist bereits bei ihm. Er war hier, als wir ankamen.«

Der scharfe Zug um Zacks Mund lockerte sich ein wenig. Seine verkrampfte Haltung entspannte, und er sackte unmerklich in sich zusammen. Wenn Camille nicht beruhigend eine Hand auf seinen Arm gelegt hätte, wäre ihr das zunächst gar nicht aufgefallen. Schließlich gab er Simon nach.

»Was ist passiert?«, wiederholte Zack die Frage, die er bereits Camille gestellt hatte.

Simon schwieg betreten. Stattdessen erläuterte Dearly ihm die näheren Umstände. »Ich war in der Küche und las in einem Kochbuch, als er hereinkam. Er hatte Probleme mit dem Magen und bat mich um etwas Bittersalz. Mir fiel direkt auf, dass er … schlecht aussah. Seine Gesichtsfarbe … du weißt schon. Noch während ich ihm das Bittersalz auflöste, hörte ich, wie er auf dem Boden zusammenbrach. Ich schrie nach Simon, der Sekunden später bei mir war.«

Ihr Mann nahm den Gesprächsfaden auf. »Ich war in seinem Schlafzimmer gewesen. Wir hatten uns dort das Footballspiel im Fernsehen angesehen. Er war nervös und angespannt. Als er davon sprach, dass er sich irgendetwas besorgen müsse, hab ich mir zunächst nichts dabei gedacht. Als er dann weg war, schwante mir, dass er sich vermutlich nicht gut fühlte und das unter gar keinen Umständen zugeben wollte. Ich ging ihm nach, aber da hörte ich schon, dass Dearly nach mir rief.«

Zack legte Simon eine Hand auf die Schulter und drückte diese anerkennend. »Danke, Simon. Ich bin so froh, dass du da bist, wenn er dich braucht. Wie ging es ihm denn, als sie ihn herbrachten?«

Mittlerweile schluchzte Dearly leise, und Camille drückte sie sanft zurück auf die Bank, während sie das Gespräch der beiden Männer aufmerksam verfolgte. Skeptisch beobachtete sie Zack.

»Er war bewusstlos, Zack, aber er hatte wieder einen Puls. Zwar schwach, aber immerhin. Sie haben ihm Sauerstoff gegeben, bis er wieder gleichmäßig atmete. Dann wurde er in diesen Raum gerollt« – er deutete auf eine der Türen in dem langen Gang – »und seitdem ist niemand herausgekommen.«

Zack nickte grimmig und schlenderte unschlüssig in der Halle auf und ab. Simon setzte sich wieder neben Dearly, woraufhin Camille zu Zack trat. Sie sagte nichts, sah ihn nicht einmal an. Er sollte nur wissen, dass sie bei ihm war, wenn er sie brauchte.

Sie warteten mehr als eine Stunde, ihre Nerven zum Zerreißen gespannt. Zack ging ruhelos hin und her, während Camille an der Wand lehnte. Dearly und Simon unterhielten sich leise flüsternd auf der Bank. Unterdessen erlebten sie aus nächster Nähe, was sich in der Notaufnahme des Krankenhauses abspielte. Ein völlig aufgelöstes Paar kam mit einem kleinen Mädchen, das sich drei Finger verbrüht hatte. Zwei Jugendliche waren beim Basketballspiel zusammengestoßen und hatten sich blutige Nasen geholt. Alle wurden behandelt und wieder entlassen, und während der ganzen Zeit hatte Zack noch nichts über den Zustand seines Vaters erfahren. Die Schwestern, die in das Behandlungszimmer hinein- und wieder aus ihm heraushuschten, gaben keine Auskunft, was Zacks Besorgnis nur noch steigerte.

Als sie endlich die ersehnte erlösende Nachricht erhielten, fiel allen ein Stein vom Herzen. Die lähmende Wartezeit war schlagartig vergessen.

Die Tür zu dem Behandlungszimmer schwang auf, und ein grauhaariger Mann mit Hornbrille kam heraus, erkannte Zack und hielt ihm zur Begrüßung die Rechte hin, als er mit elanvollen Schritten zu ihm trat. Zack umklammerte die Hand wie einen rettenden Anker – das war sie in der Tat – und sah den Arzt eindringlich fragend an.

»Ihr Vater schläft jetzt, Zack. Er ist – momentan zumindest – außer Gefahr.«

Zack rieb sich die Augen, strich sich mit fahriger Hand über die Haare und sagte dann rau: »Danke, Doktor.«

Der Mediziner nickte kurz, bevor er mit leiser Stimme fortfuhr: »Ihr Vater hatte einen schlimmen Anfall, Zack. Ich will da nichts beschönigen. Er ist immer noch in einer sehr schlechten Verfassung. Ich lasse ihn auf die Intensivstation einweisen, dort bleibt er, bis er wieder fit ist. Das kann ein paar Wochen dauern. Er ist bei Bewusstsein und erklärte mir, er hätte am Mittag das verdammte Brathähnchen nicht essen sollen.« Als er sah, dass Zack etwas sagen wollte, hob er abwehrend die Hände. »Ich weiß, ich weiß, Sie lassen ihn ungern hier. Ich versichere Ihnen aber, er wird rund um die Uhr medizinisch betreut. Ich möchte mich nämlich genauestens über seinen Zustand informieren.« Dann bemerkte er Camille. Nach einem kurzen Seitenblick zu Zack entschuldigte er sich. »Verzeihen Sie meine Direktheit, Miss.«

»Dr. George Daniels, unser Hausarzt, Miss Camille Jameson. Miss Jameson ist Innenarchitektin und lebt vorübergehend bei uns, da sie Bridal Wreath umgestaltet.«

»Ah ja, bei seinem letzten Check-up in meiner Praxis sprach Rayburn von Ihnen. Er fieberte Ihrer Ankunft regelrecht entgegen.« Um die Mundwinkel des Arztes spielte ein Lächeln.

»Können wir irgendetwas für ihn tun, Dr. Daniels?«, erkundigte sich Camille, nachdem der Mediziner sie mit einem zuversichtlich kräftigen Händedruck begrüßt hatte.

»Ja. Sobald er Besucher empfangen darf, müssen Sie unbedingt kommen und sich an sein Bett setzen. Ihr schönes Gesicht und Ihre aparte Erscheinung sind für jeden Mann Grund genug, wieder gesund zu werden.« Er lachte. Errötend warf Camille einen zaghaften Blick zu Zack, der ebenfalls grinste. Dr. Daniels war ein hervorragender Menschenkenner. Mit seiner beiläufigen Bemerkung hatte er die Situation entspannt, und dafür war Camille dem kauzig-schroffen Mediziner dankbar. Sie mochte ihn auf Anhieb.

Sie entschuldigte sich, ließ Zack und den Arzt das Gespräch höflichkeitshalber ohne sie weiterführen, und schlenderte zu den besorgten Mitchells, denen sie die Neuigkeiten über ihren Arbeitgeber mitteilte.

»Fahren Sie doch schon nach Hause. Ich bleibe hier bei Zack. Es dauert bestimmt noch eine Weile, bis sämtliche Formalitäten erledigt sind. Wir rufen an, falls sich Mr. Prescotts Zustand in der Zwischenzeit verändert.«

Eigentlich hätte es ihnen eher zugestanden als ihr, mit Zack zu warten, aber Camille wollte in dieser kritischen Situation auf jeden Fall bei ihm sein.

Sie winkte Simon und Dearly noch nach, und als sie sich umdrehte, sah sie, wie das Bett mit Rayburn von der Notfall- auf die Intensivstation gerollt wurde. Er war von Ärzten und Pflegepersonal umgeben. Eine Krankenschwester schob den an seinem Arm befestigten Infusionsgalgen. Sauerstoffschläuche steckten in Mr. Prescotts Nasenlöchern. Sein Gesicht hatte immer noch die wächserne Farbe, und Camille machte sich augenblicklich allergrößte Sorgen.

Über seinen Vater gebeugt, umklammerte Zack dessen bleiche Hände mit seinen kräftigen, braunen Fingern. Camille bekam nicht mit, worüber sich die beiden unterhielten. Rayburns Stimme war zu geschwächt, aber immerhin grinste Zack zuversichtlich. Als das Bett an ihr vorüberglitt, erhaschte Rayburn einen Blick auf sie. Zu ihrer großen Bestürzung und zur Entrüstung der Schwestern winkte der kranke, alte Mann Camille zu sich. Dr. Daniels nickte knapp, als sie skeptisch fragend zu ihm blickte. Sie schlenderte zu dem Bett und lehnte sich über Rayburn, brachte ihr Ohr dicht an seine Lippen, damit sie sein raues Flüstern verstand.

Dann nickte sie lächelnd und hauchte Rayburn einen Kuss auf die Schläfe. Die Krankenschwestern rollten das Bett durch den Gang, gefolgt von dem erschöpften Dr. Daniels.

»Was wollte er denn von dir?«, erkundigte sich Zack, als sie sich der kleinen Gruppe in kurzem Abstand anschlossen.

»Ich musste ihm versprechen, gut auf dich aufzupassen. Er meinte, dass du gelegentlich stur wie ein Maulesel bist und hartnäckig jede Hilfe ablehnst, während du eigentlich welche bräuchtest.« Ihr Blick glitt zu ihm.

»Ach ja? Und was meinen *Sie* dazu, Miss Jameson?«, versetzte er provozierend.

»Ich meine, dass er dich vermutlich recht gut kennt. Aber jetzt brauchst du erst mal einen starken, heißen Kaffee.« Als er protestieren wollte, gab sie zu bedenken: »In der nächsten Zeit lassen sie dich sowieso nicht zu ihm. Also los, komm mit.« Sie fasste Zack am Arm und zerrte ihn in die entgegengesetzte Richtung zur Cafeteria.

»Ja, Frau Oberst«, knurrte er.

Als sie an den pinkfarbenen Plastiktischen saßen und Kaffee tranken, der zumindest den einen Vorzug hatte, dass er heiß war, sagte Zack nachdenklich: »Ich hab mich noch gar nicht dafür bedanken können, was du heute für mich getan hast. Ich …«

»Zack, bitte. Sag jetzt nichts mehr.« Sie schüttelte bekümmert den Kopf, während sie die warme Kaffeetasse mit ihren kalten Fingern umklammerte und in die öligdunkle Flüssigkeit starrte. »Meinst du wirklich, ich will dein

›Danke‹ hören? Nach allem, was zwischen uns gewesen ist…«

»Ja«, unterbrach Zack sie. »Ja, es ist etwas zwischen uns gewesen.« Seine Augen versanken in ihren goldgesprenkelten braunen Tiefen. Sie waren verräterisch feucht. Er nahm ihre schmale Hand und umschloss sie mit seinen. »Camille, *warum*? *Warum* hast du mich in jener Nacht im Snow Bird Ressort verlassen?«

Er hatte ihre gemeinsame Nacht nie direkt erwähnt, und jetzt, da es heraus war, kamen die Erinnerungen zurück, quälten Camille, stürmten mit Macht auf sie ein. Am liebsten hätte sie die Hand ausgestreckt und ihm die weichen Locken aus der Stirn gestrichen, seine markante Wangenpartie gestreichelt und ihren Kopf an seiner Brust vergraben, Trost in seinen starken Armen gesucht. Stattdessen sagte sie kontrolliert: »Ich… Utah liegt schon so lange zurück, Zack. Das ist doch Schnee von gestern. Ich möchte nicht mehr darüber sprechen…«

»Aber ich, verflucht noch mal!«, stieß er zwischen zusammengebissenen Zähnen hervor, die Sehnen an seinem Hals angespannt vor Verbitterung.

»Du bist nervlich überfordert, Zack. Ich glaube, momentan sind wir beide emotional nicht in der Lage, diese alten Geschichten wieder aufzurollen.« Eigentlich hatte sie ihn nicht so vor den Kopf stoßen wollen, aber sie musste hart bleiben, aus reinem Selbstschutz. »Zudem finde ich es unfair gegenüber deinem Vater, dass wir hier sitzen und über unsere Probleme diskutieren«, ergänzte sie kurz angebunden. Sie wollte es bewusst auf die Spitze treiben, um sich wenigstens einen letzten Rest Würde zu bewahren.

Leise fluchend sprang er auf und wühlte in den Taschen seiner engen Jeans nach Kleingeld. Als sie zur Tür der Cafeteria steuerten, packte er sie am Oberarm und riss sie zu sich herum.

Sein Gesicht dicht über das ihre gebeugt, zischte er: »Ich will den Grund wissen, Camille. Keine Frau verschwindet sang- und klanglos aus meinem Bett. Wenn das alles hier vorbei ist, wirst du mir erklären, wieso du das getan hast.«

Er ließ sie so abrupt los, dass sie unvermittelt schwankte, bevor sie wieder festen Halt unter den Füßen gewann. Daher also wehte der Wind! Sie hatte auf seinem männlichen Ego herumgetrampelt, und jetzt musste er unbedingt wissen, warum sie ihn verlassen hatte. Sie oder ihre Gefühle kümmerten ihn überhaupt nicht. Er wollte lediglich sein Selbstbewusstsein aufpolieren. Offenbar hatte er es bei seinen vielen Sexabenteuern noch nie erlebt, dass eine Frau heimlich getürmt war. Camille war offenbar eine neue Erfahrung für ihn gewesen und ihm deshalb lebhaft in Erinnerung geblieben. Sieh mal einer an, demnach war sie die *einzige* Frau, die ihn schnöde hatte sitzen lassen!

Seine Äußerung war wie eine schallende Ohrfeige, zumal sie insgeheim immer noch gehofft hatte, dass er ihre Zuneigung wenigstens ein bisschen erwiderte. Aber jetzt war ihr alles klar. Sie war für ihn ein reines Lustobjekt gewesen, als Mensch mit Gefühlen und Befindlichkeiten völlig unbedeutend. Als er aufgewacht war und festgestellt hatte, dass seine Bettgespielin fort war, hatte das sein Ego mächtig angekratzt. Sein männlicher Stolz durfte das nicht hinnehmen, folglich hatte es ihm keine Ruhe gelassen, die Gründe für ihr Verschwinden zu erfahren.

Und dennoch, trotz ihrer Mordswut auf ihn wusste Camille, dass sie ihn liebte. Ihr Blick klebte an ihm, während er sich mit den Krankenschwestern und Dr. Daniels austauschte, die bis zum Abend bei Rayburn ein- und ausgingen. Ja, sie liebte ihn. Was sollte sie bloß tun? Ständig kreisten ihre Gedanken um diese eine Frage.

Es war schon nach elf, als sie und Zack das Krankenhaus schließlich verließen. Dr. Daniels versprach anzurufen, sollte sich Rayburns Zustand in der Nacht verändern. Erschöpft fuhren sie nach Hause. Keiner sprach ein Wort.

Schweigend betraten sie die dunkle Eingangshalle, wo Zack sie plötzlich in seine Arme riss und ihr fast die Luft abschnürte.

Beinahe brutal brannten seine Lippen auf ihren. Eine Hand in ihre dunklen Locken gekrallt, hielt er ihr den Kopf fest, während er ihren Mund mit seiner Zunge erforschte, als könnte er so die Antworten auf seine quälenden Fragen finden. Innerlich zerrissen, ob sie sich zur Wehr setzen und ihn brutal abweisen sollte, brachen ihre aufgestauten Gefühle schließlich doch aus ihr hervor. Den ganzen Tag über hatte sie diese sorgsam zu kontrollieren gewusst. Das Trauma, Rayburn dem Tode nahe auf dem Küchenboden liegen zu sehen, die mörderische Fahrt zur Plantage und ins Krankenhaus, das zermürbende Warten auf den Befund, die Auseinandersetzung mit Zack, all das drängte heraus, als sie seinen Kuss mit hemmungsloser Leidenschaft erwiderte. Ihre Emotionen suchten ein Ventil, suchten die Erlösung in seinen Armen, seinem Mund, seiner Wärme.

Als er spürte, dass sie ihm nachgab, wurden seine Lippen sanfter, hingebungsvoller. Zärtlich erkundete seine Zunge ihren Mund. Er seufzte leise, oder vernahm sie da etwa ihr eigenes sinnliches Stöhnen? Sie wusste es nicht, es kümmerte sie auch nicht. Seine Lippen huschten von ihrem Ohr zu ihrem Nacken und pressten sich auf ihre Halsbeuge. Sie warf den Kopf zurück und bot ihm lasziv ihren Hals, ihr Dekolleté.

Behutsam zog er die Seidenbluse aus ihrem Hosenbund

und glitt mit den Händen unter den transparenten Stoff. Camille, die immer noch die apricotfarbene Bluse ohne den blickdichten BH trug, spürte, wie seine Finger das hauchzarte Material des durchschimmernden Nichts streichelten.

»Ich will deine Haut berühren«, raunte er. Er öffnete den Vorderverschluss des BHs, und ihre Brüste quollen ihm lustvoll entgegen. »Oh Gott, Camille«, stöhnte er an ihrem Schlüsselbein. Seine Finger forschten zärtlich, neckten ihre harten Brustspitzen zu einer Reaktion.

Noch während sie leise seinen Namen hauchte, besiegelte Zack ihre Lippen erneut mit einem leidenschaftlichen Kuss. Seine Hüften begehrlich an die ihren geschmiegt, nahm er ihr den Blazer von den Schultern. Herausfordernd langsam öffnete er die Knöpfe ihrer Bluse, betrachtete bewundernd die nackte, schimmernde Haut, bevor er den Kopf auf eine ihrer empfindlichen Knospen senkte. Sein Zungenspiel jagte ein heißes Prickeln durch ihren Körper.

Camille spürte, wie ihre Erregung wuchs. Fieberhaft nestelte sie an seinen Hemdknöpfen, bis es ihr schließlich gelang, das Freizeithemd von seinen breiten Schultern zu streifen. Als sie einander so gegenüberstanden, beide bis zur Taille entblößt, umschloss Zack mit seinen Händen ihr Gesicht und strich mit den Daumen behutsam über ihre Lippen. Seine Augen waren zärtlich-sanft, Arroganz und Ärger schienen daraus verschwunden. Er verzehrte sie mit Blicken, die sehnsüchtig über ihr Gesicht, ihren Körper glitten. »Camille, du bist so schön. Ich will dich. Ich brauche dich heute Nacht.« Seine Worte waren kaum mehr als ein geflüsterter Hauch.

Eine Hand umschloss kosend ihre Brust. Der leichte Druck seiner Finger verstärkte sich, schließlich zog er sie mit sanfter Entschlossenheit an sich, so dass sich ihr Busen an seine warme, nackte Haut schmiegte. Sie kuschelte sich an ihn, spürte sein kitzelndes, raues Brusthaar. Zack presste sie so eng an sich, dass ihre Brüste gegen seine harte Muskelwand drückten. Das Goldkreuz, das er immer um den Hals trug, drückte sich in ihre Haut. Sein Mund, der mit dem ihrem verschmolz, war verheißungsvoll, faszinierend, fordernd. Ihre Zungen ertasteten einander.

»Zack, ist irgendwas? Ich hörte dich heimkommen, hab aber kein Licht gesehen.« Dearlys Stimme erfüllte die stille Eingangshalle, in die schlagartig Licht drang, da die Haushälterin die Küchentür im hinteren Teil des Hauses weit geöffnet hatte.

Camille hob Bluse und Jacke vom Boden auf, hielt diese vor sich und stürmte ins Esszimmer. Hektisch versuchte sie, beides anzuziehen.

Zack entkam der enthüllenden Helligkeit, indem er sich unter den Treppenvorsprung flüchtete, der im Dunkel lag. »Nein, Dearly, alles in Ordnung.« Er räusperte sich, bemüht, überzeugend zu klingen. »Wir haben uns bloß unterhalten. Vaters Zustand ist stabil. Wenn ich etwas höre, rufe ich bei euch an.«

»Tja, ich bin nur aufgeblieben, weil ich dir noch kurz sagen wollte, dass ich einen Imbiss für euch vorbereitet habe. Er steht im Kühlschrank. Ach so, und Mrs. Hazelett hat drei Mal angerufen.« In ihrem letzten Satz lag eine gewisse Schärfe.

»Danke, Dearly. Geh jetzt ins Bett. Wir sehen uns morgen früh.« Die Küchentür wurde zugedrückt, Zack und Camille erneut in schützende Dunkelheit getaucht. Dann schlug die Hintertür, ein sicheres Zeichen dafür, dass Dearly in das Garagenapartment gegangen war, wohin sich Simon bereits zurückgezogen hatte.

»Verflucht!«, schnaubte Zack aufgebracht. »Ich komme

mir vor wie ein ertappter Schuljunge. Ich bin ein erwachsener Mann und verstecke mich hier unter der Treppe wie der letzte Trottel.« Er strich sich fahrig durch die Haare, die Camille nur Augenblicke vorher lustvoll gezaust hatte.

»Ich … ähm … ich sehe dich beim Frühstück«, stammelte sie, während sie den letzten Blusenknopf schloss.

»Ja, schätze, wir gehen jetzt besser schlafen«, brummte er. Dann lachte er hart und humorlos. »In getrennten Betten, Miss Jameson«, versicherte er ihr mit einem spöttischen Augenzwinkern. »Wieder einmal bist du vor einem schlimmeren Schicksal als dem Tod bewahrt worden. Hat deine Glückssträhne denn *nie* ein Ende?«

»Oooh Mann! Du hast dich wohl immer unter Kontrolle, was?« Sein bitterer Zynismus tat weh. Camille schlug erbarmungslos zurück. »Vermutlich denkst du jetzt noch, ich hätte das alles geplant, stimmt's? Dass ich wusste, dass Dearly in der Küche war? Pah, ist mir auch schnurzegal, was du denkst. Ich bin nämlich heilfroh, dass sie da *war* und sich früh genug bemerkbar gemacht hat.« Sie stapfte durch den Gang und fauchte ihm über die Schulter hinweg noch zu: »Und überhaupt, was würde Erica davon halten?« Sie fühlte sich blendend, weil sie das letzte Wort gehabt hatte, aber ihr Triumph war nur von kurzer Dauer.

»Keine Ahnung«, rief er ihr nach. »Aber ich kann sie ja fragen. Ich werde sie nämlich umgehend anrufen.«

Als sie wütend die Tür hinter sich zuknallte, lachte er nur.

7

Später mochte Camille sich gar nicht mehr an jene erste Woche erinnern, die Rayburn im Krankenhaus verbracht hatte. Trotz Hektik und Nervenstress wurden die Tage zur zermürbenden Routine. Sie und Zack fuhren jeden Morgen ins Krankenhaus und blieben bis in die späten Abendstunden dort. Camille kehrte am späten Vormittag nach Bridal Wreath zurück, wo sie die Fortschritte bei den Renovierungsarbeiten überwachte, eine warme Mahlzeit zu sich nahm, um dann wieder ins Krankenhaus zu fahren, damit Zack für eine Weile fortkonnte.

Anfangs hatte Dr. Daniels Krankenbesuche bei Rayburn schlichtweg untersagt. Zack durfte als Einziger alle vier Stunden für drei Minuten zu ihm ins Zimmer, doch als es mit dem Patienten aufwärts ging, erlaubte der Mediziner Camille ebenfalls kurze Besuche, mit oder auch ohne Zack. Diese Stippvisiten schienen Rayburns Genesung mehr zu fördern als die starken Medikamente, die er einnehmen musste.

Wenn sie bei Mr. Prescott im Zimmer war, vermied Camille es, von der Umgestaltung des Hauses zu berichten. Allerdings bombardierte Rayburn sie irgendwann mit Fragen, bis sie ihm schließlich detailliert darüber Auskunft gab. Täglich kamen neue Lieferungen mit den bestellten Materialien, inzwischen hatte sie Näherinnen beauftragt, Vorhänge zu schneidern, die Zimmerleute kümmerten sich um die Holzverschalungen, die Maler um die neuen Tapeten.

Rayburn wollte über alles Bescheid wissen. Und Camille begriff, wie unendlich wichtig ihm das Projekt letztlich war.

Nach einer Woche Intensivstation informierte Dr. Daniels Zack, dass sein Vater auf die Pflegestation verlegt werde.

»Er ist ein zäher, alter Bursche, Zack. Und er hängt am Leben, das ist genauso wichtig für seine Genesung wie Medikamente oder Therapie oder was ich sonst noch für ihn tun kann. Ich denke, mit entsprechender Pflege und unter Einhaltung einer speziellen Diät ist er bald wieder auf dem Damm. Trotzdem möchte ich nicht, dass sich irgendwelche Besucher die Klinke in die Hand geben. Momentan ist Ruhe die beste Medizin für ihn. Also, wenn es mir hier zu unruhig wird, hänge ich ein Schild mit der Aufschrift ›Besuche verboten‹ an seine Zimmertür.«

Dr. Daniels erklärte darüber hinaus, dass es – wie in Bridal Wreath – denkbar ungünstig sei, wenn ein Herzpatient jedes Mal enorm viele Treppenstufen hochsteigen müsse, um in sein Zimmer zu gelangen. Er regte eine bauliche Veränderungsmaßnahme an, worauf Camille hinzugezogen wurde.

»Was lässt sich da machen, Camille? Du bist vom Fach, und ich zahle jeden Preis, damit Dad es bequemer hat.« Zacks bedenkenvolle Miene schien zum ersten Mal seit Rayburns Herzanfall etwas entspannter. Seine Liebe und die Sorge um seinen Vater waren nicht zu leugnen. Erwartungsvoll hing er an Camilles Lippen.

Plötzlich hatte sie eine Idee, und sie bekam leuchtende Augen vor Begeisterung. »Ja, ich hab's«, strahlte sie. »Ich denke, mir ist da etwas eingefallen, was ihm zusagen wird und nicht allzu viel kostet.«

»Deine erste Priorität stimmt – es muss ihm zusagen. Ich bin mir allerdings nicht sicher, was er davon halten wird, aus seinem früheren Zimmer ausziehen zu müssen. Vielleicht sagen wir ihm besser noch nichts.«

»Okay, dann wird es eben eine Überraschung. Auch gut.«

»Einverstanden.« Er grinste.

»Wenn es so wird, wie ich es mir vorstelle, gefällt es ihm bestimmt. Ich werde mein ganzes Können in diese Aufgabe stecken. Vermutlich wird es die Sensation des Hauses.« Sie lachte. Ihre Begeisterung wirkte ansteckend, und Zack fiel in ihr Lachen mit ein. Es war richtig motivierend, wie er nach dem ganzen Stress entspannte. Die dunklen Schatten um seine Augen ließen erkennen, dass er müde war und vermutlich die ganze letzte Zeit schlecht geschlafen hatte.

Die Sache in der Halle, am Abend nach Rayburns Herzanfall, hatte beide vorsichtig gemacht. Sie waren wie zwei Bühnenakteure, die in einem obskuren Stück mit Worten und Emotionen balancierten. In Gegenwart Dritter benahmen sie sich wie enge Freunde, teilten ihre Besorgnis um einen geliebten Menschen. Fühlten sie sich unbeobachtet, waren sie gereizt, einsilbig, reserviert.

Genau genommen hatte Camille weniger Angst vor Zack als vor ihrer eigenen Reaktion. In der besagten Nacht war sie in ihr Zimmer gestürmt, hellauf entsetzt, dass sie Zack beinahe wieder nachgegeben hätte. Seiner *Liebe?* Grundgütiger, nein! Liebe spielte bei seinen Zärtlichkeiten keine Rolle. Hatte er nicht selber gesagt, dass er sie lediglich *brauchte.* Für den Augenblick. »Ich brauche dich heute Nacht«, hatte er leise gestöhnt. Er brauchte eine Frau, eine willige Gespielin. Und Camille Jameson war zufällig die Einzige, die gerade verfügbar war.

Und wenn er gesagt hätte »Ich liebe dich«? Was hätte sie dann gemacht? Zerknirscht gestand sie sich selbst ein, dass sie sich ihm dann an den Hals geworfen und gebettelt hätte, er möge sie nie verlassen. Ihre Liebe zu ihm war wie ein Teil von ihr, und sie würde ihn immer lieben, wenn Zack ihre Gefühle auch niemals erwiderte. Und dass sie ihn liebte, war ihr, wie sie inzwischen einsah, schon seit Snow Bird klar.

Es war nicht fair von ihm, dass er dauernd versuchte, sie zu verführen, und dabei keinerlei Rücksicht auf ihre Empfindungen nahm. Sie erinnerte sich wieder an das Gefühl seiner Lippen auf den ihren, auf ihrer Haut, wie fordernd und gleichsam zärtlich seine Hände sein konnten und wie lustvoll sein Körper auf ihre sexuellen Reize reagierte. Camille musste zugeben, dass ihr körperliches Verlangen einen nicht zu unterschätzenden Anteil an ihrer Liebe hatte. Aber ohne Liebe wurde die Lust zur Farce, ein Ersatz für echte, große Gefühle, und ohne die ging bei Camille gar nichts, nicht einmal mit Zack.

Sie durfte nicht noch einmal in eine Situation geraten, entschied sie, in der sie empfänglich für seine Avancen wäre. Sie wollte ihren Auftrag tipptopp ausführen und Zack in dieser schweren Zeit eine gute Freundin sein, aber mehr nicht. Dass sie ihn liebte, war ihr Geheimnis, ein wohl gehüteter Schatz. Weder er noch andere sollten jemals davon erfahren.

Obwohl Rayburn rund um die Uhr medizinisch betreut wurde, bestand Zack darauf, bei seinem Vater im Krankenzimmer zu übernachten.

»Sie haben die Schläuche und Apparate entfernt, und jetzt ist er auf sich allein gestellt. Ich möchte bei ihm sein, falls… falls irgendetwas passiert.« Zack legte sich mit sämtlichen Krankenschwestern an und später noch mit Dr. Daniels, aber er blieb hart.

Camille machte sich Sorgen um ihn. Man merkte seinem ausgezehrten Gesicht und der gereizten Stimme an, dass er erschöpft war, mit den Nerven am Ende. Viel fehlte nicht, und er hätte den armen George Daniels angeschnauzt.

»Also gut, Zack. Sie sind ein erwachsener Mensch, noch dazu größer und stärker als ich, weshalb ich physisch nicht gegen Sie ankomme«, räumte Dr. Daniels zähneknirschend ein.

»Ich kann mich tagsüber ausruhen, wenn Dad von den Schwestern und dem Ärzteteam versorgt wird.«

Dem war nichts mehr hinzuzufügen, die Sache somit entschieden.

Tagsüber war Camille zu sehr in die Renovierungsarbeiten eingebunden, um Rayburn entsprechend häufig besuchen zu können. Als er sich bitter darüber beklagte, richtete sie es so ein, dass sie sich für einen kurzen Besuch im Krankenhaus freimachen konnte. Es fiel ihr schwer, ihm die Überraschung mit dem neuen Apartment nicht zu verraten, zumal diese Umbaumaßnahme einen Großteil ihrer Zeit verschlang. Schließlich sollten die Räume rechtzeitig zu seiner Klinikentlassung fertig werden, als ihr Begrüßungsgeschenk für ihn.

Er hatte ihr gleich nach ihrer Ankunft erzählt, dass er während der Wintermonate sämtliche Pflanzen hereinholte, die sich dann wie ein grüner Dschungel im Haus drängten. Diese Idee aufgreifend, beschloss Camille, die hintere Veranda architektonisch in ihre Lösung mit einzubeziehen, damit Rayburn eine Wohnung im Parterre bekäme. Sie nahm Kontakt zu einem Handwerker auf, der die baulichen Veränderungen durchführte. Statt der Fliegengitter wurden Glasscheiben in die Rahmen eingesetzt, so dass der freie Blick nicht verloren ging. Camille bestellte Jalousetten aus geflochtenem Bast, die Rayburn je nach Befindlichkeit hochziehen oder herunterlassen konnte. Auf jeden Fall sollte er ungestört die Aussicht genießen können, die er so liebte.

Den so entstandenen lang gestreckten Wohnraum unterteilte Camille. Eine Hälfte war Schlafzimmer mit angeschlossenem Bad, die andere gemütlich kleiner Salon. Der Boden wurde mit rustikalem Terrakotta gefliest, sein geliebter Schaukelstuhl neu aufgepolstert mit einem strapazierfähigen Stoff in den warmen Erdtönen, die die junge Innenarchitektin ausgesucht hatte. Sein Fernseher, Bücher und persönlichen Dinge wurden von oben heruntergeholt, außerdem mit Zacks vehementer Zustimmung einige neue Möbel besorgt. Camille und Simon schmückten den Salon mit Pflanzen. Sie installierte einen Luftbefeuchter, der sowohl für Rayburns Wohlbefinden sorgen sollte wie auch für die tropischen Gewächse angenehm war. Alle waren an dem Projekt beteiligt und arbeiteten fieberhaft an der Fertigstellung. Camille war zufrieden mit dem Ergebnis und fand es nur schade, dass die herrlichen Rosenholzmöbel von oben nicht mehr zum Einsatz kamen. Allerdings war Rayburns Gesundheit wichtiger als irgendwelches Mobiliar.

Zack fand die Neugestaltung optimal. Tagsüber wäre sein Vater künftig in Rufweite von Dearly, die meistens in der Küche hantierte. Zudem waren die Räume im Parterre eine Erleichterung für die Mitchells, die – schließlich auch nicht mehr die Jüngsten – Rayburn versorgten. Alles in allem bot Camilles Idee die Lösung für sämtliche Probleme, und sie errötete, als Zack sie nach Fertigstellung des Apartments über den grünen Klee lobte.

Er war fünf Nächte hintereinander im Krankenhaus geblieben, und als er nach Hause kam und hastig das Abendessen hinunterschlang, nahm Camille mit Bestürzung wahr, wie müde und abgespannt er aussah.

Später, im Witwendomizil, lief sie nervös in ihrem Zimmer auf und ab, denn mittlerweile sorgte sie sich um Zack ebenso wie um Rayburn. Der junge Prescott wollte einfach nicht einsehen, dass er seinem Vater keinen Gefallen damit tat, wenn er selbst ebenfalls erkrankte. Sie hatte den Fehler gemacht, ihn auf diesen Umstand hinzuweisen, woraufhin er sie auf das Heftigste kritisierte. Dearly und Simon hatten sie nach seiner Verbalattacke getröstet. Es war eine hässliche Szene gewesen, in deren Verlauf Zack sich seine Jacke geschnappt hatte und aus dem Haus gestürmt war.

»Macht nichts«, beschwichtigte sie die älteren Leute. »Er ist so erschöpft, dass er nicht mehr weiß, was er sagt.«

Sie wurde nicht ruhiger, und schließlich überzeugt, das einzig Richtige zu tun, ging sie in die Küche des Haupthauses, erledigte ein Telefonat, plünderte den Kühlschrank und machte sich auf den Weg ins Krankenhaus.

Leise, aber entschlossen öffnete Camille die Tür zu Rayburns Krankenzimmer. Bis auf ein schwaches Nachtlicht war es dunkel im Raum. Seine gleichmäßigen Atemzüge verrieten ihr, dass Rayburn tief und fest schlief. Zack stand am Fenster. Seine Hände auf das Fensterbrett aufgestützt, lehnte er mit der Stirn an der kühlen Glasfläche.

Als sie hereinkam, drehte er sich zu ihr um, und sie nahm das Erstaunen auf seinem abgespannten Gesicht wahr. »Ich dachte, du wärst die Nachtschwester. Was machst du hier? Ist zu Hause irgendetwas passiert?« Seine Stimme klang müde.

»Nein. Alles in bester Ordnung. Aber um dich mache ich mir Sorgen. Du siehst absolut fertig aus.« Er funkelte sie unter gesenkten Lidern hinweg an, und sie unterdrückte einen plötzlichen Impuls zu kichern.

»Danke, das baut mich so richtig auf«, knurrte er.

»Keine Ursache«, erwiderte sie zuckersüß. »Ich hab dir einen Snack mitgebracht. Kaltes Roastbeef-Sandwich, einen Apfel und selbstgebackene Kekse. Und jetzt iss«, kommandierte sie ihn. Nach kurzem Zögern ließ er sich froh und dankbar in einen Besuchersessel fallen. Sie schob ihm ein Tischchen hin und breitete den Imbiss vor ihm aus. »Ich hole dir schnell ein Glas Milch. Ich bin gleich zurück. Für heute hast du nämlich genug Kaffee in dich hineingeschüttet.« Sie kümmerte sich nicht um seinen Protest, sondern steuerte entschlossen zur Tür und warf beim Hinausgehen energisch den Kopf zurück.

Als sie mit der Milch zurückkehrte, hatte Zack das Sandwich bereits verputzt und knabberte an dem Apfel. Er versuchte, geräuschlos zu kauen, um nur ja keinen Lärm zu machen. Darüber musste sie schmunzeln, womit sie sich einen weiteren finster-vernichtenden Blick einhandelte. Schweigend aß er die leichte Mahlzeit und stürzte die Milch in langen Zügen hinunter.

»Das hat gut getan. Danke.« Zack wischte sich den Mund an der mitgebrachten Papierserviette ab und warf das Einwickelpapier in den Abfallkorb.

»Freut mich, dass es dir geschmeckt hat. Ich bin sofort wieder da.« Wieder verließ Camille das Zimmer, um kurz darauf zurückzukommen. Zack hatte erneut seinen Platz am Fenster eingenommen und rieb sich mit einer Hand den verspannten Nacken, während er mit der anderen erfolglos versuchte, ein Gähnen zu verstecken. Camille betrat das Zimmer in Begleitung einer Krankenschwester, die ein Tablett mit einer furchterregend langen Injektionsspritze trug.

Bestimmt ging Zack davon aus, dass die Infusion für seinen Vater gedacht wäre. Als Camille und die Schwester zu ihm ans Fenster traten und ihm quasi jeden Fluchtweg abschnitten, bemerkte sie seine entgeisterte Miene.

»Hose runter, Zack.« Ob ihn ihr Befehlston oder ihre Wortwahl irritierte, wusste sie nicht einzuschätzen, auf jeden Fall wirkte sein verdutztes Gesicht richtig komisch. Es kostete sie Mühe, nicht laut loszuprusten. Mühsam kontrollierte sie ihre Wangenmuskulatur und machte ein ernstes Gesicht.

»Verflucht, was soll das Ganze?«, schnaubte er.

»Ich sagte ›Hose runter‹. Wir geben dir jetzt eine hübsche, kleine Spritze, damit du schlafen kannst.« Ihre Stimme klang wie flüssiger Sirup und so gespielt freundlich, wie Krankenschwestern sie bei ihren schwierigsten Patienten einsetzen.

»Einen Teufel werdet ihr tun«, knirschte Zack.

»Es ist eine Anordnung von Dr. Daniels. Wenn du darauf bestehst, in diesem Zimmer zu übernachten, dann musst du auch schlafen. Und jetzt benimm dich wie ein netter, braver Junge, oder sollen wir einen Krankenpfleger rufen, der dich gewaltsam festhält?«

An diesem Punkt war sie sich sicher, dass er sie am liebsten eiskalt abgemurkst hätte. Wer einen Mann wie Zack Prescott manipulierte, musste über kurz oder lang mit empfindlichen Konsequenzen rechnen.

Er blickte von ihr zu der Schwester, die mit einem düsteren Stirnrunzeln die Arme in der steif gestärkten weißen Tracht über einem gewaltigen Busen verschränkte. Ihr Blick hatte die Härte von Diamanten, ihr Gesicht schien in Granit gemeißelt. Trotz seiner Entrüstung schluckte Zack beim Anblick der Nadel, und Camille unterdrückte einen weiteren Lachreiz.

»Verdammt noch mal, ich lass mir doch hier keine Spritze verpassen. Nicht einmal, wenn Hippokrates persönlich die Nadel ansetzen würde!« Seine Kinnmuskulatur mahlte nervös, unbewusst ballte er die Fäuste und löste sie wieder. Camille erkannte die Signale. Er stand kurz vor einem Tobsuchtsanfall.

»Ich wüsste da noch eine Alternative«, sagte sie schnell und wandte sich zu der Nachtschwester. »Bitte bringen sie das Bett.« Nach einem missfälligen Schnauben in Zacks Richtung schlüpfte die Schwester geräuschlos aus dem Zimmer. Trotz ihrer Leibesfülle bewegte sie sich erstaunlich flink.

»Ich hab darum gebeten, dass man dir ein Klappbett zur Verfügung stellt. Ich bleibe wach und habe derweil ein Auge auf Mr. Prescott. Großes Ehrenwort, Zack, aber du musst dir wirklich ein bisschen Ruhe gönnen. Bitte, tu mir den Gefallen. In deinem eigenen wie auch im Interesse deines Vaters. Ihr habt beide nichts gewonnen, wenn du vor Erschöpfung zusammenbrichst. Wenn er sich Sorgen um dich macht, wird er nämlich nicht gesund. Ich hab ihm versprochen, dass ich auf dich aufpasse, und dazu stehe ich.«

Seufzend raufte er sich die Haare. »Du willst wach bleiben? Die ganze Nacht?«

»Bis du morgen früh aufwachst.« Sie nickte.

In diesem Augenblick sprang die Tür auf, ein Mitarbeiter rollte ein schmales Bett in den Raum. Wortlos verschwand er wieder.

Zack blickte von Camille zu seinem Vater, der trotz der Unruhe im Zimmer friedlich weiterschlief. Camille bemerkte, wie Zack die Schultern hängen ließ und sich Resignation auf seinem Gesicht abzeichnete. Dann grinste er verschlagen. »Dieses Teil da ist auch nicht zu verachten, wenn man müde ist.« Er deutete auf den weichen Kunstledersessel. Er steuerte zum Bad, ging hinein und schloss die Tür hinter sich ab. Camille setzte sich in den Sessel und bereitete sich geistig auf ihre Nachtwache vor. Zack löschte das Licht im Bad, als er herauskam, und ging zu dem Bett, das er skeptisch inspizierte.

»Ich glaub nicht, dass dieses verdammte Ding bequem ist«, beschwerte er sich, während er die Schuhe auszog.

Camille lachte leise. »Du schläfst bestimmt so fest, dass du das nicht einmal merkst.« Sie lehnte sich in dem weichen Sessel zurück und schnellte ruckartig wieder vor, da Zack seelenruhig sein Hemd auszog und die Gürtelschnalle öffnete. »Was tust du da?«, erkundigte sie sich, ihre Stimme um eine Oktave höher als sonst.

»Dreimal darfst du raten. Ich ziehe mich aus. Wenn du Probleme damit hast, kannst du ja wegsehen.«

»Aber … aber du kannst doch nicht … so hier schlafen«, stotterte sie.

»Es war deine Idee, schon vergessen, Miss Jameson? Du hast gesagt, ich soll die Hosen runterlassen. Bestimmt hat Schwester Granitschädel nichts dagegen. Die haut so leicht nichts um.« Völlig unbeeindruckt streifte er die Jeans herunter, worauf Camille glutheiß errötete und den Blick abwandte.

»Bekomme ich denn keinen Gutenachtkuss?«, flachste er leise durch den dämmrigen Raum.

»Von wegen! Das könnte dir so passen!«, erregte sie sich. Seine einzige Reaktion darauf war ein leises Lachen. Sie vernahm das Knirschen der Sprungfedern und das Rascheln der gestärkten Laken, als Zack sich auf dem schmalen Bett ausstreckte, gefolgt von einem leise gezischten Kraftausdruck, dann war es still. Wie sie vermutet hatte, schlief er augenblicklich ein. Camille lauschte auf seine regelmäßigen Atemzüge. Jetzt war ihre Mission zwar erfüllt, aber sie fühlte sich ziemlich gerädert. Alles war entsprechend ihren Vorstellungen gelaufen, bis auf den Punkt, dass er sich ausgezogen hatte. Trotz der Dunkelheit blieb ihr sein fantastisch gebauter Körper nicht verborgen. Unwillkürlich wurde sie wieder an das Apartment im Snow Bird Resort erinnert, wo er in dem breiten Bett gelegen hatte, seine Silhouette umlodert vom zuckenden Schein des Kaminfeuers. Der Gedanke trieb ihr einen erregenden Schauer über den Rücken, unbehaglich rutschte sie in dem Sessel hin und her.

Die Nachtstunden schleppten sich dahin, die Monotonie lediglich unterbrochen von den wiederholten Kontrollbesuchen der Schwestern an Rayburns Krankenbett. Wenn Camille nicht friedlich in ihrem Sessel saß, stand sie gedankenvoll am Fenster. Als das erste Tageslicht in den Raum drang, schloss sie die Jalousien vor den Fenstern, und das Krankenzimmer war erneut in Dunkel getaucht. Für sie hätte diese Nacht nie zu Ende gehen müssen.

Etwa eine Stunde nach Sonnenaufgang schlenderte sie in das kleine Bad. Sie schloss behutsam die Tür hinter sich, bevor sie das Licht einschaltete, und löschte es, ehe sie wieder hinausging. Als sie durch den Raum zu dem Sessel huschte und dabei Zacks schmales Bett passierte, schoss seine Hand unter der Decke hervor und umschlang blitzartig ihr Knie. Sie schlug die Hand vor den Mund, um nicht entsetzt aufzuschreien, taumelte gegen sein Bett und fiel auf ihn.

Sie rappelte sich auf und starrte ihm wütend in das schwach erleuchtete Gesicht. »Gute Güte, musstest du mich so erschrecken!«, fauchte sie. »Du kannst wirklich froh sein, dass ich nicht das ganze Krankenhaus zusammengebrüllt habe. Und wie hättest du das dann den Leuten erklärt, na?« Statt einer Antwort zuckte er nur die Schultern und verzog die Lippen zu einem breiten Grinsen. »Lass mich los«, zischte sie, als er, davon völlig unbeeindruckt, die Arme um ihre Taille schlang.

»Nein.«

»Doch!«

»Nein!«

»Zack, bitte. Was, wenn jemand hereinkommt?«

»Inzwischen kenne ich die Tagesroutine in diesem Krankenhaus. Wir haben Zeit genug, um dort weiterzumachen, wo wir gestern Abend aufgehört haben.« Er zog sie auf sich, worauf Camille verzeifelt an ihrem Rocksaum zerrte, der ihr bis zu den Schenkeln hochgerutscht war. Ihr unnatürliches Herzjagen führte sie auf den Umstand zurück, dass er sie erschreckt hatte, und nicht etwa darauf, dass sie auf ihm lag, zwischen ihren Körpern nur ein dünnes Laken, und Zack lediglich mit einem winzigen Slip bekleidet.

»Zack, nicht…« Ihr Protest wurde von einem schroffen Kuss unterdrückt. Seine Arme umschlossen mit stählerner Härte ihren Rücken. Camille setzte sich zur Wehr. Sie rappelte sich auf, stützte sich auf Händen und Knien ab, um ihn nicht berühren zu müssen.

Seine Lippen waren allerdings verheißungsvoll, und die Glut seines Kusses ließ Camille dahinschmelzen. Seine forschende Zunge bewirkte, dass ihr Blut wie flüssige Lava durch die Venen pulsierte, ihr Widerstand brach, der Verstand aussetzte. Leise stöhnend sank sie willenlos an seine Brust. Er lockerte seinen Eisengriff und begann, ihren Rücken mit einer Zärtlichkeit zu massieren, die weitaus fesselnder war als seine brutale Umklammerung zuvor.

»Hab ich dir eigentlich schon gesagt, was für einen süßen Hintern du hast?«, fragte er an ihren Lippen, während seine Hände unter ihrem Rock besagtes Objekt seiner Begierde streichelten. Seine sanften Hände auf ihrer seidigen Strumpfhose waren gefährlich erregend.

»Nein, hast du nicht! Sonst hätte ich dir bestimmt eine runtergehauen«, gab sie wenig überzeugt zurück. Er küsste sie erneut, und ihre Sinne versanken in einem Ozean der Lust.

»Zack, bitte küss mich nicht so«, flehte sie, als sich seine Lippen schließlich von ihren lösten, um die erogene Zone hinter ihrem Ohr zu erforschen.

»Tut mir echt Leid«, kicherte er. »Anders kann ich nun mal nicht küssen.«

»Du weißt genau, was ich meine«, konterte sie und wollte sich über ihm aufrichten. Geistesgegenwärtig nutzte er die Gelegenheit, rollte sie blitzschnell auf den Rücken und beugte sich, auf Arme und Knie gestützt, dicht über sie. Das Laken war ihm von den Hüften gerutscht, seine behaarte Brust auf einer Höhe mit ihrem puterroten Gesicht. Das Goldkreuz baumelte an der Kette vor ihren Augen. Camille hielt den Atem an. Er strich ihr die wirren Locken zurück und sagte leise lachend: »Wenn ich das richtig in Erinnerung habe, war unsere erste gemeinsame Spielwiese ein ganzes Stück breiter als diese Pritsche hier.«

Sie entwand sich ihm und sprang fluchtartig aus dem Bett. »Du weißt genau, dass ich nicht darüber sprechen will«, sagte sie heftig. Hastig spähte sie zu Rayburns Bett, ob sie ihn etwa aufgeweckt hätte. Gottlob schlief er seelenruhig weiter. »Jedes Mal, wenn du Utah erwähnst, zeigt mir das wieder, wie unsensibel du bist. Ich hatte dich doch gebeten, nie mehr von Snow Bird anzufangen.« Erfolglos versuchte sie, mit fahrigen Fingern ihre Kleidung zu ordnen.

»Ich tue noch lange nicht immer, was du möchtest, was?«, flüsterte er rau, indem er aus dem Bett sprang und neben sie trat. »Ich möchte es hier und jetzt wissen, Camille. War die Nacht mit mir im Snow Bird Resort so schrecklich für dich? Du stellst es ja fast so dar, als ob ich dich vergewaltigt hätte. Aber das stimmt nicht, Camille. Hast du dich etwa zur Wehr gesetzt gegen mich? Du hast weder geschrien noch getreten oder gebissen... na ja, vielleicht ein bisschen geknabbert«, versetzte er mit einem satanischen Glitzern in den Augen und rieb sich eine rote Stelle auf der Schulter. Camille schwante, was er damit andeuten wollte – sie war baff.

Sie stampfte mit dem Fuß auf. »Du bist abscheulich. Du… du… du Schuft.« Mit einem Stoßseufzer drehte sie den Kopf weg. »Und ich rede keinen Ton mehr mit dir, wenn du nicht endlich deine Hose anziehst.« Wie sie das verräterische Zittern in ihrer Stimme verabscheute!

Seine einzige Reaktion war: »Ach, zum Teufel.« Er tastete in der Dunkelheit nach seiner Jeans, fand sie endlich und stieg hinein. Hastig zog er den Reißverschluß hoch.

»Ist es so besser?« Er machte sich bloß lustig über ihre Schamhaftigkeit.

»Ja, danke«, sagte sie spitz.

»Keine Ursache«, antwortete er allen Ernstes, und Camille hätte ihn für seine Coolness würgen mögen.

»Ich möchte wissen, wieso du klammheimlich abgehauen bist. Sag es mir *jetzt*!« Sein Befehlston war unmissverständlich. Der Spaß schien ihm wohl endgültig vergangen.

»Ich… ich fühlte mich… beschämt, gedemütigt. Ich war mit einem völlig Fremden im Bett, und du hast mir… Es ist das Einzige, was eine Frau… Es hätte dem Mann zugestanden, den ich einmal heirate.« Mittlerweile schluchzte sie haltlos. »Was, wenn ich schwanger geworden wäre?« Aus seinem Gesicht wich schlagartig sämtliche Farbe. Er stöhnte: »Oh Gott…« Hastig beruhigte sie ihn. »Nein, nein, aber theoretisch hätte es ja passieren können. Ich hatte nicht… verhütet. Ich war noch nie… du nahmst…«

»Es war bestimmt nicht meine Absicht, Camille. Aber ich wusste doch nicht, dass du noch nie mit einem Mann zusammen warst. Hättest du etwas gesagt, hätte ich dich in

Ruhe gelassen.« Er fuhr sich mit einer Hand durchs Haar, mit der anderen rieb er sich nachdenklich den Nacken. »Nein, vermutlich nicht«, räumte er seufzend ein. Dann aufgebracht: »Herrgott, ich weiß nicht, was ich getan hätte, und jede Spekulation ist müßig. Es ist eben passiert. Daran lässt sich nichts mehr ändern. Offen gestanden bereue ich es auch nicht.«

»Das ist der Unterschied zwischen Männern und Frauen, Zack. Zumindest bei mir. Für dich war es nur eine kleine Affäre. Ich dagegen habe mich selbst aufgegeben. Sobald ich daran denke, fühle ich mich billig und benutzt. Du glaubst doch nicht, dass ein anständiger Mann mit mir länger zu tun haben will. Ich habe meine Selbstachtung verloren, wie kann ich da erwarten, dass mich jemand anderes respektiert?«

»Aufgegeben? Billig? Benutzt?« Seine Lautstärke schwoll mit jedem Wort an. »Na, herzlichen Dank. Ich fand meine Verführungskünste eigentlich nie so sadistisch, als dass meine Partnerin dabei ihre Selbstachtung eingebüßt hätte.«

Hektisch streifte sich Zack die restlichen Sachen über, seine Haare strähnig-wirr. Er war wütend und musste sich beherrschen, um nicht laut loszubrüllen. Fertig angekleidet baute er sich vor ihr auf und packte sie bei den Schultern. »Wenn du diesen *Traumtypen* irgendwann findest und ihm tränenreich schilderst, dass du deine Unschuld an einen brutalen, sexbesessenen Irren verloren hast, dann erklär ihm bitte auch das hier.« Er riss Camille an sich. Es war ein gieriger, fordernder Kuss, der jede Wärme und Zärtlichkeit vermissen ließ. Er saugte sich hungrig an ihren Lippen fest, während seine Hände schamlos ihren Körper stimulierten, dann schob er sie eiskalt von sich und strebte zur Tür. Just in diesem Augenblick steuerte die Krankenschwester, die ihm am Abend mit der Spritze zu Leibe gerückt war, mit

Rayburns Frühstückstablett und der morgendlichen Medikation ins Zimmer.

»Grundgütiger! Haben Sie denn nie frei?«, wetterte Zack, als er an ihrer massigen Fülle vorbeieilte, wobei ihr fast das Tablett entglitten wäre.

Unter den skeptischen Blicken der Schwester nahm Camille hastig Tasche und Mantel auf und flüchtete. Sie wollte später noch einmal bei Rayburn vorbeischauen.

8

Nach der denkwürdigen Szene in der Klinik war Camille im Umgang mit Zack noch unsicherer als zuvor. Er hatte es noch jedes Mal geschafft, sie aus der Reserve zu locken, sie für sich einzunehmen und dann tief zu demütigen. Deshalb hielt sie sich von ihm möglichst fern. Er durfte ruhig merken, was er sich da eingebrockt hatte!

Sie sprachen nur das Nötigste miteinander und wenn, dann höflich-distanziert wie zwei Fremde. Stillschweigend waren sie dazu übergegangen, einander bei der Nachtwache in Rayburns Krankenzimmer abzuwechseln. Zu diesem Zweck stand das Gästebett immer frisch bezogen für Camille oder Zack bereit.

Nach einer weiteren Woche fand Zack schließlich, dass Rayburn so weit genesen wäre, dass er allein bleiben könne. Mittlerweile machte sein Vater kurze Spaziergänge durch die Krankenhausflure, für gewöhnlich begleitet von einer attraktiven Schwester, zumal sich alle um den weißhaarigen Südstaaten-Gentleman rissen.

Camille besuchte Rayburn weiterhin jeden Tag, obwohl die Umgestaltung des Hauses sie stark beanspruchte. Selbst die Profis unter den von ihr engagierten Handwerkern hatten unzählige Fragen an sie. Häufig wollten sie auch Camilles Rat oder ihre Zustimmung einholen. Zwar fand sie diese dauernde Kontrollfunktion nervenaufreibend, aber besser einmal zu viel als einmal zu wenig gefragt und dann kostbare Stunden für Nachbesserungen verplempert.

Diese letzten Phasen der Umgestaltung gaben bereits einen klaren Eindruck davon, wie schön das Haus nach Fertigstellung sein würde. Camille war zufrieden mit sämtlichen ausgewählten Materialien und gespannt darauf, was Rayburn wohl zu den Früchten ihrer gemeinsamen Planung sagen würde. Zacks unverständliches Geknurre interpretierte sie als Zustimmung dazu, dass sie seinen Geschmack getroffen hatte. Sie war sicher, dass sie ihren Auftrag in Bridal Wreath spitzenmäßig erledigt hatte, und gratulierte sich heimlich für ihren hervorragenden Geschmack.

Dann platzte die Bombe.

Eines frühen Nachmittags bemerkte sie Zack in der weitläufigen Halle. Die Hände in die Hüften gestemmt, stand er breitbeinig in seinen abgewetzten Stiefeln da und schaute in das Speisezimmer. Offenbar war er erst kurz zuvor von der Plantage zurückgekehrt, denn er trug noch seine schmutzgesprenkelte Jeans und die alte Jeansjacke. In einer Hand hielt er einen verbeulten Cowboyhut. Unwillkürlich wurde Camille wieder an ihren ersten Tag in Bridal Wreath erinnert, als er ihr in demselben Outfit begegnet war. Augenblicklich beschlich sie ein merkwürdiges Gefühl.

»Miss Jameson«, sagte er schroff, als sie näher kam. »Was zum Teufel soll das da darstellen?«

Camille schrumpfte förmlich in sich zusammen, als er sie mit seinen stechend blauen Augen fixierte, und spähte zum Esszimmer. Worauf wollte er bloß hinaus? Sie sah, dass die Maler die erste Zimmerwand fast fertig gestrichen hatten.

»Sie streichen die Wände«, antwortete sie schlicht. »Wir hatten doch beschlossen, keine Tapeten zu kleben. Die alten wurden schon vor Wochen …«

»Ich weiß, was sie da machen. Und mir ist durchaus gewärtig, dass die alte Tapete entfernt wurde.« Er redete so geduldig und gönnerhaft auf sie ein, als hätte er eine Geistesgestörte vor sich, der nicht mehr zu helfen war. »Ich spreche von dieser unsäglichen Farbe, die da gerade auf meine Wände geschmiert wird!«

Camille hatte das tiefe Jagdgrün ausgesucht, nachdem sie exakt diese Farbe im Esszimmerteppich entdeckt hatte. Der kostbare Aubusson-Teppich war ein Original und noch immer wunderschön. Sie wollte ihn im Raum belassen, der Innenausstattung aber trotzdem einen modernen Touch geben. Die Sitzkissen der Esszimmerstühle sollten neu aufgepolstert werden, in einem hellen beige-pfirsichfarbenen Ton, der ausgezeichnet zu dem dunklen Grün passte. Die Farbstellung war durchaus gängig und harmonierte hervorragend mit der Kolonialarchitektur des Hauses.

Sie erwiderte Zacks vernichtendes Starren und sagte so beiläufig wie eben möglich: »Die Farbe heißt Jagd…«

»Ist mir schnurzegal, wie sie heißt. Ich finde sie abscheulich. Da kommt man sich ja vor, als würde man in einem Abwasserkanal essen. Ich hab weiß Gott schon appetitlichere Grüntöne gesehen als den da!« Hektisch gestikulierte er mit einer Hand. Dabei ließ er unbeabsichtigt seinen Hut los, der daraufhin quer durch das Zimmer segelte und in einen offenen Eimer grüne Farbe klatschte. Zack fluchte wie ein Kesselflicker. Camille hätte laut losprusten mögen, als sie zusah, wie der Hut allmählich im Farbeimer versank, doch blieb ihr das Lachen im Hals stecken, als sie sein aufgebrachtes Gesicht wahrnahm.

Sie schluckte und erklärte ihm mit eisern kontrollierter Stimme: »Zack, es wirkt bei weitem nicht mehr so dunkel, wenn die Holzpaneele weiß gestrichen sind. Die schweren Übergardinen kommen weg, dafür habe ich schmale Schals in derselben Farbe wie die Sitzpolster nähen lassen und zarte weiße Gardinen als Dekoration für die Fenster. Es wird wunderschön, du wirst sehen. Das Grün ist eine sehr beliebte, angenehme Farbe.«

»An Heiligabend vielleicht. Und was ist mit den restlichen dreihundertvierundsechzig Tagen?«

Sein Sarkasmus blieb nicht ohne Wirkung. Inzwischen hatten die Maler ihre Pinsel weggelegt und lauschten der Auseinandersetzung mit sichtlichem Interesse. Simon und Dearly waren aus der Küche gekommen und standen in der Halle, Dearly rang nervös die Hände. Die Schneiderin, die die Dekoration für den Salon nähen sollte, hielt mit dem Ausmessen der Fenster inne und verfolgte die Szene. Falls Zack sie vor allen Leuten bloßstellen wollte und sich in ganz Natchez herumsprechen sollte, dass die von ihm engagierte Innenarchitektin einen schlechten Geschmack hatte und ihr Handwerk nicht verstand, dann war er auf dem richtigen Weg. Camille versuchte es noch einmal mit sachlichen Argumenten.

»Man kann den Raum auf vielfältige Weise verschönern, im Frühling beispielsweise mit pastellfarbenen Sträußen, im Winter passt Weiß besonders gut, und im Herbst finde ich goldgelbe und kupferrote Astern …«

»Das ist ja alles gut und schön, Fakt ist jedoch, dass es mir nicht gefällt. Ich will, dass das geändert wird!« Nach diesem schroffen Einwand drehte er sich auf dem Absatz um und stapfte durch die Halle.

»Nein, das wird es nicht!«

Die Worte waren heraus, bevor Camille ihre aufbrausende Reaktion kontrollieren konnte. Sie hatte es mit Ruhe und Vernunft versucht, um eine Szene zu vermeiden, aber dieser arrogante Typ blieb hartnäckig. Ihre Wirbelsäule gestrafft, funkelte sie Zack herausfordernd mit wutblitzenden Augen an, als der herumschnellte und sie fixierte.

Seine locker herabhängenden Hände ballten sich zu Fäusten. Seine Kiefer mahlten sekundenlang, bevor er herablassend bemerkte: »Darf ich Sie daran erinnern, Miss Jameson, dass ich für diese Renovierung aufkomme und von daher jede Kritik äußern kann. Und, falls Sie es vergessen haben, dies ist immer noch mein Haus.«

»Das stimmt, Mr. Prescott, aber ich darf Sie darauf hinweisen, dass es Ihr Vater war, der mich engagiert hat und nicht Sie. Mit seinem Einverständnis habe ich diese Farbe gewählt, und solange er keine Einwände hat, bleibt es so, wie es ist.«

»Das werden wir ja sehen, Miss Jameson.«

»Wie Sie meinen, Mr. Prescott.« Er trat ein paar Schritte auf sie zu, worauf sie abwehrend die Arme hob. »Da Ihnen die derzeitige Gestaltung offensichtlich nicht zusagt und Sie keinerlei Vertrauen in meine Fähigkeiten und mein Geschmacksempfinden zu haben scheinen, mache ich Ihnen einen Vorschlag: Falls Ihr Vater nach Fertigstellung des Raumes Ihrer Meinung ist, werde ich diesen nach Ihren Wünschen ändern – auf meine Kosten.« Lähmendes Schweigen legte sich über den Raum. Zack starrte sie nur mordlustig an. Schließlich bedachte Camille die unschlüssig wartenden Handwerker mit einem eindringlichen Blick, worauf diese die Arbeit kommentarlos wieder aufnahmen. Simon und Dearly zogen sich wohlweislich in die Küche zurück.

Als sie auf dem Weg in die Halle an Zack vorbeirauschte, fasste er sie am Arm. »Im Übrigen bist du mir noch einen neuen Hut schuldig.«

»Geh zum Teufel, Cowboy«, erwiderte sie zuckersüß, ihre Stimme troff vor Sarkasmus. Sie riss sich von ihm los und stürmte durch die Halle.

Als er sie ein paar Tage später bat, ihn am Nachmittag in die Klinik zu begleiten, war Camille völlig baff. Es war ungefähr zwei Wochen her, dass sie in Rayburns Krankenzimmer über Snow Bird gestritten hatten und Zack sie verletzend angegangen war. Seit der hitzigen Diskussion über die Gestaltung des Esszimmers ein paar Tage zuvor hatten sie nicht mehr miteinander geredet, waren sich vielmehr wie Hund und Katze aus dem Weg gegangen.

Bestimmt hatte er ihre Verblüffung bemerkt, denn er sagte hastig: »Es war nicht meine Idee. Dad möchte, dass wir ihn heute Nachmittag gemeinsam besuchen. Ich hab keine Ahnung weshalb.«

Das war beim Mittagessen, in dem kleinen Frühstücksraum neben der Küche. Dearly hatte ihren köstlichen Geflügelsalat gezaubert. Danach schwieg er. Als er vom Tisch aufstand, erkundigte er sich beiläufig: »Wann kannst du fertig sein?«

»In einer halben Stunde.«

»Gut.« Er nickte knapp und verließ den Raum.

Tränen der Wut und Empörung brannten in ihren Augen, und sie wischte sie hastig weg, bevor Dearly, die den Tisch abräumte, etwas merkte. In ein paar Wochen wären die Umbauarbeiten beendet, und sie könnte Zack ein für alle Mal aus ihrem Leben streichen. Nie wieder würde er sie kränken und lächerlich machen. Wieso war sie deshalb nicht erleichtert? Warum in aller Welt frustrierte sie das nur noch mehr?

»Wann fahren Sie ins Krankenhaus, Camille?«

Dearlys Stimme riss Camille aus ihren brütenden Überlegungen. »Was? Ach so. In einer knappen halben Stunde, schätze ich«, antwortete sie abwesend.

»Dann sind Sie gegen zwei Uhr da, nicht?«, bohrte Dearly.

»Hmm … schätze mal, ja. Wieso?«

»Ach, nichts Besonderes. Ich müsste heute Nachmittag

ein paar Einkäufe machen und wollte Sie nicht allein lassen, falls Sie mich brauchen.«

Zu abgelenkt von ihren eigenen Befindlichkeiten, ging Camille über das seltsame Verhalten der Haushälterin hinweg. Sie hatte genug eigene Probleme und momentan nicht das Bedürfnis, auf Dearlys Verschrobenheiten näher einzugehen.

Sie lief über die Terrasse zum Witwendomizil und zog sich dort um. Die Designerjeans war frisch gereinigt, knalleng und umschmeichelte ihre langen Beine. Sie schlüpfte in eine türkisseidene Bluse mit langen, gerafften Ärmeln und schob einen schmalen, goldfarbenen Gürtel durch die Schlaufen der Hose. Rasch bürstete sie sich die Haare. Die Luftfeuchtigkeit war zum Glück nicht so hoch wie sonst, daher wellten sie sich weich um ihre Schultern, umkringelten vorwitzig ihr Gesicht. Fieberhaft versuchte sie sich einzureden, dass der gemeinsame Krankenhausbesuch mit Zack völlig nichtssagend sei, trotzdem legte sie großen Wert auf ihr Make-up und besprühte sich sogar mit einem holzig-fruchtigen Duft, passend zu der spätherbstlichen Stimmung. Schließlich warf sie sich einen weichen, braunen Lederblazer um die Schultern und war fertig.

Zack wartete bereits neben seinem dunkelblauen Lincoln, als sie die Verandastufen hinunterkam. Er ging zur Beifahrerseite und hielt ihr die Tür auf. Schweigend fuhren sie zum Krankenhaus. Sie versuchte sich abzulenken, indem sie aus dem Fenster schaute, gleichwohl war sie sich seiner Nähe intensiv bewusst. Er trug ein beigefarbenes Freizeitsakko über einem Sporthemd mit offenem Kragen und dazu Jeans, genau wie Camille. Der schlanke europäische Schnitt betonte seine schmalen Hüften und die langen, trainierten Beine. Heute hatte er auf den Cowboyhut verzichtet, und seine Haare fielen ihm in leichten Wellen in die aristokratisch hohe Stirn. Sein Profil war nahezu vollkommen, sinnierte Camille, während sie ihn heimlich beobachtete. Als sie unwillkürlich aufseufzte, drehte er sich spontan zu ihr um und ertappte sie bei ihrer kritischen Inspektion. Bevor sie hastig wegsehen konnte, gewahrte sie noch das amüsierte Funkeln in seinen azurblauen Augen.

»Hast du Rick O'Malley in letzter Zeit noch mal gesehen?« Zacks Frage klang beiläufig, traf Camille aber völlig unvorbereitet.

»Ich bin heute Abend mit ihm verabredet.« Camille hatte Rick nach dem Footballspiel kaum noch zu Gesicht bekommen. Seine Tätigkeit in Bridal Wreath war beendet, und wenn noch etwas nachzubessern war, erledigte das sein Vater. Rick hatte sie Anfang der Woche angerufen und sich besorgt nach Rayburns Gesundheitszustand erkundigt. Im Verlauf des Gesprächs hatte er sie gefragt, ob sie nicht Lust hätte, diesen Samstag mit ihm ins Kino zu gehen. Sie hatte zugesagt, weil sie ihn wirklich nett fand, nicht zuletzt aber auch, weil die Spannung in Bridal Wreath unerträglich geworden war und sie ein bisschen Zerstreuung dringend nötig hatte.

»Ich hab Rick immer gern gemocht«, fuhr Zack fort. »Er ist ein netter Typ. Verschwiegen.« Letzteres sagte er mit Nachdruck und warf ihr einen vielsagenden Blick zu. Dann setzte er auftrumpfend hinzu: »Es steht dir natürlich frei, ihm auf den Kopf zuzusagen, dass er ein Verhältnis mit einer verheirateten Frau hat. Wäre nicht uninteressant, wie er sich dazu äußert.« Camilles Kopf schnellte herum, sie sah ihn entgeistert an. »Schau mich nicht so an. Das weiß hier jeder. Die Sache läuft schon seit Jahren.« Er fuhr in eine Parkbucht, bremste abrupt und sprang aus dem Wagen, bevor Camille auf diese niederschmetternde und unglaubliche Neuigkeit reagieren konnte.

Sie fuhren mit dem Aufzug in den vierten Stock. Sobald sie wieder hinaustraten und den Gang durchquerten, bemerkte Camille die spannungsgeladene Atmosphäre, die sie umfing. Als sie mit Zack das Schwesternzimmer passierte, mussten sich einige Pflegekräfte ein Kichern verkneifen, andere tuschelten heimlich miteinander wie auf einem Abschlussball. Camille spähte fragend zu Zack, doch der zuckte lediglich mit den Achseln und ging energischen Schrittes weiter.

Vor Rayburns Zimmer blieb er stehen und hielt ihr die Tür auf. Nach einem Schritt ins Innere blieb Camille so abrupt stehen, dass Zack, der hinter ihr ging, geradewegs auf sie prallte.

Camille konnte es nicht fassen! Der ganze Raum war voller Blumen – nicht nur die Sträuße, die Rayburn von Freunden und Bekannten mitgebracht bekommen hatte, nein, ringsum standen riesige Körbe mit Rosen, Chrysanthemen und Orchideen, gebunden mit seltenen Gräsern und Farnen. Kerzen in sämtlichen Größen schimmerten in kunstvoll verzierten Messinghaltern und Kristallgläsern. Das Krankenhausbett war verschwunden, stattdessen schmückte ein weiß lackierter, verschnörkelter Eisenbogen das Zimmer, umkränzt mit einer Blumengirlande.

Unter diesem Bogen stand Rayburn, feierlich in blauem Seidenpyjama mit Veloursmorgenmantel, an seinem Arm eine aparte, kleine Frau. Ihr Gesicht legte sich in unzählige Lachfältchen, als Camille eintrat.

»Mutter!«, hauchte die junge Innenarchitektin rau.

Auf der anderen Seite ihrer Mutter stand ein Mann, in dem Camille den Geistlichen der Prescotts wiedererkannte, und daneben Dr. Daniels, der ungeheuer zufrieden mit sich schien. Weitere Ärzte und Schwestern drängten sich in dem Raum, unter ihnen auch Schwester Granitschädel, wie Zack sie spaßeshalber bezeichnete. Alle grinsten fröhlich zu Camille und Zack. Er spähte über Camilles Schulter, offenbar genauso verblüfft über das Schauspiel wie sie. Jemand schniefte leise in ein Taschentuch, und als Camille sich umdrehte, erspähte sie Dearly neben einem strahlenden Simon, einen Arm fürsorglich um die fülligen Schultern seiner Frau gelegt.

»Was zum …«, brummelte Zack an Camilles Ohr. Im selben Augenblick lief Martha Jameson zu ihrer Tochter und umarmte sie liebevoll.

»Camille, Schätzchen, du siehst bezaubernd aus. Ich bin ja so glücklich für dich. Als Rayburn mich anrief und mir erzählte, dass es bei dir und Zack Liebe auf den ersten Blick war, fiel ich aus allen Wolken! Ich wollte dich gleich anrufen und alles über das junge Glück wissen, aber er bat mich zu warten, damit er diese kleine Zusammenkunft arrangieren konnte. Also das ist Zack!« Sie schob Camille beiseite, nahm Zacks Hände in die ihren und musterte ihn anerkennend. »Er ist genau so attraktiv, wie ich ihn mir vorgestellt habe. Du warst immer schon wählerisch bei Männern, Camille, da war mir klar, dass er blendend aussieht. Offen gestanden hab ich mir schon Sorgen gemacht, dass du vielleicht nie deinen ›Traummann‹ findest!

Zack, ich bin Martha Jameson. Ich habe volles Vertrauen zu dir, dass du gut auf meine Tochter aufpasst. Natürlich war ich anfangs skeptisch wegen des Altersunterschieds und weil ihr euch erst so kurz kennt, aber Rayburn hat mich eurer tiefen Liebe versichert. Wenn du auch nur ein bisschen nach deinem Vater geraten bist, dann bist du bestimmt ein vollendeter Ehemann. Bitte, nenn mich doch Martha.«

Sie schüttelten sich die Hände, und Martha küsste ihn

auf beide Wangen. Camille sah seinem entgeisterten Gesicht an, dass er völlig baff war.

»Und jetzt kommt, meine Lieben, keine falsche Scham. Ihr werdet sehnsüchtig erwartet.« Martha hakte sich bei Camille und Zack unter und zerrte sie förmlich in den Raum, bis sie vor Rayburn standen. Dessen Augen unter den schneeweißen Brauen funkelten spitzbübisch.

»Was zum Teufel soll das Ganze?« Camille hörte, wie Zack seinem Vater diese Frage ins Ohr zischte, als er ihn umarmte.

Rayburns Antwort war weniger vertraulich. Im Gegenteil, er trompetete so lautstark, dass ihn alle hören konnten. »Junge, ich mochte es nicht mehr mitansehen, dass du die Hochzeit mit Camille wegen mir noch länger aufschiebst. Ich weiß, ihr nehmt das Opfer bereitwillig auf euch, aber mich plagten solche Schuldgefühle, dass ich die Sache in die Hand genommen und diese Überraschungsheirat für euch geplant habe.«

Camille fühlte, wie ihr vor Verlegenheit das Blut in den Kopf schoss; ihre Ohren rauschten, und sie wäre auf der Stelle zusammengebrochen, wäre Zack nicht zu ihr getreten und hätte sie gestützt. Er wirkte sichtlich erschüttert.

»So hab ich mir deine Hochzeit zwar nicht unbedingt erträumt, Liebes«, meinte Martha schmunzelnd, »aber es ist mal was anderes. Davon könnt ihr noch euren Kindern und Enkelkindern erzählen. Und du siehst in Jeans genauso bezaubernd aus wie in einem weißen, langen Brautkleid. Zack macht es bestimmt nichts aus.« Martha streichelte Camille zärtlich übers Haar, während sie munter drauflosplauderte.

Ich träume, begehrte Camille innerlich auf. *Gleich werde ich wach, und dann lache ich mich schief über diesen irrwitzigen Traum. Oder Albtraum.* Sie wagte nicht, zu Zack zu blicken. War er auch in diesem Traum? Wessen

Traum war das eigentlich, seiner oder ihrer? Angestrengt versuchte sie, einen hysterischen Lachkrampf zu unterdrücken, der sich verräterisch glucksend in ihrer Kehle ankündigte.

»Ich weiß nicht, was…«, begann Zack, doch Rayburn schnitt ihm kurzerhand das Wort ab.

»Sieh mal, mein Junge, an jenem Morgen vor ein paar Wochen, als du mit Camille über Utah gesprochen hast, lag ich wach in meinem Bett. Ich hab mich nur schlafend gestellt.« Er hielt kurz inne, damit Camille und Zack jene schicksalhaften Worte verdauen konnten, und fuhr dann fort. »Ihr habt davon geschwärmt, wie schön ihr euch Flitterwochen im Snow Bird Resort vorstellen könntet.« Camille unterdrückte ein Stöhnen. »Eurer Unterhaltung entnahm ich, wie sehr ihr es im Nachhinein bereut, dass ihr nicht vom Fleck weg geheiratet habt. Die Liebe geht gelegentlich seltsame Wege. Manchmal kommt sie über Nacht.« Wieder machte Rayburn eine Pause. Sie sollten ruhig wissen, dass er jedes Wort mitgehört und vollstes Verständnis für das hatte, was zwei Jahre zuvor im Snow Bird Resort geschehen war. Gleichwohl beließ er es bei indirekten Andeutungen. Keiner außer den beiden Beteiligten erfasste die wahre Bedeutung des Gesagten.

»Du bist ein verantwortungsbewusster Mensch, Zack, und du hast immer versucht, die richtige Entscheidung zu treffen. Es kommt gar nicht in Frage, dass dein Pflichtgefühl mir gegenüber und meine Krankheit dich daran hindern, bei Camille das einzig Richtige zu tun. Ich könnte nicht mit dem belastenden Wissen leben, eurem Glück im Wege zu stehen.«

Seine Botschaft war eindeutig. Rayburn wusste, dass Camille ihre Unschuld an Zack verloren hatte, und jetzt erwartete er, dass sein Sohn sich wie ein achtbarer Südstaaten-Gentleman verhielt und das arme, entehrte Mädchen heiratete. Der liebenswürdige, rücksichtsvolle, nette Herr, den die Leute in Rayburn sahen, war in Wirklichkeit ein energischer, durchsetzungsfähiger, harter Bursche. Er hatte einen eisernen Willen, und zum ersten Mal erlebte Camille, wie er diesen einsetzte. In die für gewöhnlich freundlichen blauen Augen unter den buschigen Weihnachtsmann-Brauen trat ein stählernes Glitzern. Sollte sein Sohn es doch wagen, sich seinen Plänen zu widersetzen!

Rayburn nickte freundlich zu Camille, dann fixierte er gefährlich lange seinen Sohn. Als er merkte, dass Zack offenbar keine Einwände hatte, rieb er sich voller Elan die Hände. »Nun, dann fangen wir an. Wir wollen den Pfarrer doch nicht warten lassen. Er hat heute Nachmittag noch ein Golfspiel.«

Alle strahlten, als die Hauptbeteiligten ihre Plätze einnahmen. Zack und Camille stellten sich unter dem geschmückten Hochzeitsbogen vor den Geistlichen hin, nachdem ihre Mutter ihr rasch noch einen Brautstrauß in die kalten, klammen Finger gedrückt hatte. Rayburn und Martha traten neben ihre Kinder.

»Oh, Zachary, das hätte ich fast vergessen. Hier, der Ring deiner Mutter. Simon hat ihn mitgebracht. Bestimmt hätte sie Camille sehr gemocht und sich gewünscht, dass sie diesen Ring bekommt. Camille, wenn du lieber einen anderen möchtest, schenkt Zack dir bestimmt einen, aber bitte, tu einem alten Mann den Gefallen und trag diesen während der Zeremonie.«

Camille betrachtete den breiten Goldreif, der auf seiner zupackenden Handfläche lag, und musste sich ein Schluchzen versagen. »Ich… ich kann mir keinen schöneren Ring vorstellen. Danke.«

Froh und erleichtert über ihre Antwort räusperte er sich,

bevor er gerührt fortfuhr. »Camille, du kennst Reverend Collins bereits vom Sonntagsgottesdienst.«

»Ja. Hallo, Reverend Collins«, murmelte sie.

»Hallo, Camille. Als wir uns kennen lernten, hatte ich wahrhaftig keine Ahnung, dass ich derjenige wäre, der Sie traut! Hallo, Zack.«

»Reverend Collins.«

»Nervös?«, erkundigte sich der Geistliche mitfühlend.

»Nein«, antwortete Zack kurz.

»Ah, gut. Dann fangen wir an. Das mit den Unterschriften im Familienstammbuch erledigen wir nach der Trauung.«

Er begann mit der Zeremonie, und innerhalb von Minuten wurden Camille Leanne Jameson und Zachary Benson Prescott Mann und Frau. Jetzt war sie mit dem Mann ihrer Träume verheiratet, aber um welchen Preis? Er wollte sie nicht, würde sie sein Leben lang verachten und verschmähen. Zack war in die Ehefalle getappt, mit ihr, die ihm nicht mehr bedeutete als ein Abenteuer für eine Nacht. Was war mit Erica Hazelett? Zack war doch in sie verliebt, oder? Aber sie, Camille, hätte die Trauung selbst dann nicht verhindern können, wenn sie laut herausposaunt hätte, dass er eine andere hatte. Ebenso wenig hätte Zack vor dieser bizarren Versammlung einen Rückzieher machen können. Er war zu der Heirat genötigt worden, und das würde er ihr nie verzeihen.

Camille, die sich mechanisch, schlafwandlerisch bewegte, hatte den Eheschwur wie eine aufgezogene Puppe nachgesprochen. Zacks Stimme war klar und deutlich gewesen. Zumindest gab er seinen tiefen Groll auf sie vor den Anwesenden nicht zu erkennen. Aber was, wenn sie erst einmal allein wären?

»Sie dürfen die Braut jetzt küssen, Zack«, erklärte der Geistliche.

Es war vorbei, und sie schaute Zack an, das erste Mal wieder, seit sie den Raum völlig ahnungslos betreten hatten. Wie viel war in der kurzen Zeitspanne von wenigen Minuten passiert! Ihre gesamte Lebensperspektive hatte sich verändert.

Schweren Herzens hob sie die Lider und gewahrte seine blauen tiefen Augen. Sie hatte weder mit dem zärtlichen Blick gerechnet, mit dem er sie bedachte, noch mit dem leichten Lächeln, das seine aristokratischen Lippen umspielte. Völlig entnervt verlor sie die Fassung, ihr Mund bebte unkontrolliert, heiße Tränen schossen ihr in die Augen. Jetzt tat er auch noch so, als wäre er in sie verliebt! Warum konnte seine Liebe nicht echt sein? *Wieso liebt er mich nicht, obwohl ich so tief für ihn empfinde?*

Zack hatte wohl gemerkt, dass sie den Tränen nahe war, denn er küsste Camille kurz entschlossen. Zunächst war es wie ein sanfter Hauch, und ihre Lippen berührten sich kaum, aber dann schlang er besitzergreifend die Arme um sie und presste seinen Mund innig auf ihren.

Als sie sich voneinander lösten, gab es herzlichen Applaus. Die Gäste begannen angeregt miteinander zu plaudern. Ein Partyservice rollte einen langen Tisch mit Hochzeitskuchen und Champagner herein.

Camille ließ sich von den Anwesenden beglückwünschen und bedankte sich höflich. Sie stellte ihre Mutter den wenigen Menschen vor, die sie selber schon kannte, und fütterte Zack mit dem ersten Bissen Hochzeitstorte. Er machte den ganzen Unsinn bereitwillig mit, als wäre alles in bester Ordnung mit ihnen.

Bevor er zum Golfplatz fuhr, nahm Reverend Collins die beiden beiseite und ließ sie den Trauschein unterzeichnen, den ein Freund von Rayburn für sie beglaubigt hatte. »Ich weiß, dass Sie beide letzte Woche hier im Krankenhaus

Blut gespendet haben. Dr. Daniels hat in weiser Voraussicht alles für Sie überprüfen lassen. Meine herzlichen Glückwünsche, Zack. Sie haben eine wunderhübsche Braut. Ich bin gespannt, ob ich demnächst viele kleine Prescotts taufen darf.« Ein Glück, dass Zacks Arm fest um ihre Taille geschlungen war, sonst wäre sie bestimmt in Ohnmacht gefallen.

Camille war tieftraurig, als sie hörte, dass ihre Mutter schon am Abend wieder nach Atlanta zurückmusste. »Ich bin nur für deinen schönsten Tag hergekommen, Kleines. Den wollte ich auf gar keinen Fall verpassen, aber ich muss wirklich wieder zurück. Schon vergessen, dass wir ein kleines Familienunternehmen führen? Und zudem, wer braucht in der Hochzeitsnacht schon seine Mutter?

Zack, ich rechne fest damit, dass ihr mich gemeinsam besucht, sobald Rayburn wieder gesund ist. Ich möchte eine Party geben und meinen frisch gebackenen Schwiegersohn unseren sämtlichen Freunden vorstellen. Rayburn hat mich über die Weihnachtsfeiertage nach Bridal Wreath eingeladen. Also sehen wir uns bald wieder.«

Dr. Daniels hatte ihre Mutter vom Flughafen abgeholt und wollte sie auch wieder hinbringen, rechtzeitig zum Rückflug nach Atlanta. Bevor sie sich verabschiedeten, winkte der Mediziner sämtliche Gäste aus Rayburns Krankenzimmer, mit der Begründung, die Party sei vorbei und dies immer noch eine Klinik mit schwer kranken Patienten. Der Mann vom Partyservice packte seine Utensilien zusammen und versprach Camille, ihr die herrlichen Blumen nach Bridal Wreath bringen zu lassen, damit sie sich dort daran erfreuen könne. Das Krankenhausbett wurde wieder hereingerollt, und Schwester Granitschädel scheuchte alle aus dem Zimmer. Dann half sie Rayburn wieder in sein Bett.

Camille umarmte ihre Mutter ein letztes Mal zum Abschied und küsste sie auf die Wange. »Liebes, ich wünsche mir für dich, dass du genauso glücklich wirst wie ich in meiner Ehe. Ich finde, Zack passt hervorragend zu dir. Und jetzt macht viele süße Babys für Rayburn und mich«, raunte Martha Jameson ihrer Tochter ins Ohr.

»Dafür wird der junge Prescott schon sorgen, jede Wette, Mrs. Jameson.« Dr. Daniels zwinkerte verschwörerisch zu Camille und boxte Zack scherzhaft in den Bauch. »Aber jetzt müssen wir los, sonst verpassen Sie noch Ihren Flieger.«

Die beiden verschwanden angeregt plaudernd im Gang, und Camille stand allein gelassen mit ihrem Ehemann da. Ehemann! Allein das Wort jagte ihr einen eisigen Schauer über den Rücken, versetzte sie in Panik. Unvermittelt befiel sie der verrückte Wunsch, ihrer Mutter hinterherzulaufen und sich Schutz suchend an sie zu klammern.

Als ahnte er ihre Gedanken, fasste Zack ihren Ellbogen und führte sie zurück in Rayburns Zimmer. »Ich muss mit meinem Vater sprechen«, knirschte er, allerdings mit einem gezwungenen Lächeln, zur Beruhigung von Schwestern und Ärzten, die inzwischen wieder ihrer Tätigkeit nachgingen und im Vorbeigehen gelegentlich einen verstohlenen Blick auf das junge Paar warfen.

Sie erreichten die Tür von Rayburns Krankenzimmer und trafen auf Schwester Granitschädel, die eben herausspurtete. »Wo möchten Sie denn noch hin?«, erkundigte sie sich höflich-herablassend.

»Wir wollen noch kurz zu meinem Vater. Dagegen haben Sie doch sicher nichts einzuwenden.« Die harten Linien um seinen Mund signalisierten Camille, dass Zack sich mühsam kontrollierte.

»Es tut mir Leid, Mr. Prescott, aber Ihr Vater hat mich

ausdrücklich gebeten, niemanden zu ihm zu lassen. Er ist sehr erschöpft, der heutige Nachmittag war doch recht anstrengend für ihn. Ich habe ihm eine Spritze gegeben, damit er schläft, und vermutlich ist er bereits eingedöst. Ich darf unter gar keinen Umständen billigen, dass Sie noch einmal hineingehen und seine Ruhe stören.«

Wutschnaubend stieß Zack den Atem aus. »Also gut, dann eben morgen früh als Allererstes. Wir werden pünktlich hier sein.«

Er schnellte herum, packte Camille am Arm und schob sie zum Aufzug. Schweigend verfolgten sie die Leuchtanzeige über der Tür, bis der Lift schließlich in ihrem Stockwerk stoppte. Wie gebannt starrten sie auf die Aufzugtüren, die sich leise surrend öffneten. Dann stiegen sie in die Kabine, und Mr. und Mrs. Zachary Prescott fuhren ins Parterre, schweigend, distanziert, ohne Zärtlichkeiten auszutauschen. Ja, sie sahen einander nicht einmal an.

9

»Es ist noch ein bisschen früh fürs Abendessen. Hast du heute Nachmittag noch irgendwelche Pläne?«

Noch jedes Mal irritiert von Zacks unvorhersehbaren Launen, fuhr Camille bei seiner Frage erschrocken zusammen. Er steuerte gerade den Wagen vom Krankenhausparkplatz. Soweit sie das einzuschätzen vermochte, klang seine Stimme kontrolliert und überhaupt nicht ärgerlich.

»Ich… äh… ich wollte noch ein paar Besorgungen machen in der Mall. Ich brauche so einiges, aber…«

»Dann gehen wir eben einkaufen. Dearly hat mich gebeten, dich zum Essen auszuführen. Sie und Simon sind zu Hause schwer damit beschäftigt, deine Sachen ins Haupthaus zu transportieren.«

Seine Mundwinkel verzogen sich zu einem matten Grinsen, und er spähte zu ihr herüber, um sich zu vergewissern, ob seine Andeutung Wirkung zeigte. Und ob. Camille schluckte betreten und nickte schwach, während sie nervös den ungewohnten Goldring am Finger drehte.

Er stellte den Lincoln auf einem der weitläufigen Parkdecks ab, dann schlenderten sie durch die hochmoderne Einkaufspassage, die so gar nicht zu dem historischen Flair von Natchez passen wollte. Das schien die Bürger jedoch nicht zu stören, denn die Mall war voller Besucher. Zack hakte sich bei Camille unter, während sie sich den Weg durch die Menschenmassen bahnten. Welches frisch vermählte Paar wäre schon auf die Schnapsidee gekommen, wenige Stunden nach der Hochzeit bei diesem Hochbetrieb zu shoppen?

Camille blieb plötzlich stehen, da sie ein anderes Paar bemerkte, das in ihre Richtung kam. Sie rief »Rick!« und schlug die Hände vors Gesicht, zumal ihr siedendheiß einfiel, dass sie am Abend ein Date mit ihm hatte! Inzwischen war sie eine verheiratete Frau!

Er schien ähnlich bestürzt wie sie. Hatte die kleine, schwarzhaarige junge Frau neben ihm etwa damit zu tun, dass er schlagartig verlegen wirkte? Das Mädchen hatte ein hübsches Gesicht mit riesigen, braunen Augen, die mit ihrem feuchten Schimmer genauso melancholisch anmuteten wie gelegentlich die von Rick.

»Hallo, Rick, Laura.« Camille fiel ein Stein vom Herzen, dass Zack die Situation rettete. »Laura Wimberly, ich möchte dir Camille vorstellen, meine Frau. Wir haben heute Nachmittag geheiratet. Ihr gehört zu den Ersten, die uns gratulieren dürfen.«

Für Augenblicke folgte betretenes Schweigen. Rick fixierte Zack fassungslos, als wären diesem plötzlich zwei Köpfe gewachsen, dann blickte er zu Camille, die entschuldigend lächelte.

»Na, das ist aber eine tolle Überraschung!«, sagte Rick vergnügt. Camille hatte den Eindruck, dass er sich ehrlich freute. »Zack, meinen Glückwunsch. Camille, alles Gute. Einen besseren Mann als Zack Prescott konntest du gar nicht finden. Ganz im Ernst.«

»Danke, Rick.«

»Mrs. Prescott. Rick hat mir so viel von Ihnen erzählt. Schön, dass ich Sie endlich kennen lerne. Ich hoffe, Sie und Zack werden sehr glücklich miteinander.« Laura Wimberlys Stimme klang sanft und melodiös. Sie strahlte Camille und Zack aufrichtig begeistert an, dass es Camille das Herz zusammenzog. War das die verheiratete Frau, mit der Rick, wie Zack erzählte, ein Verhältnis hatte? Irgendwie passte das hässliche Bild des Ehebruchs gar nicht auf diese beiden netten jungen Menschen.

»Wie geht es Ihrem Mann, Laura?« Zacks Frage klang ruhig und sachlich und voller … was? Mitgefühl?

»Es geht ihm nicht besonders gut. Ich … er brauchte ein paar Sachen, deshalb habe ich Rick getr … er bot an, mich herzufahren«, stammelte sie matt und senkte den Kopf, um niemanden direkt anschauen zu müssen.

Ricks Arm glitt um ihre Schultern, und sie lehnte sich erleichtert an ihn. »Schätze, wir widmen uns besser wieder unseren Einkäufen. Ihr … Mr. Wimberly erwartet sie bald zurück. Noch einmal alles Gute, Zack. Camille.« Rick nickte den beiden zu, und nachdem Laura ein schüchternes »Auf Wiedersehen« gehaucht hatte, gingen beide Paare wieder ihrer Wege.

Zack schob Camille aus dem Hauptpassantenstrom in eine Ecke, wo eine leere Bank stand. Dort setzte er sich neben sie. Die Ellbogen auf die Knie gestützt, beugte er sich zu ihr vor und betrachtete gedankenvoll seine Hände.

Schließlich räusperte er sich. »Offen gestanden schäme ich mich, Camille. Ich muss dir die Situation genauer darlegen. Vorhin hab ich dir gesagt, dass Rick ein Verhältnis mit einer verheirateten Frau hat. Ich hab es bewusst so formuliert, dass es einen hässlichen Beigeschmack hatte. Aber das war unfair gegenüber Rick und Laura.« Er seufzte und rieb sich die Handflächen am Stoff seiner Jeans. »Zum einen bezweifle ich, dass Rick O'Malley mit der Frau eines anderen schlafen würde, selbst wenn er sie noch so sehr liebte. Und zweitens würde Laura niemals fremdgehen.«

Camille fühlte sich unbehaglich. Es war noch nie passiert, dass Zack sich bei ihr für irgendetwas entschuldigt hatte. Das war eine neue Seite an ihm. »Erzähl mir von den beiden. Es sei denn, es ginge mich nichts an.«

»Unsinn, die ganze Stadt redet darüber.« Er nahm einen tiefen Atemzug und starrte brütend vor sich hin, während er erzählte. »Rick und Laura kennen sich schon seit dem Gymnasium, es war eine jener Romanzen, die nie enden. Beide sind nie mit jemand anderem ausgegangen. Sie waren unzertrennlich. Wir gingen alle davon aus, dass sie nach der Abschlussprüfung heiraten würden. Lauras Familie war... na ja, mir fällt nichts Nettes ein, um sie zu beschreiben. Sagen wir mal unterste Schublade. Es grenzt an ein Wunder, dass Laura sich so positiv entwickelt hat. Aber wie dem auch sei, ihr alter Herr hat sie an Jesse Wimberly verschachert. Man munkelt, dass der alte Knacker ihrem Vater tausend Dollar für sie gegeben hat.« Auf Camilles entsetztes Japsen fuhr Zack fort: »Ja, unfassbar, nicht wahr? Und das am Ende des zwanzigsten Jahrhunderts! Dieser Wimberly war früher mal Fallensteller. Ein wirklich unsäglicher Typ – altersmäßig könnte er glatt ihr Vater sein. Sie hat es nicht leicht mit ihm. Es kursieren alle möglichen Geschichten, wie er sie angeblich behandelt. Er ist noch schlimmer, als ihre Familie es war.

Nach dieser Zwangsheirat trat Rick in die Army ein und ging als Freiwilliger nach Vietnam. Er wollte nicht mehr leben, kämpfte an vorderster Front. Stattdessen bekam er jede Mengen Medaillen für seine Tapferkeit – oder Dummheit. Tja, trotz allem hat er überlebt und kehrte schließlich nach Hause zurück. Ich denke, den Rest kannst du dir selber zusammenreimen.«

»Aber warum verlässt sie Wimberly nicht einfach? Sie und Rick gehören doch zusammen!«

Zack war irritiert über ihre Heftigkeit, antwortete aber seelenruhig: »Der alte Wimberly ist krank. Sie würde ihn nie verlassen, ganz egal, was er ihr angetan hat. Zudem weiß sie, dass Rick sehr religiös ist. Sie würde ihm niemals zumuten, dass er die Schuld dafür auf sich lädt, einem anderen Mann die Frau ausgespannt zu haben, auch wenn sie sich problemlos scheiden lassen könnte. Sie motiviert Rick sogar dazu, andere Frauen zu treffen, und das tut er auch gelegentlich, aber sein Herz gehört nun mal Laura. Die beiden können nur hoffen, dass der alte Knochen endlich abdankt. Soweit ich weiß, ist er mittlerweile bettlägerig.«

»Schrecklich, so denken zu müssen, aber ich kann es gut nachvollziehen. Die beiden schienen so sehr verliebt ineinander.«

»Und, ärgerlich? Hattest du was für ihn… übrig?«

»Oh Zack!« Sie war empört. »Natürlich nicht! Ich mochte ihn, zumal er ungemein witzig ist. Aber trotz seiner Lockerheit hab ich gemerkt, dass er irgendwie bedrückt wirkt.«

»Ja. Ich glaube, er versucht das zu kompensieren, indem er den Clown spielt.«

»Es ist ungeheuer tragisch«, seufzte Camille. Insgeheim war sie eifersüchtig darauf, dass Rick Laura ganz offensichtlich liebte. Zack würde sie, Camille, niemals so warmherzig und liebevoll anschauen.

»Darf ich davon ausgehen, dass dein Date mit Rick heute Abend geplatzt ist?«, fragte Zack leichthin, und Camille musste lachen.

»Schätze mal, ja«, antwortete sie, während sie durch die breiten, hell erleuchteten Einkaufsarkaden schlenderten.

»Was war es noch gleich, was du besorgen wolltest, Camille?«

Grundgütiger, sie hatte keine Ahnung, weshalb sie unbedingt in die Mall wollte. Der Nachmittag war einfach zu stressig gewesen. »Ähm… ich… ein paar neue Klamotten«, stammelte sie.

»Okay.« Er fasste ihren Arm und schob sie in eine der nobelsten Damenboutiquen in der Mall. Als sie aufzubegehren begann, erinnerte er sie freundlich: »Camille, du bist nicht mehr von deinem Einkommen abhängig. Wenn *ich* finde, dass du es dir leisten kannst, dann kannst du es dir leisten.«

Unterstützt von der stilsicheren Beratung einer erfahrenen Verkäuferin probierte Camille mehrere sportlich-elegante Kombinationen an. Die Dame schob sie immer wieder neu gestylt aus der Umkleidekabine, so dass Zack sie in jedem Modell kritisch in Augenschein nehmen konnte. Schließlich entschied sie sich für einen dunkelblauen Blazer aus Schurwolle, einen wollweißen Rock und ein helles Shirt aus Seidencrêpe.

»Ich denke, das nehme ich, Zack. Es ist vielseitig kombinierbar und angenehm zu tragen.« Sie war schockiert gewesen, als sie die Preisschildchen gelesen hatte, die sie sich vorsichtshalber heimlich angesehen hatte.

Er nickte zustimmend, fragte jedoch: »Hat dir denn der maisgelbe Rock mit dem passenden Pullover nicht gefallen?«

»Doch, der war sehr schick, aber …«

»Und der grüne Hosenanzug mit dieser schimmernden … Seiden …? … bluse?«

»Na ja, der hat mir auch gefallen, aber …«

»Haben dir die Sachen gepasst?«

»Sie sind wie für sie gemacht. Größe 38 passt perfekt«, warf die Verkaufsberaterin ein, die einen größeren Einkauf witterte.

»Dann nehmen wir alles«, entschied Zack, Camilles verblüffte Miene ignorierend. »Packen Sie die Sachen ein und liefern Sie sie nach Bridal Wreath.«

»Ja, natürlich. Sie sind doch Mr. Prescott, nicht? Ich habe in den Gesellschaftsspalten über Sie gelesen!«

Leicht betreten erwiderte Zack: »Das ist meine Frau …«

»Ach, dann haben Sie und Mrs. Hazelett endlich geheiratet!«

Camille errötete bis zu den Haarwurzeln. Zacks Gesicht verzog sich vor Ärger, als er der Frau mit kühler Arroganz erklärte: »Nein. Meine Frau heißt mit ihrem Mädchennamen Jameson und stammt aus Atlanta. Wir erwarten die Sachen bis spätestens Montagmorgen, sonst treten wir von dem Kauf zurück.«

Entsetzt über ihr fatales Missgeschick, wirkte die Verkäuferin sichtlich bemüht, einzulenken. »Aber gewiss, Mr. Prescott. Ich … wir … ich freue mich sehr, dass Ihre bezaubernde Gattin in meinem Geschäft einkauft. Sie hat einen exzellenten Geschmack. Wir legen die Rechnung zu den Kleidungsstücken. Sie können dann nachträglich überweisen.«

»Ich danke Ihnen. Camille, ich warte draußen auf dich, bis du fertig bist.«

Nachdem sie umgezogen war und sich noch einmal bei der bestürzten Verkäuferin bedankt hatte, verließ sie das Geschäft und erspähte Zack neben einem der Springbrunnen inmitten der Mall. Einen Fuß auf den niedrigen Beckenrand gestemmt, die Hände um das angewinkelte Knie geschlungen, plauderte und lachte er mit zwei jungen Mädchen. Die eine, auffällig blond, trug ein knallenges, pinkfarbenes T-Shirt, unter dem sich schamlos ihr Riesenbusen abzeichnete. Eine heiße Röte flutete über Camilles Wangen – vor Eifersucht. Ganz offensichtlich sprang Zack auf die optischen Reize der jungen Frau an. Als er Camille aus den Augenwinkeln bemerkte, winkte er den Mädchen zum Abschied und schlenderte zu ihr. Er hakte sich bei ihr unter.

Sie waren kaum ein paar Schritte gegangen, als Camille fauchte: »Wie ich sehe, hast du dich während der Wartezeit gut amüsiert. Ich hab nie kapiert, was Männer an solchen Flittchen so toll finden.«

Er warf den Kopf zurück und lachte schallend, dabei kniff er sie scherzhaft in den Arm. »Eifersüchtig? Jetzt schon? Wir sind erst ein paar Stunden verheiratet, und du klingst wie eine rabiate Ehefrau.«

Seine Belustigung machte sie nur noch wütender. »Wenn du unbedingt flirten musst, dann könntest du dir wenigstens jemanden suchen, der altersmäßig besser zu dir passt! Das waren ja noch halbe Kinder!«

Er lachte noch lauter. »Ich kenne die beiden Frauen seit Ewigkeiten, und die mit dem Atombusen ist älter als du, Herzchen.«

»Oha«, erwiderte Camille. Verlegen wich sie seinem Blick aus. In seinen Augen blitzte der Schalk.

Inzwischen war es dunkel geworden, und als sie den Parkplatz auf dem Weg zum Auto überquerten, knurrte Camilles Magen vor Hunger.

»Schätze, wir gehen was essen, bevor du mir noch zusammenbrichst«, schmunzelte Zack. Er griff in ihre Jacke und legte die Hand direkt unterhalb ihrer Brüste auf ihren Bauch. Camille blieb abrupt stehen, da seine Finger gefährlich sanft über ihre Seidenbluse glitten. Er hatte den anderen Arm um ihre Schultern geschlungen, und als sie plötzlich verharrten, zog er sie enger an sich. »Wenn wir uns hier nicht in aller Öffentlichkeit befänden, würde ich dich noch an ganz anderen Stellen streicheln, Camille. Du machst mich total an.« Er flüsterte an ihrem Ohr, hauchte einen federnden Kuss darauf, bevor er die Hand wegzog und sie das restliche Stück zum Wagen scheuchte. Sie kauerte sich auf den Beifahrersitz. Ihre Beine schienen die Konsistenz von Wackelpudding angenommen zu haben.

Das Restaurant, das Zack für ihr gemeinsames Dinner

ausgesucht hatte, hieß The Side Track. Es war ein umgebautes Bahnhofsgebäude, das an einem stillgelegten Schienenstrang stand. Sie gönnten sich ein ausgedehntes Menü, als Vorspeise gebackene Zucchinistreifen mit Kräutern und Parmesan überbacken, zum Hauptgericht saftige Steaks mit Backkartoffeln. Zack bestellte Wein dazu, und Camille wurde angenehm warm von dem Essen, dem Wein und dem Mann – ihrem Mann, der ihr am Tisch gegenübersaß. Nachher überredete er sie noch zu einem Eisbecher mit Likör und Mandelkrokant.

»Wenn ich weiter so viel futtere, passe ich nicht mehr in die neuen Kleider«, drohte sie schelmisch, nachdem der Kellner ihr das Dessert serviert hatte.

Lässig auf seinem Stuhl zurückgelehnt, schenkte Zack ihr ein warmherziges Lächeln, während er genüsslich seinen Kaffee schlürfte. Sein Lächeln erwidernd, meinte sie gedehnt: »Zack, ich möchte dir für die Sachen danken. Sie sind wirklich superschick. Aber du brauchst mir doch nicht …«

»Camille, vergiss nicht, du bist mit mir verheiratet. Ich gebe zu, unsere Trauung war ein bisschen ungewöhnlich, aber das ändert nichts an den Tatsachen. Alles, was ich an materiellen Gütern besitze, gehört jetzt auch dir. Ich möchte, dass du das weißt und Gebrauch davon machst.« Er beugte sich vor, die Ellbogen auf die Tischplatte gestützt. Er senkte die Stimme, während seine strahlend blauen Augen ihr Gesicht im Kerzenschein zärtlich maßen. »Camille, ich möchte, dass du weißt …«

»Das ist ja ganz was Neues. Seit wann gehst du mit deinen Angestellten zum Essen aus, Zack?«

Camille und Zack drehten sich zeitgleich um und bemerkten Erica Hazelett neben ihrem Tisch. Das junge Ehepaar war so entrückt gewesen, dass es sie gar nicht hatte hereinkommen sehen. Die Witwe Hazelett stand in ihrer einstudierten Modelpose neben ihnen, ihre gertenschlanke Figur umschmeichelt von einem weichen, blauen Strickkleid, das die eisblauen Augen noch kälter wirken ließ. Besitzergreifend legte sie Zack eine Hand auf die Schulter, worauf Camille innerlich kochte. Von wegen seine Angestellte, pah!

»Hallo, Erica.« Zack stand nicht auf für sie, sondern blickte ihr offen ins Gesicht, das im schimmernden Kerzenschein wunderschön aussah. Camille beobachtete die beiden, und ihr Herz sank ins Bodenlose. Wieso musste diese Frau ausgerechnet jetzt hier hereinschneien und Zack daran erinnern, dass er sich zu einer Heirat hatte nötigen lassen, obwohl die lustige Witwe doch zweifellos seine Traumfrau war? Und was hatte er ihr sagen wollen, als Erica ihn schnöde unterbrochen hatte? Sie hatte wohl ein Händchen dafür, immer im falschen Augenblick auf der Bildfläche aufzutauchen.

»Ich glaube, du kennst Camille bereits«, sagte Zack, während Erica mit ihrer Hand gelassen über seine Schulterblätter streichelte.

»Ja. Hi, Camille«, sagte sie nicht sonderlich begeistert.

»Hallo, Erica«, gab Camille zurück.

In diesem Augenblick trat ein durchschnittlich aussehender Mann mittleren Alters neben Erica, und sie stellte ihn als Geschäftspartner ihres verstorbenen Ehemannes vor, der in Natchez sei, um sich in einigen wichtigen Unternehmensbelangen mit ihr auszutauschen. Camille verstand seinen Namen nicht richtig, zumal Erica ihren unscheinbaren Begleiter eher beiläufig vorstellte.

»Zack, du hast meine Frage noch nicht beantwortet. Seit wann gehst du mit deinen Angestellten zum Essen aus?« Ihr hübsches Gesicht verzog sich zu einem spöttischen

Lächeln, als sie Camille mit einem herablassenden Blick musterte.

»Camille ist nicht mehr nur unsere Innenarchitektin, Erica. Sie ist meine Frau. Wir haben heute Nachmittag geheiratet.« Zacks Stimme war völlig emotionslos, und Camille empfand plötzlich Mitgefühl für ihn. Es war bestimmt höllisch für ihn, mit einer ungewollten Heirat gestraft zu werden und die Gattin dann auch noch der geliebten Frau vorstellen zu müssen!

Ericas Augen bohrten sich wie zwei Eiszapfen in Zacks Pupillen. »Du machst wohl Witze«, ätzte sie.

»Nein, es ist mein voller Ernst«, konterte Zack.

Erica zog abrupt die Hand von Zacks Schulter, als hätte sie sich verbrannt. Abermals glitt ihr frostiger Blick hasserfüllt zu Camille. Camille fühlte es fast körperlich, von Ericas Augen wie von glühenden Nadelspitzen gemustert zu werden, und sie hätte sich dafür ohrfeigen können, dass sie kaum merklich zusammenzuckte.

Dann drehte Erica sich spontan zu Zack um und erkundigte sich abschätzig barsch: »Wieso? Hast du etwa nicht aufgepasst und sie geschwängert?«

Camille entfuhr ein gedämpfter Aufschrei, eine Mischung aus Wut und Protest. Sie sprang auf, griff nach Tasche und Jacke. Zu ihrer Verblüffung erhob Zack sich ebenfalls. Er umrundete den Tisch und fasste ihren Arm. Im Vorbeigehen streiften sie Erica und deren Begleiter, der die gesamte Szene schweigend verfolgt hatte, seine Lippen fassungslos geöffnet über Ericas taktloses Verhalten und ihren Mangel an Feingefühl.

Das junge Paar rauschte an ihnen vorüber, da packte Erica Zack am Ellbogen und zwang ihn, sie anzusehen. Da er Camille fest untergehakt hielt, blieb ihr keine andere Wahl als ebenfalls stehen zu bleiben.

»Verdammt noch mal, findest du das eigentlich gut, wie du dich verhältst, Zack? Du hast sie bestimmt nicht aus Liebe geheiratet, zumal du ja mich liebst. Diese Heirat ändert doch nichts zwischen uns, oder? Du empfindest doch nicht anders für mich als früher, hm?« Ericas Stimme klang kühl und kontrolliert, dennoch nahm Camille einen flehenden Unterton wahr.

Zack musterte Erica für einen langen Augenblick, unterdes jaulte Camille innerlich auf. Sie wollte lieber sterben als seine Antwort hören. Schließlich sagte er: »Nein, Erica, diese Heirat ändert nichts an meinen Gefühlen für dich.« Darauf drehte er sich abrupt um und zerrte Camille förmlich zu seinem Wagen.

Sie war fertig mit der Welt, ihr Herz und ihr Stolz ein einziger Scherbenhaufen. Ein zentnerschweres Gewicht lastete auf ihren Lungen, presste ihr die Luft ab. Sie hatte danebengestanden, als ihr Ehemann nur wenige Stunden nach der Hochzeit einer anderen Frau seine Liebe geschworen hatte. Wieso hatte sie die Trauungszeremonie am Nachmittag nicht boykottiert? Sicher, Rayburn schätzte sie sehr, aber er wollte ganz bestimmt nicht, dass sein Sohn und sie in einer Ehe landeten, die weder von gegenseitiger Liebe noch von Verständnis geprägt war. Und warum hatte Zack die Farce nicht beendet, bevor sich das Ganze zuspitzte? Sie hätte sich in den Erdboden geschämt, sicher, aber war der jetzige Zustand denn besser? Konnte sie die ständige Kränkung durchstehen, die sie durch das Wissen erlitt, dass ihr Mann Erica Hazelett liebte, aber mit Camille Prescott, geborene Jameson, in einer Zwangsehe leben musste?

Das Allerschlimmste war, dass sie ihn liebte. Mit jeder Faser ihres Herzens sehnte sie sich danach, dass er ihre Empfindungen erwiderte, obwohl sie wusste, dass es ein Wunschtraum bleiben würde. Er würde ihr zeitlebens vorwerfen, dass sie ihn in die Ehefalle gelockt, zu einer nicht gewollten Heirat gedrängt hätte.

Als sie durch die dunklen Straßen von Natchez in Richtung Bridal Wreath fuhren, schob sie sich die geballte Faust in den Mund, um die Schluchzer zu dämpfen, die in ihrer Kehle aufstiegen. Sie hatte keine blasse Ahnung, was sie in ihrem neuen Zuhause und mit diesem Fremden, der jetzt ihr Ehemann war, erwartete.

10

Camille versuchte ungeschickt, die Schulterbänder ihres Nachthemds zu knoten. Ihre Finger zitterten so sehr, dass es nahezu unmöglich war. Sie stand vor einer Frisierkommode, die sie noch nie gesehen hatte, und schaute durch den Kristallspiegel in einen Raum, in dem sie noch nie gewesen war. Sie wusste nur, dass sie jetzt zu einem Mann gehörte, der ihr ein einziges Rätsel war.

Nachdem Zack den Wagen in der Garage von Bridal Wreath abgestellt hatte, hatte er sich zu ihr umgedreht und völlig emotionslos gesagt: »Dearly und Simon sind hellauf begeistert über dies alles. Sie mögen dich und nehmen dich als neues Mitglied unserer Familie an. Sie wissen nichts von dem, was mein Vater mitbekommen hat. Für die beiden sind wir ein glücklich verliebtes Paar. Sie glauben, dass wir unsere Liebe versteckt gehalten haben und sie jetzt endlich öffentlich zeigen. Ich möchte nicht, dass sie enttäuscht werden. Sei keine Spielverderberin.«

Er geleitete sie ins Haus, wo Dearly und Simon sie sehr herzlich beglückwünschten. Camille fand es widerwärtig, den älteren Leuten wie auch allen anderen etwas vorzumachen, aber ihr waren die Hände gebunden, genau wie Zack, der den dramatischen Lauf der Ereignisse nicht hatte stoppen können. Die Haushälterin versicherte ihr, dass ihre sämtlichen Sachen in Zacks Räume gebracht worden seien, dass sie aber alles noch nach Herzenslust umarrangieren könne. Dearly schenkte ihr und Zack ein gefühlvolles Lächeln, Simons dunkle Augen glänzten mit seinen strahlend weißen Zähnen um die Wette. Impulsiv lief Camille zu ihnen und umarmte sie. Die beiden naiven, alten Menschen, die keine Ahnung von der eigentlichen Situation hatten, schienen Camille der einzige Halt, an den sie sich klammern konnte.

Zack begleitete sie nach oben, nachdem die Mitchells sich in ihr eigenes Apartment über der Garage zurückgezogen hatten. Er öffnete die Tür zu seinem Schlafzimmer und bedeutete ihr einzutreten. Zu ihrer Verblüffung folgte er ihr nicht. Stattdessen sagte er: »Ich bin gleich zurück.« Er drehte sich um und ging erneut die Treppe hinunter.

Der Raum war sehr maskulin mit seinen schweren Möbeln aus massivem Holz. Camille gefiel der wuchtige Kamin, der sich an einer Wand erstreckte und in dem ein munteres Feuer prasselte. Sicherlich war er an denselben Schornstein angeschlossen wie der Kamin im Salon, schloss sie, während sie im Geiste die Baupläne durchging. Trotz der vielen duftenden Blumengestecke, die der Partyservice bereits hergebracht und hübsch im Raum arrangiert hatte, hing Zacks herbes Eau de Cologne sinnlich erregend in der Luft.

Das riesige Bett dominierte eine weitere Wand. Ein klassisches Kopfteil fehlte, stattdessen war es mit Bücherregalen überbaut. Zwischen den gut gefüllten Borden waren wunderschöne, edel in Messing gerahmte Grafiken angebracht. Der Bettüberwurf, der bereits zurückgeschlagen war, hatte ein Streifenmuster in Braun-, Beige- und Blautönen. Zack hatte wirklich einen guten Geschmack.

Als sie zum Schrank ging und ihn öffnete, stellte sie fest, dass ihre Kleidung neben Zacks Garderobe hing. Mehrere Cowboyhüte lagen ordentlich einsortiert in den dafür vorgesehenen Fächern. Auf einem Brett standen Schuhe und

Stiefel aufgereiht. Hosen, Hemden, Sportsakkos, Anzüge, Jeans und dergleichen hingen fein säuberlich getrennt voneinander. *Man kann Zack sicher nicht nachsagen, dass er unordentlich ist,* sinnierte Camille.

Nachdem sie diverse Schubladen mit Socken, Taschentüchern und Herrenunterwäsche herausgezogen hatte, fand sie ihre Dessous akkurat gefaltet in separaten Schubfächern.

Neugierig betrat sie das geräumige Bad und schaute sich um. Es war überaus modern mit einer maskulinen Note, weiche, braun-beige gestreifte Handtücher hingen an blank polierten Messingringen. Ein tiefes Blau setzte Akzente mit dem flauschigen Teppich, den Kacheln sowie weiteren Gegenständen. In einer Glasschale, neben dem Marmorbecken, lag ein Teil von Zacks Goldschmuck. Ein Hornkamm, eine Bürste, mehrere Flaschen Eau de Cologne und Aftershave-Lotion waren eindeutige Zeichen dafür, dass der Raum von Zack genutzt wurde.

Sie entdeckte ihre eigenen Kosmetikartikel auf der anderen Seite des Waschtischs. Kurz entschlossen goss sie Schaumbad in die große, schokoladenbraune Wanne und ließ Wasser zulaufen. Dann nahm sie ein entspannendes Bad, in der Hoffnung, das warme, wohltuende Wasser würde ihre Bedenken hinsichtlich der nächsten Zukunft lindern.

Als sie nach Haarpflege und Zähneputzen aus dem Bad kam, bemerkte sie das in Geschenkpapier gewickelte Päckchen auf dem Bett. Auf dem Negligé, das in feines Seidenpapier eingeschlagen war, lag ein Kärtchen mit lieben Wünschen von ihrer Mutter.

Und jetzt stand sie vor dem Spiegel, in einem durchschimmernden, grünseidenen Nichts, dessen Schulterschleifen sie krampfhaft zu binden versuchte. Es fiel weich fließend zu Boden und war ungemein offenherzig, bis auf zwei weitere Satinbänder, die Front- und Rückenpartie in der Taille rafften. Camille war schockiert, als sie sich so sah. Von vorn und von hinten betrachtet wirkte das Negligé richtig harmlos, aber die geschlitzten Seiten gewährten erregende Einblicke! Zudem war der Stoff viel transparenter, als sie anfangs vermutet hatte. Vielleicht sollte sie es besser in den Karton zurücklegen und ein anderes, züchtigeres Modell wählen? Nein, ihre Mutter würde sich bestimmt danach erkundigen, wie es ihr gefallen habe, und Camille wollte nicht schon wieder als Lügnerin dastehen! Und überhaupt, wieso war sie eigentlich nervös? Sie hatte keine Ahnung, was Zack so vorschwebte. Erwartete er, dass sie heute Nacht dieses Bett mit ihm teilte, oder würde er sie kurzerhand in den Raum umquartieren, der sich auf der anderen Seite des Badezimmers anschloss?

Bevor sie lange spekulieren konnte, hörte sie Schritte, das Betätigen der Klinke. Sie wirbelte herum und gewahrte Zack im Türrahmen. Der Feuerschein reflektierte auf seinen sonnengesträhnten Haaren und tauchte sein Gesicht in goldenes Licht. Er sah exakt so aus wie in Utah. Unwillkürlich entwich ihr ein leises Stöhnen, das allerdings ziemlich gequält klang. Sekundenlang standen sie schweigend da und fixierten einander durch die Tiefe des Raums, bis Zack schließlich leise fragte: »Bist du fertig im Bad?«

Da sie vor lauter Nervosität kein Wort herausbrachte, nickte sie nur. Er trat vor den Kleiderschrank, zog sein Sakko aus und hängte es ordentlich auf einen Bügel. Als Nächstes löste er den Gürtel und befestigte ihn an einem dafür vorgesehenen Metallhalter in der Schranktür. Er bückte sich, streifte die Schuhe ab und stellte sie mit Schuhspannern versehen auf eines der unteren Regale. Seine Bewegungen waren ohne Hast, mechanisch, kontrolliert. Camille verfolgte unbehaglich, wie er zu einer Kommode steuerte und etwas aus einer Schublade nahm. Daraufhin ging er ins Bad und schloss die Tür hinter sich.

Sie hörte Wasserrauschen, das Öffnen und Zuschnappen von Schubfächern, Kleiderrascheln. Fieberhaft überlegte sie, was sie sagen und wie sie sich verhalten sollte, wenn Zack in den Schlafraum zurückkam. Diese Hochzeit war ein schlechter Witz, eine Parodie. Sie hatten das nicht gewollt und waren unfreiwillig zu der Heirat genötigt worden. Zwar liebte sie Zack von ganzem Herzen und mit allen Sinnen, aber sie wusste, dass er ihre tiefen Gefühle nicht erwiderte. Kurzum, sie war nicht bereit, mit ihm zu schlafen, wenn die Liebe als Motivation fehlte. Sex sollte eine sehr persönliche und intime Offenbarung zwischen zwei Menschen sein, die einander liebten, fand Camille. Das damals in Utah war ein fataler Fehler gewesen, den sie seitdem bereute. Sie weigerte sich strikt, ihm noch einmal in die Falle zu gehen. Seit zwei Jahren schämte sie sich dafür, dass sie ein einziges Mal schwach geworden war und ihren körperlichen Bedürfnissen nachgegeben hatte – und obwohl sie jetzt mit ihm verheiratet war, hatte sie gewiss nicht vor, seinen Verführungskünsten in dieser grotesken Beziehung zu erliegen.

Sie wollte Zack den plausiblen Vorschlag machen, diese Ehe aufrechtzuerhalten – natürlich ohne Intimitäten –, bis Rayburn wieder genesen wäre und die Enttäuschung ihrer Trennung verkraften könnte. Bestimmt war Zack damit einverstanden. Schließlich konnte er es kaum erwarten, wieder zu seiner Erica zu kommen, oder? Die irrige Annahme der Boutiquenverkäuferin, dass Zack Erica Hazelett geheiratet hätte, bedeutete ja immerhin, dass entsprechende Gerüchte kursierten. Auch das würde sie in einem klärenden Gespräch mit Zack anbringen.

Aber was, wenn er andere Vorstellungen von ihrem Zusammenleben hatte? Angenommen, er beharrte auf seinen ehelichen Rechten? Was, wenn er sie vergewaltigte? Nein, nicht Zack. Das war nicht sein Stil. Er war ein rationaler Mensch, der sich von logischen Argumenten überzeugen ließ. Sie könnten weiterhin gute Freunde bleiben, das Beste aus einer verfahrenen Situation machen, und das wär's dann gewesen.

Nachdem sie sich ihre Gesprächstaktik so weit zurechtgelegt hatte, fühlte Camille sich wesentlich besser. Sie durchquerte den Raum, stellte sich vor den Kamin und schaute in die zuckenden Flammen, nicht ahnend, dass sich ihre Silhouette verführerisch gegen den Feuerschein abhob. Dies war das Erste, was Zack wahrnahm, als er aus dem Bad kam und das Licht hinter sich löschte.

Sobald er mit ihr allein im Raum war, lösten sich Camilles Vorsätze in Luft auf. Wohlig erschauernd gewahrte sie, wie Zack hinter sie trat.

Was war denn bloß los mit ihr? Wieso drehte sie sich nicht einfach um, fixierte ihn eindringlich und trug dann rigoros ihre sorgsam überlegte Entscheidung vor? Aber nein, sobald sie den würzigen Moschusduft seiner Seife und seines Eau de Cologne einsog, dazu die männlich-erregende Ausstrahlung, die er verströmte, schmolz sie dahin wie Schnee in der Sonne.

»Ich mag diese Farbe an dir, Camille. Sie passt fantastisch zu deiner ungewöhnlichen Hautfarbe.« Bildete sie sich diesen federnd gehauchten Kuss auf ihrer nackten Schulter nur ein? »Du solltest immer im Sonnenlicht oder im Kaminfeuerschein stehen, das bringt dein Haar besonders toll zur Geltung.« Zärtlich griff er in ihre üppige Lockenmähne, hob sie im Nacken an, und presste Camille einen Kuss auf die sensible Haut. Unwillkürlich aufseufzend schwankte sie zurück und fand Halt an seiner muskelbepackten Brust. Er umschlang ihre Taille mit seinen Armen, rieb den duftigen Stoff ihres Negligés an ihrer Haut, während er ihre Haare, ihren Nacken, die erogene Zone hinter ihrer Ohrmuschel küsste.

»Camille, Camille«, hauchte er, als er mit einer Hand über ihren Bauch streichelte und sie dann an sich schmiegte, so dass sie seine starke Erregung fühlte. Zärtlich umschloss er eine Brust und stöhnte rau an ihrem Ohr, während er diese sensible Region erkundete.

Er drehte sie sanft um, so dass sie ihn ansehen musste und entgeistert auf seine völlig entblößte Brust starrte. Die Pyjamahose hing ihm lässig auf den Hüften. Seine Körperbehaarung verjüngte sich zu einer zartgoldenen Linie, die unter dem Hosenbund verschwand. Das Kreuz seiner Mutter an der goldenen Kette lag eingebettet in dem gekräuselten Flaum. Seine maskuline Aura war so umwerfend, dass ihr Herzschlag für Sekundenbruchteile aussetzte.

Camille traf auf seinen Blick und las darin zügelloses Verlangen. Lust, nichts weiter. Und ganz bestimmt nicht Liebe. Sie war jedoch machtlos gegen ihre tieferen Triebe. Sie hätte ihn einfach von sich stoßen sollen, aber ihre Vernunft war ausgeschaltet. Als sie die Lippen öffnete und wie geplant mit ihrer Diskussion beginnen wollte, versiegelte er ihren Mund mit einem spontanen Kuss. Zack schmeckte köstlich, herb nach Zahncreme und nach Mann. Seine Zunge berührte die ihre, glitt über ihre Lippen, ihre Zähne und erforschte hemmungslos die feuchte Süße ihrer Mundhöhle.

»Ich hab so lange darauf gewartet, dich wieder zu besitzen, Camille. Lass mich nicht noch länger warten«, hauchte er inbrünstig, sein Gesicht an ihre Halsbeuge geschmiegt. Sie spürte, wie seine Hände an den Schulterbändern ihres

Negligés herumspielten. Das Nachthemd glitt zu Boden, ein seidener Hauch auf dem Teppich. Er nahm ihr Gesicht in beide Hände, verlor sich in ihren bernsteinfarbenen Tiefen. Sein Blick verzehrend, glitten seine Hände über ihre perfekten Rundungen, streichelten sie überall.

Ihr Verstand schrie *Nein*, doch ihr Körper war ihm bereits verfallen. Sie erschauerte vor Lust auf ihn, auf die Erfüllung, die er ihr mit jeder erregenden Geste signalisierte. Sämtliche Nervenfasern reagierten auf ihn, vibrierten vor Begehren, steigerten sich in ein emotionales Crescendo. *Aber nicht so! Nicht ohne seine Liebe!* meldete sich ihr Gewissen – vergebens. Sofort verselbständigten sich ihre Arme und umschlangen seinen Nacken.

Zack riss sie an sich. Und Camille erwiderte seine feurigen Küsse mit ungeahnter Leidenschaft. Ihre Brüste pressten sich flach an seine harte Brust, sein goldener Flaum kitzelte erotisierend ihre Spitzen. Zacks Hand streichelte die festen Knospen, dann koste er sie mit seinen Lippen, seine Zunge erregend kreisend um deren dunkle Höfe. Er saugte und leckte, aber sie keuchte nach mehr … unendlich viel mehr.

Er hob den Kopf und stöhnte in ihr Haar: »Oh Camille. Ich halte das nicht mehr aus. Erlöse mich.«

Sie strampelte das aufreizende Nachthemd von ihren Füßen, als er sie hochhob und zum Bett trug. Dort bettete er Camille zärtlich auf die Kissen, bevor er hastig die Pyjamahose von den Lenden streifte.

Er glitt mit seinem ganzen Gewicht auf sie. Forschende Hände, suchende Lippen entzündeten ein glutvolles Feuer ihn ihr. Camille ließ sich begierig von ihm stimulieren, aufgepeitscht von seiner pulsierenden Erregung, die an ihre Scham drängte.

Nun fiel ihr alles wieder ein. Sie hatte versucht zu vergessen, es als bösen Traum, als Hirngespinst abzutun, doch nun, da Zacks lustbebender Körper den ihren bezwang, stürmte es mit einer süßen Macht erneut auf sie ein. Es war wie eine Offenbarung, das jähe Erkennen, Erfüllung zu finden, einander ganz zu gehören, die Schwingungen ihrer Leiber, den Einklang ihrer Seelen, ihre tiefen Gefühle zu entdecken. Diese Erkenntnis hatte das junge, unschuldige Mädchen zwei Jahre zuvor erschreckt, und sie war davor weggelaufen. Diesmal gab es kein Entrinnen. Diesmal kapitulierte Camille. Sie gab sich ihren Emotionen hin, klammerte sich daran und bejahte sie. *Jetzt, jetzt!* stöhnte sie, als beider Körper im Rausch der Sinne miteinander verschmolzen und von den Wogen der Leidenschaft überrollt wurden.

Camille stand vor dem Spiegel und bürstete ihre Haare, dabei musterte sie sich kritisch. Sie sah nicht anders aus als vorher, bis auf die leicht rosigen Wangen, aber die rechnete sie dem wärmenden Kaminfeuer zu und nicht der Erinnerung an den vergangenen Abend in Zacks Bett. Sie hatten beide keinen Hehl aus ihrer Lust gemacht, die schier unstillbar gewesen war. Ihre gemeinsame Nacht in Utah verblasste gegen diese wilde Ekstase.

Sie unterdrückte ein Schluchzen, das in ihrer Kehle aufstieg. Bei Tageslicht erkannte sie, dass sich nichts geändert hatte. Er liebte sie eben nicht. Wieso musste ihr Körper sie so schändlich verraten? Am liebsten hätte sie ihn auf den Mond gewünscht, aber sobald sie an seine Hände und seine Lippen dachte, die ihren Körper verwöhnten, stand sie lichterloh in Flammen, sehnte sich nach seiner Berührung, seinen Zärtlichkeiten und Küssen.

Das Plätschern in der Dusche verstummte, und sie wappnete sich auf den unvermeidlichen Moment, in dem Zack aus dem Bad kam. Er war bereits im Badezimmer verschwunden, als sie noch geschlafen hatte. Davon war sie aufgewacht und hastig aus dem wohlig warmen Bett gesprungen. Sie hatte die Gunst des Augenblicks genutzt und sich rasch in einen flauschigen Morgenmantel gehüllt. Bloß nichts Durchsichtiges oder Aufreizendes, denn ab jetzt bestimmte sie die Spielregeln. Zack durfte sie nicht noch einmal verletzen. Das würde sie nicht überstehen.

Die Badezimmertür sprang auf und Zack kam heraus, ein Handtuch um seine schlanken, sehnigen Hüften gewickelt. Der übrige Mann war nackt, und Camilles Herz beschleunigte sich unvorhergesehenerweise bei seinem Anblick. Mit einem weiteren Handtuch rubbelte er sich die Haare trocken.

»Guten Morgen. Du hättest doch ruhig noch liegen bleiben können.« Gut gelaunt, seine Augen strahlend blau, schlenderte er mit beschwingten Schritten zu ihr und schlang sich das Handtuch um die Schultern. Das feuchte Haar jungenhaft störrisch um seinen Kopf gewellt, lachte er sie entwaffnend an. Wieso konnte er nicht fett und hässlich sein und eine Glatze haben? Das hätte Camille so einiges erleichtert.

»Du siehst heute Morgen umwerfend aus, Camille«, raunte er an ihrem Ohr. Er umschlang ihre Schultern und zog sie an sich. *Nur ja nicht nachgeben*, redete sie sich ins Gewissen, als seine Lippen zärtlich von ihrer Schläfe zu ihrer Wange glitten und schließlich auf ihrem Mund verweilten, um ihn zu einem glutvollen Kuss zu provozieren. Hartnäckig kämpfte sie gegen das aufkeimende Begehren an, ihre Selbstkontrolle schwankte bereits merklich. Seine forschende Zunge stieß auf fest verschlossene Lippen, die sie ihm noch wenige Stunden zuvor bereitwillig und lustvoll geöffnet hatte.

Ihr Widerstand hatte nicht die Spur einer Chance. Seine Hände wurden fordernder, seine Lippen verführerischer. Als sie dagegen protestieren wollte, schlüpfte seine Zunge zwischen ihre Zähne und entfachte erneut das Feuer der Leidenschaft, das Camille krampfhaft zu unterdrücken versuchte.

Sie war entrüstet über seinen Überraschungscoup und wütend auf ihre eigene Unzulänglichkeit, trotzdem stöhnte sie lustvoll, als er eine Hand auf ihren Po legte und sie hemmungslos an seine Erektion schmiegte. Mit der anderen glitt er in die Öffnung ihres Morgenmantels und stimulierte zärtlich ihre Brust, während seine Lippen von ihrem Hals zu der aufreizenden Fülle schweiften. »Du bist fantastisch, Camille. Weich, schön, feminin«, flüsterte er, während er federleichte Küsse auf ihre zarte Haut hauchte. »Dein Körper ist wie für mich gemacht.«

Das war also alles, was ihn interessierte! Lediglich physische Anziehung. Ja, in der Hinsicht hatte die Chemie gestimmt, das musste Camille zugeben. Aber da sollte doch ganz bestimmt mehr sein! Sie liebte Zacks Körper, keine Frage, aber sie liebte noch so vieles andere an diesem Mann. Es tat ihr in der Seele weh, dass er nicht wenigstens ein bisschen in sie verliebt war. *Er liebt eine andere und benutzt mich, um seine sexuelle Lust zu befriedigen. Nein. Nein. Und nochmals nein!* Diese maßlose Kränkung ließ sie sich einfach nicht bieten.

Die brennenden Tränen, die sich seit der grotesken Blitzheirat am Vortag aufgestaut hatten, schossen ihr in die Augen, und sie konnte nichts dagegen tun. Camille erschauerte unwillkürlich, was Zack nicht verborgen blieb. Er hob den Kopf und taxierte sie fürsorglich. Zärtlich glitten seine Finger über ihre Wangen, wischten die Tränen fort.

»Was ist denn, Camille?«, fragte er sanft, obwohl seine

Augen leicht ärgerlich aufblitzten. Seine Kinnmuskulatur zuckte, wie sie es schon öfter bemerkt hatte, wenn er extrem angespannt und nervös war.

Sie senkte die Lider, um seinem stechenden Blick auszuweichen. »Ich… bitte… verführ mich… nicht noch mal. Ich kann das nicht. Es tut mir Leid«, stammelte sie wahrheitsgemäß. Es war eine erschreckende Wahrheit. Mehr Leid, als er sich irgend vorstellen konnte. Es gab für sie nämlich nichts Schöneres, als sich in seine schützende Umarmung zu kuscheln, andererseits verachtete sie diesen Mistkerl zutiefst!

Er ließ sie los und trat einen Schritt zurück. Camille bedeckte schleunigst ihre nackten Brüste, eine Geste, die er mit einem spöttischen Zucken seiner Mundwinkel quittierte.

»Ist der Sex mit mir so schrecklich, dass meine junge Braut sich nach knapp einem Tag Ehe weinend wehren muss, wenn ich sie anfasse?«, fragte er mit kaum verhohlenem Zorn.

Nein! schrie sie innerlich auf. *Wenn du bloß wüsstest, wie ich mich danach sehne!* Laut erwiderte sie mit gepresster Stimme: »Nein Zack, das ist es nicht. Inzwischen müsstest du doch wissen, wie ich auf dich…« Sie stockte, unfähig, den Satz zu beenden, solange er sie vernichtend anstarrte.

»Was dann, Camille? Sag es mir!« Er war unvorstellbar wütend.

Sie rang hilflos die Hände, während sich ihre Zähne an der bebenden Unterlippe festsaugten. *Ich liebe dich. Ich liebe dich.* Warum konnte sie es ihm nicht einfach sagen? Vielleicht nahm er sie dann in die Arme und schwor ihr seine grenzenlose Liebe. Nein, sie konnte es nicht, und er wollte ohnehin nicht. Er hatte einmal eine Frau geliebt.

Dearly hatte ihr davon erzählt. Diese Frau hatte ihn tief verletzt, und er war nicht bereit zu einer neuen Liebesbeziehung. Und wenn … dann bestimmt nur mit Erica. Die hatte er zu allem Überfluss vorübergehend auch vor den Kopf stoßen müssen.

Camille war zutiefst niedergeschlagen. Wenn sie ihre Liebe nicht enthüllen durfte, wie sollte sie Zack dann ihre innere Zerrissenheit erklären? Auf gar keinen Fall, indem er ihre wahren Empfindungen erfuhr. Das wäre zu demütigend für sie, und er würde sie nur mit noch mehr Verachtung strafen.

»Ich … wir … in Snow Bird …«

»Verdammt noch mal, kannst du nicht endlich Gras über diese Sache wachsen lassen? Nimmst du mir das noch immer übel?«, wetterte er so lautstark, dass sie zusammenfuhr. »Wie lange willst du mich noch damit strafen? Reicht es nicht langsam? Wir sind doch jetzt verheiratet. Was muss ich denn noch alles tun zur Wiedergutmachung?«

Strafe! Grundgütiger, diese Ehe war eine Strafe für ihn! Irgendwo, tief in ihrem Herzen hatte sie noch einen Funken Hoffnung gehabt, dass er ihre Ehe vielleicht doch als etwas anderes empfand. Seine Äußerung hatte diese Hoffnung schlagartig zerstört. Sie verspürte ein schmerzhaftes Engegefühl im Brustkorb, tiefe Beschämung bemächtigte sich ihrer. Zack zerrte das Handtuch von den Schultern und warf es auf den nächsten Stuhl. Er knallte die geballte Faust wütend in die andere Handfläche und musterte Camille provozierend.

So arrogant und aufgeblasen, wie er da vor ihr stand, schlug Camilles Beschämung in eiskalte Wut um. Musste er ihr eigentlich ständig zusetzen? Wie immer las sie den stummen Vorwurf in seinen eisigen Augen.

»Wenn du unbedingt auf jemanden sauer sein musst,

dann bestimmt nicht auf mich, Zack. Diese abstruse Situation hast du dir selbst eingebrockt. Du hast mich entjungfert, ohne auch nur einmal daran zu denken…«

»Teufel noch, woher willst du wissen, was ich mir dabei gedacht hab?«, unterbrach er sie. »Du hast keine Ahnung, was ich dachte, stimmt's? Du bist nämlich abgehauen, vergiss das nicht. Ich hatte nie die Spur einer Chance, mich dir mitzuteilen.«

»Dann tu's jetzt. Was dachtest du in der Nacht in Utah, als du seelenruhig und friedlich neben mir eingeschlafen bist?«, ging sie ihn wütend an. Sekundenlang war Zack geplättet über ihren ätzenden Ton, aber er fasste sich rasch wieder und setzte eine unbeteiligte Miene auf.

Er räusperte sich geräuschvoll und fuhr sich mit fahrigen Fingern durch die feuchten Haare, bevor er resigniert antwortete: »Ehrlich gesagt, ich weiß es nicht, was ich mir dabei gedacht hab, Camille.« Ratlos hob er die Schultern. »Ich bin ein erwachsener Mann. Ich war ledig und lernte eine attraktive Frau kennen – ein junges Mädchen. Wir verstanden uns gut und hatten nach ein paar Tagen Sex, der für beide befriedigend war.« Er gestikulierte mit den Händen. »Ich weiß nicht, was du noch von mir hören willst.«

Ich will von dir hören, dass du dich in mich verliebt hast, schniefte sie heimlich. Sie schluckte und fragte: »Das war alles, was dir durch den Kopf gegangen ist?«

»Ja! Verflucht, was denn noch? Ich fand dich ungeheuer intelligent. Und nett und lustig. Ich war gern mit dir zusammen. Dir ist doch wohl klar, was ich noch dachte – und denke, dass du nämlich hübsch und unglaublich sexy bist. Ich mochte deine Haare und die goldenen Pünktchen in deinen Augen.« Seine Stimme klang kehlig rau. »Mir gefielen deine Brüste und dein sinnlicher Mund.« Er trat einen zögernden Schritt auf sie zu, und als sie zurückwich, fuhr er ohne Umschweife fort: »Wenn ich jetzt sagen sollte, dass ich in den paar Tagen eine sagenhaft tolle gemeinsame Zukunft für uns geplant hätte, müsste ich lügen. Jedenfalls hab ich mir nicht schon vorsorglich Namen für unsere ersten Sprößlinge überlegt. Bist du mir deswegen böse, Camille, dass ich dem ältesten Trieb der Natur erlegen bin? Ein Mann und eine Frau lernen einander kennen, fühlen sich zueinander hingezogen und haben Sex miteinander. So was passiert doch ständig.«

Sie senkte den Kopf und maulte: »Aber nicht mir. Mir nicht!« Er reagierte nicht darauf. Bis auf das Knistern der Holzscheite im Kamin war es bedrückend still im Zimmer. Wie von weither drang aus der Küche das Klappern von Geschirr zu ihnen hoch und die undeutlichen Gesprächsfetzen von Dearly und Simon. Tränen rollten unkontrolliert über Camilles Wangen. Es hatte keinen Zweck, sie noch länger zurückzuhalten.

Schließlich begann Zack mit gepresster Stimme: »Das weiß ich doch, Camille. Dass ich der Erste war … der Einzige … du kannst mir glauben, das war eine Überraschung. Das macht dich zu etwas Besonderem für mich. Trotzdem kannst du andere Menschen nicht grundsätzlich kritisieren, hm? Du erwartest doch nicht etwa, dass sich alle nach deinen Moralvorstellungen richten?« Seine Augen blitzten belustigt auf, doch Camille ließ sich nicht irritieren.

»Nein, Zack! Ganz bestimmt nicht«, beteuerte sie. »Denk jetzt bloß nicht, dass ich prüde bin. Ich orientiere mich eben an eigenen Verhaltensnormen. Ich weiß, was für mich richtig und was falsch ist. Und ohne …« Sie verkniff sich das Wort »Liebe« und senkte blitzschnell die Lider, zumal seine Augen auf einmal einen ungemein zärtlichen Ausdruck annahmen.

Flink und geschmeidig trat er zu ihr hin. Seine Stimme

ein raues Flüstern, fragte er sie: »Warum bist du vor mir weggelaufen, Camille?« Mit dem Zeigefinger hob er ihr Kinn an, so dass sie ihn ansehen musste.

Wie würde er wohl reagieren, wenn sie ihm die Wahrheit erzählte? Was würde er tun, wenn sie sagte: »Weil ich schon damals wusste, dass ich in dich verliebt war. Nicht nur mein Körper, auch mein Herz gehörte dir, da war mir klar, dass mir das bei keinem Mann je wieder passieren würde. Ich bekam Panik bei dem Gedanken, dass du mich verlassen könntest. Um mir diese schmerzvolle Erfahrung zu ersparen, bin ich dir zuvorgekommen und Hals über Kopf getürmt.« Nein, ein solches Geständnis brachte Camille nicht über die Lippen. Sie musste sich wenigstens einen letzten Rest Würde bewahren. Sie würde ihm einfach etwas anderes auftischen, es musste nur überzeugend genug klingen.

Sie befeuchtete sich die Lippen und begann: »Ich hab dir doch erklärt, dass es nicht richtig war für mich. Ich hatte Schuldgefühle …«

»Oh nein, nicht noch einmal diese Tour!«, knirschte Zack. »Sind wir wieder bei ›aufgegeben, billig und benutzt‹? Also, ich für meinen Teil will mit so einem albernen, selbstzerstörerischen Mist nichts zu tun haben«, schnaubte er giftig. »Du kannst dir sicher sein, Mrs. Prescott, dass dein Mann dich nicht mehr belästigen wird, und wenn du die einzige Frau auf der ganzen Welt wärst. Ich werde dich künftig nie wieder mit meinen triebhaften, schamlosen und demütigenden Attacken überfallen.«

Camille war sprachlos über seine erbitterte Heftigkeit. Während sie stumm mitten im Raum stand, lief er zum Schrank und schnappte sich ein Paar Jeans, dann stapfte er zur Kommode und riss ein Schubfach heraus. Zack fluchte inbrünstig, als ihm der Inhalt entgegenquoll: Camilles zarte Seidendessous. Schließlich zog er die Schublade auf, die seine Unterwäsche enthielt, holte einen Slip heraus und knallte sie wieder zu.

Bevor er den Raum verließ, blieb er noch kurz stehen und sagte gefährlich ruhig: »Du kannst mit deinen Sachen in das andere Schlafzimmer umziehen. Das hier ist mein Zimmer, und solange du nicht mit mir in einem Bett schlafen willst, kannst du mir gestohlen bleiben.«

Mit einem verächtlichen Schnauben zerrte er das Duschtuch von den Hüften und warf es ihr vor die Füße. Für Sekundenbruchteile stand er völlig nackt vor ihr, ehe er mit seinen Sachen hinausstampfte.

Camille stolperte zum Bett und sank schluchzend in die Kissen, die zu allem Überfluss auch noch nach Zacks Eau de Cologne dufteten.

11

Das gemeinsame Frühstück war ein kleiner Vorgeschmack darauf, was sie ab jetzt jeden Morgen erwartete. Ihre Mienen unversöhnlich, saßen Camille und Zack einander am Tisch gegenüber. Eine aggressive Stimmung hing im Raum. Sie redeten höflich über Belanglosigkeiten. Camille war sonnenklar, dass Dearly und Simon ihr merkwürdiges Verhalten auffiel. Die alten Leute ließen sich von ihnen bestimmt nicht für dumm verkaufen.

Um diese Jahreszeit war auf der Plantage nicht besonders viel zu tun, und die Routinearbeiten hätten Zacks Angestellte spielend allein bewältigen können. Trotzdem fuhr er jeden Tag frühmorgens hin und kehrte spätabends zurück. Auf Camilles höfliche Fragen antwortete er nur das Nötigste, immerhin brachte sie aus ihm heraus, dass er sich die meiste Zeit mit der Pferdezucht beschäftigte. Abends ging er nicht mehr aus, sondern zog sich mit einem Buch in sein Zimmer zurück. Bisweilen sah er sich auch irgendwelche Sendungen in »Rayburns Dschungelparadies« an, wie das neue Apartment seines Vater inzwischen scherzhaft hieß.

Camille zog schleunigst mit ihren Siebensachen in das Nachbarzimmer um, das ebenfalls zu der so genannten Herrschaftssuite gehörte. Es war ein gemütlicher Raum, nicht ganz so groß wie Zacks und ohne Kamin. Die zierlichen Möbel waren aus Rosenholz, ähnlich denen im Witwendomizil.

Ihre Mutter rief häufig an. Einmal erkundigte sie sich, ob

sie Camilles restliche Sachen nach Natchez schicken solle. Camille strengte sich jedes Mal enorm an, gut gelaunt zu klingen und den Eindruck zu vermitteln, dass sie und Zack wahnsinnig glücklich seien. Gleichzeitig wiegelte sie ab, wenn Martha Jameson ihr irgendetwas nachsenden wollte. *Das hier war doch sowieso nur eine Sache auf Zeit, oder? Kam sie damit überhaupt klar? Sie musste, ihr blieb ja gar nichts anderes übrig,* seufzte Camille im Stillen. Zudem erklärte sie ihrer Mutter, dass sie und Zack eine Reise nach Atlanta planten. Dann wollte sie aussortieren, was weggeworfen, verschenkt oder mit nach Natchez genommen werden sollte. Das war zwar gelogen, klang aber plausibel, und Martha schöpfte keinerlei Verdacht, wieso ihre Tochter keine weiteren persönlichen Utensilien in Bridal Wreath haben wollte. Diese wären unnötiger Ballast und Camille bei ihrem geplanten Auszug letztlich nur lästig gewesen.

Während Zack sich die Zeit auf der Plantage vertrieb, arbeitete sie wie eine Besessene weiter an der Hausrenovierung. Camille atmete ein wenig auf, als Rayburns neue Suite fertig eingerichtet war. Der Rest des Hauses stand vor der Vollendung, es fehlten quasi nur noch die gestalterischen Feinheiten. Einige Sitzmöbel mussten noch neu aufgepolstert werden, und Camille konnte mit dem angenehmen Teil beginnen. Sie arrangierte Seidenblumengestecke, hängte Porträts und andere Bilder sowie Spiegel an die Wände, verteilte Accessoires und kümmerte sich liebevoll um jeden einzelnen Raum.

Zack hatte nie wieder erwähnt, dass ihm die Farbgestaltung des Esszimmers nicht gefiel. Inzwischen war der Raum zu einem Schmuckstück geworden, genau wie Camille es prophezeit hatte. Die Kontraste zwischen dem dunklen Grün und den Pastelltönen waren so aufeinander abgestimmt, dass sie geschmackvoll miteinander harmonierten.

Der flüchtige Betrachter sah nur einen stilvoll gestalteten Raum. Aber selbst wenn Zack die Resultate ihrer intensiven Bemühungen bemerkt hätte, so erwähnte er diese mit keinem Wort.

Soweit möglich, war sie dem klassischen Südstaatenstil treu geblieben. Für den Salon wählte sie ein Seidenblumengesteck aus Hartriegelblüten, das Büfett in der Eingangshalle verschönerte eine hohe Kristallvase mit getrockneten Baumwollstängeln, bei deren Arrangement sie gegen die aufsteigenden Tränen ankämpfen musste. Inzwischen liebte sie dieses Haus, und der Gedanke, es wieder verlassen zu müssen, war schmerzvoll. Aber ihr blieb nichts anderes übrig, denn wenn die Renovierung abgeschlossen und Rayburn wieder fit wäre, würde er zwangsläufig von ihren und Zacks Trennungsplänen erfahren.

Jeder Auftrag, den sie bisher angenommen hatte, war für sie reine Routine, ein Projekt wie jedes andere gewesen. Ganz egal, wie zufrieden sie mit dem Endergebnis war oder ob der Kunde ihren Geschmack mit ihr teilte, sie freute sich nach Fertigstellung jedes Mal auf die nächste Herausforderung. Wieso hing sie dann so an Bridal Wreath? Hatte es etwa damit zu tun, dass sie den Besitzer liebte?

Sie spähte durch das Hauptportal in den Park. Zack hatte sie überraschen wollen und Gärtner bestellt, die Bäume und Sträucher gestutzt hatten. Die Blumenbeete waren gejätet, neue Pflanzen eingesetzt. Im Frühling würde der Vorgarten genauso hübsch und gepflegt aussehen wie der von Rayburn betreute hintere Teil. Als Camille vor Monaten in Bridal Wreath angekommen war, hatte das Anwesen heruntergekommen und vernachlässigt gewirkt. Davon war jetzt nichts mehr zu spüren. Seufzend fragte sie sich, ob in diesem wunderschönen Park jemals fröhliche, lachende Kinder spielen würden.

Sie hätte sich so gewünscht, dass es mit ihr und Zack anders gelaufen wäre. Wie schön wäre es, wenn sie glücklich in diesem fantastischen Haus lebten und eine Familie gründen könnten, die die Traditionen fortführte. Aber es sollte eben nicht sein.

Das Zusammenleben mit Zack war wie das mit einem Fremden. Wenn sie einander zufällig ansahen, war sein Blick kalt, abweisend, arrogant. Jedes Mal, wenn er von seinem Schlafraum ins Badezimmer ging, schloss er die Tür hinter sich ab. Sie hörte das Wasserrauschen und stellte sich vor, wie er vor dem Marmorbecken stand und sich rasierte, das Duschtuch lässig um seine Hüften geknotet. Sie hatte keine Ahnung, ob er ihr Make-up, ihre Lockenwickler und die anderen typisch weiblichen Accessoires in seinem Bad überhaupt wahrnahm – er erwähnte sie jedenfalls mit keinem Wort. Nur einmal, als sie in der Badewanne saß, hörte sie, wie er von außen versuchte, die Tür zu öffnen. Selbst als er merkte, dass sie abgeschlossen war, gab er keinen Muckser von sich. Sie vernahm die sich entfernenden Schritte, und er versuchte sich auch nicht wieder an der Tür, solange sie im Bad herumplätscherte.

Die Anspannung im Haus war nahezu greifbar, aber das Schlimmste waren ihre Krankenhausbesuche bei Rayburn. Camille und Zack fuhren gemeinsam hin, für gewöhnlich schwiegen sie die gesamte Strecke über. Sobald sie die Klinik erreichten, setzten sie gut gelaunte Mienen auf, wie die Darsteller in einem antiken Theaterstück ihre Masken. Stillschweigend akzeptierten sie ihre Rollen, indem sie den Außenstehenden das Bild eines glücklichen Ehepaares vorspielten. Sie hatten nie über ihr Versteckspiel gesprochen, zumal beiden klar war, dass Rayburn, um wieder ganz gesund zu werden, keine Aufregung haben durfte.

Gegen Mitte November erzählte Dr. Daniels ihnen, dass

sein Patient Ende der Woche aus der Klinik entlassen werde. Ab da hatte Rayburns Heimkehr nach Bridal Wreath für alle absoluten Vorrang. Selbst Zack verzichtete auf seine täglichen Fahrten zur Plantage und beteiligte sich an den Vorbereitungen. Zusammen mit Simon schleppte er Pflanzen in das künftige Apartment seines Vaters, bis er irgendwann stöhnte, dass sie am besten gleich eine Baumschule eröffneten und damit ihr Geld verdienten. Dearly arbeitete nach Dr. Daniels' strengem Diätplan die Mahlzeiten für Rayburn aus. Sie zerbrach sich den Kopf, wie man dem Patienten das fade, geschmacklose Essen appetitlicher gestalten könnte. Camille war sich plötzlich unsicher, ob ihm die neuen Räumlichkeiten auch gefielen. Sie kümmerte sich um jede Kleinigkeit und stellte die Möbel zigmal um, bis sie endlich zufrieden war.

Ihre Beziehung mit Zack lastete schwer auf ihrer Seele. Dearly und Simon hielten sich wohlweislich mit Kommentaren zurück, obwohl ihnen die Spannungen nicht verborgen blieben. Und sie wussten natürlich auch, dass Camille in das Nachbarzimmer umgezogen war und nicht mit ihrem Mann zusammen schlief. Rayburn, der zukünftig im Parterre wohnte und keine Treppen steigen durfte, würde das gottlob nicht wahrnehmen. Zumindest nicht sofort. Insgeheim fragte sich die junge Frau, wie lange sie es noch fertig brächte, das Schmierenstück, das sie im Krankenhaus aufführten, zu Hause weiterzuspielen? Hand in Hand gingen sie durch die Klinikflure, Zacks Schenkel an ihren geschmiegt. Wenn sie vor Rayburns Krankenbett standen, legte Zack ihr häufig einen Arm um die Schultern oder um die Taille und zog sie eng an sich. Oder er fasste ihre Hand und streichelte mit dem Daumen über ihren Puls. Bevor er die Hand losließ, drückte er seine warmen Lippen sanft auf ihre Fingerkuppen. Einmal hatte er mit seinen Fingern geistesabwesend ihren Arm hinauf- und hinuntergestreichelt, so dass sie unvermittelt wohlig erschauerte. Ein paar Mal hatte er sich zu ihr hinuntergebeugt und ihr einen Kuss auf die Stirn gehaucht, sein Atem heiß auf ihrem weich gelockten Haaransatz.

Camille war sich klar, dass diese Gesten nur den einen Zweck hatten, ihren Schwiegervater zu beruhigen. Folglich machte sie mit, obwohl sie ständig das Gefühl hatte, dass ihr Körper sie verriet. Wie sollte es weitergehen, wenn Rayburn erst wieder zu Hause wäre? Wie lange noch vermochte sie diese kleinen Zärtlichkeiten scheinbar locker wegzustecken? Am liebsten hätte sie sich in Zacks Arme geflüchtet und darum gebettelt, er möge die Sehnsucht ihres Herzens stillen und das lustvolle Verlangen befriedigen, dessen Vorhandensein sie immer geleugnet hatte.

George Daniels hatte es sich nicht nehmen lassen, Rayburn persönlich nach Hause zu fahren. Folglich konnten die Bewohner von Bridal Wreath das Familienoberhaupt vor vertrauter Kulisse begrüßen.

Das junge Paar stand vor dem frisch renovierten Hauptportal und beobachtete, wie die schnittige Limousine über die Allee glitt, deren Belag inzwischen erneuert worden war. Als der Wagen sich näherte, legte Zack besitzergreifend einen Arm um Camilles Taille. Bestimmt bildete sie sich nur ein, dass seine Finger dabei bewusst ihren Busen streiften. Aber wieso blieb ihr dann eigentlich die Luft weg? Und warum zuckte Zack zusammen?

Als Rayburn die Eingangstreppen hochstieg und Dearly kurz an sich drückte, weinte sie vor Rührung in ihr Taschentuch. Dann schüttelte er Simon die Hand und umarmte Camille und Zack gemeinsam.

»Willkommen zu Hause, Dad. Wir sind froh, dass du

wieder bei uns bist.« Zacks Stimme klang etwas belegt, als er dies sagte. Camille schwante, dass er mühsam um Fassung kämpfte. Er liebte seinen Vater sehr. Immerhin wusste sie aus eigener Erfahrung, wie weit diese Liebe ging. Welcher Mann heiratete schon eine Frau, zu der ihn nichts hinzog, nur um seinen Eltern einen Gefallen zu tun?

Allesamt in gespannter Erwartung, führten sie Rayburn ins Haus. Er blieb einen langen Augenblick in der Halle stehen und bestaunte, wie sich das Haus seit Camilles Engagement verwandelt hatte. Gemächlich trottete er von einer Tür zur anderen, steckte den Kopf in die jeweiligen Zimmer und betrachtete verwundert die wiederhergestellte Schönheit des Hauses, an dem er so sehr hing. In seinen Augen schimmerten Tränen, als er sich zu Camille drehte und die Arme ausbreitete. Ohne zu zögern ging sie zu ihm und umarmte den alten Mann herzlich. Über seine Schulter hinweg bemerkte sie zufällig Zacks Blick. Er schien ihr sanfter, die grimmigen Linien um seinen Mund waren weniger tief eingegraben, als sie es seit dem Morgen nach ihrer Hochzeitsnacht waren. Seine Miene wirkte gelöster. Sobald er sich beobachtet fühlte, schüttelte er irritiert den Kopf und sagte hastig: »Dad, Camille hat noch eine weitere Überraschung für dich.« Sein Gesicht nahm unwillkürlich wieder diesen harten Ausdruck an.

»Ich weiß nicht, ob ich heute Vormittag noch fit genug bin für weitere Überraschungen, Camille, es ist … ich …«, stammelte er und kicherte dann verlegen. »Ich muss ganz ehrlich sagen, es ist noch viel schöner geworden, als ich es mir in meinen Träumen ausgemalt habe. Tausend Dank, mein Mädchen.«

Sie errötete über sein Lob. »Denk dran, du warst mit deinem Geschmack auch nicht ganz unbeteiligt, Rayburn.« Er hatte nach der Trauung darauf bestanden, dass sie ihn mit seinem Vornamen anredete. »Komm mit, ich zeig dir, was wir sonst noch so gemacht haben.«

Sie fasste seinen Ellbogen und geleitete Rayburn in den hinteren Teil des Hauses, wo zuvor die Verandablenden angebracht gewesen waren. Die anderen folgten ihnen langsam. Als Rayburn den neuen Wintergarten mit der riesigen Fensterfront gewahrte, die Ausblick auf die herbstliche Landschaft bot, und seine tropischen Pflanzen, schattiert von den einfallenden Lichtreflexen, war er hellauf begeistert. Die neuen Möbel, die mit all den Dingen kombiniert waren, die ihm so sehr am Herzen lagen, sagten ihm ebenfalls zu. Er schlenderte durch das neu angelegte Gewächshaus in sein Schlafzimmer mit dem angrenzenden Bad. Die Umstehenden atmeten erleichtert auf, als er andächtig staunend rief: »Es gefällt mir. Es ist einfach fantastisch!«

Den restlichen Vormittag nutzten sie dazu, es Rayburn in seinen neuen vier Wänden gemütlich zu machen. Noch mehr Pflanzen und Blumen – Geschenke während seines Klinikaufenthalts – wurden angeschleppt, was Zack natürlich überhaupt nicht passte. Dearly und Simon waren immer in Rufweite von Rayburn und erfüllten ihm jeden Wunsch. Bevor Dr. Daniels abfuhr, redete er den beiden ins Gewissen, seinen Patienten nicht zu sehr zu verwöhnen.

Rayburn schien so glücklich, Zack und Camille in seiner Nähe zu haben, dass er sie nicht gehen lassen wollte. Also blieben sie den ganzen Tag bei ihm, bis auf den ausgedehnten Mittagsschlaf, den Zack seinem Vater verordnete.

Später, am Abend, als sie alle vor dem neuen Fernseher saßen und sich einen Spielfilm anschauten, beteuerte Rayburn erneut: »Die neuen Räume gefallen mir ausnehmend gut. Trotzdem könnt ihr mir nichts vormachen, Zack. Mir ist schon klar, dass ich hier unten einquartiert worden bin, damit du und Camille oben ungestört seid.« Er lachte herzhaft, als hätte er einen guten Witz gemacht. Zum Glück war er intensiv mit der komplizierten Fernbedienung beschäftigt, sonst hätte er den vielsagenden Blick zwischen Zack und seiner Frau bemerkt. Dearly und Simon senkten betreten die Lider.

Das Gesicht dicht vor dem Badezimmerspiegel, strich Camille sorgfältig Mascara auf ihre Wimpern. Der Spiegel war noch etwas beschlagen, weil sie gerade geduscht hatte. Da es feuchtwarm im Raum war, trug sie nur einen winzigen Bikinislip.

Als sie eben die Wimperntusche in ihr Kosmetiktäschchen zurücksteckte, wurde die Tür von Zacks Seite her geöffnet, und er betrat das Bad. Völlig entgeistert sahen sie einander an, zumal sie fast auf Tuchfühlung beieinander standen.

Camille schien wie festgeklebt am Boden. Ihr wurde heiß und kalt, denn sie bemerkte seinen unverschämt-freizügigen Blick auf ihre Brüste, der schließlich irgendwo in ihrer Nabelgegend hängenblieb. Sie unterdrückte den albernen Impuls, ihre Blößen zu bedecken. Wozu sollte das gut sein? Die Katastrophe war bereits eingetreten, und sie würde sich lediglich lächerlich machen.

»Guten Morgen«, sagte er kehlig. Seine Augen wanderten zu ihrem Gesicht.

»Guten Morgen«, stammelte Camille mit brüchiger Stimme. Er war nur notdürftig bekleidet, wie sie feststellte, eben zog er den Reißverschluss der abgescheuerten, fast weiß gewaschenen Jeans hoch. Oberkörper und Füße waren nackt, sein Haar zerwühlt vom Schlaf. Er sah umwerfend gut aus.

»Ich … ähm … ich hätte anklopfen sollen.« Camille realisierte nicht ohne Schadenfreude, dass er ebenfalls verunsichert war. Die Selbstsicherheit, die er für gewöhnlich ausstrahlte, schien verpufft.

»Ich dachte, ich hätte deine Tür abgeschlossen. Tut mir Leid.« Sie konnte ihre eigenen Worte kaum verstehen, denn vor lauter Nervosität rauschte ihr das Blut in den Ohren.

»Wegen mir muss dir das nicht Leid tun.« Schon hatte er wieder diesen spöttischen Ton drauf, und er grinste sie so lasziv an, dass sie automatisch auf Distanz ging.

»Ich wollte mich gerade anziehen«, erwiderte sie schnippisch. »Ich bin in einer Minute weg.« Sie drehte ihm den Rücken zu und begann, sich die Sachen über den Arm zu legen, die sie an einen dekorativen Wandhaken gehängt hatte. In dem Moment war er hinter ihr und riss ihr die Kleidungsstücke aus der Hand.

»Was machst du denn da?«, fragte sie. Panisch über seine unerwartete Reaktion wirbelte sie herum.

Dabei kam sie ihm so nah, dass ihr Busen sein Brusthaar streifte. Hastig wich sie zurück, allerdings nicht schnell genug. Ihre knospenden Spitzen verhärteten sich verräterisch. Zack bemerkte es und grinste süffisant.

»Na ja«, meinte er schleppend, »da ich nicht das Vergnügen habe, meine Frau ausziehen zu dürfen, wie es den meisten Ehemännern vergönnt ist, darf ich sie vielleicht anziehen. Was hältst du davon?«

»Zack, gib mir meine Sachen zurück! Bitte.« Sie versuchte ernst zu bleiben, kam sich aber selber lächerlich vor. In ihrer gegenwärtigen Aufmachung sah sie bestimmt nicht besonders respekteinflößend aus. Davon unbehelligt lehnte er sich an den Waschtisch, seine langen Beine leicht angehockt. Und bevor Camille reagieren konnte, schlang er einen Arm um ihre Taille und zog sie zwischen seine gespreizten Schenkel.

Er rieb sich grinsend die Hände und meinte mit diabolischer Genugtuung: »Na, dann wollen wir mal sehen. Schätze, das kommt als Nächstes.« Er schwenkte ein transparentes Etwas mit Spitze vor ihrer Nase – Camilles BH.

»Zack, bitte …«

»Ja, ich erinnere mich schwach«, zog er sie auf, »dieses Modell trägst du am liebsten. Ich weiß beim besten Willen nicht, wieso du dich jetzt so aufregst. Na, und wenn schon.« Er zuckte mit den Schultern. Sein Gesicht kaum Zentimeter von ihrem entfernt, fasste er ihre Arme und schob sie in die BH-Träger. Sie versank in seinen tiefblauen Augen, bevor er sich straffte, die Enden des Kleidungsstücks nach vorn zog und den Verschluss unter ihren Brüsten zuklicken ließ. »Passt perfekt«, murmelte er. Seine Finger streiften die Rundungen, die sich sexy aus dem Halbschalenmodell hervorwölbten. Sie erschauerte, als seine Hände von ihrem prallen Brustansatz zu ihrer schmalen Taille glitten und sie stürmisch an seinen Waschbrettbauch rissen. Er vergrub das Gesicht in ihrem aufreizenden Dekolleté, das er mit glutvollen Küssen bedeckte. »Du riechst so gut«, flüsterte er. »So himmlisch gut.« Camille fand seine Bartstoppeln an ihrer weichen Haut ungemein erotisierend. Zack umschloss eine ihrer Brustspitzen unter dem hauchzarten Spitzenstoff, und die süße Feuchte seines Mundes jagte ihr ein wohliges Prickeln über den Rücken. Die Arme auf seine Schultern gelegt, kuschelte Camille sich an ihn. NEIN! Sie ertappte sich gerade noch rechtzeitig dabei und löste sich ruckartig von ihm. »Nicht, Zack«, hauchte sie.

»Nicht?«

»Nein, bitte nicht.« Es klang fast wie ein trockenes Schluchzen.

»Auch gut«, erwiderte er ganz gelassen und ließ sie auf der Stelle los. Sie war schockiert über sein bereitwilliges Einlenken und – zugegeben – auch ein bisschen enttäuscht.

Zack ließ sich nicht aus der Fassung bringen. »Als Nächstes die Jeans, stimmt's?« Erwartungsvoll hielt er ihr die Jeans hin, worauf ihr nichts anderes übrig blieb, als sich mit einer Hand an seiner Schulter festzuhalten, während sie erst in das eine und dann in das andere Hosenbein stieg. Als er sich bückte, um ihr die enge Jeans über Schenkel und Hüften zu ziehen, spürte sie seinen heißen Atem an ihrem Bauch. Als er die Hose schließen wollte, sagte sie schnell: »Das erledige ich lieber selbst«, und schloss hastig Reißverschluss und Knopf. Er zuckte nur mit den Achseln und grinste verschlagen.

»Okay. Dann bin ich jetzt mit dem Gürtel dran.« Wieder fassten seine Hände hinter ihren Rücken und zogen den Gürtel durch die hinteren Schlaufen. Währenddessen presste er den Kopf an ihren Busen, und Camille blieb nicht verborgen, dass er unnötig lange an ihr herumfummelte.

»Zack, du bist doch nicht auf den Kopf gefallen…«

»Ich hab's ja schon. Ich hatte eben leichte Schwierigkeiten mit einer Gürtelschlaufe.« Er hob den Kopf und suchte ihren Blick. Durchtrieben grinsend zwinkerte er ihr zu. Camille war kurz versucht, mitzuspielen und ihn ebenfalls hochzunehmen. Sie unterdrückte den Impuls jedoch und musterte ihn kühl. Allerdings ließ er sich davon kein bisschen beeindrucken.

»Schöne Bluse«, meinte er trocken, als er ihr das Kleidungsstück hinhielt und sie resigniert in die Ärmel schlüpfte. Übertrieben langsam knöpfte er ihr die Manschetten zu. Sie rechnete schon damit, dass er das Gleiche mit der Knopfleiste machen würde. Er hob jedoch den Kopf, seine Augen in die ihren versenkend, und musterte sie eindringlich. Fast schien es ihr, als hypnotisierte er sie, und sie konnte sich dem nicht entziehen. Seine Hände glitten in die offen klaffende Bluse und umschlossen ihre Brüste. Und ihr williger Körper reagierte auf ihn. Wie von selbst beugte sie sich näher zu ihm hin, worauf er ihren Nacken umschlang und ihr Gesicht dicht an seines brachte.

»Zack…«

»Sag jetzt nicht ›Nein‹.«

»Zack…«

»Sag nicht ›Nein‹, Camille.«

Und dann konnte sie gar nichts mehr sagen, weil sein Mund den ihren besiegelte. Blitzartig stieß er sich vom Waschtisch ab und riss sie heißblütig an sich. Es war erschreckend und gleichzeitig erregend. Seine Zunge bestürmte ihren Mund, so hungrig, als könnte er nie genug von ihr bekommen. Ihre Körper eng umschlungen, spürte Camille durch den festen Jeansstoff hindurch seine pulsierende Lust. Einem inneren Trieb folgend rieb sie ihre Hüften an ihm.

Irgendwann löste er sich von ihren Lippen und glitt mit sinnlichen Küssen zu ihrem Hals. Camille umklammerte seinen nackten Rücken, spürte die ausgeprägten Muskelstränge unter ihren Fingern. Die Haare auf seiner Brust und auf seinem Bauch kitzelten ihre Haut, als er sie an sich presste.

»Camille, bitte«, stöhnte er gequält an ihrem Ohr. »Warum verweigerst du dich mir, wo wir es doch beide so sehr wollen? *Warum?*«

Er litt ebenso wie sie, realisierte Camille. Aber nur körperlich, während sie die reinste Seelenfolter durchstand. Oh ja, sie wollte ihn. Sie begehrte ihn mit einer Leidenschaftlichkeit, die sie sich gar nicht zugetraut hätte. Es wäre so einfach nachzugeben. Sie sehnte sich nach Erlösung, nach Erfüllung, die sie nur in seinen Armen fand. Allerdings war ihr klar, dass die Kapitulation nur neuen Schmerz provozieren würde, und das wollte sie einfach nicht zulassen. Also nahm sie ihre geballte Willenskraft zusammen und schob ihn von sich.

Zack musterte sie mit einer Mischung aus Verblüffung und absoluter Verständnislosigkeit, worauf Camille fast wieder eingelenkt hätte. Aber dann verdunkelten sich seine blauen Augen zunehmend frustriert, spiegelten ungezügelte Wut.

»Verdammt noch mal, Camille! Ich weiß, du willst mich genauso wie ich dich«, stieß er zwischen zusammengebissenen Zähnen hervor. Seine Finger gruben sich in ihre Schulterblätter.

»Lass mich los, Zack«, kreischte sie hysterisch. Sie hätte sich ohrfeigen mögen für ihre bescheuerte Reaktion, aber es ging nicht anders, zumal es für alle Beteiligten bestimmt das Beste war.

Er ließ sie so plötzlich los, dass sie zurücktaumelte. Nach einem flüchtigen Blick in sein hartes, erbittertes Gesicht stürzte sie sich in ihr Schlafzimmer und knallte die Verbindungstür zu. Sie ließ sich gegen die kühle Türfläche fallen und sank wie ein Häufchen Elend zu Boden. Hemmungslos schluchzend flüsterte sie: »Ich *will* dich, Zack. Wenn du doch nur einmal sagen könntest, dass du mich liebst.«

An diesem Abend ging Zack das erste Mal seit ihrer Hochzeit allein aus. Nach dem Vorfall im Bad war Camille absolut nicht danach, gemeinsam mit ihm zu frühstücken. Dearly brachte ihr ein Tablett hoch. Nach mehreren Tassen Kaffee und etwas Zwieback fühlte sie sich halbwegs wieder fit. Gerade als sie ihr Zimmer verlassen wollte, klingelte das Telefon. Sie hörte, wie Zack in seinem Schlafraum abnahm und »Hallo Erica« sagte. Seine Stimme klang gelassen und gut gelaunt – kein Vergleich zu dem schroffen, bitteren Ton, den er bei ihr angeschlagen hatte. Camille hatte keine Lust, den Rest der Unterhaltung zu belauschen, deshalb lief sie durch den Gang und dann nach unten. Sie nahm sich vor, kurz bei Rayburn vorbeizuschauen.

Der Tag schleppte sich dahin. Sobald sie und Zack in einem Raum waren, ließ sich die angestaute Aggression kaum verhehlen, die sich wie eine undurchdringliche Wand zwischen ihnen aufbaute.

Als er beim Abendessen ankündigte, dass er noch ausgehen werde, setzte ihr schier das Herz aus. Mochte er sich bei Rayburn auch halbherzig mit einem Pokerspiel mit Freunden herausreden, so war Camille doch nicht völlig weltfremd. Es war viel eher wahrscheinlich, dass er sich mit Erica traf. War es ihr erstes Treffen seit der Szene im Restaurant am Tag ihrer Hochzeit, oder nur das erste, wovon Camille erfuhr? Wäre sie überhaupt misstrauisch geworden, wenn sie nicht mitbekommen hätte, dass er am Morgen mit Erica telefoniert hatte? Camille fand es jedenfalls merkwürdig, dass Erica riskierte, bei Zack zu Hause anzurufen. Es wäre doch unverfänglicher gewesen, wenn er sich bei ihr gemeldet hätte, oder? Hatte die Frau überhaupt keinen Stolz? Anscheinend war sie sich hundertprozentig sicher, dass Zack sie liebte.

Zack blieb bis zum frühen Morgen weg. Camille fand erst Schlaf, als sie hörte, wie er die Treppe hochkam und in sein Zimmer ging.

Von da an war er fast jeden Tag unterwegs. Camille bekam ihn gelegentlich morgens kurz zu Gesicht, bevor er das Haus verließ. Manchmal sah sie ihn aber auch erst abends, wenn er zwischendurch zum Essen hereinschneite. Rayburn gegenüber versuchten sie zwar eine glückliche Fassade aufrechtzuerhalten, trotzdem fragte sie sich im Stillen, ob der alte Mann nicht doch etwas merkte.

Es war ihr ein Rätsel, warum Zack sie im Bad angemacht

hatte. Zweifellos konnte er sie nicht ausstehen, wieso dann diese Annäherungsversuche? Ein Blick in Rayburns erwartungsvolles Gesicht, und sie hatte die Antwort. Ihr Schwiegervater drängte auf einen Erben für Bridal Wreath. Wollte Zack nur mit ihr schlafen, damit er seinem Vater endlich das heiß ersehnte Enkelkind präsentieren konnte? Tja, vermutlich war das seine einzige Motivation, seufzte sie frustriert.

Camille verbrachte die meiste Zeit mit Rayburn. Sie kümmerten sich gemeinsam um seine Pflanzen, machten kleine Spaziergänge durch das Erdgeschoss des Hauses, während sie ihm die letzten Phasen der Umgestaltung erläuterte. Wenn seine Kräfte und das Wetter es erlaubten, schlenderten sie auch manchmal draußen über die Terrasse.

Leider spielte das Wetter nicht allzu häufig mit. Der vorangegangene Monat war unangenehm feucht und trüb gewesen. Es hatte beinahe täglich geregnet, selbst an den wenigen trockenen Tagen hatte die dunkle Wolkendecke bedrohlich tief gehangen und nicht aufreißen wollen. Camilles Stimmung wurde immer gedrückter, wenn sie draußen den Nebel sah und den strömenden Regen, der unablässig vor die Fenster klatschte. Wann war diese heillose Geschichte endlich vorbei?

Was sie noch mehr bedrückte war der Umstand, dass Zack inzwischen fast jeden Abend ausging. Für gewöhnlich kam er zum Abendessen und blieb, bis Rayburn sich in seine Räumlichkeiten zurückzog. Camille hegte absolut keinen Zweifel daran, wohin ihn diese nächtlichen Ausflüge führten – nämlich geradewegs in die Arme von Erica Hazelett.

Vergebens versuchte sie, sich selbst moralisch und mental aufzubauen – es klappte nicht. Ihr Spiegelbild zeigte ihr schonungslos offen, wie blass und ausgezehrt sie aussah.

Ihre Augen waren öfter rot und verquollen vom Weinen und von zu wenig Schlaf.

An einem dieser verregneten, kalten, scheußlichen Tage saß sie mit Rayburn in dessen Wintergarten. Sie schauten sich Fotos in einem Album an, das er mit Camilles Unterstützung neu sortieren wollte. Sie betrachtete die Fotos von Zack, wie er als Kind, als Jugendlicher und als Student ausgesehen hatte. Er grinste ihr in Basketballshorts, im Trainingsanzug, in Baseballuniform und einmal sogar aus einem Footballhelm heraus entgegen. Gab es eigentlich nichts, wo er sich nicht getummelt hatte? Auf den Abschlussballfotos hing ein Mädchen in pinkfarbenem Seidentaft an seinem Arm. War sie diejenige, die er geliebt hatte? Die, die ihn so tief verletzt hatte und über die er in Snow Bird hinwegkommen wollte? Waren sie jahrelang miteinander gegangen, bis sie sich als Erwachsene dann doch entschlossen hatte, einen anderen Mann zu heiraten?

Auf der Highschool-Abschlussfeier war Zack ernst, mit Hut und Anzug abgelichtet, und dann wieder als strahlender Universitätsabsolvent, einen Arm freundschaftlich um die Schultern seines Vaters gelegt. Camilles Herz schwoll vor Stolz und Schmerz. Wirklich schade, dass sie Zack nicht schon früher gekannt hatte. Jetzt würde sie bestimmt nie Anteil an seinem Leben haben.

Bevor die junge Frau sie zurückhalten konnte, rollten heiße Tränen über ihre Wangen. Beschämt warf sie die Hände vors Gesicht.

»Aber, aber, meine Liebe, geht dir das so nahe? Das kann ich nicht mitansehen.« Rayburn reichte ihr ein blütenweißes Taschentuch, mit dem sie ihre Tränen trocknete. Leider nicht auf Dauer.

»Ich… ich… es tut mir Leid, Rayburn«, stotterte sie. »Ich möchte dich nicht aufregen. Es ist mir ja so peinlich.«

Er nahm sie in die Arme und streichelte besänftigend ihre Schultern. »Es gibt nichts, was dir peinlich sein muss, Camille.« In seiner Stimme schwang väterliche Besorgnis. »Als ich dich in Atlanta kennen lernte, hatte ich gleich die fixe Idee im Hinterkopf, dass ihr euch vielleicht mögen könntet, du und Zachary. Du erinnertest mich an meine Alice. Nein, nicht unbedingt vom Äußeren her. Aber deine Ausstrahlung ist ihrer sehr ähnlich. Man findet heute nur noch selten Frauen mit so viel positivem Lebensgefühl. Ich kann mir nicht helfen, aber das feminine Element kommt häufig zu kurz. Karriere ist ja gut und schön, und ich bin weiß Gott kein Chauvinist. Aber ich mag nun einmal Frauen, die ihre Weiblichkeit betonen. Die ganz Frau sind, da bin ich altmodisch, ich weiß.« Er stockte für einen Moment, als müsste er sich erneut sammeln nach diesem Diskurs.

»An dem ersten Nachmittag nach deiner Ankunft hab ich gleich gemerkt, dass es zwischen dir und Zachary funkte. Natürlich wusste ich damals noch nicht, was sich zwei Jahre zuvor in Utah abgespielt hatte. Manchmal passieren halt merkwürdige Zufälle, nicht wahr? Als ich an jenem Morgen im Krankenhaus aufwachte, weil ihr beiden euch auf dieser behelfsmäßigen Besucherpritsche – ähm – herumgebalgt habt, fand ich das fabelhaft. Bitte, nimm es mir nicht übel«, sagte er sanft und tätschelte Camilles Hand. »Es ist doch ganz natürlich, dass zwei junge Menschen einander körperlich erregend finden. Alice und ich… na ja, lassen wird das, jedenfalls musste ich an mich halten, um nicht in lautes Freudengeheul auszubrechen, dass ich euch in eindeutiger Pose erwischt hatte. Zum damaligen Zeitpunkt, Camille, hatte ich dich bereits ins Herz geschlossen. Ich hätte mir keine bessere Frau für meinen Sohn vorstellen mögen und auch keine liebenswertere Schwiegertochter.«

Er sah ihr tief in die tränenfeuchten Augen und streichelte sanft ihre Wange. »Du kannst dir meine Bestürzung vorstellen, als ich dann euer anschließendes Gespräch mitbekam. Wäre ich nicht krank und geschwächt gewesen, hätte mein Sohn vermutlich die erste Tracht Prügel seines Lebens bezogen. Ich war fuchsteufelswild, dass du dich wegen ihm mit Selbstvorwürfen quälen musstest! Und wie er mit dir redete! Es war beschämend! Er konnte froh sein, dass seine Mutter nicht dabei war. Da kam mir der Gedanke, dich mit einer Heirat zu überraschen.«

Camille senkte betreten den Kopf. »Du hast das Ganze nur arrangiert als ... als Wiedergutmachung für Zacks Ausrutscher in Utah?«

»Nein, mein Kind. Ich hab es gemacht, weil ich glaubte – und immer noch glaube –, dass ihr einander liebt, Zack und du, und es nur nicht zugeben wollt. Wärst du irgendeine Art raffiniertes Flittchen gewesen, hätte ich dem Vorfall keine weitere Bedeutung beigemessen. Wenn ich nicht an die große Liebe geglaubt hätte und dass aus dieser Verbindung nette, intelligente Kinder hervorgehen könnten, hätte ich niemals zu derart drastischen Maßnahmen gegriffen, um euch beide zusammenzubringen.«

»Ich weiß, dass deine Motive ehrlich waren, Rayburn.« Camille mied seinen altersweisen Blick und schaute zerstreut auf ihren Schoß, dann über seinen Kopf hinweg und im Zimmer umher, um den intelligenten blauen Augen mit den buschigen weißen Brauen auszuweichen, die ihr Gegenüber noch jedes Mal fesselten. »Es ist nur so, dass ... Zack und ich ... Es klappt nicht mit uns. Ich wünschte mir schon allein dir zuliebe, dass es funktionierte. Ich meine es wirklich ehrlich, aber ...« Ihr versagte die Stimme. *Aber dein Sohn liebt mich nicht,* setzte sie im Stillen hinzu. *Er liebt eine andere.*

»Es tut mir in der Seele weh, mitansehen zu müssen, dass ihr beiden unglücklich seid, Camille. Ich hatte so gehofft, dass ihr in dieser von mir gestifteten Ehe letztlich doch noch erkennen würdet, wie sehr ihr einander liebt. Trotzdem, ich bin ein realistischer Mensch, von daher kann und darf ich dich nicht zu einer Beziehung verdonnern, die dich und Zachary kreuzunglücklich macht. Ich werde dich vermissen, Camille, wenn du uns verlässt. Aber ich weiß auch, dass du genau das tun wirst. Du bist zu aufrichtig, um auf Dauer mit einer Lüge zu leben. Und bitte, vergiss nie, dass du hier auf Bridal Wreath immer ein Zuhause hast.«

»Danke, Rayburn.« Camille schluckte. Sie hatte einen Riesenkloß in der Kehle. Sie beugte sich vor und küsste ihn auf die Stirn. »Ruh dich jetzt aus und mach dir keine Vorwürfe wegen uns. Dich trifft absolut keine Schuld. Du konntest schließlich nicht wissen, dass die Probleme, die Zack und ich haben, unlösbar sind.«

Bevor sie den Raum verließ, rief Rayburn sie noch einmal zurück. »Camille, übermorgen ist Erntedank. Macht es dir etwas aus, noch so lange hier zu bleiben? Du würdest einem alten Mann damit eine Riesenfreude bereiten. Ich möchte so gern, dass wir an diesem Tag eine Familie sind.«

»Natürlich bleibe ich«, versicherte sie ihm. Dann fügte sie gedankenvoll hinzu: »Du wirst immer meine Familie sein.«

12

Wie die Frauen in ganz Amerika verbrachten Camille und Dearly am nächsten Tag viel Zeit in der Küche mit den Vorbereitungen für das Erntedank-Festessen. Camille widmete sich den Routineaufgaben. Sie zerkleinerte Früchte und Nüsse, wusch Gemüse und Salatköpfe und maß die Zutaten für Dearly ab, die mit erstaunlichem Geschick hantierte. Beim Anblick der köstlich aussehenden und aromatisch duftenden fertigen Speisen lief Camille das Wasser im Mund zusammen.

»Ich möchte mich bestimmt nicht in deine Vorbereitungen hineindrängen, wenn es dir nicht recht ist, aber meine Mutter meint immer, meine Pecannusspastete sei ein Traum«, scherzte Camille mit der Köchin.

»Tu dir keinen Zwang an, Camille. Zufällig weiß ich, dass Zack Pecannüsse für sein Leben gern isst.« Verschwörerisch zwinkerte sie Camille zu.

»Na ja, ich hoffe doch, dass sie allen schmeckt«, erwiderte Camille vage.

Als sie sich am Spätnachmittag erschöpft von den Küchenaktivitäten die Stufen ins erste Stockwerk hochschleppte, ließ Zacks Stimme sie innehalten.

»Camille.« Verwundert drehte sie sich zu ihm um. Er hatte während der vergangenen Woche kaum mit ihr geredet, und sie hatte keine Ahnung, was er nun plötzlich von ihr wollte. Er kam ihr auf der Treppe entgegen und blieb eine Stufe unter ihr stehen. Als er unvermittelt die Hand nach ihrem Gesicht ausstreckte, zog sie unbewusst eine Grimasse und zog hastig den Kopf weg. Er verharrte mitten in der Bewegung, seine Züge erstarrten.

»Du hast Mehlstaub auf der Wange. Den wollte ich dir doch nur kurz wegwischen«, sagte er rau. »Obwohl es eigentlich zum Anbeißen süß aussieht.« Bevor er weiterredete, musterte er sie für Augenblicke gedankenvoll. »Ich weiß, dass du den ganzen Tag mit Dearly in der Küche gestanden hast. Sie ist auch nicht mehr die Jüngste und ziemlich erledigt. Deshalb hat Dad vorgeschlagen, dass wir zum Abendessen ausgehen und ihr freigeben. Ich mach ihm eine Kleinigkeit, bevor wir fahren. Ist dir das recht? Da wir bislang noch nicht in Under-the-Hill waren, dachte ich, ich reserviere uns dort irgendwo einen Tisch. Wir könnten eines dieser köstlichen Welsgerichte probieren.«

Es kümmerte ihn nicht die Bohne, dass sie ebenfalls erschöpft war. *Er* wollte sie auch gar nicht zum Abendessen einladen. Rayburn hatte den Vorschlag gemacht. Für Augenblicke lag es ihr auf der Zunge, Zack mit einem »Ach nein, danke« abzuspeisen, aber er wirkte so anziehend, wie er da auf der Treppe stand und sie fixierte. Fatalerweise hatte sie sich von seinen azurblauen Augen noch jedes Mal rumkriegen lassen. Zudem würde sie bald abreisen, und vielleicht war es ja auch ihr letzter gemeinsamer Abend mit Zack. Kurzum, sie entschied sich anders. »Ja, das klingt gut«, sagte sie gelassen, obwohl ihr Herz raste. Er durfte unter gar keinen Umständen merken, wie sehr sie die Aussicht auf einen Abend zu zweit beflügelte.

»Du brauchst dich nicht extra in Schale zu werfen. Jeans sind völlig okay und bei diesem saumäßigen Wetter allemal praktischer.«

Sie spähte über seine Schulter hinweg zu dem Fenster neben der Eingangstür. Draußen regnete es in Strömen.

»Gut. Wann wollen wir fahren?«

»Wie lange brauchst du, um dir die Mehlspuren abzuwaschen?« Sprachlos vor Verlegenheit antwortete sie nicht sofort. Als er ihre Verwirrung bemerkte, fasste er ihre Hand. Seine Fingerspitzen glühten auf ihrer Haut, jagten ihr ein heißen Prickeln über den Arm. »He, war doch nur ein Scherz. Lass uns nicht zu spät aufbrechen. Sagen wir sieben Uhr? Ist das für dich okay?«

Zweifellos war er nachher noch mit Erica verabredet. »Okay«, antwortete sie deprimiert. Widerstrebend entzog sie ihm ihre Hand und lief nach oben.

Natchez-Under-the-Hill hatte Geschichte geschrieben. Viele, viele Jahre zuvor war die Siedlung am Ufer des Mississippi River von fünf belebten Straßen durchzogen. Sie hatte zahllose Bordelle, Tavernen, Spielsalons und andere Lasterhöhlen beherbergt. Aber irgendwann war der Fluss über die Ufer getreten und hatte die Straßen überschwemmt und die Häuser mitgerissen – wie ein Gottesurteil für das skandalöse Treiben in diesem unseligen Ortsteil. Mittlerweile gab es nur noch eine Altstadtstraße, und die meisten historischen Bauwerke waren in Modeboutiquen, Bistros und Antiquitätengeschäfte umfunktioniert. Die Gegend galt als eine der Haupttouristenattraktionen.

Zack erklärte ihr das alles, während er seinen Lincoln über die Silver Street steuerte, die einzige Zufahrt zum quirligen, unten am Fluss gelegenen Under-the-Hill. Allein bei dem Gedanken an die Rückfahrt war Camille ziemlich mulmig zumute. Die Straße war gefährlich rutschig und morastig durch die heftigen Regenfälle, die das Erdreich von den Anhöhen spülten.

»In Under-the-Hill wurde sogar schon einmal ein Spielfilm gedreht, über Atlanta in der Zeit des Bürgerkriegs.

Hinter den unbewohnten Gebäuden wurden Reifen aufgeschichtet und angezündet, um damit General Shermans Brandanschlag auf unsere Stadt nachzustellen. Die Filmleute bedeckten das Straßenpflaster mit Schmutz, dass es authentisch aussah, und ließen vierzig Pferdefuhrwerke darüber hinwegdonnern. Es sah ungeheuer dramatisch und sehr echt aus. Unsere Vorkriegsbauten werden häufig als Kulissen benutzt, aber es war meiner Meinung nach das erste Mal, dass hier ein ganzer Film abgedreht wurde.«

Er parkte den Wagen in einer der wenigen Buchten neben dem Gehweg. Dieser erstreckte sich entlang den Häuserfronten mit Blick auf den Fluss. »Wenn es nicht so furchtbar regnen würde, hätte ich oben im Ort geparkt und wäre mit dir zu Fuß hier heruntergegangen. Die Parkplatzsituation lässt sehr zu wünschen übrig«, bemängelte Zack, bevor er ausstieg, zur Beifahrerseite lief und Camille einen Schirm aufhielt.

Sie staksten über den unebenen Fußweg, schlängelten sich an tiefen Pfützen vorbei, bis sie zum Eingang des Restaurants gelangten. Das Cock of the Walk hatte einen ausgezeichneten Ruf. Das angenehme Ambiente des Restaurants war entspannend, und Camille ließ sich das ausgezeichnete Menü mit Zack schmecken. Auch er schien relaxed und wider Erwarten kommunikativ. Ihr Gespräch konzentrierte sich in erster Linie auf die Plantage und da hauptsächlich um den Aufbau der Pferdezucht. Zack erzählte mit leuchtenden Augen von seinem neuen Vorhaben, und Camille verdrängte sogar für ein paar Minuten, dass sie seine Erfolge letztlich gar nicht mehr miterleben würde.

Als sie ihren Mann über den von Kerzenschein erhellten Tisch hinweg anschaute, schwammen ihre Augen jedoch plötzlich in Tränen. Ihre Kehle wie zugeschnürt, senkte sie den Kopf, um ihre Emotionen vor ihm zu verbergen, und murmelte: »Ich bin mir ganz sicher, dass du damit sehr erfolgreich sein wirst, Zack.«

»Erfolgreich?«, wiederholte er halb sanft, halb schroff. »Schätze, wenn man finanziellen Gewinn als Erfolgsfaktor nimmt, dann ja. Trotzdem, was meine persönliche Lebenssituation angeht, bin ich in den entscheidenden Phasen kläglich gescheitert.«

Camille riskierte einen verstohlenen Blick in seine Richtung, den er nicht erwiderte. Er starrte wie gebannt auf die Wand hinter ihr. Seine Worte verletzten sie tief. Richtig, es war ja längst nicht alles so, wie es ihm vorschwebte, nicht wahr? Er lebte nicht mit der Frau zusammen, die er wirklich liebte. Stattdessen war er mit einer Ehefrau geschlagen, deren Präsenz er kaum ertrug. Bestimmt ging sie Zack ganz fürchterlich auf die Nerven! Am liebsten hätte Camille seine große, starke Hand gefasst, die ausgestreckt auf dem Tisch lag, und ihm hoch und heilig versichert, dass sie keinen Tag länger als nötig bei ihm bliebe. Sie wollte gleich nach dem Erntedankfest abreisen. Damit hätte sie ihr Versprechen gegenüber Rayburn gehalten und gleichzeitig die unvermeidliche Trennung eingeleitet. Sie würde sang- und klanglos aus seinem Leben verschwinden – genauso unspektakulär wie vor zwei Jahren in Utah. Und dieses Mal wäre er tief erleichtert und nicht etwa verbittert wie damals. Sein männliches Ego bliebe unangekratzt, ansonsten würde er Trost in Ericas willigen Armen finden.

»Bist du fertig?«, unterbrach Zack ihre Spekulationen.

»Ja«, antwortete sie matt. Er kam an ihren Platz und zog ihr aufmerksam den Stuhl zurück. Als er die Rechnung bezahlt hatte und sie im Eingangsbereich standen, half er ihr höflich in den Mantel. Seine zupackenden Hände lagen sekundenlang auf ihren Schultern, ehe er sie fortzog. Camille hätte nichts lieber getan, als sich schützend in seine starken Arme zu kuscheln. Wenn er sie doch nur noch ein einziges Mal umarmen würde, könnte sie die Erinnerung in ihrem einsamen Herzen verschließen, und der Abschied wäre vielleicht nicht ganz so schmerzvoll. Andererseits – würde eine solche Umarmung es ihr nicht noch schwerer machen, ihn zu verlassen?

Es regnete noch immer, als sie aus dem gemütlichen Restaurant hinaus ins Freie traten. Zack ließ den Schirm aufschnappen und hielt ihn über Camille, während sie den Rückweg zum Wagen antraten. Der Fluss war kaum zu erkennen vor der Unwetterwand, die den Abend in unheilvolles Dunkel tauchte.

Sie schlenderten an einer Taverne vorbei, und als Camille durch die riesigen Glasfronten ins Innere spähte, bemerkte sie, dass diese kaum besucht war. Nur eine Hand voll Leute flipperte oder spielte Backgammon, saß an kleinen Tischen im weichen Lampenschein und nahm einen Drink zu sich. Gedämpft drang eine Melodie aus der Musicbox durch die alten Mauern, und Camille erkannte darin eine bekannte Ballade wieder. Wann immer sie später, noch Jahre nach diesem Abend, dieses Lied hörte, schauderte es sie, weil sie schlagartig daran erinnert wurde, was nur wenige Sekunden darauf passiert war.

Ein merkwürdiges Geräusch ließ Camille plötzlich aufmerken. Es war unbeschreiblich – ein dumpfes Knirschen, gefolgt von einem schmatzenden Sauggeräusch. Wie auf Kommando blieben sie und Zack mitten auf dem Gehweg stehen und lauschten auf dieses unheimliche, anschwellende Dröhnen.

Ein weiterer Blick in das Tavernenfenster – und Camille erstarrte. Die Rückwand des Gebäudes schien sich um mehrere Zentimeter nach vorn zu schieben, bevor sie einstürzte. Die riesige Uhr mit der flimmernden Neonwerbung für eine Biermarke fiel von der Wand und zerbrach in ihre Einzelteile. Alte, dekorativ gerahmte Filmposter schwankten bedrohlich an ihren Haken, donnerten zu Boden und wurden von einstürzenden Ziegeln und abbröckelndem Mörtel begraben.

Was passierte da mit ihnen? Was konnte das sein? Ein Tornado? Nein, es gab keinen Sturm. Ein Erdbeben? Nein, der Boden unter ihren Füßen vibrierte kein bisschen, auch wenn sich Camille sicher war, dass das entsetzliche Rumoren ganz danach klang.

Die wenigen Gäste in der Bar verstummten augenblicklich. Spiel und Geselligkeit waren schlagartig ausgeblendet, alle starrten wie gelähmt auf das einstürzende Mauerwerk. Dann beflügelte sie die Angst. Fluchtartig rannten sie zur Tür, das Entsetzen auf ihren Gesichtern gemalt, schrien sie aus Leibeskräften.

»Grundgütiger! Es hat einen Erdrutsch gegeben!«, brüllte Zack an ihrem Ohr. Er zerrte an ihrem Ellbogen, um sie aus ihrem Hypnosezustand zu lösen. Camille war kaum ein paar Meter neben ihm hergelaufen, als die gesamte Hausfront vor ihren Augen krachend in sich zusammenbrach. Holz, Ziegel und Glas wurden von dem schmatzenden Sog knirschend zusammengeballt und unaufhaltsam vorwärts geschoben. Wie Dominosteine gab ein Gebäudeteil nach dem anderen unter dem heftigen Druck der Morastwelle nach, die der Regen von den Steilhängen ausgewaschen hatte. Wer noch in der Bar festsaß, kämpfte sich durch geborstene Glasscheiben, Türen und Mauern ins Freie, um sich vor den Erdmassen in Sicherheit zu bringen, die ihr Opfer heimtückisch erstickten, sofern es nicht von einstürzenden Steinen erschlagen wurde. Voller Panik dachte jeder nur daran, sich selbst zu retten.

Camille sah, wie ein letzter Stützbalken des Gebäudes unter dem zunehmenden Gewicht einkrachte. Zack! war ihr erster Gedanke. Von einem plötzlichen Adrenalinstoß aufgepeitscht, entriss sie ihm ihren Arm und stieß ihn von sich und vom Gehsteig weg. Ihr erstaunlich fester Hieb brachte ihn aus dem Gleichgewicht, zumal er darauf nicht gefasst gewesen war. Er glitt auf dem unebenen, aufbrechenden Pflaster aus. Camille verfolgte, wie er vom Bordstein stolperte und ein paar Meter orientierungslos über die Straße taumelte, wo es bei weitem sicherer war. Der Schirm war dabei zu Bruch gegangen und lag mit anderem Müll und Geröll auf der verdreckten Straße.

Zack sah sich verdutzt um und rieb sich die Augen. Halb bewusst registrierte Camille, dass seine regennassen Haare am Kopf festklebten. Seine Kleidung war voller Lehm.

»Ich liebe dich!«, überschrie sie die ohrenbetäubende Geräuschkulisse.

Seine Augen weiteten sich, als ihm die Erkenntnis dämmerte, und verengten sich schlagartig vor Entsetzen. Sie hörte noch, wie er ihren Namen brüllte, ehe ihr Hinterkopf von einem stechenden Schmerz durchzuckt wurde. Camille kämpfte gegen die Dunkelheit an, die sich betäubend über ihr Bewusstsein legte; sie fühlte, wie die Knie unter ihr nachgaben, und sah den Gehsteig auf sich zukommen. *Ich werde sterben*, dachte sie ganz gefasst. Sie flüsterte noch ein kurzes Dankgebet, dass Zack in Sicherheit war, dann fiel sie in Ohnmacht.

Sie hörte das Trommeln des Regens. Vernahm gedämpfte Stimmen. Sie erschnupperte ein stechend riechendes Antiseptikum. Und sie spürte, dass ihre feuchten Kleider an ihrem Körper klebten.

Sie war nicht tot.

Sie versuchte die Augen zu öffnen, aber das Licht, das durch den schmalen Wimpernspalt einsickerte, war so grell wie eine Operationslampe, und sie kniff die Lider hastig wieder zu.

Jemand hob ihren Arm, und sie zuckte erschrocken zusammen.

»He, erkennen Sie Ihre alten Freunde nicht mehr? Ich will doch nur Ihren Blutdruck messen, Camille.«

»Dr. …« Es war nicht mehr als ein trockenes Krächzen. Sie räusperte sich und versuchte es erneut. »Dr. Daniels, sind Sie das?«

»Höchstpersönlich. Welcher andere Idiot wäre in einer solchen Nacht noch zu ihnen herausgefahren?«

»Wo bin ich?… Zack?… Was ist passiert?«

»Immer schön der Reihe nach.« Sie war so froh, dass er seine starken Hände beruhigend auf ihre Arme legte. Seine Stimme war zwar sachlich-schroff wie immer, aber für Camilles Ohren klang sie wie Musik. »Sie sind in einem Krankenwagen. Wissen Sie noch, die Sache mit dem Erdrutsch?« Als sie nickte, fuhr er fort: »Nun, Sie haben einen ordentlichen Schlag auf den Hinterkopf abbekommen, von einem fallenden Ziegel, aber das wird schon wieder. Zum Glück haben Sie keine Gehirnerschütterung, sondern nur lästige Kopfschmerzen.«

Sie lächelte trotz ihres quälend pochenden Schädels und versuchte erneut die Augen zu öffnen. Dieses Mal war sie vorsichtiger und hatte mehr Erfolg. Sie sah das Gesicht des Arztes vor sich, zunächst schemenhaft verschwommen, aber als sie mehrmals blinzelte und die Lider weiter öffnete, konnte sie ihn deutlich fokussieren.

»Zack?«

Er tätschelte ihren Arm. »Es wurde niemand getötet. Ein paar Leute wurden verletzt, aber ansonsten hatten alle

Glück. Da unten ist der Teufel los, die Feuerwehr fährt Sondereinsätze. Vermutlich sind die Uferböschungen durch die anhaltenden Regenfälle aufgeweicht und haben nicht mehr standgehalten. Das Erdreich lockerte sich und löste eine Schlammlawine aus.«

Gottlob war keiner zu Tode gekommen! Und was war mit Zack…?

»Ich gebe Ihnen jetzt eine Spritze, und dann werden Sie erst einmal schön schlafen. So.« Sie fühlte, wie die Nadel in ihren Arm stach. »Schätze mal, ich brauche Sie nicht ins Krankenhaus einzuweisen, aber wenn die Kopfschmerzen bis morgen nicht nachgelassen haben, rufen Sie mich bitte sofort an.«

Wieso ging er mit keinem Wort auf Zack ein? War ihr Mann ernsthaft verletzt? Sie hatte ihn doch noch gesehen, auf der Straße… in Sicherheit. Jetzt erinnerte sie sich genau. Aber was, wenn er anschließend doch verletzt worden war? Oder getötet! Nein, Dr. Daniels hatte ausdrücklich betont, dass niemand getötet worden sei. Aber würde er ihr auch die Wahrheit sagen, wenn es um Zack ging? War er tot? Nein. Nein. Nein. Es durfte nicht sein. Sie hatte ihm doch noch gar nicht sagen können, dass sie ihn liebte! Zack!

Sie konnte nicht mehr klar denken, ihre Zunge fühlte sich dick und pelzig an. Die Injektion wirkte bereits. Unwillkürlich schloss sie die Augen, ihr Kopf dröhnte.

»Zack? Zack? Wo ist Zack? Er ist tot; ich weiß es genau. Ist er tot?« Ihre Stimme klang gellend durch den engen Krankenwagen.

»Tot? Wo denken Sie hin! Nein, er ist nicht tot. Der Bursche ist mir nur fürchterlich auf die Nerven gegangen! Er benimmt sich genauso hysterisch und überdreht wie Sie. Gott, mir tut der Arzt jetzt schon Leid, der später mal Ihre Babys holt.« Er drehte sich zu dem Sanitäter um, der einem anderen Patienten Sauerstoff verabreichte. »Tun Sie mir den Gefallen und holen Sie ihren Mann, ja? Sie können ihn überhaupt nicht verfehlen. Das ist der mit dem wirren Blick.«

Zack schob den Arzt beiseite und stürzte durch die Krankenwagentür ins Innere. Er wirkte völlig verstört und wäre glatt als entflohener Irrer durchgegangen.

Er kniete sich neben die Trage und taxierte Camilles Gesicht nach Verletzungsspuren. Sie lächelte ihn schief an und wollte etwas sagen, konnte aber Zunge und Verstand nicht mehr richtig koordinieren. Sie hätte ihm so gern die feuchten Locken aus der Stirn gestrichen und mit einem zärtlichen Finger die besorgten Linien in seinem Gesicht nachgezeichnet, aber ihre Arme schienen so bleischwer, dass sie sie nicht mehr zu heben vermochte.

Zack küsste sie zärtlich auf die Stirn und dann auf die geschlossenen Lider. »Du hast gesagt, dass du mich liebst. Ich hab es genau gehört, Camille. Du liebst mich.« Ihre Verblüffung hätte nicht größer sein können, als er daraufhin sein Gesicht an ihren Bauch schmiegte und sie an sich drückte. »Grundgütiger, Camille, und ich dachte, ich hätte dich erneut verloren.«

Was meinte er damit? Wann hatte er sie denn schon einmal verloren? Bestimmt war sie bereits bewusstlos und träumte das alles nur. Andererseits war sie sich sicher, dass sie seinen keuchenden Atem spürte und dass seine Augen seltsam feucht schimmerten. Seine Hände strichen über ihre Arme, oder? Glitten seine Finger nicht eben sanft über ihre Wangen?

Seine Worte hallten wieder und wieder durch ihren Kopf. Grundgütiger, Camille, ich dachte, ich hätte dich erneut verloren. Grundgütiger, Camille, ich dachte, ich hätte dich verloren… Grundgütiger, Camille, ich dachte…

Sie träumte von Snow Bird, und es war fantastisch. Sie hatte keine Lust aufzuwachen und ihre Traumwelt zu verlassen. Sie wollte dort mit Zack zusammenbleiben und ihn nie wieder verlassen. Bitte, lieber Gott, lass den Traum nie enden. Er war so schön.

Sie wachte auf, doch der Traum blieb. Auf der gegenüberliegenden Seite des Zimmers stand ein Kamin. Die schweren Vorhänge vor den riesigen Fenstern waren zugezogen, um den Raum stimmungsvoll abzudunkeln. Sie und Zack lagen nackt auf dem breiten Bett, ihr Körper an seinen gekuschelt. Ein Arm umschlang begehrlich ihre Taille. Sie teilten sich ein Kopfkissen. Sie fühlte seinen warmen Atemhauch in ihrem Nacken.

Das hier war kein Traum! Es war nicht das Apartment in Snow Bird! Es war Zacks Schlafzimmer in Bridal Wreath, und sie waren ein Paar und lebten hier zusammen. Ihr langer, zufriedener Seufzer hatte ihn wohl geweckt, denn er bewegte sich hinter ihr.

Sie drehte forschend das Gesicht zu ihm, worauf er sich über sie beugte und sie fürsorglich in Augenschein nahm. »Mein Schatz«, flüsterte er, »wie geht es dir?« Er hauchte ihr einen sinnlichen Kuss auf die Lippen.

Hatte er sie gerade seinen »Schatz« genannt? Küsste er sie nicht eben zärtlich? Vielleicht war es *doch* ein Traum. Nur ja nicht aufwachen, sagte sie sich. Aus Angst, die schöne Illusion zu zerstören, hauchte sie leise: »Ich fühle mich fantastisch, Zack, ich bin hier bei dir, und wir leben, und … und … es geht mir blendend.«

»Camille«, meinte er gepresst. »Ich liebe dich so sehr.« Er vergrub das Gesicht in ihrer Halsbeuge und bedeckte diese mit federnden Küssen. »Mein Schatz, mein süßer Schatz …«

Seine Lippen fanden ihre. Sein Kuss war zärtlich und

sagte mehr als tausend Worte. Sie öffnete ihm die Lippen und erwiderte sein feuriges Zungenspiel. Als er schließlich den Kopf hob, strich er ihr das wirre, dunkel gewellte Haar aus der Stirn und drehte eine gelockte Strähne um seinen Finger. »So wie jetzt hätte es eigentlich am Morgen danach mit uns in Utah sein sollen. Ich hätte dir schon in der Nacht sagen müssen, wie sehr ich dich liebe, noch bevor wir …« Er seufzte. »Ich hatte offen gestanden Skrupel, dass du mir das nicht abnehmen würdest. Ein Mädchen, das so attraktiv ist wie du, hält so etwas doch nur wieder für einen blöden Spruch, dachte ich. Hättest du es mir denn geglaubt, wenn ich dir meine Liebe gestanden hätte?«

Sie lächelte und erkundete mit den Fingerspitzen zärtlich seine Brust. »Wahrscheinlich nicht. Ich dachte nämlich, dass du über solchen Dingen stündest.«

»Ist das der taktvolle Versuch, mir weiszumachen, ich wäre alt? Ich muss dir doch wie ein Gruftie vorgekommen sein! Und, ist das immer noch so?« Sein Atem ging in kurzen Stößen, da Camille lustvoll seine intimsten Zonen stimulierte.

»Aber Zack! Natürlich nicht! Zugegeben, dass du um einiges älter warst als ich, hat mir Komplexe eingejagt. Ich fürchtete mich vor dir. Deshalb wollte ich auch nicht damit herausrücken, dass ich mich in dich verliebt hatte. Ich hatte Angst, du würdest mich auslachen. Außerdem war ich mir sicher, dass ich nur ein One-Night-Stand für dich wäre. Und da ich mich vor dir nicht lächerlich machen wollte, bin ich weggelaufen.«

»Willst du damit sagen, dass das der Grund war, warum du mich verlassen hast? Oh Camille, wir beide waren ganz schön dumm und verbohrt. Und ich dachte schon, ich hätte dich irgendwie verprellt. Gute Güte, wie viel kostbare Zeit wir inzwischen nutzlos verschenkt haben!« Er küsste sie stürmisch, als wollte er das Versäumte nachholen. Sein Mund glitt zu ihrem Ohr, wo seine Zunge die erogenen Stellen auskundschaftete, während er kehlig flüsterte: »Dann liebst du mich also doch, Camille?«

Seine Zärtlichkeiten raubten ihr den Atem, so dass sie sich kaum artikulieren konnte. »Ja, Zack, ich liebe dich. Ich liebe dich, seit ich dich das erste Mal gesehen habe.«

Kosende Finger streichelten behutsam von ihrem Schlüsselbein zu ihrem Nabel. Es war ungemein erregend, trotzdem versuchte sie sich auf seine Worte zu konzentrieren. »Ich bin fast ausgerastet, als ich am nächsten Morgen aufwachte, und du warst fort. Aber ich war zu stolz, um mich bei deinen Freundinnen zu erkundigen, wie ich dich erreichen könnte. Du hattest mir zwar erzählt, dass du in Richmond zur Schule gegangen bist, jedoch nie erwähnt, dass du in Atlanta wohntest. Du kannst es mir glauben, ich habe jeden Jameson in Richmond angerufen, aber keiner hatte eine Tochter, Schwester, Nichte oder Cousine, die Camille hieß. Ich war die ganze Zeit auf der falschen Fährte. Als ich heimkam, war ich ungenießbar. Keiner wagte es, sich mit mir anzulegen, aus Angst vor meinen Tobsuchtsanfällen. Meine Launen waren unberechenbar…«

»Dann war *ich* das also!«, entfuhr es ihr spontan. »Ich war die Frau, über die du nicht hinweggekommen bist, stimmt's?« Als sie seinen betretenen Gesichtsausdruck bemerkte, schilderte sie ihm rasch, was Dearly ihr von seiner »schlimmen Phase« erzählt hatte. »Und ich dachte, du wärst in Utah gewesen, um über deine schöne, unglückliche Liebe hinwegzukommen, und hättest mich nur benutzt, um dein Selbstwertgefühl wieder aufzupolieren. Quasi als Trostpflaster«, kicherte sie.

»Camille, du bist die einzige Frau, die ich je geliebt habe. Und du bist wunderschön.« Er knabberte zärtlich an ihrer

Schulter, während seine Hände ihre Hüften und Schenkel streichelten.

»Und was ist mit Erica?« Jetzt wollte sie alles wissen. Zwischen ihnen durfte es keine Geheimnisse mehr geben. Jetzt galt es, die bösen Geister der Vergangenheit auszurotten.

Seine Hände verharrten in der Bewegung, er hob den Kopf. Einen Moment lang mied er ihren Blick, dann versanken seine Augen in ihren. »Ich habe mit ihr geschlafen, Camille, in meiner Verzweiflung, aber ich habe sie nie geliebt.«

»Aber nach unserer Heirat, in dem Restaurant, da hab ich genau gehört, wie du gesagt hast, dass sich mit unserer Ehe an deinen Gefühlen für sie nichts geändert habe.«

Er schmunzelte matt. »Das war die volle Wahrheit. Unsere Hochzeit hat daran auch nichts geändert. Ich hab sie nie besonders gemocht, zumal sie egoistisch, hinterhältig und falsch ist wie keine andere Frau, die ich kenne. Jedes Mal, wenn ich mit ihr zusammen war, fühlte ich mich nachher schlecht. Statt meine Lust auf dich zu stillen, vermisste ich deine Ausgeglichenheit und deine unschuldige Sinnlichkeit nur noch stärker.«

»Und die vielen Abende, an denen du ausgegangen bist...«

Er lachte. »Warst wohl eifersüchtig, was?« Er küsste Camille auf die Nasenspitze. »Ist ja auch kein Wunder. Ehrlich gesagt hab ich mir die meisten dieser langen, einsamen Nächte auf der Plantage in den zugigen Pferdeställen um die Ohren geschlagen. Manchmal bin ich auch zum Angeln gegangen, dabei finde ich diesen Sport grauenhaft. Ein paar Mal hab ich den Wagen einfach am Fluss geparkt und dann die Schiffe beobachtet, bis es spät genug war, um zurückzufahren. Ich war absichtlich laut. Du solltest nämlich definitiv mitkriegen, dass ich erst in den frühen Morgenstunden heimkam.«

»Ist mir nie aufgefallen, dass du überhaupt weg warst«, sagte sie spitz und täuschte ein herzhaftes Gähnen vor.

»Aber nein, ganz bestimmt nicht«, grummelte Zack. Er küsste sie innig. Nachdem er sich atemlos von ihren Lippen gelöst hatte, glitt sein Blick bewundernd über ihren Körper. »Camille, ich liebe dich, aber ich muss dir ein Geständnis machen.« In seine Augen trat jenes durchtriebene Glitzern, das sie inzwischen zur Genüge kannte. Dieses Geständnis war sicher nicht besonders schwer wiegend. »Das Esszimmer gefällt mir.«

Mit gespielter Verärgerung boxte sie ihn in die Rippen. »Oh Zack! Du bist echt unverbesserlich.« Sie bedachte ihn mit einem verliebten Blick. »Du hast den Nerv, mich einfach hier in dein Bett zu tragen, wo ich mich nicht mal wehren konnte! Noch dazu am Erntedankmorgen.«

Er grinste diabolisch. »Na, wenn schon, ein Grund mehr, um dankbar zu sein.«

»Zack, du bist pietätlos!«

»Und außerdem«, fuhr er ungerührt fort, »glaube ich nicht, dass dir das sonderlich viel ausmacht, oder?« Lasziv streichelte er ihre Brüste und beobachtete fasziniert, wie deren Spitzen unter seinen Fingern hart wurden.

Bevor sie ihm antwortete, krallte sie die Finger in sein Haar und zog seinen Kopf zu sich herunter. »Liebe mich«, flüsterte sie.

»Bist du auch sicher, dass du keine Kopfschmerzen hast?« Er wollte sich ganz sachlich nach ihrem Befinden erkundigen, trotzdem prusteten beide los, als sie die Doppeldeutigkeit seiner Frage erfassten.

»Na und«, gab sie schlagfertig zurück. »Dann nehm ich eben eine Kopfschmerztablette. Aber erst nachher … und auch nur, wenn du es nicht schaffst, mich davon abzulenken.«